झारखंड
समय और सवाल

झारखंड
समय और सवाल

हरिवंश

प्रभात
प्रकाशन

प्रकाशक • **प्रभात प्रकाशन प्रा. लि.**
4/19 आसफ अली रोड,
नई दिल्ली–110002

संस्करण • 2025
मूल्य • पाँच सौ रुपए
मुद्रक • आर–टेक ऑफसेट प्रिंटर्स, दिल्ली

JHARKHAND : SAMAY AUR SAWAL
by Shri Harivansh
₹ 500.00
Published by Prabhat Prakashan Pvt. Ltd., 4/19 Asaf Ali Road, New Delhi-2
e-mail: prabhatbooks@gmail.com
ISBN 978-93-50481-17-2

डॉ. रामदयाल मुंडा
डॉ. बी.पी. केसरी, प्रो. रविभूषण, अशोक भगत
फैसल अनुराग, अनुराग चतुर्वेदी
समेत 'प्रभात खबर' के
सभी साथियों को।

भूमिका

लगभग दो दशकों (1991–2010) के बीच झारखंड राज्य से जुड़े लेखों का दो खंडों में यह संग्रह है। सन् 1991 से 2000 के बीच झारखंड बिहार का हिस्सा था। सन् 2000 (15 नवंबर), में यह अलग राज्य बना। एक तरह से पीछे के दस वर्षों (1991–2000, बिहार) और आगे के दस वर्षों (2000–2010, झारखंड) के प्रशासनिक, आर्थिक, राजनीतिक, सांस्कृतिक, विरोध, संघर्ष और सृजन के क्षेत्रों के दृश्य हैं। उन पर टिप्पणियाँ, विवेचना, हस्तक्षेप, सुझाव और आगाह या सावधान करने की कोशिश है। गुजरे इन दो दशकों के वे प्रासंगिक मुद्दे हैं, जिन्होंने समाज और 'राज्य' नाम की संस्था को गहराई से प्रभावित किया।

चर्चिल का मशहूर वाक्य था—अतीत को जितना पीछे तक देख सकते हैं, देखें। इससे भविष्य की दृष्टि (विजन) मिलेगी। बहुत पीछे तो नहीं, पर बीते बीस वर्षों में उठे सवालों को एक जगह, एक साथ लाने की इस कोशिश के पीछे मकसद है कि झारखंड के लिए एक विजन या दृष्टि विकसित हो। आधुनिक अर्थशास्त्री या नीतिकार मानते हैं कि 'रिसोर्स आर कर्स' (प्राकृतिक संसाधन अभिशाप हैं)। पहले यह दक्षिण अफ्रीका के लिए सच माना जाता था। आज भारत में झारखंड के लिए यह स्थापना सच है। प्राकृतिक संसाधन की दृष्टि से (कोयला, लौह अयस्क, बाक्साइट वगैरह) देश का सबसे धनी राज्य, पर यहाँ देश के सबसे अधिक गरीब रहते हैं। बिहार से अलग होने के लिए यह अंचल (विभाजन पूर्व) इसलिए छटपटा रहा था कि तत्कालीन बिहार की अराजकता, कुशासन और गरीबी से मुक्ति पा सके। पर क्यों, प्राकृतिक संसाधनों से संपन्न और सरप्लस बजट से नई यात्रा शुरू करनेवाला राज्य 'झारखंड' अराजक हाल में पहुँच गया? बँटवारे के समय झारखंड में गीत गाए जाते थे कि बिहार में बाढ़, बालू, आलू और लालू बचे हैं, वह राज्य अपने प्रतिकूल हालात के बावजूद, खनिज संपदा न होने पर भी देश का मानक राज्य बन रहा है! क्या झारखंड की खराब स्थिति के दोष

राजनीति में हैं? गवर्नेंस में हैं? समाज में हैं? या झारखंड की सामाजिक संरचना में हैं? या देश की राजनीति के डी.एन.ए. में हैं? पूरे देश में झारखंड जैसा विभाजित, बँटा, बहुविध कोई दूसरा राज्य नहीं है। आदिवासी, गैर-आदिवासी। आदिवासियों में भी संथाल, हो, मुंडा, उराँव, पहाड़िया वगैरह। बिहारी, बंगाली, मारवाड़ी, हिंदू, मुसलिम, क्रिश्चियन···न जाने कितने तरह का बँटवारा। सदान, महतो, फिर बिहारियों में बँटवारा। अगड़े, पिछड़े। इस बँटवारे की झलक, झारखंड के हर विधानसभा चुनाव में दिखती है। खंड-खंड में बँटी विधानसभा। किसी को भी पूर्ण बहुमत नहीं। परिणाम—राज्य बनने के ग्यारह वर्ष बाद भी स्थायी सरकार का गठन नहीं। समाजशास्त्री या एंथ्रोपालोजी की दृष्टि से अत्यंत रोचक राज्य। समाजशास्त्री या एंथ्रोपालोजिस्ट जिस क्षेत्र का सदियों से अध्ययन कर रहे हैं। अर्थशास्त्री जिसकी गरीबी का लंबे समय से आकलन कर रहे हैं। जिस अंचल (पलामू) में '42 के बाद का सबसे बड़ा अकाल 1967 में पड़ा। जहाँ अकाल के खिलाफ जयप्रकाश नारायण के नेतृत्व में अंतरराष्ट्रीय असर पैदा करनेवाला अभियान चला। जहाँ की गरीबी से मुक्ति के लिए समाजवादियों ने असरदार अभियान चलाया। इसी अंचल में प्रो. कृष्णनाथ (दार्शनिक, अर्थशास्त्री, यात्री और चिंतक) ने लंबे समय तक रहकर संघर्ष किया। यही इलाका नक्सलियों का गढ़ भी बना। नक्सल आंदोलन की जड़ें आज भी इसी राज्य में गहरी और प्रभावी हैं। इसी तरह यह धरती सामाजिक उथल-पुथल और बदलाव की प्रयोगशाला है।

इस धरती के मौलिक सवाल क्या हैं? यही इस पुस्तक में संकलित हैं।

पत्रकारिता को इतिहास का पहला ड्राफ्ट कहा जाता है। पर इस पुस्तक में सामाजिक इतिहास बताने या दर्ज करने का मकसद नहीं। पर कौन सी सामाजिक, आर्थिक, राजनीतिक और सांस्कृतिक धाराएँ-उपधाराएँ इस दौर को प्रभावित कर रही हैं और राज्य व देश की राजनीति को भविष्य में प्रभावित करेंगी, उन्हें रेखांकित और उजागर करने की कोशिश है।

बचपन से ही हम सब पढ़ते आए हैं कि साहित्य समाज का दर्पण होता है। विद्यार्थी जीवन में ही पढ़े चार उपन्यास आज भी स्मृति में हैं। साहित्य का विद्यार्थी नहीं रहा, पर इन पुस्तकों को पढ़ने से बदलते हिंदीपट्टी के समाज को समझने में मदद मिली। शायद किसी समाजशास्त्री ने हिंदीपट्टी के '60 और '70 के दशकों में बदलते समाज का इतना सुंदर, सूक्ष्म, बारीक और विस्तृत वर्णन नहीं किया। न राजनीति पर लिखनेवालों ने। ये उपन्यास थे फणीश्वरनाथ रेणु का 'मैला आँचल', श्रीलाल शुक्ल का 'रागदरबारी', शिवप्रसाद सिंह का 'अलग-अलग वैतरणी' और राही मासूम रजा का 'आधा गाँव'। किशोर उम्र में पढ़े गए इन उपन्यासों ने सामाजिक जटिलताओं, बदलाव,

टूटते-बनते-बिखरते सामाजिक ताने-बाने, आदर्श और यथार्थ की स्थिति को साफ किया। तब से यह सवाल मन में उठता रहा कि पत्रकारिता को एक विधा के तौर पर समाज को और नजदीक और गहराई से समझना-जानना चाहिए। पत्रकारिता को धर्म और काम के अनुसार समाज की प्रयोगशाला बनना चाहिए।

जीवन के निर्णायक मोड़ पर इस मानस ने महत्त्वपूर्ण फैसले के लिए मजबूर किया। जे.पी. आंदोलन का वैचारिक असर अलग था। सन् 1977 में 'टाइम्स ऑफ इंडिया ग्रुप' में प्रशिक्षु पत्रकार के लिए चयनित हुआ। फिर 'धर्मयुग' में अवसर मिला। अपने समय की सर्वाधिक बिकनेवाली साप्ताहिक पत्रिका। इसके बाद आनंद बाजार से प्रकाशित 'रविवार' (कोलकाता) में काम करने का मौका मिला। उन दिनों का अत्यंत चर्चित साप्ताहिक। दोनों देश के सबसे बड़े अखबार घराने। अत्यंत प्रतिष्ठित भी। दोनों प्रकाशन 'धर्मयुग' और 'रविवार' खूब बिकनेवाले और सम्मानित। इन्हें छोड़कर लगभग एक बंद दैनिक 'प्रभात खबर' (राँची) में आने का निर्णय निजी जीवन के लिए अहम फैसला था। उस अपरिचित-अनजान जगह, छोटानागपुर (अब झारखंड) में रहकर काम करने का फैसला। पत्रकारिता, तब ग्लैमर प्रोफेशन में पूरी तरह नहीं आई थी। पत्रकारिता, सत्ता का असंवैधानिक केंद्र भी बनकर नहीं उभरी थी। फिर भी महानगरों में, बड़े घरानों में, शीर्ष सत्ता के आसपास या इर्द-गिर्द (दिल्ली या मुंबई या कोलकाता) रहकर पत्रकारिता का आकर्षण था। यह सब छोड़कर, स्वीकृत मुख्यधारा से हटकर, छोटी जगह से पत्रकारिता करने (जल, जंगल और जमीन जैसे अभियान से जुड़ने) के पीछे एक समझ थी। प्रतिबद्धता थी। पत्रकारिता की प्रयोगशाला में ग्रासरूट से समाज को समझना। आर्थिक, सामाजिक, राजनीतिक सवालों को समझना। सामाजिक बदलाव, प्रतिरोध, संघर्ष, सृजन और बेचैनी की धाराओं-उपधाराओं के असर देखना। नौकरी की निजी असुरक्षा के बीच।

यह वह दौर था, जब देश बदल रहा था। अर्थनीति बदली। एकदलीय राजनीति से बहुदलीय राजनीति हुई। साझा और संविद सरकारों का युग भी शुरू हो गया था। एक तरफ ग्लोबलाइजेशन का दौर था, ग्लोबल गाँवों का उदय हो रहा था तो दूसरी ओर क्षेत्रीयता और लोकलाइजेशन का दौर पनप रहा था। केंद्र में क्षेत्रीय दलों की ताकत और जोर बढ़ रहा था और राज्यों में क्षेत्रीय ताकतें निर्णायक भूमिका में आ रही थीं। उस बदलते दौर को 'ग्रासरूट' से ही समझा-देखा जा सकता था, दिल्ली या शीर्ष से नहीं। इस देश में उलटी परंपरा है। ऊपर से नीचे देखने की। यानी दिल्ली में बैठे लोग ऊपर से ही, शीर्ष से ही सबकुछ आँकने-देखने की कोशिश करते हैं। ठीक इसके उलट सन् 1991 में नीचे से चीजों को देखने, सच के अधिक करीब होने की इच्छा ने इन सवालों

(जो पुस्तक में हैं) के करीब खड़ा किया।

सिर्फ राजनीति और अर्थनीति ही सन् 1990-91 में नहीं बदल रही थी। पत्रकारिता में भी बड़ा बदलाव आ रहा था। मूल सवालों से हटकर लाइफस्टाइल, फैशन, मनोरंजन पत्रकारिता के मूल विषय बन रहे थे। महानगरों-बड़े शहरों में उपभोक्ता वर्ग को प्रश्रय देनेवाली बदलती पत्रकारिता इन मुद्दों को उठाकर राष्ट्रीय पत्रकारिता करने का दंभ भरती थी। क्षेत्रीय पत्रकारिता में भी महानगरों के ये बड़े अखबार और 'लाइफस्टाइल पेज तीन' का प्रोफाइल ही आदर्श थे। गवर्नेंस, भ्रष्टाचार, राजनीति में उपजते अंतर्विरोध-संकट, क्षेत्रीय सवाल, विषमता, रूढ़ सामाजिक हालात अखबारों के विषय नहीं रहे। तब पत्रकारिता के मूल मर्म के तहत समाज को समझने के लिए ग्रासरूट की पत्रकारिता महानगरों की पत्रकारिता से अधिक सही लगी। इसलिए 'प्रभात खबर' में पहला संपादकीय ही हमने 'धारा के विरुद्ध' लिखा। इसका आशय-संदर्भ था कि हमारी पत्रकारिता मूल सवालों से जुड़ी होगी। जल, जंगल और जमीन की होगी। ग्रासरूट पर जो सवाल खड़े हो रहे थे, जिन्हें दिल्ली या दिल्ली की पत्रकारिता अनसुना कर रही थी, वे ही सवाल आज 20 साल बाद देश की राजनीति के मूल सवाल बन गए हैं। पर 'प्रभात खबर' हमेशा इन्हीं बुनियादी या जड़ों के सवालों से जुड़ा रहा। आज देश उन्हीं मूल सवालों की ओर लौट रहा है। इन सवालों में से एक सवाल है—भ्रष्टाचार का।

सन् 1992-93 में 'प्रभात खबर' ने पशुपालन घोटाले का मुद्दा उठाया। तत्कालीन बिहार में 'छोटा अखबार', तब सिर्फ राँची से छपता था। इस आदिवासीबहुल इलाके में यह प्रकरण हो रहा था। पिछले 8-10 सालों से। सबको पता था। पर इसे कोई स्वर देने को तैयार नहीं था। 'प्रभात खबर' ने इसके राष्ट्रीय महत्त्व को समझा, पूरी ताकत से उठाया। इस अंचल का यह मुद्दा भारतीय राजनीति के लिए निर्णायक बना। इसी तरह गुजरे 20 वर्षों में 'प्रभात खबर' ने 20-25 से अधिक राष्ट्रीय महत्त्व के मुद्दों को उठाया, जिनकी सी.बी.आई. जाँच चल रही है, जो राष्ट्रीय राजनीति को प्रभावित करते रहे हैं। इसी में मधु कोड़ा का मामला भी है, जिसने दिल्ली की राजनीति को सांसत में डाला। झारखंड ही एकमात्र राज्य है, जहाँ पूर्व मुख्यमंत्री समेत कई मंत्री आई.ए.एस. जेल में बंद हैं। याद रखिए, न लोकपाल की तब चर्चा थी, न बिहार की तरह भ्रष्टाचार रोकने के लिए विशेष कानून बना था। राज्य में न विजिलेंस का ढाँचा था। तब ऐसी ठोस पत्रकारिता हुई कि अत्यंत ताकतवर लोगों के खिलाफ काररवाई (कानूनी) हुई। देश के सबसे ताकतवर सत्ताधारी वर्ग को इन मुद्दों ने बेचैन किया। सांसत में डाला। इसी तरह नदी, पहाड़, जमीन और सरकारी कारखानों के लूट प्रकरण हैं, जिनमें वर्षों से सी.बी.आई. जाँच चल रही है। सरकारी कारखानों के घरों पर 16000 से अधिक

सफेदपोशों ने जबरन कब्जा जमाया था, प्रभात खबर के अभियान से ही वे मुक्त हुए। इस तरह ग्रासरूट पर सरकार, गवर्नेंस, न्याय के यथार्थ क्या हैं, यह सब इस पुस्तक में है। अपने समय का दस्तावेज। अकसर 'प्रभात खबर' के साथी-सहकर्मियों से मैं कहता रहा हूँ, यह 'प्रभात खबर' की ताकत नहीं है, इन मुद्दों की ताकत ने 'प्रभात खबर' को प्रभावी बनाया है। दरअसल, समाज के ये असल मुद्दे हैं, जिन्हें पत्रकारिता ने छोड़ दिया है। 'प्रभात खबर' ने इन्हीं मुद्दों को पकड़ा, इसलिए वह महत्त्वपूर्ण बना। इसलिए स्पष्ट और साफ रहना चाहिए कि ताकत मुद्दों में होती है, अखबार या मीडिया में नहीं। अपने समय के सवालों के साथ आप खड़े नहीं हो सकते तो आप अपनी समय या कालप्रदत्त भूमिका के साथ न्याय नहीं करते। 'प्रभात खबर' संतोष के साथ कह सकता है कि यह अपने समय के सवालों के साथ खड़ा रहा।

ये वे सवाल थे, जिन्होंने राज्य और देश की राजनीति, समाजनीति और अर्थनीति को गहराई से प्रभावित किया।

एक राज्य बनने के अन्य कारण क्या होते हैं, जिन पर मीडिया की नजर नहीं होती। सच में या परदे के पीछे शासन कैसे चलता है? भ्रष्टाचार का असल खेल क्या है? साझा सरकारों का सच क्या है? झारखंड बनने के बाद (15 नवंबर, 2000) हर साल स्थापना दिवस के अवसर पर 'प्रभात खबर' ने ऑडिट अंक निकालना शुरू किया। 100-80-60 पन्नों का अखबार। शोध संस्था इंडिकस के साथ मिलकर अलग से 'झारखंड डेवलपमेंट रिपोर्ट' का प्रकाशन भी शुरू किया। मकसद था कि मूल आर्थिक सवालों को सार्वजनिक जीवन का मूल एजेंडा बनाया जाए। जनता के बीच आर्थिक सवाल बहस और निर्णय के विषय बनें। इन्हीं स्थापना दिवस अंकों में 'भ्रष्टाचार' पर विशेष अध्ययन खंड भी होता है। 16 पेज या 8 पेज में भ्रष्टाचार पर सांगोपांग अध्ययन की परंपरा 'प्रभात खबर' ने ही पत्रकारिता में शुरू की। इसे देखकर वर्षों पहले विख्यात समाजविज्ञानी प्रो. रजनी कोठारी ने फोन कर कहा, 'यह अनूठा काम है। ऐसा कहीं नहीं हो रहा।' धरातल का सच, समाजशास्त्रीय अध्ययन की दृष्टि से आरंभिक दस्तावेज हैं, भविष्य के लिए।

पत्रकारिता में क्षेत्रीय स्तर पर हुए इन नए प्रयोगों का संदर्भ राष्ट्रीय सवालों से जुड़ा था। उन सवालों को समग्रता से समझने में यह संग्रह मददगार होगा। इसे यह स्वरूप देने में हमारे 'प्रभात खबर' के सभी साथियों-सहकर्मियों की बड़ी भूमिका रही है। खासतौर से रवींद्र बाबू, राकेश, निराला, पंकज और युवा पत्रकार संजय की।

झारखंड को समझने और लिखने में 'प्रभात खबर' के सभी साथियों का सबसे बड़ा योगदान रहा है। रोज नए मुद्दे लाना, सवाल उठाना, बहस करना और राजनीति

या यथास्थिति में आलोडन पैदा करना, यह सब 'प्रभात खबर' के साथियों के कारण ही संभव हुआ है। 'प्रभात खबर' में छपी सामग्री पर कई पुस्तकें आ चुकी हैं, जिनमें साहित्यकार अशोक प्रियदर्शी, साथी पत्रकार फैसल अनुराग, मनोज प्रसाद, बैजनाथ मिश्र और बलबीर दत्तजी का खास सहयोग रहा है। साहित्यकार रविभूषणजी बार-बार इस संग्रह के लिए प्रेरित करते रहे हैं। इन सबको धन्यवाद देना औपचारिकता होगी, क्योंकि ये सभी जीवन के हिस्से हैं। इनके अतिरिक्त दो दशकों की यात्रा में अनेक लोगों से पग-पग पर मदद, प्रोत्साहन और उत्साह मिला है। उन सबके प्रति आभार! उन आलोचकों के प्रति भी आभार, जिन्होंने पग-पग पर सावधान-सचेत किया और समग्रता में चीजों को देखने में मदद की।

अलग राज्य बनने की पृष्ठभूमि में क्या बेचैनी थी? जब अलग राज्य बन गया तो क्या सवाल खड़े हुए? विकेंद्रीकरण के सपने यथार्थ में बदले या नहीं बदले? छोटे राज्यों में राजनीति को किन नई ताकतों ने प्रभावित करना शुरू किया? दिल्ली में बैठी ताकतों ने किन स्थानीय ताकतों को बल दिया? छोटे राज्य क्यों सफल या विफल होते हैं? उनकी चुनौतियाँ व खतरे क्या हैं? इन सबके मकसद और परिणाम क्या हैं? ऐसे बहुत सारे सवाल, जो नीचे से देश और दिल्ली को समझने में मदद करते हैं, पढ़ने को मिलेंगे। आज उत्तर प्रदेश को चार राज्यों में बाँटने की बात हो रही है। आंध्र में तेलंगाना जल रहा है। अलग विदर्भ (महाराष्ट्र) का मसला है? क्या छोटे राज्य विकास के कारक हैं? या अभिशाप हैं? आज देश में नए राज्यों का गठन सही है या गलत? इन माँगों के पीछे विकास की भूख है या सत्ता पाकर लूटने की आदर्शविहीन नीति? इस संग्रह (दोनों खंडों) से ऐसे अनेक सवालों के उत्तर मिलते हैं।

अनुक्रमणिका

मलेरिया, डायरिया और हैजे के प्रकोप से घिरा बिशुनपुर प्रखंड

संदर्भ : पलामू अकाल

राँची, 20 जुलाई! चिंगरी गाँव (जतरा भगत की जन्मभूमि) में 17 जुलाई की रात कंदरू भगत ने पूछा, 'बाबू, जंगल भगवान् की फुलवारी है, उसे सरकार ने साफ करवा दिया। अब हम कैसे जिएँ?' बिशुनपुर (गुमला) प्रखंड में फैली बीमारियों—मलेरिया, मेनेनजाइटिस, डायरिया, हैजा के प्रसंग में बताते हुए कंदरू भगत ने अपनी व्यथा सुनाई थी, उस वक्त उनकी आँखों में न करुणा थी, न याचना और न गुस्सा, था एक वीतरागी भाव।

फिलहाल सुंदर पहाड़ियों पर स्थित और नीचे घाटी में बसे बिशुनपुर प्रखंड के दो-तिहाई गाँव मलेरिया, मेनेनजाइटिस, डायरिया और हैजा के प्रकोप से पीड़ित हैं। चंपा टोली के जयमंगल उराँव बताते हैं कि मानसून में एक माह का विलंब होने से पचास फीसदी खरीफ की फसल खत्म हो गई है। धान, जो यहाँ की एकमात्र फसल है, के बीजड़ उजड़ गए हैं। हेस्ता, डेरा, अंबा, कोना में हर परिवार का कोई-न-कोई सदस्य इन बीमारियों में से किसी एक से पीड़ित है। डूमरपाठ में एक सप्ताह में चार लोग मरे, खुवापानी में पाँच बच्चों की मौत हुई। बिशुनपुर गाँव का सतम उराँव शेखुवापानी के ही एक स्कूल में पढ़ रहा था। वहीं उसकी मौत हो गई। सातो में वृक्षवर उराँव का लड़का मरा है। कुल मिलाकर 10 से 15 हजार की जनसंख्या पाठ और तराई में इन बीमारियों से परेशान है। इन बीमारियों से हुई मौतों का समेकित विवरण किसी सरकारी अधिकारी या संस्थान के पास उपलब्ध नहीं है। लँगोटी से तन ढके किसी आदिवासी से आप पूछ भर लें, वह आपको अपनी व्यथा सुना जाएगा। मुरमू उराँव जब मूकदर्शक के भाव से अपने गाँव का दर्द सुनाने लगा, तो इस संवाददाता को किपलिंग की उक्ति याद आई, 'काले गुलामों को सफेदपोश अँगरेज अपना बोझ मानते हैं।' क्या इस आजाद

सरकार की सोच यह नहीं है? ऐसा नहीं है कि भूखे मरते इन आदिवासियों की सरकार को बिलकुल फिक्र नहीं है। चंपा टोली में स्वास्थ्य उपकेंद्र है। ऐसे पाँच स्वास्थ्य उपकेंद्र इस अंचल में हैं। प्रति स्वास्थ्य उपकेंद्र प्रतिवर्ष पाँच हजार रुपए की दवा सरकार इन्हें मुफ्त वितरित करने के लिए मुहैया कराती है। यानी पाँच स्वास्थ्य उपकेंद्रों पर प्रतिवर्ष कुल 25 हजार रुपए की दवाएँ आती हैं। इन उपकेंद्रों पर पाँच एम.बी.बी.एस. डॉक्टर तैनात हैं। कुल 60 स्टाफ सदस्य हैं, यानी कुल तीन लाख से अधिक का व्यय महज स्टाफ, डॉक्टर और इन उपकेंद्रों के रख-रखाव पर होता है। 25 हजार रुपए की दवा बाँटने के लिए जो फौज तैनात है, उस पर तीन लाख रुपए प्रतिवर्ष व्यय हो रहे हैं। 21वीं सदी में जाने के लिए छलाँग लगानेवाली सरकार भला कुशल प्रबंधन के युग में इससे बेहतर प्रबंधन क्या कर सकती है? इन स्वास्थ्य उपकेंद्रों के जन स्वास्थ्य अधिकारी-कर्मचारी क्या कर रहे हैं? चपरासी से लेकर डॉक्टर तक प्राइवेट प्रैक्टिस में लगे हैं। जिन आदिवासियों के पास एक वक्त का भोजन नहीं है, उनसे मामूली उपचार के नाम पर 200-250 रुपए ठग लिये जाते हैं, दूसरी ओर अस्पताल की दवाएँ बाहर धड़ल्ले से बिक रही हैं। इस बार बारिश न होने से जब बीमारियाँ बढ़ीं, तो बिशुनपुर के विकास भारती ने इस मुद्दे को उठाया। इस इलाके में अशोक भगत के नेतृत्व में विकास भारती ने ईसाई मिशनरियों की तरह जो सराहनीय कार्य किया है, वह अनकही कथा है। अशोक भगत कहते हैं कि ये बीमारियाँ तो कमोबेश प्रतिवर्ष होती हैं, लेकिन जन प्रतिनिधि भी इससे वाकिफ नहीं हैं, न ऐसे मुद्दे उठाते हैं। इस वर्ष सूखे के कारण प्रकोप गहरा है। विकास भारती द्वारा पहाड़ पर और नीचे 18 राहत केंद्र चलाए जा रहे हैं। इन केंद्रों पर चावल और दवा सबके बीच वितरित की जा रही है। इस अंचल में लगभग 15 फीसदी आदिवासी ऐसे हैं, जिनके पास 12 माह के खाने का अन्न उपलब्ध है। 30 फीसदी लोगों के पास नौ माह का अन्न भंडार होता है। शेष लोगों के पास तीन माह से अधिक का संचय नहीं होता। इस कारण बड़े पैमाने पर मजदूरी के लिए पलायन होता है।

इस वर्ष चूँकि बरसात देर से आरंभ हुई है, इस कारण अकाल की स्थिति है। अकाल के मूल में पर्यावरण संकट है, यह बात अब आदिवासी बखूबी समझ रहे हैं। पर्यावरण संकट क्यों है? चथरू भगत समझाते हैं—पहले यह इलाका खुशहाल था। यहाँ से पत्थर ले जाने के लिए सड़क बनी। ट्रकों का आवागमन बढ़ा (यहाँ की सड़कों पर ट्रक ही अधिक चलते हैं—बॉक्साइट, पत्थर लेकर)। ऊपर बाक्साइट के पहाड़ तोड़े जाने लगे। ट्रकों का न खत्म होनेवाला सिलसिला लगा रहा। कभी भूले-भटके किसी ने रॉयल्टी का सवाल उठाया, तो उसे ठेकेदार पाँच सौ-हजार देकर चुप करा

देते। उससे कागज लिखवाकर, जिला खनन अधिकारी को नजराना देकर उससे मुहर लगवाकर, उपायुक्त कार्यालय से सहमति प्राप्त कर निजी ठेकेदार बाक्साइट के पत्थर की तिजारत से मालामाल होते रहे। उधर पहाड़ पर बसनेवाली मूल असुर जाति इन शहरी बाबुओं को देख जंगल में भागती गई। शहरी मनुष्य के पाँव के निशान देखकर ये भागते हैं।

आदिवासियों की चौपाल में जब अपने असुर भाइयों की खत्म होती संख्या के बारे में एक वृद्ध उराँव बता रहा था, तो इस संवाददाता को अनायास आर्थिक संकट, सभ्यता, संस्कृति और अफ्रीका के मूल बाशिंदों के लिए चिंतित देश के राजनेता, अफसर और बुद्धिजीवी याद आए। भारत के इन शासकों की मानवीय सोच में इस देश के ऐसे करोड़ों जीवन अर्थहीन हैं। बहुत पहले धूमिल ने लिखा था—

'वर्तमान की बजबजाती हुई सतह पर हिजड़ों की एक पूरी पीढ़ी लूप और अंधकूप के मसले पर बहस कर रही है।'

जब से पहाड़ों से रोजाना सैकड़ों ट्रक बॉक्साइट लेकर घरघराते हुए शहर जाने लगे, तब से इनका आशियाना उजड़ने लगा। बॉक्साइट के इस्तेमाल के लिए एक भी कारखाना यहाँ नहीं है। उत्तर प्रदेश में अल्यूमीनियम कारखाना है या फिर मुरी में। जब तक पहाड़ों पर माइनिंग (खनन) नहीं हुई थी, मक्का, उड़द, सरगुजा, महुआ, गोंदली, गोड़ा धान सब पैदा होता था। बरसात में काली मिट्‌टी बहकर नीचे जाती थी। कपास से सूत निकलता था। बडाईक (बुनकर) आदिवासी कपड़ा बुनते थे। सब तन ढकते थे, खुशहाली थी। अब माइनिंग के कारण पहाड़ों पर खेती नहीं होती। कपास के बीज दुर्लभ हो गए हैं। माइनिंग ऐक्ट के तहत उत्खनन के बाद उस स्थान को भरकर सामाजिक वानिकी कार्यक्रम के तहत पेड़ लगाना अनिवार्य है। लेकिन पत्थर खोदनेवाले ठेकेदार उत्खनन के बाद माइंस खाली छोड़ देते हैं। अब खराब मिट्‌टी पहाड़ों से बहकर नीचे आ रही है। इससे नीचे की उपजाऊ मिट्‌टी भी खराब हो रही है। पहाड़ पर बसी बजारी टोली लगभग उजड़ गई है। बॉक्साइट पत्थर के ठेकेदारों ने पूरे गाँव को उजाड़कर गड्‌ढा बना दिया है। प्रशासन-पुलिस और उत्खनन अधिकारी उनके मूक सहयोगी हैं। इस प्रगति का अर्थ आज भी रहस्य है। जिस थैले में सैकड़ों छिद्र हों, उसमें पानी भरने की प्रगति का छद्म आज तक इस संवाददाता की समझ में नहीं आया। कभी सिंहभूम के जंगलों में घूमते हुए वर्षों पूर्व एक आदिवासी ने इस संवाददाता से कहा था—'हमार तोहार काव साथ—तू जूता पहिरे हौ।'

यह व्यवस्थाजनित अंतर देश की कथित प्रगति के बाद भी क्यों बढ़ गया है? कोयल नदी के किनारे विकास भारती द्वारा संचालित बाबा कोयलेश्वरी नाथ विद्यामंदिर

में आदिवासियों की चौपाल से ही सुना—बहती माटी लाल हमारी धरती माँ का खून है।

स्कूल के ठीक किनारे कृष्ण पक्ष के इस घोर अँधेरे में उस रात आसमान फट पड़ा था। बरसात के कारण। अचानक उफनी नदी के पानी का डरावना शोर और आदिवासियों की चौपाल। देर से आए मानसून की चिंता। बढ़ती बीमारियों का खौफ और गौरव पुरुष जतरा भगत द्वारा देखे गए सपनों को याद करते आदिवासी। आजाद भारत में अपनी अस्मिता और जतरा भगत के बलिदान के निशान ढूँढ़ते उनके वंशज।

उस चौपाल में बहुत सारे सवाल उन लोगों ने पूछे, पर यह शहरी मन कहीं भटक गया। जीवन में मूल सवालों पर सोचना अनकही व्यथा है। इसी कारण तो यम ने नचिकेता को बरजा था। इस जीवन का मर्म न पूछो। मर्त्यलोक की दुर्लभ चीजों को छककर भोगो। जो धरती पर दुर्लभ है, उन सब चीजों को यहाँ से ले जाओ। रथ, वाद्य, स्वर्ग की अप्सराएँ, मनुष्यों के लिए अलभ्य इन स्त्रियों से सेवा कराओ। पर सवाल न पूछो। व्यवस्था रूपी यह यम हम सबको बरज रहा है कि मौजूदा स्थिति के संबंध में सवाल न पूछो।

(21-07-1991)

□

छोटानागपुर सूखा राहत कमेटी

संकल्प और अभियान

एक नवंबर को 'प्रभात खबर' कार्यालय में आयोजित एक बैठक में 'छोटानागपुर राहत कमेटी' का गठन किया गया। इस कमेटी का मूल स्वरूप और चरित्र गैर-राजनीतिक है। कमेटी में कर्नल सुभाष बख्शी, डॉ. सिद्धार्थ मुखर्जी, कुछ पत्रकार, एकाध राजनीतिक दलों के प्रतिबद्ध कार्यकर्ता हैं। कर्नल सुभाष बख्शी और डॉ. सिद्धार्थ मुखर्जी ने नेपथ्य में रहकर, बगैर किसी राजनीतिक आकांक्षा-महत्त्वाकांक्षा के जो कार्य किए हैं, वे ही इस बिखरते समाज में आस्था-विश्वास की रोशनी हैं, पर इन पर बाद में।

एक नवंबर को 'प्रभात खबर' में हुई बैठक में राहत काम चलाने के लिए जो रणनीति तय की गई, उनमें महत्त्वपूर्ण बातें थीं—(1) धनगाँव (जहाँ भूख से पहली मौत की खबर आई थी) में एक ट्रक राहत सामग्री भेजना, (2) भूख से प्रभावित क्षेत्रों की खबर से लोगों को अवगत कराना, (3) मीडिया के माध्यम से सरकार को आगत दुर्भिक्ष की आहट देना, (4) राँची के विभिन्न इलाकों में घूमकर राहत सामग्री एकत्रित करना व एक-एक प्राप्त सामग्री का विवरण 'प्रभात खबर' में सोशल ऑडिट के तहत प्रकाशित करना। नगद 101 रुपए से जो अधिक देना चाहते हैं, उनसे दवा, कपड़ा एवं खाद्यान्न सामग्री के लिए आग्रह करना।

जब इस भयावह सूखे की कहीं व्यापक चर्चा नहीं हो रही थी, सत्ता राजनीति में यह सवाल हाशिए पर था, तब छोटानागपुर राहत कमेटी ने इसे लोक मुद्दा बनाकर अपना पहला संकल्प पूरा किया। जिन राजनीतिक दलों के लिए गरीबी रेखा से नीचे रह रहे लोग या सूखे से प्रभावित लोग कोई मुद्दा नहीं बन पा रहे थे, वे पलामू या गढ़वा के संकट की चर्चा करने लगे। पर इस कमेटी को मालूम है कि सरकारी राहत या फैशनेबुल समाज सेवा से प्रेरित लोग कैसे राहत पहुँचाते हैं! इस कारण कमेटी ने तय किया कि जो राहत सामग्री जाएगी, उसे लेकर ट्रक पर खुद कमेटी के लोग जाएँगे, ताकि सही और जरूरतमंद लोगों के बीच ही सामग्री पहुँचे। इस पहली खेप के साथ

फैसल अनुराग, वासवी, त्रिदीव घोष, कृष्णानंद मिश्र, राजेश वहाँ गए। रात-रात भर खड़े होकर-चौकस होकर, इन्होंने जरूरतमंद लोगों की सूची बनाई, वह सामग्री बँटवाई। तब से आज के बीच कर्नल बख्शी खुद तीन बार तीन जगहों पर राहत सामग्री के साथ गए और वितरित कराई।

लगभग छह लाख की सामग्री गई

गुजरे दो महीनों के दौरान छोटानागपुर राहत कमेटी के प्रयास से लगभग छह लाख रुपए का सामान गढ़वा, डालटेनगंज और अड़की (राँची) भेजा गया; कपड़ा, दवा और खाद्यान्न समेत, जिसका एक-एक ब्योरा 'प्रभात खबर' में छपा है। राहत कमेटी का दूसरा प्रयास था इस मुद्दे पर लोक चेतना जगाना। इस कारण मोहल्ले-मोहल्ले मामूली राशि माँगकर यह कार्य आरंभ किया गया। कर्नल सुभाष बख्शी और सिद्धार्थ मुखर्जी तो इस काम में ही जुट गए। कर्नल बख्शी संकल्प के धनी व्यक्ति हैं। कुष्ठ रोगियों और स्लम इलाकों में उनका काम अद्‌भुत है, पर वह अलग प्रसंग है। धीरे-धीरे कमेटी के प्रयास से श्रीमती नदिया गुप्ता, श्रीमती संध्या दास, जगदीश जग्गू (जिनके दोनों हाथ नहीं हैं), महेश शर्मा आदि से मदद मिली। 'प्रभात खबर' में छपी खबरों को पढ़कर स्लम इलाके के बच्चे व पुरुष सामान लेकर पहुँचे। इसके बाद विभिन्न जगहों पर विभिन्न महिला संगठनों-युवकों-युवतियों ने जिस उत्साह और तत्परता से काम आगे बढ़ाया, उसी से भविष्य के प्रति उम्मीद बँधती है। कमेटी के प्रयास से दो मेडिकल टीमें सूखे से प्रभावित इलाके में गईं।

संकल्प

छोटानागपुर राहत कमेटी ने तय किया है कि यह गढ़वा के उत्साही उपायुक्त संतोष कुमार सतपथी (जो अद्‌भुत रूप से इन कार्यों के प्रति प्रतिबद्ध-पाबंद हैं) के साथ सहयोग कर आगामी छह-सात महीनों (जब स्थिति भयावह होनेवाली है) के दौरान किसी को मरने नहीं देगी। साथ ही कमेटी ने डालटेनगंज के सरहुआ गाँव (जहाँ कोरबा आदिवासी काफी खराब स्थिति में हैं) को अपने सघन कार्य के लिए चुना है। इसके साथ ही जहाँ-जहाँ नाजुक स्थिति होगी, वहाँ भी कमेटी मदद पहुँचाएगी।

डालटेनगंज में भी कमेटी से जुड़ी एक कमेटी (स्वरूप-प्रकृति में गैर-राजनीतिक) बड़ी तत्परता से कार्यरत है। छोटानागपुर राहत कमेटी ने कुछ संस्थाओं से यह भी आग्रह किया है कि वे खुद आगे आकर गाँवों को चुनें और राहत पहुँचाएँ। गाँवों के चयन में कमेटी मदद करेगी।

इन कार्यों के अतिरिक्त राहत कमेटी ने 'पलामू में सूखे के संदर्भ' में 'प्रभात खबर' में छपी खबरों के आधार पर 20 फाइलें बनवाकर नवंबर में 20 सांसदों (सभी दलों के) को भिजवाईं, शीत अधिवेशन (नवंबर) में यह मामला संसद् में उठा। संसद् में बहस हुई, जिसमें 'प्रभात खबर' की खबरों का उल्लेख है। कमेटी ने अब तय किया है कि वहाँ की भयावह स्थिति को उजागर करने के साथ-साथ वहाँ हो रहे राहत कार्यों का पूरा ब्योरा भी पाठकों को उपलब्ध कराएगी, लेकिन कमेटी अपना कार्य तभी कर पाएगी, जब उसे पूर्ववत उत्साही लोगों का सहयोग मिलेगा।

(18-01-1993)

□

आर्थिक विकास और कानून-व्यवस्था

संदर्भ : राँची

आपकी संस्था की ओर से मुझे 'कानून-व्यवस्था' के संदर्भ में बोलने के लिए कहा गया है। जो चीज हम पल-पल जीते हैं, एहसास करते हैं, भोगते हैं, क्या मैं उस अव्यक्त पीड़ा को आपके बीच जीवंत बनाऊँ? क्या इस शहर (राँची) में होनेवाली रोजाना की डकैतियों, बलात्कार, रंगदारी, भ्रष्टाचार के बारे में कहूँ? क्या यह चर्चा करूँ कि कल रात को शहर के एक इलाके में शाम आठ बजे डकैती हुई और पास में स्थित पुलिस क्यों दो घंटे विलंब से पहुँची? यह भी चर्चा अनावश्यक होगी कि हाल में शहर में जो एक चर्चित अपहरण हुआ, उसमें कितने लाख का, कैसे लेन-देन हुआ और कौन-कौन साझीदार हैं? कि पुलिस या राजनेता कैसे अपराध करा रहे हैं? या 1991 में राँची में दर्ज पुलिस मामले (लूट-डकैती आदि) 37.53 लाख के थे, जिनमें से चार लाख रिकवर किए गए। प्रसंगवश उल्लेख कर दूँ कि दर्ज घटनाओं के मुकाबले, अदर्ज घटनाएँ बहुत अधिक हैं। वर्ष 1992 में 10 करोड़ की लूट-पाट की घटनाएँ राँची पुलिस ने दर्ज कीं, रिकवरी 84000। मैं यहाँ उत्तरदायित्व (एकाउंटेबिलिटी) का यह सवाल भी नहीं उठा रहा हूँ कि पुलिस के ऊपर राष्ट्रीय बजट में खर्च 2000 करोड़ से ऊपर बढ़ गया, तब उस अनुपात में उसके काम में गिरावट क्यों? क्या यह भी बताने की जरूरत है कि राँची के सभी दलों के राजनेता (मुझे अनुमति दें, तो मैं इन सबको अपराधी कहना चाहूँगा) या राजनीतिक दलों-गुटों ने राँची में वर्ष 1992 में 92 दिन बंद कराकर किसका हित किया? जो हम सब यहाँ बैठे हैं, उनके घरों में लगातार दो-चार दिन बंद में भी चूल्हे जलते रहे, पर जो रोजाना काम कर जीनेवाले लाखों की संख्या में दिहाड़ी मजदूर हैं, उनका क्या हुआ? या नगर के नौकरशाहों या सरकारी महकमों की चर्चा करूँ? यह तो आपको ही बेहतर मालूम होगा, क्योंकि ट्रेन में आग लगने पर फायर ब्रिगेड की गाड़ी इस कारण नहीं पहुँचती कि उसके पास पेट्रोल के पैसे नहीं हैं। आप ही के संगठन के एक पदाधिकारी ने पेट्रोल डलवाया, तो फायर ब्रिगेड की गाड़ी

रेलवे स्टेशन पर आग बुझाने पहुँची। या मैं यह बताऊँ कि कैसे-कैसे भ्रष्ट अफसर यहाँ हैं? वह तो बेहतर तौर पर आप जानते होंगे। पर एक बात मैं कहना चाहूँगा, बिहार में लगभग तीन वर्षों से हूँ। एक बार राज्य विजिलेंस की गोपनीय लिस्ट मेरे अखबार में छपी। सरकार के अनुसार उसमें लगभग 70 अधिकारियों पर गंभीर गोलमाल का ब्योरा था। उसमें सिर्फ एक अधिकारी पर 50 करोड़ के घपले का आरोप था। देखकर दंग रह गया। एकाध करोड़ खानेवाले तो अनगिनत हैं। सरकार के अनुसार ही आज राँची में बिजली-सड़क-अस्पताल, नागरिक सुविधाओं की क्या स्थिति है? मुझे लगता है कि यह कथा अनंत है। पर समझने की बात यह है कि ये सारी चीजें एक गंभीर बीमारी के महज लक्षण-बाह्य संकेत हैं। इन बीमारियों की संख्या अनंत है। आज राँची जिस बीमारी (अपहरण, हत्या, लूट, बंद आदि) से त्रस्त है, वह गंभीर और जानलेवा है।

आवश्यकता है बीमारी को समझने की। आज से लगभग 25-30 वर्ष पूर्व हमने इस बीमारी को निमंत्रित किया। राजगोपालाचारी ने कहा था, 'लाइसेंस, कोटा-परमिट राज के भयंकर दुष्परिणाम होंगे।' राजनीति-नौकरशाही के पतन की शुरुआत हुई। तब अपराधियों को राजनीतिक संरक्षण दबे-ढँके मिलता था। अब अपराधी राजसत्ता में बैठ रहे हैं। जब मैं राजसत्ता की बात करता हूँ, तो इसमें सभी पक्ष-दल के लोगों को शामिल करता हूँ। 1980 में देश के प्रमुख अर्थशास्त्री व योजना आयोग के पूर्व सदस्य डॉ. जयदेव सेठी ने कहा था कि इस देश में 25 लाख लोग (मौजूद व भूतपूर्व सांसद, मंत्री आदि) ऐसे हैं, जो एक पैसे का बगैर श्रम किए पाँचसितारा जीवन जीते हैं। इन राजनीतिक अनुत्पादकों (दलाल) की संख्या आज एक करोड़ के आस-पास है। ये राजनीतिक प्राणी (अपराधी) कैसे बगैर श्रम किए भौतिक सुख भोग रहे हैं, रंगदारी वसूल रहे हैं, इसका राँची से बेहतर अनुभव किसे होगा? अत: 25-30 वर्ष पूर्व हमारे अग्रज-बुजुर्ग चुप रहे, तो हम-आप इसका दुष्परिणाम भुगत रहे हैं। आज हमें तय करना है कि हम एक बेहतर वर्तमान और सुखद भविष्य बनाने के लिए क्या कर सकते हैं?

क्या दुनिया में प्रगति-ज्ञान का जो (एक्सप्लोजन ऑफ नॉलेज) विस्फोट हो रहा है, उससे हम वंचित होंगे? आज सारे प्रतिमान बदल गए हैं। पहले अर्थशास्त्र में मुझे पढ़ाया गया था कि 'फैक्टर्स ऑफ प्रोडक्शन' संपत्तिवान्-समृद्ध बनने के कारगर उपाय-माध्यम हैं। आज 21वीं शताब्दी की देहरी पर खड़ी दुनिया अनुभव कर रही है कि वे सारे पुराने प्रतिमान टूट गए हैं। आज 'इनफॉरमेशन इज वेल्थ' है। सस्ते श्रम से अब पूँजी-निर्माण नहीं होता, टाइम (समय) फैक्टर से होता है। अमेरिका-यूरोप की पूरी पीढ़ी भावी दुनिया की चर्चा में तल्लीन है। स्पेस कॉलोनी, स्पेस माइनिंग, अंडरग्राउंड कॉलोनी, वेस्ट यूरोप के देशों के बीच एकता की घटनाएँ—दुनिया को बदलने की गति

बहुत-बहुत तेज हो गई है। एलविन टाफलर की पुस्तक 'फ्यूचर शॉक', 'थर्ड वेब', 'पावर शिफ्ट एरा' आपने देखी होगी। भारत को छोड़कर दुनिया के राजनीतिज्ञों, उद्योगपतियों-बौद्धिकों के बीच में ये पुस्तकें हाल के वर्षों में सर्वाधिक चर्चित रहीं। 1967 में रोम में 'क्लब ऑफ रोम' बना, जिसकी रिपोर्ट 'लिमिट्स टू ग्रोथ' पूरी दुनिया में चर्चित हुई। ट्रेडिशनल रिसोर्सेज (पारंपरिक संसाधन) खत्म हो रहे हैं, तो दुनिया में वैकल्पिक साधनों की चर्चा हो रही है। पर हमारे यहाँ? हम अपने अकर्म की पीड़ा भुगत रहे हैं।

यह कथा-व्यथा लंबी है। पर राँची स्तर पर हम चुनौती का सामना कैसे करें या कर सकते हैं, उस पर कुछ मैं चर्चा करूँ :

दो रणनीतियाँ हैं—एक, अल्पकाल की, दूसरी, दीर्घकाल की। 1. अल्पकालीन रणनीति : (क) आपके बीच से राँची छोड़कर जो कुछ लोग जा रहे हैं, उनका पलायन तत्काल बंद हो। उन्हें बताइए कि पूरा देश ही बिहार बन रहा है। बंबई 'सिटी ऑफ गोल्ड', 'फर्स्ट सिटी ऑफ इंडिया' की बात बताऊँ— इन दंगों के लगभग दो माह पूर्व बंबई के व्यापारियों ने अपराधियों से सुरक्षा पाने के लिए अभियान चलाया था। जे.आर.डी. टाटा, ननी पालकीवाला और रामकृष्ण बजाज के हाल के बयान आपने देखे होंगे। कर्नाटक की भी वही स्थिति है। (ख) बंद का विरोध : 'ट्राई टू स्टैंड ऑन इश्यूज'। 'प्रभात खबर' ने तय किया है कि अगर छह फरवरी को बंद हुआ, तो हम उस बंद के खिलाफ सड़क पर उतरेंगे। सक्रिय पत्रकारिता हिंदी पत्रकारिता का अतीत रही है। अगर आप एक बार पूरी ताकत से खड़े हो जाएँ, तो 'यू हैव नथिंग टू लूज एक्सेप्ट दिज बंद्स।' (ग) नेताओं-दलों की बैठकों में जाकर बंद के नुकसान का उन्हें हिसाब दीजिए। अपनी बात बताइए। पर इन भ्रष्ट नेताओं या अफसरों से घृणा करिए। (घ) बिजली, सड़क या कानून-व्यवस्था : मई 1992 में बिजली का अद्भुत संकट हुआ। राँची की जनता सड़क पर उतर आई, राजनीतिक दल पीछे चले। इस गति को तेज करने की जरूरत है। कानून-व्यवस्था की खराब होती स्थिति के लिए गैर-राजनीतिक संगठनों से तालमेल बनाकर कुछ करने की जरूरत है।

2. दीर्घकालीन रणनीति : (क) राँची के विभिन्न संगठनों-लोगों को दुनिया में हो रहे परिवर्तनों से रू-ब-रू कराने का अभियान चलाना होगा। आप यह न समझें कि घर की एक कोठरी बेहद खूबसूरत और आरामदेह रहेगी और बाकी कमरे जर्जर अवस्था में। रेगिस्तान से नखलिस्तान नहीं बन सकता। अतः आपको इस माहौल को बेहतर बनाने के लिए आगे आना होगा। अगर हमारे पूरे समाज में प्रगति की भूख, पूरी दुनिया में हो रहे परिवर्तनों से तालमेल बनाकर चलने की भूख पैदा होगी, तो हमारे आस-पास

का माहौल-समाज स्वत: सुंदर होगा। 1991-92 में भारत का जी.डी.पी. है 1.2 प्रतिशत। चीन की प्रगति दर है 12 फीसदी। यूरोप मानता है कि दुनिया का सबसे ताकतवर देश 4-5 वर्षों में चीन होगा। 'एशियन टाइगर्स' भी पीछे छूट रहे हैं। नए तीन 'एशियन टाइगर्स' आ गए हैं। भारत को 'केज्ड टाइगर' कहा गया। इसे हमें पिंजरे से निकालने की जरूरत है। अर्थशास्त्र में हम बाहरी चीजों का 'प्रत्यक्ष प्रभाव' (डिमॉनस्ट्रेटिव इफेक्ट) पढ़ा करते थे। आज हम लोगों के बीच क्या आदर्श बना रहे हैं? रंगदार, तस्कर, नेता। मीडिया यहाँ बहुत निर्णायक काम कर सकती है। मीडिया को आप पाठक बाध्य कर सकते हैं कि परिवर्तन का वाहक बनिए। (ख) छोटे-छोटे काम शुरू करें। जापान की छोटी सी चर्चा करूँ। वहाँ 'फाइव एस' का पालन होता है—सेटी, सीटन, सीसो, सीकेत्सु और सीत्सुके। सँवारना, व्यवस्थित करना, सफाई, स्वच्छता और संस्कार। घर-घर और शहर-शहर इसका अभियान चले।

वरना बिहार में जिस संख्या में अपढ़-निरक्षर (1951—2.5 करोड़,1981—5.6 करोड़) बढ़ रहे हैं, उसमें 21वीं शताब्दी में दुनिया के सर्वाधिक निरक्षर यहीं होंगे। निरक्षरता, भूख, पीड़ा, गरीबी के बीच उद्योग खड़े नहीं होंगे। समृद्धि नहीं पनपेगी। 21वीं सदी में गहरा अँधेरा ही रहेगा।

(राँची में फिक्की और छोटानागपुर चेंबर ऑफ कॉमर्स द्वारा आयोजित संगोष्ठी में दिया गया वक्तव्य।)

(19-01-1993)

□

डालटेनगंज-गढ़वा की स्मृति पीड़ा

संदर्भ : पलामू गढ़वा में अकाल

डालटेनगंज, गढ़वा के नौ पहाड़ी गाँवों में 22, 23 और 24 फरवरी को रहने, घूमने के बाद तैयार शब्दचित्र।

सुसुगी (महुआडाँड़) पंचायत का एक गाँव। आधी रात का उतरता पहर। लगा कोई दरवाजा खड़का रहा है। उठा। बगल में त्रिदीव दा और कृष्णानंदजी हैं। पहाड़ी गाँवों में सुबह से ही भटकने की प्रथा है। कृष्णनाथजी के शब्दों में दरवाजों से बाहर आते ही तेज हवा का झोंका, मुँह और हाथ मानो छीलने लगे। आसमान का अक्षत सौंदर्य, अँधेरा, ठंड और सर्द हवा। कुछ भी दिख नहीं रहा था। बस सुनाई दे रहा था। वह धरती, जिस पर हम सो रहे थे, का स्वरूप पिछले दो-तीन दिनों में देखा था, कहीं मन में अटक गया था।

डालटेनगंज, गढ़वा के देखे गाँवों की स्मृति एक-एक कर उभरने लगती है। वे लोग, वे गाँव और उनकी बेचैनी। स्मृति भी एक बंधन है। लगा, क्यों ये चीजें बार-बार उभरती हैं? बेचैन करती हैं? जो हम सबने देखा। क्या लिखकर फिर उसे जीवित किया जा सकता है? अगर जीवित हो भी गईं, तो कौन सुनेगा? क्या फर्क आएगा? यह संशय है। और गीता कहती है, 'संशयात्मा विनश्यति' पर विनाश की ओर तो हम सब आँख बंद कर दौड़ रहे हैं। डालटेनगंज और गढ़वा के पहाड़ी—पिछड़े गाँवों का एक-एक इनसान इस भावी विनाश का संकेत है। प्रकृति के संतुलन में यह संभव नहीं है कि कुछ करोड़ लोग दाने-दाने के लिए बरसों से बेचैन रहें और कुछ उनके सवालों-समस्याओं से अनजान भोगवाद बढ़ाते रहें। यह माल्थस का सिद्धांत नहीं, बल्कि पलामू और गढ़वा की समस्याओं से उपजे तथ्य हैं।

अकाल से तबाह पलामू में जल संकट गहरा रहा है। कुएँ सूख रहे हैं। जल स्तर तेजी से नीचे चला गया है। अप्रैल-मई में संकट बढ़ेगा। पिछले कई वर्षों से

अनावृष्टि की स्थिति है। यह दुश्चक्र है। जंगल कटेंगे, कम होनेवाली वर्षा और कम होगी। जल संकट बढ़ेगा। डालटेनगंज और गढ़वा इसी दुश्चक्र की गिरफ्त में हैं। डालटेनगंज में शत्रुघ्नजी ने बताया था कि जंगल महकमा ने लकड़ी बेचकर हाल ही में विभाग के आला व्यक्ति को भारी रकम दी है। पैसे की इस भूख से यह प्राकृतिक विपत्ति बढ़ रही है।

सरगुजा से आए प्रताप भाई कहते हैं : डालटेनगंज सदर, चैनपुर, मनातू, पाँकी, विश्रामपुर (कुछ इलाके), मनिका (कुछ जगहें), लेस्लीगंज में पानी संकट है। बालूमाथ और महुआडाँड़ में स्थिति गंभीर है। प्रताप भाई से लगभग छह वर्ष बाद मुलाकात हुई थी। तब वह मिर्जापुर-सोनभद्र (दुधी-चोपन) में भूमि हकदारी मोर्चा बनाकर संघर्ष चला रहे थे। आक्रामक और जुझारू तेवर में। अब उन्होंने सृजन की चुनौती स्वीकारी है। मिर्जापुर के दक्षिणांचल में 4000 से अधिक चेकडैम बनवाए हैं। डालटेनगंज प्रशासन ने उन्हें मदद के लिए आमंत्रित किया है। उन्होंने सुना कि हमलोग आ रहे हैं, सो मिलने आ गए। पुरानी स्मृतियाँ उभर आती हैं। मिर्जापुर और सोनभद्र के जंगलों में उनके साथ घूमते हुए, साथी प्रताप भाई और वीरेंद्र का हुंकार सुनते हुए। वह कहते हैं। तत्काल डालटेनगंज जिले के सभी कुएँ 8-10 फुट गहरे किए जाएँ, और स्थायी हल की कोशिश हो, तभी इस संकट से निबटा जा सकता है।

प्रताप भाई अपना अनुभव बताते हुए अचानक खामोश हो जाते हैं। फिर कहते हैं—पाँकी में जो देखा, वह दृश्य आँखों के सामने नाच रहा है। सैकड़ों नंग-धड़ंग औरतें, लड़कियाँ और बच्चे लकड़ी के गट्ठर लेकर कतारबद्ध खड़े थे। पर कोई खरीदार नहीं। दिन-दिन भर अवश खड़े रहते हैं।

मैं देखता हूँ, त्रिदीव दा ऐसी चीजें सुनकर बेचैन हो जाते हैं। उठते हैं-बैठते हैं, बार-बार आँखें बंद कर खो जाते हैं। जर्मनी में इंजीनियर थे, उस नौकरी को ठुकरा कर गरीबों के लिए काम करनेवाले व्यक्ति की पीड़ा मुझे महसूस होती है। आज समाज में त्रिदीव दा जैसे लोगों की संख्या लगभग नगण्य है। मिश्रजी बार-बार राजनीतिक दलों पर उबल पड़ते हैं। सुनते-सुनते मैं भी भटक जाता हूँ। आज संसद् को राष्ट्रपतिजी संबोधित करनेवाले हैं। भाजपा नए युग के निर्माण का शंखनाद कर रही है। कांग्रेस, जनता दल और दूसरे राजनेता भावी भारत की बातें कहते नहीं थकते। मीडिया में भारत के भविष्य सँवारने-बनाने के सवाल पर हर दल, वर्ग, संस्थाओं की चिंता रोज जाहिर हो रही है। पर क्यों पलामू-गढ़वा के ऐसे गाँवों (देश में ऐसे गाँवों की तादाद लाखों में है, जो विभिन्न प्रांतों में हैं) के सवाल न संसद् में उठ रहे हैं, न विधानमंडल में और न मीडिया में। क्यों 'गांधी का अंतिम आदमी' और समाज

का हाशिए पर रहनेवाला इनसान आज इतना अप्रासंगिक हो गया है? इन गाँवों के युवकों-बूढ़ों और महिलाओं के भी सपने हैं या वे संवेदनहीन इनसानों की जमात हैं? इनके लिए संसद्, विधानमंडल, न्यायपालिका, मीडिया की क्या प्रासंगिकता है? देश की मुख्यधारा से ये कटे हैं या मुख्यधारा इनसे कटकर भारत-इंडिया का फर्क जाहिर करती है। सवाल अनंत हैं, पर देश में इन सवालों के जवाब देनेवाली संस्था कौन सी बची है? किस गांधी, विनोबा, जे.पी., लोहिया से आज इन सवालों पर रोष जाहिर करने और पूछने का हमें हक है?

भविष्य कभी इतना अंधकारमय, त्रासद और निराशाजनक नहीं लगा। अंधा युग की सबसे प्रिय पंक्ति अचानक कौंधती है—'जब कोई भी मनुष्य अनासक्त होकर इतिहास को चुनौती देता है, उस दिन नक्षत्रों की दिशा बदल जाती है।'

80 करोड़ की इस जमात में क्या एक भी अनासक्त इनसान आज नहीं रहा? इस डालटेनगंज से देश के दो बड़े नेता हुए। भीष्म नारायण सिंह और सुबोधकांत सहाय। राज्य स्तर पर मंत्री भी कई हुए और हैं। पर अपने सिवा कितने लोगों की तकदीर इन्होंने बदली? क्यों यह व्यवस्था इतनी असहाय, मानव-विरोधी हो गई है?

सरगुआ गाँव से आगे बढ़े ही थे कि जीप में मामूली गड़बड़ी आ गई। रामगढ़ में चाय की दुकान पर बहस हो रही थी। लोग बेचैन थे कि चैनपुर ब्लॉक के बी.डी.ओ. और मुखिया जवाहर रोजगार योजना के तहत 10-10 फीसदी कमीशन क्यों ले रहे हैं, जबकि स्वीकृत दर पाँच फीसदी है। यानी जवाहर रोजगार योजना के तहत डालटेनगंज के हर ब्लॉक का कमीशन स्ट्रक्चर है—बी.डी.ओ. पाँच फीसदी, मुखिया पाँच फीसदी, ओवरसियर पाँच फीसदी, पंचायत सेवक पाँच फीसदी, बड़ा बाबू दो फीसदी और डी.आर.डी.ए. कार्यालय तीन फीसदी। स्वीकृत राशि का लगभग 30 फीसदी स्वत: बँट जाता है। शेष राशि मदद में मिलती है। राजीव गांधी ने इसे ही मुखर रूप में कहा था कि ऊपर से चलनेवाला एक रुपया नीचे आते-आते तक सात पैसे रह जाता है। फर्ज कीजिए कि कुएँ के निर्माण के लिए 16000 रुपए मिलते हैं, तो ऋण लेनेवाला गरीब दस्तखत करेगा 16000 पर और पाएगा 11200। फकीटाडीह (भंडरिया प्रखंड) के हरिजन हरूक तुरी को आई.आर.डी.पी. के तहत भूमि विकास बैंक की ओर से 10000 रुपए ऋण दिए गए। पर असल हरूक तुरी को ऋण नहीं मिला। बीच में ही बंदरबाँट हो गई। अब असल हरूक तुरी दर-दर गिड़गिड़ाता घूम रहा है कि वह सबकुछ बेच दे, तब भी 1000 रुपए नहीं जुटा पाएगा। 10000 रुपए तो सपना है। सरकारी भ्रष्टाचार पर कोई सवाल नहीं उठता, लोग चिंतित हैं कि तयशुदा कमीशन से अधिक अधिकारी क्यों ले रहे हैं? इधर भ्रष्टाचार के पर्याय बन

चुके भूमि विकास बैंक, ग्रामीण बैंक व अन्य सहकारी संस्थाओं ने तगादा आरंभ कर दिया है। गढ़वा के उपायुक्त ऐसी शिकायतों पर सख्ती से काररवाई करते हैं, पर पलामू के अधिकारी इन सवालों के प्रति असहज नहीं हैं।

पानी संकट पर चर्चा करते हुए गोकुल बसंत और साथी अर्जुन ब्योरा देते हैं। आजादी के बाद अब तक बाँध, मध्यम सिंचाई, लघु सिंचाई, 'लिफ्ट एरिगेशन' और बृहत सिंचाई परियोजना पर लगभग 14-15 अरब रुपए पलामू में खर्च हो चुके हैं। पर पलामू-गढ़वा प्यासे हैं और खेत सूखे हैं, क्योंकि अधिकतर योजनाएँ अधूरी रह गईं या कागज पर रहीं। कई करोड़ रुपए खर्च होने के बाद औरंगा प्रोजेक्ट बंद है। कुटकु बाँध पर 20 साल से काम हो रहा है। 120 करोड़ लागत खर्च था, अब तक 550 करोड़ खर्च हो चुके हैं। काम अधूरा है। मलय मध्यम सिंचाई पर 350 करोड़ खर्च हुए हैं। अब पता चला, वह 'डिफेक्टिव' है। पलामू में मात्र 16 हजार एकड़ भूमि है। सन् 1952 से पलामू के लिए जितने बाँध, तालाब, कुएँ स्वीकृत हुए, अगर उनका कुल क्षेत्रफल जोड़ दिया जाए, तो पलामू में न घर के लिए जमीन बचेगी और न खेती के लिए। स्पष्ट है कि बड़े पैमाने पर सरकारी अधिकारियों-ठेकेदारों-राजनेताओं ने धोखाधड़ी की। एक-एक कुएँ पर सरकार के चार-चार विभागों से पैसे लिए गए और आपस में बाँट लिए गए। अरबों रुपए बहाए जाने के बाद भी बड़े बाँध-डैम परियोजनाएँ अधूरी हैं।

अगर किसी काम पर कोई व्यक्ति खर्च करता है और वह काम अधूरा रहता है, तो वह भाग-दौड़ करता है। बेचैन होता है। पर देश-राज्य की इस संपत्ति नाश-लूट-से किसे चिंता है?

समृद्ध धरती में उदास वसंत

1952 से शुरू परियोजनाओं में लूट का 'पलामू-प्रसंग' सुनते ही आर्नाल्ड रॉयन बी. याद आते हैं। 1955 के आस-पास वह भारत आए थे। सामुदायिक विकास योजनाओं को देखकर मुग्ध थे। उनका निष्कर्ष था कि विकास का केंद्र गाँव-पंचायत या ब्लॉक बना देने से 'विकास की पुरानी अवधारणा' बिलकुल पलट जाएगी। तब विकास की कल्पना थी—ऊपर से योजना बनाकर नीचे थोपना। सामुदायिक विकास योजना का स्वरूप गांधी के ग्राम स्वराज्य के आस-पास था। चूँकि हर विकास मॉडल अपने साथ एक नई संस्कृति-स्वरूप लेकर आता है, इसलिए आर्नाल्ड रॉयन बी. को लगा कि गांधी के भारत में सतह के आदमी से उठते विचार से उसकी समस्याएँ ऊपर तक जाएँगी, उसकी आवश्यकता-अनुरूप योजनाएँ बनेंगी। इन योजनाओं से एक नई

मानवीय संस्कृति प्रस्फुटित होगी। गांधी का भारत दुनिया के लिए अनुकरणीय होगा। शायद इसी कारण आर्नाल्ड रॉयन बी. ने कहा था कि दुनिया को नई सभ्यता-संस्कृति की रोशनी पूरब से ही मिलेगी। पश्चिम की भौतिक भूख के खिलाफ नए जीवन-दर्शन या संस्कृति के पूरब से उद्‌गम से उनका आशय भारत से ही था।

पर सबकुछ कितना जल्द बिखर गया! सृजन और स्वाधीनता की प्रात: बेला में ही शोकगीत गूँजने लगा। जब देश अँगरेजों के सामने मत्थे टेक रहा था, तब आजादी की लड़ाई शुरू होने के काफी पहले नीलांबर-पीतांबर ने पलामू की धरती पर ही स्वाभिमान और अस्मत बचाने की लड़ाई लड़ी थी। इन दोनों के पिता भी अँगरेजों से लड़ते हुए फाँसी चढ़े, फिर पीतांबर-नीलांबर चढ़ती जवानी में पेड़ पर लटका दिए गए। उन महान् सपूतों की जन्मभूमि आज पलामू में निर्माणाधीन किसी बाँध के कारण डूब चुकी है और वह बाँध भी 20 वर्षों में नहीं बन पाया है। तप-त्याग और शौर्य की मिट्टी को आजादी के बाद का भ्रष्टाचार इसी तरह डुबो गया। आज पलामू जापान के पास होता, तो उसके धरती-पुत्र दुनिया के सबसे समृद्ध होते। समृद्ध तो वे आज भी हैं, पर यह समृद्धि पलामू के बाहर के लोगों के लिए है।

प्राकृतिक संसाधन की दृष्टि से देश में जो दो-तीन समृद्ध जिले हो सकते हैं, उनमें से पलामू एक है। एशिया का सर्वश्रेष्ठ ग्रेफाइट यहाँ है। इसका बड़ा भंडार है। 95 फीसदी कार्बनयुक्त ग्रेफाइट शायद ही कहीं और हो। ग्रेनाइट है, जो 'काला हीरा' कहा जाता है। चैनपुर में संगमरमर है। मैगनेटाइट है, डोलोमाइट है, फायर क्ले, लाइमस्टोन, बेरिल, और दो-ढाई फुट खोदते ही बेहतर कोयला। आबाद जंगल-कत्थे। पर इस समृद्धि का उपयोग कौन कर रहा है? तस्कर, राजनेता और बिचौलिए। कत्थे की तस्करी हो रही है। बनारस, इलाहाबाद, कानपुर और दिल्ली के बाजारों में प्रतिवर्ष अनुमानित रूप से 10-12 करोड़ का अवैध कत्था भेजा जाता है। जंगल कट रहे हैं। अवैध कोयला भरकर ट्रक बाहर जा रहे हैं। जंगल में लाह, गोंद, चिरौंजी और महुआ के 'कैश क्रॉप' हैं। पर इन सबका बाजार उन लोगों के हाथ में है, जिनके हाथ-पाँव दिल्ली-पटना और काले बाजार में प्रभावी हैं। हरड़, बहेड़ा और आँवला के समृद्ध जंगलों पर भी सूखे की छाया पड़ चुकी है।

सरहुआ पहुँचने के पहले से ही दूर-दूर से पीपल के पेड़ सूखे-नंग-धड़ंग और पत्ती-विहीन नजर आने लगे थे। साथी अर्जुन ने बताया कि चारे के अभाव में पीपल के सभी पेड़ों के पत्ते, हरे डाल तोड़े जा चुके हैं। बाहर से चारा मँगाने का प्रयास चल रहा है। जल-संकट में पशु सबसे अधिक प्रभावित हैं। प्रकृति का रहस्य सचमुच अजीब है। पलामू के लोगों की वेदना-पीड़ा के साझीदार और मूक साथी इन पशुओं

की पीड़ा की चर्चा सुन-देखकर बरसों पहले (लगभग 22 वर्ष पूर्व) छोड़े गए अपने गाँव की याद आ गई—

'भिखारी भाई!' इसी नाम से लोग उन्हें पुकारते थे। नितांत-अपढ़ गरीब, पर चरित्र और संवेदना के स्तर पर शायद ही आज 80 करोड़ के देश में वैसे लोग हों। उनकी चर्चा फिर कभी। पर तब के भारत के गाँवों में 'भिखारी भाई' जैसे लोगों की ही बहुतायत थी। अपढ़-गरीब पर चरित्र, ईमानदारी और मानवीय दृष्टि से अद्‌भुत। वह अनेक मवेशियों को खिलाते थे। तड़के चार बजे सुबह से ही। खिलाते-बोलते, मानो उन पशुओं से बतिया रहे हों। कभी कोई पशु बीमार हो और 'भिखारी भाई' खाना खा लें या सो लें, यह संभव नहीं था। कभी 'भिखारी भाई' बीमार पड़ जाएँ तो मवेशी खाने के पास न फटकते। भारत के गाँवों के किसानों की यही आत्मा रही है। पशु-पक्षियों से उनकी जीवंतता इसी मानवीय स्तर पर रही है।

आज पलामू के सूखे की जहाँ-तहाँ चर्चा हो भी जाती है, पर उन मूक पशुओं और बेतला जंगल के जानवरों की सुध किसे है? बेतला जंगल में दौड़ते-फाँदते बंदर कम दिखने लगे हैं। हिरनों की उन्मुक्त छलाँगें नहीं लग रहीं। जंगल में पेयजल स्रोत सूख रहे हैं। मई-जून में क्या होगा, यह अटकलबाजी और कयास लग रहा है। यह वसंत ऋतु है। जंगल और पलामू के पठार इस वसंत में रौनक से भर जाते थे। पुटूस के लाल फूलों के आकर्षण की चौतरफा चर्चा होती थी। पलामू में शायद 1967 के बाद यह सबसे उदास वसंत है।

जिन पेड़ों-जंगलों पर वसंत की शोभा थिरकती थी, आज पलामू में वे सिकुड़ रहे हैं। 1926 में पलामू में 3200 वर्गमील में जंगल पसरा था। कुल भूमि के 65.3 फीसदी में जंगल था।

40 वर्ष बाद 1966 में 65.3 से घटकर जंगलक्षेत्र 45.99 रह गया। अब शायद 20 फीसदी भूमि में जंगल हो! वह भी समृद्ध जंगल नहीं। शोभाविहीन और श्रीहीन जंगल! महज झाड़ी और कमजोर पेड़ों से आच्छादित। ठेकेदारों, अफसरों और राजनेताओं के रातोरात समृद्ध होने की आकांक्षा के शिकार इस जंगल-क्षरण से बड़े पैमाने पर भूमि क्षरण (सोआयल इराजन) हुआ। जब जंगल समृद्ध थे, तो लगभग 50,000 लोग फरवरी-मार्च में जंगल महकमे में काम करते थे। तरह-तरह के काम। अब जंगल सिमट रहे हैं तो जंगल पर निर्भर लोगों की यातना बढ़ रही है। उधर जंगल कटवानेवालों की भूख भी बढ़ रही है।

'गीता' के अनुसार भोग से भोग की वृद्धि बढ़ती है। सार्वजनिक संपत्ति लूटनेवाले शायद यह नहीं जानते कि उनके द्वारा एकत्र वैभव से उनके वंशज सुख-भोग नहीं

कर पाएँगे। अगर समाज ही तितर-बितर और अस्थिर हो जाए, अपराध और अराजकता का माहौल बढ़े, तो उस एकत्र वैभव का उपयोग कौन कर पाएगा? अपनी भावी पीढ़ी के लिए अनिश्चित और अंधकारमय भविष्य को छोड़नेवाले नहीं जानते कि वैभव-समृद्धि से वर्तमान या भविष्य नहीं निखरता। फ्रांस के लुई सोलहवें (1789) से समृद्ध और सुखी कौन परिवार था?

बी.डी.ओ. ताकतवर हैं उपायुक्त से

यह कहना असत्य होगा कि पलामू या गढ़वा के सूखे या अकाल की स्थिति के प्रति डालटेनगंज में बेचैनी नहीं है। 22 फरवरी को डालटेनगंज पहुँचते ही अदालत परिसर में भीड़ दिखी। झकाझक सफेद खद्दर धारण किए कुछ लोग खड़े थे। उनके अगल-बगल सुरक्षा के लिए पुलिस के मुस्तैद जवान थे। आसपास इस भीड़ को निहार रही भदेस जनता थी। मालूम हुआ कि ये कांग्रेसी हैं। सूखे से मर्माहत हैं। राहत मंत्री का घेराव करने आए हैं। दिल्ली के शासक कांग्रेसी जिस तरह का ताना-बाना धारण करते हैं, क्रीज न टूटनेवाला खद्दर पोशाक पहनते हैं, उनको कांग्रेसी डालटेनगंज कचहरी परिसर में सूखे की अपनी पीड़ा सार्वजनिक करने आए थे।

यह दृश्य देखते ही न जाने कितनी चीजें एक साथ कौंध गईं। दरअसल पलामू-गढ़वा का अकाल तो मौजूदा सामाजिक-राजनीतिक परिस्थितियों का परिणाम है। यह ईश्वरीय प्रकोप या प्राकृतिक विपदा नहीं है। अकाल व्यवस्था की विफलता का परिणाम है और आजाद देश में इन्हीं कांग्रेसियों ने सबसे अधिक बरसों तक शासन किया है। अपनी विफलता-करतूत से उपजे अकाल पर शोक जाहिर करने आए कांग्रेसियों के चेहरे पर रत्ती भर भी शिकन, आत्मशर्म और बेबसी नहीं थी। इनमें से शायद ही कोई पलामू-गढ़वा के सुदूर पहाड़ी गाँवों में गया हो।

न जाने क्यों रामवृक्ष बेनीपुरी की याद आई। संभव है शिवपूजन सहाय और रामवृक्ष बेनीपुरी को अब बहुत लोग न जानते हों। स्वराज्य के बाद उन्होंने राजनीति को नमस्कार कर दिया था, यह कहते हुए कि अब राजनीति में तीन पार्टियाँ होंगी। एक चोरी करनेवालों की, दूसरी गाली देनेवालों की और तीसरी सबसे बड़ी पार्टी वैसे लोगों की होगी, जो चोरी भी करेंगे और गालियाँ भी देंगे। यही कांग्रेसी करते आ रहे हैं। प्रख्यात अर्थशास्त्री अमर्त्य सेन ने अकाल की राजनीति पर काफी गहराई से काम किया है। अर्थशास्त्र में उन्हें नोबेल पुरस्कार मिलने की चर्चा होती है। अगर वह नोबेल पुरस्कार से पुरस्कृत हो जाएँगे, तो हम ढिंढोरा पीटेंगे कि वह भारतीय हैं। दुनिया में 'भूख', 'राजनीति' और इन दोनों के अंतर्संबंध पर अमर्त्य सेन से बेहतर काम किसी

ने नहीं किया है। उनका निष्कर्ष है कि अकाल व्यवस्था की विफलता, राजनीतिक कौशल प्रबंध की विफलता और राजनेताओं की विफलता के परिणाम हैं। इस कसौटी पर कांग्रेसी अगर आत्म अवलोकन करें, तो उनके हित में होगा।

दूसरे दलों की स्थिति भी बेहतर नहीं है। रामविलास सिंह बिहार सरकार के वरिष्ठ मंत्री हैं। राहत का काम देख रहे हैं। 22 फरवरी को डालटेनगंज आए थे। कहा कि जो लोग भूख से मरने की बात कहेंगे और जाँच से प्रमाणित नहीं होगी, उनके खिलाफ प्रशासन मुकदमा करेगा। भारत के विरोधी दलों की यही सबसे बड़ी विडंबना रही है कि वे कुरसी पर बैठते ही 'कांग्रेसी' भाषा बोलते हैं और कांग्रेसी आचरण समृद्ध करते हैं; अपना सत्त्व, अपनी जड़ और अपना आधार भूलकर। अगर 1974 के आंदोलन के गर्भ से ऐसी ही बात करनेवाले मंत्री निकलने थे, तो अब यह दो मत नहीं कि 1974 का आंदोलन भारतीय राज-समाज को तहस-नहस करने में कांग्रेस को भी मात कर रहा है। मंत्री महोदय क्या बताएँगे कि भूख से मरने के लक्षण क्या-कौन से हैं? दुनिया के किस मेडिकल कॉलेज में विशेषज्ञ डॉक्टरों ने भूख से मरने की कसौटी तय की है? पलामू में भूख से जूझ रहे लोग किस कसौटी पर चिह्नित किए जाएँगे? आज तक पलामू-गढ़वा के भूखे लोगों को लाल कार्ड मुहैया नहीं कराया गया है। जिस एक ईमानदार अधिकारी ने जोखिम लेकर कुछ कार्ड बँटवाए हैं, उसे बदलने का गुपचुप अभियान चल रहा है।

ठेकेदार-नेता सक्रिय हैं कि उनके रुझान के अनुरूप अफसर इन जिलों में भेजे जाएँ, ताकि सूखे के नाम पर आनेवाली सरकारी राशि में उन्हें हिस्सा मिल सके। इस महान् उद्देश्य के लिए अब उपायुक्त या विकास उपायुक्त को रखने-हटाने की जरूरत नहीं है। बी.डी.ओ. पर्याप्त है। विकास राशि या योजनाओं पर खर्च की जानेवाली राशि उसके हाथ में होती है। नेता उनके आगे-पीछे घूमते हैं, तो बी.डी.ओ. अपने हमदर्द-संरक्षक नेताओं की मदद लेकर बयानबाजी करते हैं। पटना में अड्डा लगाते हैं। हकीकत तो यह है कि उपायुक्त या आयुक्त के मुकाबले भ्रष्ट बी.डी.ओ. ज्यादा ताकतवर और सत्ता गलियारे में दखल रखता है। डालटेनगंज के प्रभावशाली नेताओं-विधायकों ने अपने प्रिय अधिकारियों को अपने-अपने ब्लॉकों में तैनात करा रखा है। यह जाल बड़ा असरदार और मजबूत है। इसे तोड़ने या इसके खिलाफ अभियान चलानेवाला कोई जत्था या समूह नहीं है। राजनीति में सक्रिय लोगों के लिए यह अकाल मानवीय मुद्दा नहीं, महज राजनीतिक सवाल है। भाजपा के लिए तो अकाल कोई मुद्दा नहीं है। भाकपा और माकपा की भी कोई विशिष्ट भूमिका नहीं है।

राजनीतिक दलों के लिए मुद्दा नहीं है पलामू–गढ़वा

डालटेनगंज से सरहुआ के रास्ते में न कहीं कोई तालाब मिला, न ही हरियाली। सरहुआ से रामगढ़ मौजा जाने के रास्ते में एक तालाब दिखा, यह सुखद आश्चर्य था। पता चला कि यह बाँध और तालाब आजाद हिंदुस्तान में निर्मित नहीं हुए। महज 700 रुपए में अँगरेजों के जमाने में बना। इस बाँध के ठेकेदार के मुंशी के रूप में काम करनेवाले बैजनाथ जी अब भी जीवित हैं। इस तालाब के कारण आसपास खेती हो रही है। हरियाली है। अँगरेजों के सृजन का फल अब भी जीवित है, पर आजाद हिंदुस्तान में पलामू में सिंचाई–कुएँ आदि की मद पर 1400–1500 करोड़ रुपए खर्च से हुए सृजन दिखाई नहीं देते।

गाँवों के बड़े–बुजुर्ग झल्लाकर कहते हैं कि इससे तो अच्छे अँगरेज थे। तब उनकी बात समझ में नहीं आती थी। अब यह गुत्थी स्पष्ट नजर आ रही है। आजादी के साथ ही शायद नए निर्माण का सपना खत्म हो गया। बंबई में पत्रकारिता के दिनों का एक संस्मरण अचानक स्मृति में उभरता है। यह प्रसंग जे.पी. के एक गहरे गैर राजनीतिक मित्र ने 1978 में बंबई में सुनाया था।

1951–52 के आसपास की घटना है। जे.पी. अस्वस्थ थे। बंबई में अपने मित्र रूपारेल के पाली हिल स्थित आवास पर ठहरे थे। जिस कमरे में ठहरे थे, उसकी खिड़की समुद्र की ओर खुलती थी। सामने अरब सागर का न खत्म होनेवाला क्षितिज था। शाम का वक्त था, सूर्यास्त की बेला। जे.पी. गुपचुप समुद्र में उतरते सूर्य का मोहक दृश्य देख रहे थे। अचानक रामवृक्ष बेनीपुरीजी मिलने आए। जे.पी. ने चहककर कहा कि आइए–आइए बेनीपुरीजी, कितना सुहावना–मोहक दृश्य है! अरब सागर में सूर्यास्त की इस बेला में उस खूबसूरत जहाज को देखिए। जे.पी. डूबकर यह दृश्य देखते रहे। कुछ क्षण बाद पूछा कि बेनीपुरीजी, कैसा लगा यह दृश्य? बेनीपुरीजी ने कहा, अद्‍भुत। पर एक बात है। इस अवर्णनीय सौंदर्य के दौरान अगर सामने दिख रहा खूबसूरत जहाज डूब जाए, तो कैसा लगेगा? कवि हृदय जे.पी. उबल पड़े, कैसी अशुभ बातें करते हैं आप? खूबसूरत क्षणों–दृश्यों को मनुष्य बाँधता है, उदात्तता–विराट की कल्पना करता है। संसार–समाज को शुभमय बनाने की सोचता है। आप ऐसा सोचते हैं?

बेनीपुरीजी गंभीरता से जे.पी. का प्रतिवाद सुनते रहे। जे.पी. चुप हुए, तो बोले कि जे.पी. ऐसा हुआ है। जे.पी. ने तुरंत पूछा, कब और कहाँ? बेनीपुरीजी ने कहा कि आजादी की लड़ाई के बाद आजादी की बेला ऐसी ही सुहावनी–मोहक थी। सृजन का दौर था। निर्माण के लिए जो सुंदर जहाज समुद्र में तैर रहा था, उससे जे.पी. जैसे महारथी अचानक उतर गए। तब जहाज डूब गया। बेनीपुरीजी ने कहा कि उस भीषण

दौर में उनके जैसा मामूली व्यक्ति भी लाइफ जैकेट के सहारे तैर गया। पर देश निर्माण-मनुष्य निर्माण के सपने से प्रेरित हजारों-हजार प्रतिबद्ध लोग डूब गए। जे.पी. रोने लगे। जोर-जोर से, कुछ देर बाद पूछा कि क्या सारी गलती मेरी ही थी? स्पष्ट रूप से नहीं।

पर जिन लोगों ने नए सपने दिखाए-देखे, उनके निष्क्रिय होने से राजनीति में उन दृष्टिहीन लोगों का साम्राज्य हो गया, जिनकी दृष्टि महज स्वविकास तक सीमित थी। पलामू के पिछड़ापन का भूख-अकाल इन्हीं स्वकेंद्रित लोगों के सत्तारूढ़ होने का परिणाम है।

रामगढ़ में ही आजादी के बाद का उत्तर-विकास प्रकरण दिखा। 1988 में इंदिरा आवास योजना के तहत 24 घर बने। 24 हरिजन परिवारों के लिए, आज तक ये घर किसी भी हरिजन को नहीं दिए गए। अब ढहने लगे हैं।

ग्राम सरजा में भी इस योजना के हत 24 घर बने और ग्राम काचन में भी 24 हरिजन परिवारों के लिए 24 घर बने। यानी कुल 72 घरों में से एक भी किसी हरिजन परिवार को आवंटित नहीं किया गया। अब ये घर गिर रहे हैं। ढह रहे हैं। 72 घरों पर अनुमानतः 20 लाख रुपए खर्च हुए होंगे, निरुद्देश्य। 15 लाख अफसर-ठेकेदार खा चुके होंगे। पाँच लाख से निर्माण कराया होगा, तभी ये घर ढहने लगे हैं, ऐसी अराजकता, उत्तरदायित्वहीनता और गैर-जिम्मेदारी बिहार में ही संभव है। हाल में एक लाख येन भ्रष्टाचार के लिए चीन में एक पुलिस आयुक्त को फाँसी दी गई और भ्रष्टाचार में हिस्सेदार होने के लिए उसके परिवार को जेल की सजा। नेहरूजी परतंत्र भारत में ख्वाब देखते थे कि आजाद भारत में सटोरिए और कालाबाजारी करनेवाले चौराहों पर लटका दिए जाएँगे, पर क्या हुआ? राजगोपालाचारी ने इस लाइसेंस, कोटा-परमिट राज के खिलाफ चेताया था। आज क्या स्थिति है? सटोरिए-कालाबाजारी करनेवाले और जनता को लूटनेवाले अफसर-राजनेता (हर दल के) पग-पग पर छा गए हैं। जन कल्याण की बातें करते हैं और दोनों हाथ से देश-समाज की नींव खोखली कर रहे हैं।

इस नींव खोखली करनेवाली राजनीति के कारण ही आज सूखा-अकाल और पलामू मुद्दा नहीं बन पा रहा है। जो लोग इस सूबे के लोगों की तकदीर सँवारने के लिए अलग राज्य का ख्वाब देखते हैं, उनके लिए पलामू में भूख से मरते लोग सवाल नहीं हैं। झारखंड के लिए गठित सर्वदलीय मंच के कितने नेता डालटेनगंज-गढ़वा गए हैं? झारखंड मुक्ति मोरचा के कौन से सांसद उन इलाकों के गाँवों और भूखे लोगों के बीच गए हैं? क्या अलग झारखंड बनने पर ऐसे लोगों का सवाल हाशिए पर ही रहेगा? झारखंड के प्रति प्रतिबद्ध राजनेता अगर पलामू-गढ़वा का सघन दौरा कर इस मुद्दे पर छोटानागपुर के लोगों को गोलबंद करते, तो उनकी राजनीति समझ में आती, पर सत्ता

पाने की राजनीति में भूख से मरते लोगों का सवाल मुद्दा नहीं बना करता। इस कारण पलामू-गढ़वा के मुद्दों पर राजनीतिक दलों से उम्मीद छोड़ देनी चाहिए।

कॉरपोरेट पॉलिटिकल कल्चर के कारण पलामू जैसे प्रसंग अब मुद्दे नहीं बनेंगे

बीघी पलामू का अंतिम गाँव था। इसके बाद गढ़वा के फकीराडीह, जिबका, रून, परसो और मंडल गाँवों में हम गए। बाघी में 125 घर हरिजन, 60-65 घर भुइयाँ, 7 घर खैरवार और 30 घर बैठा हैं; लगभग छह घर साहूजी लोगों के हैं। बाघी में जलधारा के तहत बना कुआँ सूखने की स्थिति में पहुँच गया है। रामावतार राम (बाघी) ने बताया कि कल ही उसने लगभग 1500 रुपए कीमत का बछड़ा 600 रुपए में बेच दिया। साहब, जान है तो जहान है, जीप ड्राइवर टिप्पणी करते हैं। बिचका गढ़वा का सबसे बड़ा गाँव है। 19 सीट का गाँव, एक सीट के तहत 500 एकड़ जमीन मानी जाती है। पलामू-गढ़वा के खैरवारों की सबसे बड़ी बस्ती, पहाड़ों की गोद में बसा। दरअसल किंवदंतियाँ बताती हैं, यह खैरवारों की पीठ थी। यहाँ के पहाड़ों-गुफाओं से अनेक रहस्य-रोमांच के किस्से जुड़े हैं। पलामू में अँगरेजों के खिलाफ विद्रोह की अगुवाई करनेवाले नीलांबर-पीतांबर से इस धरती का रिश्ता है। इतिहास के अनेक प्रसंग दफन हैं। कुछ वाचिक परंपरा से लोकगीतों और किस्सों में जीवित हैं। पर दुखभरा वर्तमान समृद्ध अतीत से प्रेरित नहीं हुआ करता। इन सारे गाँवों की व्यथा एक है, नाम भले ही अनेक हों। पानी के स्रोत आहर, पइन, नदी-नाले सूखते जा रहे हैं। अधिसंख्य मुखिया, बी.डी.ओ. इस अकाल को धनार्जन का ईश्वरप्रदत्त अवसर मानते हैं। 'मत चूको चौहान' वाली स्थिति है। डालटेनगंज जिले के पोखरी खुर्द गाँव (पंचायत सरायडीह) के छठू राम ने कहा कि जवाहर योजना के तहत 23 घर बनने थे। सन् 1992 से ही उनमें काम लगा है, पर अब भी अधूरा है। वह आरोप लगाते हैं कि इसमें 20 लाख से अधिक का गोलमाल हुआ है। बी.डी.ओ. रामलखन रविदास और मुखिया शेखनबीउल्ला के खिलाफ उनकी गंभीर शिकायत है। जवाहर रोजगार योजना के तहत सरायडीह पंचायत के हरहर गाँव में वनारोपण के लिए 920 लाख रुपए मिले, लेकिन 20 पेड़ भी नहीं लगाए गए। संतोखी भुईया हरिजन के नाम पर कुआँ स्वीकृत हुआ। मुखियाजी ने अपने यहाँ उसे बनवा लिया। यह भी आरोप है कि हरिजनों के नाम पर गाय-भैंस लेकर दबंग लोग अपने-अपने घरों में बाँध रहे हैं। इस भ्रष्टाचार के खिलाफ वहीं के एक युवक नंदकिशोर प्रजापति ने आत्मदाह की धमकी दी, तो पुलिस उसे ही पकड़ ले गई। गंभीर आरोपों की जाँच किसी स्तर पर नहीं हो रही है। व्यवस्था की इस मानवीय विफलता और

ऐतिहासिक कारणों से पलामू (डालटेनगंज-गढ़वा) में सूखे का प्रकोप लगातार गहराता रहा है। 1929 में भारतीय सिंचाई आयोग ने पलामू को 'सबसे सूखा और राज्य का संभवतया सबसे गरीब जिला' कहा था। उन्हीं दिनों एक अँगरेज अफसर ने लिखा— 'पलामू देश के सबसे पिछड़े राज्य का सबसे पिछड़ा इलाका है। पिछले सौ वर्षों में छह अकाल, तीन भयावह बाढ़ और सात बार सूखे से प्रभावित हुआ', (संदर्भ बी.सी. बसु कृत रिपोर्ट ऑन द एग्रीकल्चर ऑफ द डिस्ट्रिक्ट ऑफ लोहरदगा 1897; पृष्ठ 57-65)। प्रामाणिक रिपोर्ट और प्रशासनिक दस्तावेज बताते हैं कि मॉनसून की विफलता के कारण ही अकाल पड़ते रहे हैं। सूखे का भीषण प्रकोप होता रहा है। पलामू का उत्तरी इलाका अपेक्षाकृत समतल है, यहाँ के लोग खरीफ-रबी पर निर्भर करते हैं। दक्षिणी हिस्सा पहाड़ी है, जहाँ भदई फसल ही अधिक होती है। इस बार बरसात न होने से पहाड़ी गाँवों में फसल लगभग नहीं हुई। आदिवासी जंगली उत्पादों पर निर्भर करते हैं। पर उजड़ते वन और सरकार की वन नीति से वे अपने-अपने घरों में ही पराए बन गए हैं। 1868-69 के दुर्भिक्ष के प्रामाणिक सबूत मिलते हैं। इस दुर्भिक्ष के दौरान सड़क निर्माण, संचार साधनों के निर्माण और राहत पहुँचाने के लिए पलामू में एक मुकम्मल योजना बनी थी। उस दौर में सूखे से निबटने के लिए अँगरेजों ने इस अंचल पर लगभग साढ़े पाँच करोड़ रुपए खर्च किए। 1873-74 में भी अकाल पड़ा। 1897 में पुनः दुर्भिक्ष आया। शायद उस सदी का सबसे बड़ा दुर्भिक्ष, 1918,1920,1952-54,1957-58,1961-62 में भी सूखे और अकाल का प्रकोप रहा।

1868-69 और 1893-94 के अनुभवों के बाद आहर (पानी के छोटे-छोटे स्रोत) बनाने की मुकम्मल योजना अँगरेजों ने तैयार की। पलामू के पश्चिमी हिस्से में उन्होंने आहर बनवाए, जिससे बाद में उस अंचल को काफी लाभ मिला। अगर आजादी के बाद सिंचाई मद में पलामू में हुए 14-15 अरब का खर्च, सही सुनियोजित तरीके से हुआ होता, तो आज स्थिति भिन्न होती, पर 1967 के अनुभव के बाद भी व्यवस्था की आँखें नहीं खुलीं। साथी गोकुल बसंत छेड़ते हैं कि 1967 के अकाल में एक सुखाड़ी भुईया की मौत के बाद पूरी राजनीति में कैसी गरमी पैदा हो गई थी। जे.पी. कूद पड़े, बिहार सरकार पूरी ताकत से उतर गई, केंद्र सरकार आ पहुँची, श्रीमती इंदिरा गांधी पहुँचीं और राष्ट्र के नाम संदेश में पलामू की पीड़ा को उजागर किया। स्वयंसेवी संस्थाएँ और उद्योग संगठनों के अनेक केंद्र देश-विदेश से वहाँ पहुँचे। पर इस बार कितना कुछ कहे-लिखे जाने के बाद भी पलामू सूखा राज्य का मुद्दा नहीं बन पाया है। राष्ट्र का मुद्दा बनना तो दूर की चीज है। सहयात्री इस बहस में डूब जाते हैं कि यह मुद्दा या ऐसे दूसरे मुद्दे अब क्यों लोगों को उद्वेलित नहीं करते, राज-समाज को

नहीं मथते, यह सवाल महज पलामू-गढ़वा के सूखे से ही संबंधित नहीं है, क्योंकि इसकी जड़ें कहीं और हैं। उद्योग के बाद अब मीडिया और राजनीति में कॉरपोरेट कल्चर (निगम संस्कृति) जड़ें जमा रहा है। यह कॉरपोरेट पॉलिटिकल कल्चर (अँगरेजी नाम सोद्देश्य इस्तेमाल किया गया है) क्या है, पलामू तक यह कैसे आ पहुँचा है ? क्यों इसके तहत मानवीय मुद्दे अपना अर्थ-प्रासंगिकता और करुणा खो चुके हैं ? जिस तरह सूखा मुद्दा नहीं बन रहा है, उसी तरह हत्या, बलात्कार के कारुणिक प्रसंग भी अब मुद्दे नहीं बना करेंगे, क्योंकि कॉरपोरेट पॉलिटिकल कल्चर के तहत ऐसे मुद्दे आते ही नहीं।

कॉरपोरेट राजनीति की गिरफ्त में पलामू

शायद परसे गाँव के सुगन राम ने कहा था, ''हुजूर, साहब कह गेलन कि पानी के मैनेजमेंट होबी।'' पानी संकट देखकर कोई अफसर दिलासा दे गया होगा, पर आश्चर्य हुआ पहाड़ के पिछड़े गाँव के हाशिए पर जी रहे इनसान से 'मैनेजमेंट' शब्द सुनकर। हिंदुस्तान की नई राजनीति के नए फिकरे। प्रयोग होनेवाले शब्द बहुत कुछ कहते हैं, अभिप्राय, सोच और संस्कृति की झलक मिलती है। हिंदुस्तान की राजनीति में 'मैनेज करना', 'मैनिपुलेटर', ऑपरेटर', 'ब्रोकर' जैसे शब्द पहले इस्तेमाल नहीं होते थे। अब तो इन्हीं शब्दों की बहुतायत है। और, ये शब्द! पूरी भारतीय राजनीति का वह चेहरा स्पष्ट करते हैं, जिसे लोग समझ नहीं पा रहे।

अमेरिकी संस्कृति-जीवन दर्शन से कॉरपोरेट कल्चर पहले उद्योग जगत में आया। अब अमेरिकी मीडिया भी संप्रभु वर्ग की बातों-स्वार्थों को उछालकर 'कॉरपोरेट मीडिया' की भूमिका का निर्वाह कर रहा है। उसी रास्ते भारतीय उद्योग में कॉरपोरेट कल्चर आया। लब्बोलुआव इस संस्कृति का अभिप्राय है 'येन-केन-प्रकारेण' सफलता। नैतिकता, मानवीय संवेदना, ममता, स्नेह और उदात्त मानवीय भावों के ठीक विपरीत क्रूर, अनैतिक, अमानवीय, संवेदनहीन धरातल पर अर्जित सफलता ही इस कॉरपोरेट कल्चर में सर्वोपरि है, सर्वश्रेष्ठ है। इस संस्कृति के तहत इसी आकांक्षा, भूख और उद्देश्य से प्रेरित-संचालित है इनसान। लाभ और दूसरे का कद छोटा कर ऊपर बढ़ने की ख्वाहिश, आज भारतीय राजनीति इसी कॉरपोरेट कल्चर से प्रेरित है।

इस राजनीति के तहत नेता अब 'मास लीडर' नहीं बनते। 'मास को मैनेज' करते हैं। कुछ ही महीनों पूर्व कर्नाटक के बंगरप्पा ने अपने समर्थन में 20-25 लाख लोगों की रैली की थी। फिर वह मुख्यमंत्री पद से हटा दिए गए। अब उनका कोई नामलेवा नहीं। जिस नेता के पीछे 20-25 लाख लोग हों, वह जननायक राजनीति की धारा बदल

सकता है, पर ये '20-25 लाख लोग' धन-बल से मैनेज किए गए थे। बंगरप्पा को मुख्यमंत्री बनाए रखने की साजिश के तहत पैसे से जुटाई गई भीड़। ऐसे असंख्य उदाहरण हैं। आजकल राजनीति में भीड़ 'मैनेज' कर राजनीतिक पद-सत्ता हथियाने की होड़ है। इस स्पर्द्धा के केंद्र में मनुष्य नहीं, पैसा, पद और सफलता है। इस कारण इस राजनीति में मानवीय मुद्दे अब अप्रासंगिक बन गए हैं। भूख, प्यास, हत्या, बलात्कार, अपराध से जुड़े सवाल इस 'कॉरपोरेट राजनीति' में महत्त्व नहीं पाते।

राजीव गांधी ने पहली बार कांग्रेस के बंबई अधिवेशन (1986) में राजनीतिक दलालों को चिह्नित किया था। इन दलालों की राजनीति में करुणा और संवेदना के लिए ठौर नहीं है और इसी राजनीति की गिरफ्त में है 'पलामू'। महुआडाँड़ पलामू का बड़ा ब्लॉक है। 14 मौजा, नौ पंचायत, पर पूरे ब्लॉक में बिजली आज तक नहीं पहुँची है। 1967 से नेता आश्वासन दे रहे हैं। भाजपा के यमुना सिंह 1967 से ही इस अंचल के विधायक हैं, पर कभी-कभार 'राजनीति ऑपरेट' करने और 'वोट मैनेज' करने के लिए ही इधर पधारते हैं। सिंचाई साधन नहीं हैं। रोजगार नहीं है। सूखा है, पर कोई सरकारी योजना नहीं है और इन मानवीय समस्याओं-सवालों के जवाब देने के लिए कोई नहीं है। दायित्व लेने-स्वीकारने को कोई तैयार नहीं है। और भूख-प्यास से बेचैन लोग भी अपनी तकदीर का फैसला करने के लिए तैयार नहीं हैं। इस पूरे नकार के प्रति कोई अनास्था नहीं है। यह सवाल डॉक्टर लोहिया ने छेड़े था कि 800 वर्षों से गुलाम रहनेवाले लोग क्यों अपने अधिकारों के लिए तन कर खड़े नहीं हो पाते? मरने के कगार पर हैं, शरीर पर मक्खियाँ भिन्ना रही हैं, फिर भी जीवन के प्रति गहरी ललक-ममत्व है। विरोध में उठ खड़े होने की इच्छा नहीं। इच्छाहीन लोगों की जमात अपनी तकदीर नहीं बदला करती। 1967 में सर्वोदय और दूसरे दलों के लोगों ने पलामू में काफी सघन काम किया था, फिर भी अनास्था है।

अनास्था के इस माहौल में जो अछूते, पर प्रासंगिक सवालों को उठा रहे हैं, उनमें एक हैं अशोक भगत, बिशुनपुर में 'विकास भारती' के माध्यम से। अशोकजी कभी विद्यार्थी परिषद् के बड़े नेता हुआ करते थे। उत्तर प्रदेश में उनके अनुयायी आज सांसद हैं। संगठन मंत्री थे, राष्ट्रीय स्वयंसेवक संघ से भी उनका संबंध रहा। पर आज सृजन के जिस काम में वह तन-मन से लगे हैं, वह असाधारण है। सत्ता की राजनीति से स्वतः अलग होकर ग्रामोत्थान के प्रति प्रतिबद्ध। उन्होंने भी सूखे से निबटने के लिए समिति बनाई है। लातेहार के नरेशगढ़ में उनका काम देख रहे हैं राम संजीवन, गारू प्रखंड के पीरी गाँव में दयाली सिंह, गारू प्रखंड के ही दल दलिया गाँव के राम हरी उराँव और कुजानपाठ के लालदेव असुर। इन लोगों को अशोक भगत ने 5-5 बोरा चावल भिजवाया

है। समिति के प्रभारी लोगों को दायित्व सौंपा है कि उनके इलाके में भूख से कोई मौत न हो। वे अशक्त गरीब और असहाय को ही राशन की मदद पहुँचा रहे हैं। सीमित साधन के बावजूद साहस है। मानवीय आपदा से जूझने के लिए रतौंधी, दस्त, पेचिश और मलेरिया की दवाएँ भी भिजवाई हैं। घाघरा प्रखंड में ही गाँव है बुरजू जामगाई। ईंचा पंचायत है सुमति उराँव का गाँव। वहाँ से तीन आई.ए.एस. अफसर हैं। टी.पी. भगत-नरेंद्र भगत भी वहीं के हैं। आजाद भारत के नए जमींदार तो अफसर और नेता ही हैं, फिर भी उस गाँव में न शिक्षा का प्रबंध है और न पानी का।

बगल के सांतों गाँव में सूखे का असर नहीं पड़ा है। कारण, विकास भारती ने पहाड़ से आनेवाले प्राकृतिक नाले के बेकार बहते पानी को पाँच वर्ष पूर्व बाँध दिया। 500 एकड़ की सिंचाई हो रही है, उस चेक डैम से सांतों गाँव में सूखे का असर नहीं है, पर पास के 20 गाँव सूखे से प्रभावित हैं। खासतौर से चंपा टोली, लोंगा, हेलता, डीपाडीह, तेंदार, देवरागानी, भँवरगानी, बलातू पाठ, जेहन गुटुवा। पर सरकार तो बड़ी-बड़ी परियोजनाएँ बनाती है, चेक डैम उसकी सूची में नहीं है।

पीरी गाँव के दयाली सिंह कहते हैं—धान-चैती नहीं हुई। पूर्वज कहते हैं—'अकाल साल में ही बैर फलता है' सो इस बार बैर बहुत फले भी हैं।

पौरुष मर गया है देश का

महुआटाँड़ ब्लॉक में वह अंतिम रात थी। पलामू की यात्रा का अंतिम छोर। सुगी गाँव के एक क्रिश्चियन परिवार में हम ठहरे थे। क्रिश्चियन बनने के पूर्व वे हरिजन थे। रात में अयाचित अतिथि के रूप में चार लोगों को देखकर वे मायूस नहीं हुए, हुलास और उमंग से स्वागत किया। थालों में पानी लेकर पैर धोने आए। त्रिदीव दा अनमने लगे। कहा, पैर धुलवाना सामंती प्रथा का अवशेष है, सही है। हमारा आग्रह उनसे हाथ धोने का हुआ। उन्होंने हाथ धोकर अतिथि स्वागत किया। मेरा मन अटक गया था, भारत के उन गाँवों में, जहाँ आज भी उदात्त मन है। अभाव-गरीबी के बावजूद अतिथियों के प्रति सम्मान भाव है। शहर में हर सुख-सुविधा के बावजूद, अयाचित अतिथियों को देखकर लोग मुरझा जाते हैं, तो क्या समृद्धि और संकीर्णता में परस्पर रिश्ता है?

हड्डी भेदनेवाली उस ठंड में भी घर की महिलाओं ने बुझे चूल्हों को पुनः सुलगाया। इस परिवार के पुरुष बातचीत करने लगे। महिलाएँ पानी लाईं। सुबह उठकर पाया कि वह पानी दूर नदी से लाया गया था। क्या हो गया, इस देश के पौरुष को? क्यों कोई महान् काम करने या बड़े सपने देखने में भी हम असमर्थ हो चुके हैं? लगभग दो वर्ष पूर्व लीबिया जैसे छोटे देश के लोगों ने अपने रेगिस्तान में लगभग साढ़े चार

हजार किलोमीटर लंबी नदी बनाकर मानव संकल्प का नया इतिहास रचा। लीबिया में नदी नहीं है, जो उनकी प्यास बुझा सके या उनकी धरती को हरा-भरा कर सके। सर्वेक्षणों से पता चला कि सहारा रेगिस्तान के लीबियाई हिस्से के कुफा, तजबों और सरीर के नजदीक स्थित लगभग पौने तीन सौ कुओं में अपार जल है। कर्नल गद्दाफी ने एक महत्त्वाकांक्षी योजना बनाई। कृत्रिम नदी बनाने की। योजना कितनी बड़ी थी, इसका अनुमान इसी से लगाया जा सकता है कि जल ले जानेवाले पाइपों को बाँधने के लिए प्रयुक्त धातु के तार की लंबाई इतनी थी कि उससे पृथ्वी को ढाई सौ बार लपेटा जा सकता है। कोरियाई इंजीनियरों की मदद और लगभग सवा तीन सौ खरब रुपए के खर्च से यह योजना सिर्फ छह साल में पूरी हो गई। 40 लाख की आबादी का देश यह कर सकता है, पर 80 करोड़ लोगों के देश में आज भी महिलाएँ दूर-दूर से पानी ढोकर लाने के लिए विवश हैं। चीन में ह्वांगहो नदी अभिशाप मानी जाती थी। माओ के नेतृत्व में करोड़ों चीनियों ने ह्वांगहो को बाँध दिया। 30 साल पहले डॉ. के.एल. राव ने गंगा को कावेरी से जोड़ने का सपना देखा। क्या हुआ? हमारी नदियों का चौथाई पानी समुद्र में बेकार बह जाता है, पर बड़ी आबादी पानी के लिए तरस रही है।

मिस्र के साहित्य में नोबेल पुरस्कार विजेता नागुइब महफूज याद आते हैं। हाल ही में उन्होंने कहा है कि उदासी और अनमनेपन से उबरने और महान् सपने देखने के लिए मैं गांधी, टैगोर और इकबाल की ओर मुखातिब होता हूँ। आगे कहते हैं कि भारत के वे महान् सपने अब बिखर रहे हैं। महान् पुरुष और विजनरी नेता अब नहीं रहे, जो भारत को महान् बना सकें।

सुगी गाँव के उस परिवार की व्यथा, उस पूरे सूबे की पीड़ा का प्रतिबिंब है। परिवार का मुखिया सेना में रहा, पर उसे नौकरशाही के सौजन्य से पेंशन नहीं मिल रही। दो वर्ष पूर्व एक कथित क्रांतिकारी युवा संगठन का काम करने एक युवा उस गाँव गया। उसी घर में रहा। उस घर की लड़की से शादी का प्रस्ताव किया। साथ रहे। बच्चा हुआ, तो वह राँची आ गए। फिलहाल वह उस संगठन के एक बड़े नेता के साथ रहते हैं। अब दूसरी शादी करने जा रहे हैं। उस परिवार और गाँव के अनेक लोगों ने कहा, राँची में आप हमारी फरियाद उन तक पहुँचाएँ। वह परित्यक्त लड़की एक वर्ष का बच्चा लिए भीगी आँखों से सुबकते हुए पूरी दास्तान सबको सुनाती है। राजनीति का पाठ पढ़ाने और लोगों का भाग्य सँवारने गाँवों में गए ऐसे युवक या राजनीतिक कार्यकर्ता क्या कर पाएँगे? शायद खीझकर रामनंदन मिश्र कहा करते थे कि बिहार की मिट्टी इतनी अनुर्वर या बंजर हो गई है कि कोई भी बीज डालो, वे उगते नहीं, सड़ जाते हैं। सौराष्ट्र के 86 वर्षीय डॉ. शिवानंद याद आते हैं। वीरानगर के नितांत पिछड़े गाँव

में जनसहयोग से (आबादी 8000) 225 बिस्तरों के अस्पताल का निर्माण करवाया। वे पिछले 36 वर्षों से प्रत्येक माह हजारों आँखों का मुफ्त ऑपरेशन करते हैं। गरीबों की उचित चिकित्सा, 4 बजे सुबह उठना, गीता-कुरान पढ़ना। उनकी इच्छा है 'बीमार की सेवा करते हुए मरना।'

18 वर्ष पूर्व एंथ्रोपालॉजी के विद्यार्थी पी.के.एस. माधवन अपनी जन्मभूमि केरल से आंध्र के महबूब नगर आए, चेंचू जनजाति का अध्ययन करने। तेलंगाना के चार जिलों में हरिजनों-आदिवासियों की भयावह स्थिति देखकर माधवन अपना अध्ययन भूल गए। वह वहीं बस गए। आंध्र के हजारों आदिवासी गाँवों में उन्होंने जीवन को बेहतर और समृद्ध बनाया है। वह 'बेयरफूट मसीहा' (नंगे पैर चलनेवाले देवदूत) कहे जाते हैं।

डॉ. शिवानंद या माधवन पर अलग से लंबे रिपोर्ताज हो सकते हैं, पर बिहार या पलामू की धरती पर ऐसे निःस्वार्थ लोगों के आगे आने का माहौल भी क्यों और कब खत्म हो गया, यह हर बिहारवासी के लिए सोच-चिंता का विषय होना चाहिए।

(02,03,04,05,06,07 और 30-03-1993 को प्रकाशित)

□

हम पराजित मानस के लोग

पिछले दिनों 'शिक्षा' पर आयोजित एक सेमिनार में एक वरिष्ठ आई.ए.एस. ने 'इंटरवेन' किया। झारखंड स्थित नेतरहाट स्कूल का 'मॉडल' बताया, कहा कि इस स्कूल की शिक्षा ने मुझे संस्कार दिए। नए ढंग से गढ़ा। जाति, संप्रदाय, वर्ग के घेरे से बाहर निकाला। मनुष्य से मनुष्य के रिश्ते का मर्म समझाया। दृष्टि दी।

आश्रम (हॉस्टल) की सफाई खुद करनी पड़ती थी। बरतन धोने पड़ते थे। अपने जूठे बरतन नहीं, बल्कि दूसरों के। बाथरूम साफ करना, कपड़े धोना। ऐसे अनेक काम, जो परिवार में रहते हुए आज एक–दूसरे के लिए करते हैं। इस प्रक्रिया में नया परिवार बनता है। जहाँ जाति, धर्म, विषमता पीछे छूट जाते हैं। जातिविहीन, वर्गविहीन और धर्मनिरपेक्ष आधुनिक भारत की नींव ऐसे ही स्कूलों से पड़ती है। नए संस्कार ऐसे ही 'आश्रमों' में गढ़े जा सकते हैं।

सुनकर अच्छा लगा। जिस राज्य (झारखंड) से हूँ, वहाँ एक ऐसा विद्यालय है, जो 'मॉडल' बन सकता है। देश के कई शहरों में 'नेतरहाट ओल्ड ब्वायज एसोसिएशन' है। दिल्ली से लेकर राँची तक। नजदीक से जानता हूँ। कुछेक बैठकों में गया भी हूँ। आमतौर से इस स्कूल से निकले लोगों के अलग संस्कार झलकते हैं। कोई किसी भी पद पर हो, पर रिश्ते 'आश्रमों' के ही। स्वावलंबी और आत्मविश्वास से भरे हुए।

सन् 1990–91 में त्रिनाथ मिश्र एस.पी.जी. के चीफ थे। वह भी नेतरहाट स्कूल में पढ़े हुए हैं। प्रधानमंत्री की यात्राओं में प्राय: साथ रहते थे। उनसे भी नेतरहाट के संस्कारों के बारे में सुना। देखता था कि महत्त्वपूर्ण पद पर रहते हुए वह उस स्कूल के जूनियर छात्रों से भी कैसे मिलते थे। बीच में कोई दीवार नहीं, बल्कि 'सीनियर' के प्रति 'जूनियर' का एक स्वाभाविक सम्मान। पश्चिमी 'हाय' 'हेलो' के संस्कारों से दूर।

स्कूल के इतिहास में दिलचस्पी हुई। सुना 1954 में बना। श्रीबाबू मुख्यमंत्री थे। बद्री बाबू शिक्षा मंत्री, एल.पी. सिंह मुख्य सचिव, जगदीशचंद्र माथुर सचिव। इन लोगों ने परिकल्पना की। हिंदी माध्यम से एक आवासीय विद्यालय बने। दो एक्सपर्ट बुलाए

गए। मेयो कॉलेज के एफ.जी. पियर्ड और दून स्कूल के चार्ल्स नेपियर। स्कूल बना। चार्ल्स नेपियर पहले प्राचार्य बने।

दूसरे प्राचार्य बने जीवननाथ धर। दून स्कूल से आए थे। वह 10 साल रहे। फिर बी.के. सिन्हा बने। वह अंतिम परमानेंट प्राचार्य थे। 1975 तक। पिछले 28 सालों में एडहॉक तरीके से वहाँ प्राचार्य बनाए गए। इससे स्कूल का माहौल बदला। पटना की राजनीति ने और बिगाड़ा। पिछले दो वर्षों से एडमिशन बंद था। बिहार से कितने छात्र और झारखंड से कितने छात्र दाखिला पाएँगे, इसे लेकर विवाद था। अब सुलझा है।

यह तथ्य तर्क, विवेक और समझ को आघात पहुँचानेवाला है। क्या हम ऐसे विवाद तुरंत हल नहीं कर सकते? प्राचार्य नहीं ढूँढ़ सकते? एक 'सेंटर ऑफ एक्सलेंस' बना नहीं सकते, पर जो है, उसे बचाने-सँजोने की क्षमता भी हमारे अंदर नहीं! जो मुल्क या समाज कुछ कर गुजरने का सपना पालते हैं, वे ऐसी संस्थाओं का विस्तार-फैलाव करते हैं, समयबद्ध।

माओ ने कहा था कि हजार फूलों को एक साथ खिलने दो। एक नेतरहाट की सुगंध देश-दुनिया में है, तो ऐसे कुछ और स्कूल क्यों नहीं बनाए जा सकते? ऐसे स्कूल ही झारखंड-देश-समाज का चेहरा बदल सकते हैं। नए संस्कार के साथ नई पीढ़ी गढ़ सकते हैं। नया मानस रच सकते हैं। झारखंड की राजनीति में ऐसे सवालों पर विवाद नहीं होता, क्योंकि हमारे विधायक-राजनेता-शासक 'विजन' खो चुके हैं। एकाध हैं, तो वे अकेली आवाज हैं। क्या हम पराजित मानस के लोग हैं? सृजन-रचना हमारे खून में नहीं है। चुनौतियाँ स्वीकारने का सामर्थ्य-पौरुष नहीं है। अपने अकर्म की पीड़ा भोगनेवाले हम वाचाल कौम हैं। पीठ पीछे आलोचना, कर्महीन संवाद और सपना शून्य समाज, सिर्फ एक-दूसरे को कठघरे में खड़ा करने की प्रवृत्ति।

1994 से प्राय: हर वर्ष भोपाल जाना होता है। हर बार कहीं-न-कहीं कोई नई संस्था उभरती दिखाई देती है—'सेंटर ऑफ एक्सेलेंस' के रूप में। जुडिशियल एकेडमी, लॉ स्कूल, स्पोर्ट्स अथॉरिटी ऑफ इंडिया, भारत-भवन वगैरह-वगैरह। पर हमारे पास जो है, वह भी गँवाना चाहते हैं।

जब व्यवस्था अप्रभावी हो जाए, तब समाज को आगे आना चाहिए। झारखंड के कोने-कोने से प्रभावी आवाज उठे, प्रयास हो कि नेतरहाट का गौरव तो लौटे ही, ऐसे कुछेक और विद्यालय खुलें, इसी माहौल, संस्कृति और परिवेश के स्रोत के रूप में।

(12-04-2003)

□

इसी देश में

दृश्य एक

चार दिन पहले झारखंड के महत्त्वपूर्ण मंत्री, लालचंद महतो का बयान आया कि सुदेश महतो (झारखंड के ही दूसरे महत्त्वपूर्ण मंत्री) साथ देते, तो मुख्यमंत्री कुरमी होता। उल्लेखनीय है कि जातिगत आधार पर ये दोनों मंत्री कुरमी हैं। इसी आधार पर लालचंद महतो को सुदेश महतो से अपेक्षा थी कि वे कुरमी को मुख्यमंत्री बनाने में मदद करते।

उधर पटना में एक शादी में दो राज्यों, बिहार और झारखंड के पूर्व मुख्यमंत्री मिल गए। लालू प्रसाद ने बाबूलाल को देखकर टिप्पणियाँ कीं। एक ही टिप्पणी पर्याप्त है कि मरांडी का ब्रांडी खत्म होगा। इसी पटना में आजकल तेल पिलावन, लाठी रैली की तैयारियाँ चल रही हैं। उधर उत्तर प्रदेश में गृहयुद्ध के आसार हैं, मायावती, मुलायम सिंह यादव और अमर सिंह के बयान पढ़िए। संविधान, मर्यादा, समझ, के नए रूपों से आपका साक्षात्कार होगा।

दृश्य दो

इसी देश के विंध्य पार की स्थिति।

दो सप्ताह पूर्व 'द इंडस्ट्रियल इकोनॉमिक्स' के चेन्नई स्थित संपादक ने अपनी पत्रिका में आंध्र प्रदेश सरकार की कार्यशैली पर लिखा। उसकी तुलना तमिलनाडु सरकार की कार्यशैली से की। अपने लेख की शुरुआत में उन्होंने कहा कि पिछले दिनों आंध्र के उद्योग मंत्री चेन्नई आए। वह खुद तमिलनाडु के एक बड़े व्यवसायी घराने के कार्यालय में पहुँच गए। उस ग्रुप ने तमिलनाडु में बड़ा निवेश कर रखा है। यह उद्योग समूह आंध्र में निवेश की संभावनाएँ तलाश रहा था। इसी संदर्भ में समूह ने आंध्र के उद्योग मंत्री से संपर्क किया था। उद्योगमंत्री ने उस उद्योग समूह के कॉरपोरेट ऑफिस में बड़े अफसरों को अपने प्रजेंटेशन से स्तब्ध कर दिया। इस पत्रिका के संपादक ने

अपने महत्त्वपूर्ण लेख में यह बताया था कि कैसे आंध्र के सभी मंत्री अत्यंत सक्षम, पढ़े-लिखे और अपने कार्यों के प्रति गंभीर हैं। कैसे आंध्र के विकास के बारे में एकजुट, सतर्क और सजग हैं। प्रजेंटेबुल, नॉलेजेबुल और सेलेबुल हैं। पर तमिलनाडु में क्या हाल है? फिर तमिलनाडु के राजनेताओं की विकास दृष्टि और अगंभीरता पर कमेंट था।

तुरंत तमिलनाडु की मुख्यमंत्री सुश्री जयललिता ने इस लेख के प्रतिवाद में अपना लेख भेजा। उनके लेख का सारांश था कि मेरे मुख्यमंत्रित्वकाल में तमिलनाडु कैसे विकसित राज्य बन रहा है। कितनी योजनाएँ चल रही हैं। किस तरह यह राज्य 'इनवेस्टर फ्रेंडली' (निवेशकों के अनुकूल) है। इस दिलचस्प बहस को उत्तर के राजनेताओं-अफसरों को पढ़ना चाहिए। इस संवाद का संदेश है कि दक्षिण के राज्यों का एजेंडा घटिया 'राजनीति' से निकलकर 'आर्थिक विकास' हो गया है।

जिन दिनों यह बहस, दक्षिण के अखबारों की सुर्खियों में थी, उन्हीं दिनों राजीव गांधी इंस्टीट्यूट ऑफ कंटेंपररी स्टडीज और इंडिकस एनालिस्ट की दो सर्वे रिपोर्ट आईं। अर्थशास्त्री विवेक डेब्राय के नेतृत्व में हुए एक सर्वे अध्ययन के अनुसार देश में व्यवसाय करने की दृष्टि से 10 सर्वश्रेष्ठ शहर हैं— 1. दिल्ली, 2. बृहद मुंबई, 3. चंडीगढ़, 4. कोयंबटूर, 5. बेंगलुरु, 6. चेन्नई, 7. लुधियाना, 8. पुणे, 9. हैदराबाद और 10. कोच्चि। इस सर्वे में व्यवसाय करने की दृष्टि से सबसे खराब पाँच शहर हैं— 1. पटना, 2. आसनसोल, 3. जमशेदपुर, 4. जबलपुर और 5. धनबाद।

इंडिकस एनालिस्ट के लवीश भंडारी ने भी देश के 35 शहरों का सर्वे किया। 'आउटलुक' के पिछले अंक में यह अध्ययन निष्कर्ष छपा है। इस रपट के अनुसार देश में रहने की दृष्टि से सबसे जीवंत शहर हैं—चंडीगढ़, चेन्नई, कोलकाता, हैदराबाद, मुंबई, बेंगलुरु, भोपाल, गोवा वगैरह।

इन खबरों के साथ ही यह खबर भी आई कि आंध्र के 30 गाँवों के युवकों ने नक्सली समूहों को अपने गाँवों से भगा दिया है। इन गाँवों में जो आर्थिक विकास हो रहा है, उससे युवा वर्ग के सपनों की एक नई दुनिया आकार ले रही है।

केरल से खबर है कि जिस राज्य में 15 वर्ष पहले कम्युनिस्टों की अगुवाई में कंप्यूटर तोड़ने का अभियान चला था, वहाँ मुख्यमंत्री ए.के. एंटोनी के नेतृत्व में आर्थिक प्रगति मूल मंत्र बन गया है। हाइटेक और इनफारमेशन रेवोल्यूशन के पक्ष में माहौल है। चेन्नई, हैदराबाद, बेंगलुरु से आगे निकलने का हौसला। पिछले दिनों अंतरराष्ट्रीय निवेशक सम्मेलन हुआ, जिसके उद्‍घाटन के लिए प्रधानमंत्री केरल पहुँचे। साम्यवादी केरल पूँजीवादी बाजार की सीढ़ी पर दौड़कर आगे निकलना चाहता है।

इन खबरों के बीच ही 21 अप्रैल को नेशनल काउंसिल ऑफ एप्लाइड इकोनॉमिक रिसर्च (एन.सी.ए.ई.आर.) की रिपोर्ट 'इंडिया मार्केट डेमेग्राफिक्स रिपोर्ट, 2002' के प्रमुख निष्कर्ष समाचारों में छपे। इस महत्त्वपूर्ण रिपोर्ट के अनुसार आर्थिक प्रगति में दक्षिण और पश्चिम के राज्यों ने बहुत अच्छा किया है। सबसे खराब स्थिति पूरब के राज्यों—झारखंड, बिहार, ओड़िशा, बंगाल वगैरह—की है, उत्तर प्रदेश की है।

दोनों दृश्य इसी देश के हैं। इन तथ्यों के संदर्भ में आप स्पष्ट निष्कर्ष निकाल सकते हैं। जिन राज्यों में लाठी को तेल पिलाने का दौर चल रहा है, जाति के आधार पर मुख्यमंत्री बनाने की बात हो रही है, जहाँ के नेता अशिष्ट, अगंभीर और बड़बोले हैं, वहाँ की क्या स्थिति है? वहाँ गरीबी बढ़ रही है। रहने की दृष्टि से वहाँ एक भी शहर अच्छा नहीं है। कारोबार की दृष्टि से सबसे खराब शहर इन्हीं राज्यों में हैं। आंध्र का विकास हो रहा है, तो गाँवों के युवक नक्सल समूहों से पिंड छुड़ा रहे हैं। आंध्र, तमिलनाडु, कर्नाटक और केरल में बहस का मुद्दा 'विकास' है। 'सेंटर ऑफ एक्सलेंस' (सर्वश्रेष्ठ संस्थाएँ) हैं। घटिया, नासमझ, अहंकारी और व्यक्तिवादी राजनीति का स्वाभाविक परिणाम गरीबी, पिछड़ापन है। संस्थाओं के बिखराव और कुशासन, खराब राजनीति के गर्भ से घटिया अर्थव्यवस्था जनमती है। यही इन राज्यों में हो रहा है। बहुत पहले हिंदी इलाके बीमारू राज्य के नाम से जाने जाते थे, काउबेल्ट। कुछेक वर्ष पूर्व इस घेरे से मध्यप्रदेश और राजस्थान अपने सुशासन के कारण निकल गए। आगे बढ़ गए। बिहार, उत्तर प्रदेश, झारखंड-उत्तरांचल समेत और बदतर हालत में पहुँच गए हैं।

अध्ययन, सर्वे, शोध और आँकड़े बार-बार प्रमाणित करते रहे हैं कि राजनीति की क्वालिटी (स्तर) सुधरेगी, तो आर्थिक प्रगति होगी। झारखंड, बिहार, उत्तरांचल और उत्तर प्रदेश की राजनीति का मुख्य एजेंडा 'आर्थिक विकास' हो जाए, तो कुछेक वर्षों में हालात पलट सकते हैं। अंतिम सच्चाई आर्थिक ताकत है। भारत स्थित अमेरिकी राजदूत रॉबर्ट डी. ब्लैक बिल ने कुछेक रोज पहले अपने पद से इस्तीफा दे दिया है। वह हार्वर्ड यूनिवर्सिटी में प्राध्यापक बनकर जा रहे हैं। भारत के संबंध में अपने इस्तीफे के साथ उन्होंने एक महत्त्वपूर्ण बयान दिया। उसमें एक जगह उल्लेख है कि राष्ट्रीय आर्थिक बल से ही अंतरराष्ट्रीय राजनयिक दबदबा और सैन्य ताकत को महत्त्व मिलता है। आर्थिक ताकत ही मूल ताकत है। सामान्य भाषा में तो गरीब इनसान, समाज और देश हाशिए पर रहने और जीने के लिए अभिशप्त हैं। यह गरीबी, अक्षम व्यवस्था और नासमझ राजनीति की देन है। मैनमेड है।

इसे कैसे तोड़ा जाए? इसके लिए पहली शर्त है कि राजनीति को जाति, धर्म, लाठी, तेल, अशिष्टता, अपकर्म से मुक्त बनाने का माहौल बनाया जाए, ईमानदार,

बौद्धिक कर्म (चारण कर्म नहीं) हो, तो नए विचार-सवाल उठेंगे। इन्हीं नए विचारों-सवालों से जड़ता टूट सकती है।

मसलन नए सवाल उठें, ग्लोबलाइजेशन के इस दौर में राजनेता-शासक कहते हैं कि घाटेवाले सार्वजनिक कारखाने नहीं चलेंगे, सब्सिडी, अनुदान, राहत के युग गए। सही है, अगर कारखाने के लोग कमाएँगे, तो कारखाना चलेगा, नौकरी रहेगी अन्यथा बेकार होंगे। बेरोजगार रहेंगे। अब सवाल उठे कि एक डी.सी./कलक्टर/एस.पी. से लेकर मुख्य सचिव/डी.जी.पी. पर सालाना कुल कितना खर्च हो रहा है? वेतन, भत्ता, गाड़ी, पेट्रोल, बड़ा बँगला (मार्केट रेट से किराया जोड़ें), अर्दली वगैरह पर कुल खर्च कितना है? इस तरह निकाला जाए कि एक कलक्टर पर प्रतिमाह कुल कितना खर्च है? फिर हर बड़े-छोटे सरकारी पद को खर्च बनाम उत्पादकता की कसौटी पर आँका जाए। वहाँ से अयोग्य, अकर्मण्य और अनुत्पादक लोगों को हटाने की माँग हो।

इसी तरह राजनीति में, एक-एक मंत्री, विधायक से पूछा जाए कि उन पर व्यवस्था का कुल कितना खर्च है और वे अपने कामों से देश-राज्य को कितना आगे ले जा रहे हैं, इसका तथ्यगत ब्योरा दें, उनकी सुरक्षा पर क्यों खर्च बढ़े? आज देश की राजनीति जहाँ है, उसके लिए दोषी कौन है? आतंकवाद, सांप्रदायिकता, बेरोजगारी की जनक यही राजनीति है। जो इस राजनीति के जन्मदाता हैं, वे ही असली अपराधी हैं। फिर उन्हें सुरक्षा क्यों? जनता से कर लेकर यह सब हो रहा है। पिछले दिनों खबर आई थी कि पेट्रोल-डीजल प्रति लीटर 10 से 15 रुपए सस्ता हो जाए, अगर सरकार कर हटा ले।

ऐसी माँग उठे कि नेता-अफसर एकाउंटेबुल हों, परफारमेंस (क्षमता) व प्रोडक्टविटी (उत्पादकता) के पैमाने पर इन्हें आँका जाए। राजनीति का एजेंडा बदले, 1963-64 में डॉ. राममनोहर लोहिया ने संसद् में 27 करोड़ (तब की गरीब जनसंख्या) पर तीन आने प्रतिदिन बनाम प्रधानमंत्री पर 25 हजार रोजाना खर्च का सवाल उठाया था। जड़ राजनीति इस सवाल से हिल गई, उन्होंने गांधी को संसद् में कोट किया। 1916 में गांधी ने वाइसराय पर खर्च के संबंध में कहा था, 'यह बड़ा भूखा देश है, गरीब देश है, खाने को नहीं मिलता है, अगर बड़े लाट इतना रुपए खर्च करने से ही अपनी जिंदगी बचाते हैं, तो इससे ज्यादा अच्छा है कि वह मर जाएँ।'

सोचिए, 1916 में गांधी के ये शब्द थे, कितने क्रांतिकारी और दूरगामी, आज के लाट साहबों से मुक्ति की आवाज उठेगी?

(27-04-2003)

□

भविष्य के संकेत

25 अगस्त, 2004। डुमरी प्रखंड के चेगड़ो हाल्ट (धनबाद–कोडरमा रेलखंड) पर एक मालगाड़ी खड़ी थी। लोगों ने 60 बोरा गेहूँ लूट लिया।

10 सितंबर, 2004। केदला चौक, घाटोटांड़ से 13 अनाज गोदाम लूटे गए। पाँच हजार लोगों ने लूटा। रात भर लूट चलती रही।

29 सितंबर, 2004। गिरिडीह के पीरटाँड़ स्थित राज्य खाद्य निगम (एस.एफ.सी.) से लोगों की भीड़ ने 35 बोरा अनाज लूट लिया।

15 सितंबर, 2004। रामगढ़ के एक सामान्य उद्योग चलानेवाले के भाँजे का अपहरण। दिन में ही। अपहरण किए बच्चे की उम्र 12 वर्ष। उसी दिन रात में हत्या।

झारखंड में घटी ये चारों घटनाएँ कैसे भविष्य का संकेत देती हैं?

बीमारी मामूली हो या गंभीर, इससे स्वास्थ्य का पता चलता है। रोग के मामूली लक्षण देखकर डॉक्टर दवा देते हैं, ताकि वह भविष्य में गंभीर न बने।

इसी तरह समाज के डॉक्टरों का फर्ज है कि वे सामाजिक बीमारियों को पहचानें। लक्षण से भविष्य की आहट लें और सामाजिक चिकित्सा की पहल करें, ताकि समाज–राज–व्यवस्था लाइलाज स्थिति में न पहुँचें।

समाज के डॉक्टर कौन हैं? सरकार, राजनीतिक दल, नेता, नौकरशाह, बुद्धिजीवी, प्राध्यापक वगैरह, मूलतः समाज विज्ञानी हैं। अपने समय की चुनौतियों को पहचानना और उसके अनुरूप आचरण, समाज विज्ञानियों की यही भूमिका है। झारखंड के समाज विज्ञानियों के लिए हाल की चारों घटनाएँ (उपरोक्त) गंभीर बीमारी के तात्कालिक संकेत हैं।

भीड़ माल गोदाम या दुकान क्यों लूटती है? आप आरोप लगा सकते हैं कि उग्रवादियों की शह पर ऐसा हो रहा है। लेकिन सच यह नहीं है। ऐसी घटनाएँ बार-बार हों, तो गहराई से जाँच होनी चाहिए। क्या हुआ हमारी जनवितरण प्रणाली का? सरकार मानती है कि यह प्रणाली ध्वस्त हो गई है। लोगों के पास रोजगार नहीं है। सूखा

अलग है। लगातार तीन-चार वर्षों से मानसून धोखा दे रहा है। सरकारी कामों में भारी विलंब होता है। भ्रष्टाचार के कारण सरकारी कामों के लाभ नीचे नहीं पहुँच रहे। पिछले एक वर्ष में 1518 तालाब खोदे गए। यह जाँच का विषय है कि इनमें से कितने तालाब उपयोगी हैं? जहाँ ऐसी स्थिति हो, आर्थिक आय के स्रोत बंद हों, खेती पर संकट हो, रोजगार न हो, वहाँ भूखे हाथ मौन नहीं रहते। अनाज लूट की तीनों घटनाएँ विवश लोगों के आक्रोश का प्रस्फुटन हैं।

आश्चर्य है कि इस मामूली सच को मानने-समझने के लिए कोई तैयार नहीं है। इन घटनाओं के महत्त्व-संकेत को पहचानने से हम इनकार कर रहे हैं। ऐसी घटनाओं को मामूली घटना मानकर चल रहे हैं। ये घटनाएँ 'भविष्य की दस्तक' हैं। सरकार-समाज दोनों को यह समझना चाहिए। व्यवस्था में मौजूद गंभीर भ्रष्टाचार इसकी जड़ में है। इस भ्रष्टाचार के लिए महज सरकार ही दोषी नहीं है, राजनेता या नौकरशाह ही जवाबदेह नहीं हैं, समाज भी है।

विकास के लिए चले 100 पैसे गाँव पहुँचते-पहुँचते छह पैसे रह जाएँ, तो क्या विकास होगा? कितनी सिंचाई क्षमता बढ़ेगी? कितने रोजगार बढ़ेंगे? झारखंड के संदर्भ में एक विशेषज्ञ की टिप्पणी है कि 100 में से छह पैसे ही गाँव पहुँच रहे हैं। वृद्धावस्था पेंशन की राशि कई जगहों पर सरकारी खजाने में जमा है। वर्षों तक महत्त्वपूर्ण फैसले सरकार की फाइलों में उलझे रहते हैं। इस अराजक स्थिति पर नियंत्रण से ही सार्वजनिक लूट की ये घटनाएँ रुक सकती हैं। पर नियंत्रण करेगा कौन? सरकार? विपक्ष? अफसर? या राजनीतिक दल? ये तो इस संकट-बीमारी को पहचानने के लिए ही तैयार नहीं हैं। सच यह है कि इस गंभीर बीमारी को पहचानते हुए भी पहचानने के लिए तैयार नहीं हैं। फिर रास्ता क्या है? समाज पहचाने, क्योंकि इसकी आरंभिक कीमत समाज चुका रहा है।

इसका प्रमाण है, रामगढ़ की घटना

एक औसत कारोबारी के भाँजे का अपहरण होता है, फिर हत्या। अपहरणकर्ता पुलिस को बताते हैं—आल्टो (औसत कार) गाड़ी से यह बच्चा आता-जाता था। देखकर लगा कि पैसेवाला होगा। अपहरण किया, ताकि पैसे मिल जाएँ।

यह घटना घर में बैठे समाज की चिंता करनेवाले लोगों के लिए, मध्यवर्ग के लिए, उद्योग-धंधा करनेवालों के लिए, प्रोफेशनल डॉक्टरों, प्राध्यापकों के लिए गंभीर भविष्य का संकेत है। किसी भी संवदेनशील मन को बेचैन करनेवाली। समाज-विज्ञानी के लिए गंभीर खतरों से भरे भविष्य की आहट देनेवाली घटना। यह घटना संकेत है

कि समाज में कुछ लोग खुशहाली के टापू में सुरक्षित नहीं रह सकते। अभाव, पीड़ा, बेरोजगारी के समुद्र में मध्यवर्ग का सुरक्षित नखलिस्तान तबाह हो जाएगा।

इसलिए मध्यवर्ग जगे, क्योंकि कीमत वह चुका रहा है। सरकार, विपक्ष, पुलिस प्रशासन वगैरह तो सुरक्षा के घेरे में हैं। इस सुरक्षा की कीमत कौन चुकाता है? यही मध्यवर्ग, जो अराजक व्यवस्था की मार भी सह रहा है। यानी मध्यवर्ग दोहरी मार झेल रहा है। एक तरफ शासकों की सुरक्षा की कीमत कर देकर चुकाता है। दूसरी ओर लूटपाट, हत्या, अपहरण का शिकार भी वही है। आखिरकार बिहार में डॉक्टरों, अध्यापकों, मामूली व्यवसायियों का ही अपहरण हो रहा है न! अपराधी तो सांसद, मंत्री, राजनेता बने घूम रहे हैं। पुलिस भी उनकी सुरक्षा में है। वे अपहरण भी कराते हैं, सरकारी खजाने की कीमत पर सुरक्षा भी पाते हैं।

जो सबसे नीचे का वर्ग है, उसके पास खोने के लिए कुछ है ही नहीं। इसलिए मध्यवर्ग की भूमिका है कि वह समाज के सबसे कमजोर वर्ग के साथ जुड़े। उसकी आवाज-पीड़ा को स्वर दे। उन्हें बताए कि एक गरीब भी दो रुपए की चाय पीता है, तो वह लगभग डेढ़ रुपए (एक कर विशेषज्ञ का आकलन) सरकार को कर (अप्रत्यक्ष कर) के रूप में देता है। मध्यवर्ग और गरीब, इन सरकारी अप्रत्यक्ष करों की मार से तबाह हैं, पर इनका आनंद किसे मिल रहा है? राजनेताओं को, अफसरों को और पैसेवालों को। कीमत चुकाए मध्यवर्ग व गरीब, भोग करे शासकवर्ग।

मध्यवर्ग और कमजोरवर्ग के एका से ही इस स्थिति में बदलाव संभव है।

(03-10-2004)

□

झारखंड सोशल ऑडिट (सर्वेक्षण) का मकसद

झारखंड सोशल ऑडिट (झारखंड सामाजिक अंकेक्षण) का मकसद क्या है? देश के जाने-माने सेफोलॉजिस्ट योगेंद्रजी, सी.एस.डी.एस. के सीनियर फेलो संजय कुमार के परामर्श-निर्देशन, सी.एस.डी.एस. के चुनावी सर्वेक्षणों से जुड़े रहे विशेषज्ञ डॉ. हरीश्वर दयाल और डॉ. बी.के. सिन्हा के विश्लेषण, लगभग तीन महीनों से सर्वे के काम में गाँव-गाँव भटकते कुमार संजय और उनके 40 सहयोगी, इस काम से जुड़े 'प्रभात खबर' के कई वरिष्ठ साथियों की अलग-अलग भूमिकाएँ किस अर्थ में महत्त्वपूर्ण हैं? सर्वे विधा के विशेषज्ञ कहते हैं कि 30780 लोगों का यह सर्वे दुनिया का सबसे बड़ा सर्वे है।

अखबार जब चीनी बाजारों से सस्ते माल उठाकर पाठकों को लॉटरी से लुभाने की दौड़ में शामिल हैं, तब 'प्रभात खबर' ने इस योजना पर अपनी सीमा-सामर्थ्य से बाहर जा कर क्यों समय-पूँजी का निवेश किया? यह बाजार का दौर है। उपभोक्तावाद की संस्कृति है। लाभ और लोभ इसके मंत्र हैं। उपभोक्ताओं में लोभ-लालच पैदा कर ही लाभ बढ़ाया जा सकता है। अखबार समेत अन्य उत्पादों (इस युग में अखबार भी उत्पाद घोषित हो चुका है) की कीमत कटौती, प्रोत्साहन, पुरस्कार, लॉटरी, 'एक खरीदो, दो मुफ्त पाओ' वाले मानस के दौर में 'प्रभात खबर' ने इस सोशल ऑडिट के काम में अपने सीमित संसाधनों में से महत्त्वपूर्ण अंश क्यों लगाया?

यही पूँजी पाठकों को 'लॉटरी पुरस्कार' देने में भी खर्च कर वाहवाही मिल सकती थी। भीड़ उमड़ सकती थी? ये सवाल पाठकों को पूछने और गौर करने चाहिए। क्यों कराया 'प्रभात खबर' ने दुनिया का यह सबसे बड़ा सर्वे?

पत्रकारिता जगत के साथी कह सकते हैं कि यह गंभीर पत्रकारिता का दौर नहीं है। यह अकादमिक काम है। सर्वे-विश्लेषण और विशेषज्ञों की पत्रकारिता में क्या

जरूरत? सोशल ऑडिट का काम सरकार, एन.जी.ओ., विकास विशेषज्ञ, राजनीतिक दल कराएँ, यह भी मीडिया के साथी कह सकते हैं।

इन तर्कों के बावजूद यह प्रयास क्यों?

लोकतंत्र में लोक यानी जनता की राय सर्वोपरि है। क्या जनता की राय जानने की कोई विधा इस व्यवस्था में बची है? पहले राजनीतिक दलों के वार्षिक अधिवेशन होते थे, उन अधिवेशनों में प्रस्तावों-बहसों से लोक राय (पब्लिक ओपिनियन) प्रतिध्वनित-प्रतिबिंबित होती थी। सारे दलों के प्रस्तावों को मिलाकर सम्यक दृष्टि से विश्लेषण करने पर 'पब्लिक पल्स' (जनता की नब्ज) का एहसास होता था। अब तो राजनीतिक दल परिवार तंत्र और व्यक्ति तंत्र में सिमट गए हैं। नेता परिवारों की राय तो आप रोज अखबारों में पढ़ते ही हैं, पर नेता जिस पंच जनता की रहनुमाई का ढोंग करते हैं, उस जनता जनार्दन की राय अब लोकतांत्रिक बहस की 'धुरी और केंद्र' नहीं है। 'प्रभात खबर' का यह सर्वे झारखंड की जनता की भावनाओं को पब्लिक एजेंडा की धुरी में लाने की पहल है। यानी राजनीति के मूल मुद्दों को वंश, परिवार और कथित दलों से निकालकर जनता की भावनाओं से तय और संचालित करने का प्रयास है। यह झारखंड की आदिवासी परंपरा और गांधी, जे.पी., लोहिया की परंपरा की कड़ी में जन इच्छानुसार राजनीतिक एजेंडा तय करने की एक विनम्र पहल है। राजनीति की गंगा, आधुनिक भगीरथों (भगीरथ की तपस्या असाधारण थी। आज की राजनीति के संदर्भ में उनके नाम का उल्लेख अपवाद है, पर क्षमा समेत) की दुर्गंधित जटाओं से निकालकर लोक की मैदानी सतह पर ले जाने का प्रयास है।

झारखंड विधानसभा में गुजरे चार वर्षों में क्या हुआ? विधायिका लोक पीड़ा को स्वर देने का सबसे सशक्त माध्यम है। अपवाद विधायकों को छोड़ दें, तो कौन सी गंभीर बहस हुई? क्या राज्य की चुनौतियों को हमारे विधायक (अपवाद छोड़कर) समझते हैं? मछली बाजार बनानेवाले विधायक (माफ करेंगे विधायकगण, अवमानना का एक मामला 'प्रभात खबर' के खिलाफ विधानसभा में विचाराधीन है) क्या समझेंगे कि इस लोक-संस्था को उन्होंने कैसे कमजोर किया है।

जब राजनीतिक दल और विधानसभा झारखंड की जनता की भावना को सामने उकेरने में विफल हो गए, तो 'प्रभात खबर' टीम ने गाँव, पहाड़, जंगल, देहात जाकर उन लोगों से बातचीत की, जिनके नाम पर सरकार-व्यवस्था-नेतातंत्र का ढोंग हो रहा है! 'प्रभात खबर' के सर्वे ने पीपुल्स पल्स मापनेवाले आधुनिक थर्मामीटर (राजनीतिक दल और विधायिका की विफलता को) से झारखंड को भरा है।

इस सर्वे के पहले किसी अन्य सर्वे प्रयास ने झारखंड की विश्वसनीय स्थिति के आँकड़े नहीं जुटाए। न योजना आयोग द्वारा तय संस्था ने, न किसी एन.जी.ओ. ने। झारखंड बनने के बाद सेमिनारों की आई बाढ़ में किसी प्रजेंटेशन (दस्तावेज) में विश्वसनीय आँकड़े नहीं आए। न झारखंड की सतह की स्थिति झलकी। 'प्रभात खबर' का यह सर्वे झारखंड की सही स्थिति का प्रामाणिक दस्तावेज है। यह सर्वे-दस्तावेज झारखंड की राजनीति का मूल एजेंडा बन सकता है। झारखंड के भविष्य का दस्तावेज। यह सर्वे मुद्दाविहीन झारखंड की राजनीति में मुद्दा आधारित राजनीति की शुरुआत का आधार बन सकता है।

झारखंड बनने के पहले भी झारखंड का मुद्दा 'प्रभात खबर' के लिए एक पेशन (भावात्मक सवाल) था। अलग झारखंड का नवनिर्माण अब मुख्य मुद्दा है। इस मुद्दे को साकार करने की दिशा में यह एक कदम है।

पत्रकारिता क्या क्राइम, सेंसेशन, पॉलिटिकल गॉसिप, सेक्स (अपराध, सनसनीखेज सामग्री, राजनीतिक गपबाजी वगैरह) की चौहद्दी तक ही सीमित है? झारखंड की जमीनी हकीकत को सामने लाकर पत्रकारिता के धरातल को बदलने की यह प्रक्रिया है। क्या झारखंड की नौकरशाही, सरकार या किसी संस्था ने यह जानने की कोशिश की है कि झारखंड बनने के बाद विकास मद में पैसों की जो बाढ़ आई है, वह किस रेत-बालू में गायब हो जाती है?

यह सर्वे पक्ष-विपक्ष दोनों के लिए आई-ओपनर (आँख खोलनेवाला) है।

(31-10-2004)

□

मौत पुरुषार्थ, संकल्प और कर्मठता की

संदर्भ : झारखंड स्थापना दिवस

15 नवंबर को ही नेतरहाट विद्यालय के 50 वर्ष पूरे हो रहे हैं। झारखंड गठन के भी चार वर्ष 15 नवंबर, 2004 को ही पूरे हो रहे हैं। यह संयोग है। सुखद और दुःखद दोनों। दुःखद, इस संदर्भ में कि जिस 'सेंटर ऑफ एक्सेलेंस' की स्वर्ण जयंती से पूरे राज्य में आस्था, सृजन और निर्माण की नई फिजाँ बन सकती थी, वह नेतरहाट स्कूल इस अलग राज्य में अपना भव्य समारोह तक नहीं कर सका। याद रखिए, पिछले 10 वर्षों से हम ज्ञान युग (नॉलेज एरा) और उत्कृष्ट संस्थाओं (सेंटर ऑफ एक्सेलेंस) की चर्चा कर रहे हैं। दुनिया के स्तर पर। राज्यों में होड़ लगी है कि कहाँ सर्वश्रेष्ठ विद्यालय, मेडिकल, इंजीनियरिंग व मैनेजमेंट की सर्वश्रेष्ठ संस्थाएँ खुल-बन रही हैं। पर 50 साल पहले राज्य की इस धरती पर एक शानदार लौ प्रज्वलित हुई, सेंटर ऑफ एक्सेलेंस के रूप में, वह लौ (नेतरहाट स्कूल) बुझ रही है। अलग झारखंड बनने के बाद। इस नॉलेज एरा में दुनिया के हर कोने में सेंटर ऑफ एक्सेलेंस बनाने की स्पर्द्धा है। आज झारखंड से हर साल कई सौ करोड़ रुपए बाहर के राज्यों में शिक्षा ग्रहण करने गए झारखंडी लड़कों पर खर्च हो रहे हैं, फिर भी शिक्षा संस्थाओं को राज्य में सर्वश्रेष्ठ बनाने की तड़प राज्य-समाज दोनों में नहीं है। और 21वीं शताब्दी के ज्ञान युग में मुक्ति का द्वार शिक्षा से ही खुलता है।

नेतरहाट स्कूल महज एक प्रतीक है। राज्य बनने के बाद हम न नया उद्योग खोल सके, न कोई बड़ा उल्लेखनीय काम कर सके, पर जो संस्थाएँ झारखंड का भविष्य सँवार सकती थीं, उन्हें बचाने-बढ़ाने के बदले राज्य-समाज उसे मारने में लगे हैं। यह है हमारा पुरुषार्थ, हमारा संकल्प और हमारी कर्मठता।

20वीं सदी तक इतिहासकार कहते थे कि इतिहास कुछ और नहीं, बल्कि महान् नायकों के बड़े कामों का ब्योरा है। इस नई सदी में नई मान्यता है कि अब इतिहास महान् नायक नहीं बनाएँगे, बल्कि संस्थाएँ बनाएँगी। संस्थाओं को बनाने-विकसित

करने में पिछले चार वर्षों में झारखंड की क्या भूमिका रही है, यह बताने की जरूरत नहीं। झारखंड के पहले राज्यपाल प्रभात कुमार और पहले मुख्य न्यायाधीश न्यायमूर्ति वी.के. गुप्ता की पहल पर बेंगलुरु के 'लॉ स्कूल' की तर्ज पर संस्था बनाने का फैसला चार वर्ष पहले हुआ। आज वह संस्था किस फाइल के किन पन्नों में गुम हो गई है, कोई नहीं जानता। यह झारखंड के भविष्य को, नई पीढ़ी की नियति को अंधकार में झोंकने जैसा काम है। इस अर्थप्रधान दौर में 'ह्यूमन रिसोर्स' (मानव संसाधन) को समृद्ध करने की स्पर्द्धा चल रही है, पर झारखंड राज्य में मानव संसाधन को समृद्ध करने के प्रति कोई जागरूकता ही नहीं है।

जाने-माने अर्थशास्त्रियों की संस्था इंडिकस एनालिटिक्स के प्रमुख लवीश भंडारी ने 'प्रभात खबर' के लिए अपनी संस्था द्वारा तैयार रपट देते समय मौखिक बातचीत में कहा कि यह राज्य शिक्षण संस्थाएँ (मेडिकल, इंजीनियरिंग, मैनेजमेंट, कंप्यूटर सेंटर, अच्छे स्कूल वगैरह) खोलकर बड़ा काम कर सकता है।

ऐसी संस्थाएँ आरंभ करने में बड़े उद्योगों की तरह समय-पूँजी और संसाधन नहीं चाहिए। कम समय में ऐसी संस्थाएँ खुल सकती हैं। आज कर्नाटक, महाराष्ट्र, आंध्र वगैरह की सफलता के पीछे ऐसी संस्थाओं का बड़ा योगदान है। श्री भंडारी ने यह भी कहा कि झारखंड खनिज संपदा में समृद्ध हो सकता है, पर सूचना विस्फोट और दूरी खत्म होने (डेथ ऑफ डिसटेंस एरा) के इस दौर में इस प्राकृतिक संसाधन से आप समृद्ध नहीं हो सकते। कई वर्ष हुए 'प्रभात खबर' ने संयुक्त बिहार में एक सर्वे कराया था। बिहार से जो लड़के इंजीनियरिंग, मेडिकल, प्रबंधन या उच्च शिक्षा के लिए बाहर जाते हैं, उन पर कितना खर्च होता है? राज्य से कितने पैसे बाहर जाते हैं? इसी तरह अच्छे अस्पतालों के अभाव में चिकित्सा के लिए जो मरीज इस राज्य से बाहर इलाज के लिए जाते हैं, उन पर कितना खर्च होता है, सर्वे वैज्ञानिक पद्धति से नहीं हुआ, पर आकलन से पता चला कि चिकित्सा-शिक्षा मद में प्रतिवर्ष 600 करोड़ रुपए गरीब राज्य से बाहर जा रहे हैं। यही आज भी हो रहा है। क्या हुआ राँची मेडिकल कॉलेज का? क्या इस संस्था में गुणात्मक परिवर्तन हुआ? अगर उच्च स्तरीय शिक्षा संस्थाओं का जाल फैल जाए, तो झारखंड में रोजगार बढ़ेंगे। मानव संसाधन समृद्ध होगा। पर सरकार, विपक्ष और नौकरशाही के एजेंडे में नवनिर्माण के ऐसे मुद्दे हैं ही नहीं।

यही हाल उद्योग, कृषि, ग्रामीण विकास व अन्य विभागों में है। प्रशासन में सुधार की बातें ही नहीं होतीं। सरकार अपनी विश्वसनीयता खो चुकी है। पंचायत चुनाव इसका प्रमाण है। सरकार के सभी महत्त्वपूर्ण लोगों ने पंचायत चुनावों के बारे में विधानसभा के अंदर-बाहर बार-बार बयान दिए हैं, पर चुनाव नहीं कराए। अगर बड़े

पदों पर बैठे लोग सार्वजनिक रूप से झूठ बोलें, सरकार बार-बार झूठ बोले, तो फिर यकीन के लिए कौन सी संस्था बची रह जाती है? झारखंड के आरंभिक चार वर्षों में कार्यपालिका ने खुद को अविश्वसनीय बना लिया है। यह बड़ी दुर्घटना है। जो क्षण विश्वास बनाने के थे, संस्थाओं की साख जिन वर्षों में मजबूत हो सकती थी, उन वर्षों में लोकतांत्रिक व्यवस्था के महत्त्वपूर्ण अंगों ने खुद अपनी साख खत्म कर ली।

विपक्ष उतना ही अक्षम साबित हुआ। भूख, कुप्रशासन, भ्रष्टाचार जैसे अनेक संवेदनशील सवाल उभरे। पर विधानसभा से लेकर गाँव-गाँव तक लोकतांत्रिक ढंग से जनचेतना पैदा करने में विपक्ष विफल रहा। विधानसभा को विधायक, निरर्थक मंच साबित करने में लगे रहे।

इस देश के कुछ अन्य राज्य किस तेजी से हमें पीछे छोड़ रहे हैं, यह तथ्य जानते हुए भी हमारे शासक अनजान बने हैं। 20 वर्षों में इस देश के कुछ राज्य आज के अमेरिका, सऊदी अरब की तरह होंगे, तो कुछ राज्य आज के जिंबाब्वे और बांग्लादेश की तरह? इतिहास का सबक है कि जो राज्य टेक्नोलॉजी, शिक्षा में पिछड़ गए, वे गुलाम ही रहेंगे। क्या इस राज्य के लोग पलायन कर मजदूरी करने के लिए ही अभिशप्त रहेंगे? इसके लिए जवाबदेह कौन है? यह सवाल उठाना, चेतना फैलाना, प्रतिपक्ष और मीडिया का काम है।

भ्रष्टाचार ने इस नए राज्य के सपनों पर सबसे गहरा आघात किया है। 92 वर्षीय एच.डी. शौरी ने हाल में भ्रष्टाचार पर एक लंबा लेख लिखा है। उन्होंने भ्रष्टाचार जाँच करनेवाली अंतरराष्ट्रीय संस्था 'ट्रांसपेरेंसी इंटरनेशनल' को उद्धृत करते हुए कहा है कि पिछले एक वर्ष में निजी कंपनियों ने सरकारी अफसरों को कॉन्ट्रेक्ट लेने के लिए 32000 करोड़ रुपए घूस दिए हैं, झारखंड भी इसी में है। पता यह होना चाहिए कि गुजरे चार वर्षों में झारखंड में कितने हजार करोड़ घूस दिए गए हैं? कितने नए सत्ता-दलाल पैदा हुए? कौन लोग चार वर्षों में सड़क मापते-मापते करोड़ों-अरबों में खेलने लगे हैं?

पर इन विपरीत परिस्थितियों के बावजूद रास्ता क्या है? चर्चा शुरू हुई थी नेतरहाट के संदर्भ में। आरंभ में उल्लेख था कि 15 नवंबर, 2004 (झारखंड स्थापना दिवस पर) को नेतरहाट जैसी संस्था के 50 वर्ष होने का एक सुखद पहलू भी है। वह क्या है?

नेतरहाट की परिकल्पना पढ़ते हुए पीयर्स (अँगरेज) के बारे में पढ़ा। विदेश से आकर एक प्रतिबद्ध इनसान ने भारत में चार संस्थाओं की नींव डाली (बहुत कम लोग जानते होंगे) (1) ग्वालियर सिंधिया स्कूल (2) नैनीताल पब्लिक स्कूल (3) आंध्र ऋषि वैली स्कूल और (4) नेतरहाट स्कूल।

आज भी नेतरहाट को छोड़कर बाकी तीन स्कूल 'वर्ल्ड क्लास' स्कूल माने जाते हैं। ऋषि वैली, जहाँ दार्शनिक कृष्णमूर्ति रहते-आते थे, उनकी संस्था से जुड़ा स्कूल।

एक अँगरेज आकर 50-60 वर्ष पहले, जब नॉलेज एरा (ज्ञान युग) का दौर नहीं था, तब भारत के (झारखंड समेत) सुदूर इलाकों में विश्व स्तर के चार स्कूलों की परिकल्पना को साकार करा सकता था, लोगों की मदद से-सरकार की मदद से। आज अगर सरकार और पूरी व्यवस्था ऐसी चीजों से उदासीन है, तो लोगों को (जन-सहयोग) शरीक कर नवनिर्माण का नया अभियान शुरू हो सकता है। झारखंड स्थापना दिवस और नेतरहाट के 50 वर्ष का यही संदेश है।

(15-11-2004)

□

21वीं सदी के सवाल

1 जनवरी, 2005

विदा! 2004!!

स्वागत! 2005!!

ट्रेन में हूँ।

30-31 दिसंबर की दोनों रातें ट्रेन में ही गुजरीं। 31 दिसंबर की आधी रात जब दुनिया जागकर 2004 को विदा कर रही थी, 2005 का स्वागत कर रही थी, तब यात्रा में था, ट्रेन में। यात्रा नियति बन गई है। जीवन भी तो यात्रा ही है। बहरहाल देर रात तक नींद नहीं आती। सहयात्री सोए हैं। आधी रात का पिछला पहर है। एहसास होता है, बाहर गहरा अँधेरा, ठंड है। हवा के झोंके। मन में भी। मानव यात्रा के ज्ञात इतिहास के 2004 वर्ष गुजर गए। 21वीं सदी के चार शिशु वर्ष गुजर गए, अब हम पाँचवें में हैं। पर प्रकृति अब भी रहस्य है। जाते-जाते वर्ष 2004 ने दुनिया को स्तब्ध कर दिया है। सूनामी लहरों में अब तक 1,25,000 लोगों के मरने की पुष्टि हुई है। कुदरत में असीम शक्ति है। पल भर में सभ्यता-विकास की बुनियाद हिलानेवाली ताकत। हजारों परमाणु बमों की ऊर्जा से अधिक। यह समुद्र के आंशिक प्रलय की एक झलक है।

मरीना (चेन्नई) बीच (समुद्री तीर) कब्रगाह जैसा दीखता है। प्रिय बीच है मरीना। नवंबर अंतिम सप्ताह में वहाँ था, दोबारा दिसंबर 18 को भी। चेन्नई पहुँचा नहीं कि मरीना खींचता था। अड्यार बीच भी, जहाँ जिद्दू कृष्णमूर्ति घूमते थे। पर मरीना का सौंदर्य अद्भुत है। दिन में नीला आकाश और समुद्र की नीली लहरें। कुछ बरसों पहले मरीना तीरे (बीच) शरद की जुन्हाई में सागर को देखा-सुना है। एक साथ इतनी दाहक चाँदनी कि भूल नहीं पाता। शरद पूर्णिमा के दिन उफनती लहरों के सफेद झाग। वर्णन-ब्योरे से परे दृश्य। विद्यार्थी जीवन से (1972) यह बीच या समुद्र तट देख रहा हूँ। समुद्र तट चाहे कोवलम (त्रिवेंद्रम), पुरी, कन्याकुमारी, मुंबई

या गुजरात में डूमस हो, बुलाते हैं। चेन्नई का मरीना खासतौर से। शायद इसलिए कि समुद्र की विशालता, फैलाव और उफनती लहरें प्रेरणा देती हैं, उदात्त बनाती हैं। अहंकार और मद तोड़ती हैं। लघुता-क्षुद्रता तोड़कर कासमोस (ब्रह्मांड) से जोड़ती हैं। आधी रात को चुपचाप लहरों का नाद, लय, संगीत और गर्जन सुनना प्रिय है। इस बार भी मरीना पर अँधेरी रात में लहरों का शोर सुना। कभी डरावना, कभी रहस्य में डूबा हुआ।

उसी समुद्र तट पर भयावह दृश्य की तसवीरें। ज्ञात इतिहास के 2004 वर्ष बाद भी प्रकृति रहस्य है, पर मनुष्य और व्यवस्था भी वैसे ही रहस्य हैं। राजेंद्र माथुर का एक लेख याद आता है। मेरा प्रिय लेख— 'बूढ़ी सदी का नया वर्ष', 1970, पहली जनवरी को लिखा गया। क्लासिक लेख है। बीसवीं सदी का विवेचन। वह 1917 से 1920 के दौर की याद दिलाते हैं।

' '17 और '20 के बीच इस शताब्दी ने जो सहा, भोगा, निगला और जन्म दिया, वे आज तक हमारे साथ हैं...लेनिन की वोल्शेविक क्रांति। दस दिन, जिन्होंने दुनिया को हिला दिया। दस दिन, जिन्होंने पचास वर्षों तक दुनिया को प्लेग दिया, सन्निपात दिया, पागलखाना दिया और सारी धरती की जवानी को मोक्ष का पार्थिक पर्याय दिया। तब लगता था कि एक प्रयत्न और किया, एक धक्का और दिया, तो यह पृथ्वी हर्षातिरेक की सामूहिक समाधि तक पहुँच जाएगी। लेकिन वह नहीं पहुँची। स्वर्ग के द्वार पर दस्तक देकर बीसवीं शताब्दी लौट आई। तब कौन जानता था कि ये पट कभी नहीं खुलते। इनसानियत की नियति है कि वह बार-बार इन पटों पर दस्तक दे, हर सदी में अपने-अपने ढंग से दस्तक दे। नियति है कि द्वार तक पहुँचकर हम छले जाएँ। यही प्रगति है। मंजिल सदा-सदा से छल ही रही है। केवल प्रयत्न यथार्थ है, और हमारे सपनों का कैलकुलस यथार्थ है?'

आगे इस अद्‌भुत लेख में राजेंद्र माथुरजी भारत के बारे में बात करते हैं।

'गांधी का सत्याग्रह! कब्र में लटके हुए देश पर फूँका गया एक मंत्र, जो उसे संज्ञा देता है, हरकत देता है, काले बाल और गरम रक्त देता है, और अन्यायी की आँख में आँखें डालकर देखने की ताकत देता है। एक मंत्र, जो खंभे को चीरकर नृसिंह जगाता है। यूनान, मिस्र और रोम जब नष्ट हो गए, तब भारत एक खंभे के रूप में जीवित था। जब भारत स्वयं नष्ट हो गया, तब भी यादगार के रूप में भारत का खंभा बचा, मानो समय का चंदोवा उसी के बूते पर टिका। उस सड़े-गले दीमक लगे खंभे

से गांधी ने नृसिंह निकाला, और कुछ वर्षों तक लगा कि दुनिया का यह आठवाँ आश्चर्य समूची मानव जाति के लिए कोई संदेश लाया है। लगा कि स्वर्ग के जिस द्वार तक तेज-से-तेज खरगोश नहीं पहुँच सके, वहाँ एक कछुआ, एक केंचुआ पहुँचनेवाला है, और भारत की हस्तरेखाओं में शायद लिखा है कि बीसवीं सदी के पट हमारे ही कर कमलों से खुलेंगे, वे नहीं खुले। लेनिन का स्वप्न कोसिगिन तक आते-आते एक स्थावर संपत्ति बन गया। गांधी का स्वप्न भी आज एक स्थावर संपत्ति है।'

लंबे, विचारपरक लेख के ये दो अंश, मनुष्य की 2004 वर्षों की यात्रा के रूमानी सपनों, प्रयासों, क्रांतियों और विफलताओं का प्रखर विवेचन है। अब 'ग्लोबल विलेज' बनती दुनिया में 'विचारों की मौत' ('80 के दशक में फुकियामा ने 'द डेथ ऑफ आइडियोलॉजी' की बात की। इतिहास के अंत की चर्चा की, तो शोर हुआ) ने सबसे गंभीर सवाल खड़ा कर दिया है। विचारों की शून्यता को उपभोक्तावादी दर्शन ने भर दिया है। पिछले दिनों दिल्ली में दार्शनिक कृष्णनाथ ने कहा, यह 'निहलिज्म और नार्सिसिज्म' (शून्यवाद और आत्ममोह-आत्मरति) का दौर है। निजी स्वार्थ सबकुछ। जब 'डेथ ऑफ डिस्टेंस' (इकोनॉमिस्ट की एक मशहूर पत्रकार द्वारा दशकों पहले लिखी पुस्तक) यानी दूरी सिमटने से मनुष्य की प्रगति का उल्लेख हो रहा था, तब किसी ने सोचा नहीं था कि इस सूचना क्रांति, उदारवाद और ग्लोबल दुनिया के सामने सबसे बड़ा संकट होगा, मूल्यहीनता का, संस्कारशून्यता का और विचारहीनता का।

21वीं सदी के शिशु 2004 ने आनेवाले वर्षों के लिए 'दिल्ली डी.पी.एस.' की एक घटना के माध्यम से बड़ा सवाल खड़ा कर दिया है। वर्ष 2005 और आनेवाले वर्षों में इनके जवाब ढूँढ़ने होंगे। विचारशून्यता में पलती नई पीढ़ी, तकनीकी क्रांति की चौहद्दी तक सिमटे जीवन और भौतिक उपभोग तक सीमित जीवन दृष्टि से, मनुष्य जाति-समाज के लिए नए गंभीर सवाल खड़े हो गए हैं। दिल्ली डी.पी.एस. घटना के बाद बड़े विचारक अब परिवार के महत्त्व, मूल्य-संस्कारों की जरूरत, नैतिक बनने की अनिवार्यता पर नए सिरे से बहस कर रहे हैं। इथिकल ऑर्गेनाइजेशन (मूल्य आधारित संस्थान) की बात हो रही है। नए युग, नई कंप्यूटर क्रांति के उद्योगपति अजीम प्रेमजी और नारायणमूर्ति द्वारा 'वैल्यू-इथिक्स'(मूल्य-सिद्धांत) पर उद्योग-समाज चलाने के आवाहन 'कोट'(उद्धृत) किए जा रहे हैं। आनेवाले वर्षों में भारत को पुनः नैतिक होने, ईमानदार होने, मूल्य-संस्कार से नया इनसान बनाने की ओर लौटने की चर्चा हो रही है।

उसी तरह जैसे दो वर्ष पहले एनरॉन की घटना ने अमेरिका को मूल्य-संस्कार

के बारे में सोचने के लिए विवश किया। एनरॉन जैसी बहुराष्ट्रीय कंपनी अपने विश्वप्रसिद्ध मैनेजमेंट स्कूलों से पढ़े-लिखे प्रबंधकों की बेईमानी, झूठ से डूब गई। तब विश्वप्रसिद्ध मैनेजमेंट संस्थाएँ यह तलाशने में जुट गईं कि इतने प्रतिभावान लोग अनैतिक-बेईमान क्यों हो जाते हैं? फिर उन विश्वप्रसिद्ध मैनेजमेंट संस्थाओं में 'इथिक्स और वैल्यूज' पढ़ाया जाने लगा। गांधी इन विश्व प्रसिद्ध संस्थाओं में विशेष अध्ययन के विषय बन गए।

क्या दिल्ली डी.पी.एस. की घटना से बेचैन भारत का शासक-समाज संस्कारवान, नैतिक और ईमानदार होने पर 2005 में गौर करेगा। 21वीं सदी के शिशु वर्ष में नैतिक संकट और मूल्यहीनता के उभरे लक्षण कहीं मानव समाज के लिए अभिशाप न बन जाएँ?

(01-01-2005)

□

समय, साहस और सवाल

यकीन नहीं होता, वह असरदार और नैतिक आवाज, अब नहीं सुन सकूँगा। यात्रा में ही खबर मिली कि विधायक महेंद्रजी मार डाले गए। यह सुन्न करनेवाली सूचना थी। तब से स्तब्ध, जड़ और अवाक हूँ। उन हजारों लोगों की तरह, जिनका मन अब भी प्रतीक्षारत है कि कोई इसे अफवाह-झूठ बता दे।

हमारा समय, कालखंड कायरों-सुविधापरस्तों का है। वर्ड्सवर्थ ने फ्रांस की क्रांति के समय टिप्पणी की थी कि समय के इस कालखंड में जन्मना-साक्षी बनना (जब फ्रांस की क्रांति हो रही थी) वरदान था। इस कालखंड के उसूल पलट गए हैं। ताकत के सामने समर्पण, सुविधा-सत्ता के नाम अंतरात्मा, आवाज और साहस गिरवी, ये लक्षण हैं हमारे कालखंड के। इस कालखंड में महेंद्रजी ऐसी आवाज थे, जिन्हें सुनना-देखना ताकत देता था।

लिंकन ने अपने बच्चे के प्राथमिक स्कूल के अध्यापक के नाम खत लिखा था। क्लासिक खत है। आनेवाले हजारों वर्षों में इनसान को प्रेरित करनेवाला खत। उस खत में एक जगह लिंकन उस अध्यापक से गुजारिश करते हैं कि मेरे बच्चे को ऐसी शिक्षा दो कि वह अकेले सच कह सके। वह तब भी सच बोले, जब पूरी दुनिया उसके खिलाफ खड़ी हो। वह अपनी आत्मा-विवेक की आवाज, सच का दामन अकेले पड़ जाने के कारण न छोड़ दे।

महेंद्रजी की औपचारिक शिक्षा नहीं हुई थी। पर जीवन के अनुभवों में उन्हें ऐसा अध्यापक मिला, जिसने उन्हें पूरी भीड़ के सामने अकेले खड़े होने की ताकत दी। सच पर चलने का साहस-आत्मबल दिया। उनके साहित्य-अध्ययन, कानूनी जानकारी, बेखौफ-बेबाक सच बोलने का साहस, वह निस्संगता, कबीर का फक्कड़पन, दार्शनिक दृष्टि और नैतिक बल ने उन्हें भीड़ में अलग बना दिया था।

कई बार सोचता था कि मौजूदा आधुनिक शिक्षा शिक्षित तो बना रही है, वेतन, सुविधा और उपभोग की संस्कृति में व्यक्तित्वों-बच्चों-छात्रों को ढाल रही है। वेतनभोगी

बना रही है, पर वह इनसान, जिसकी कामना लिंकन ने प्राइमरी स्कूल के अध्यापक से की थी, विकसित नहीं कर रही। पर, किस परंपरा-परिवेश में स्कूल से शिक्षा न ग्रहण करनेवाले महेंद्र सिंह जैसा व्यक्तित्व विकसित हुआ और भीड़ के सामने एकला चलने—सच बोलने का साहस किया?

यह समय है कि विधायक (ऐसा न करनेवाले अपवाद विधायक हैं) बिना गए भत्ता लेते हैं, फर्जी बिल बनाते हैं, विधानसभाध्यक्ष विशेषाधिकार के नाम पर विधानसभा में मनमानी नियुक्तियाँ करते हैं (बिहार विधानसभा में भी ऐसी घटनाएँ हुईं), तब इन ताकतवरों के कुकर्मों के खिलाफ सिर्फ एक आवाज सुनाई देती थी, वह आवाज महेंद्रजी की थी। ऐसे 'सुकर्मों' के खिलाफ इस अकेली आवाज को बंद करानेवाली ताकतों ने हमारे कालखंड-दौर को सूना कर दिया है, शेष।

हमारे कालखंड की राजनीति-विधायकों की मुख्यधारा क्या है? जन-राजनीति से निकलकर फाइव स्टारवाली दलाली की राजनीति में पारंगतता। इधर-उधर से लॉबिंग। विधानमंडलों में बहस न होना, कानूनी प्रक्रिया-विधियों को न जानना, पढ़ने-लिखने से छत्तीस का रिश्ता। अपने कामकाज, अधिकार के बारे में अज्ञानता। इसी झारखंड से गरीबों की राजनीति, नक्सलियों की पीड़ा, जड़-जमीन के नारे लगाकर जो विधायक-मंत्री हुए, वे घोषित भ्रष्ट बन गए। सार्वजनिक जगहों पर शराब सेवन करने लगे। सेवन स्टार होटलों में शराब पीकर नाचने लगे। इन्हीं लोगों के बीच एक आवाज थी, जो खेत-खलिहानों से आई थी। वह विधायक विधानसभा के काम से ही पटना-राँची रहता था, या फिर गाँव-देहात, खेत-खलिहानों में लौट जाता था। खेत-खलिहानों की आवाज शांत कर देनेवालों ने इस दौर का कितना नुकसान किया है, कभी समझेंगे?

यह दौर है, जब नेता कंपनियों के अफसरों-सरकारी एक्जीक्यूटिव जैसे बन गए हैं। नेता-कार्यकर्ता रिश्ता खत्म हो गया है। तब एक विधायक था, जो कार्यकर्ताओं की तरह चना-चबेना खाता था, उनके बीच-उनके साथ रहता था, सुरक्षा की परवाह नहीं करता था। गाड़ियों के काफिले और स्टेनगनों के बीच नहीं जीता था, यह अकेला प्रतीक भौतिक रूप से खत्म हो गया, पर क्या यह परंपरा खत्म हो जाएगी?

यह अकेली आवाज लालू-भाजपा को साथ-साथ कठघरे में खड़ी करती थी। एम.सी.सी. से लेकर अन्य उग्र संगठनों के बारे में बेबाक टिप्पणी करती थी। मंत्रियों-सरकार पर लगाम लगाती थी। बददिमाग अफसरों को उनकी सीमा का एहसास कराती थी। जब दिल्ली से गाँव-पंचायतों तक बेतहाशा बढ़ते भ्रष्टाचार को दलों-व्यवस्था-लोगों ने जीवन का हिस्सा मान लिया था, तब झारखंड में यह अकेली आवाज जन अदालतों में भ्रष्टाचार के मुद्दों पर बहस चला रही थी। इस आवाज को चुप करानेवाली

ताकतें, क्या इस धारा को खत्म करना चाहती हैं?

यह झारखंड-बिहार की अकेली आवाज थी, जो हम पत्रकारों को उनकी गलतियाँ-सीमाएँ बताती थीं। खबरों के बारे में उनकी बड़ी पैनी दृष्टि थी। वह बेबाक विवेचन करते थे। वह सीधे फोन करते थे। लंबी बातचीत और कबीर की तरह बेलाग बोलते थे। उनकी हर बातचीत-लंबे फोनों से हमने सीखा है, कुछ भिन्न-नया करने की दृष्टि पाई है। इस आवाज को चुप करानेवाली ताकतों ने झारखंड की पत्रकारिता का भी सही साथी-मार्गदर्शक छीन लिया है।

वह इस कालखंड में सन् 1990 से लगातार विधायक रहे। जब एक बार विधायक बनकर पुश्तों का भविष्य सँवारने की होड़ लगी है, कारों का काफिला, अपराधियों की सोहबत, कमीशनखोरी, धनार्ज़न, रुतबा वगैरह विधायकों की पहचान बन रहे हैं, तब भी बस में, जीप में, साधारण चाय दुकानों में आम आदमी की तरह जीनेवाला एक विधायक था। जन साधारण के कंधों पर सवार होकर जब विधायकी विशिष्ट बनने की सीढ़ी के रूप में इस्तेमाल हो रही है, तब विधायक बनकर भी एक व्यक्ति बार-बार सामान्य लोगों में खो जाता था। क्या सार्वजनिक जीवन से यह विशिष्टता खत्म करने के लिए यह हत्या हुई है?

(18-01-05)

□

नहीं भूलेगी वह भीड़

संदर्भ : विधायक महेंद्र सिंह की शवयात्रा

भीड़ का इतना मुखर चरित्र होता है, यह पहली बार देखा। हजारों-हजार की कतारें। महिलाएँ-बच्चे-बूढ़े। रोते-बिलखते या चुप। चीटियों की तरह अनुशासित-कतारबद्ध। यह भीड़ गांधी के 'अंतिम आदमियों' की भीड़ थी।

जिसने भी देखा, उस भीड़ को, वह नहीं भूलेगा। वह भीड़ विधायक महेंद्र सिंह को अंतिम विदाई देने उमड़ी थी। हमलोग बगोदर गए थे। रास्ते से ही पैदल उमड़े लोग देखे। छोटे बच्चे-महिलाएँ, कतारबद्ध और अनुशासित। नितांत गरीब।

अब किसी राजनीतिक दल की सभा में इस वर्ग चरित्र की भीड़ नहीं आती। वैसे तो 1977 के बाद मध्यमार्गी दल भीड़ ढोते हैं, पैसे पर जुटाते हैं। उस जुटाई भीड़ में भी 'गांधी के अंतिम लोगों की जमात' नहीं आती। महेंद्र सिंह की अंतिम विदाई में स्वत: भीड़ उमड़ी थी। भीड़ या अपार जनसमूह या मानव समुद्र।

बार-बार मन इस भीड़ के चरित्र को समझना चाहता है। दूसरों से तुलना करता है। आज कोई मध्यमार्गी दल दो-चार हजार की भीड़ जुटाता है, तो उसे प्रबंध करने के लिए पुलिस की जरूरत पड़ती है, फिर भी पूरी भीड़ अनुशासनहीन, बददिमाग और लफंगों की तरह आचरण करती है। मंच से उनके सबसे ताकतवर-सर्वश्रेष्ठ नेता चिल्लाते हैं, पर भीड़ उनकी बात नहीं सुनती। कोई उठता है, बैठता है, चिल्लाता है, उद्‌दंडता करता है, पर महेंद्र सिंह की स्मृति में उमड़ी भाकपा माले व अन्य लोगों की भीड़ का चरित्र ही नितांत अलग था। कोई पुलिस-व्यवस्थापक नहीं। मंच से कार्यकर्ता महज अनुरोध करते थे। कभी-कभार। पचासों हजार की भीड़ उसका पालन करती थी। यह वह भीड़ थी, जिसके बीच जाकर आप एक मानव परिवार का सदस्य महसूस करने लगते हैं। एक ऐसी भीड़, जिसकी छत्रछाया में आप अपना डर, भय खोकर एक परिवार बन जाते हैं। अब ऐसी भीड़ कहीं नहीं जुटती।

बार-बार मन में मुट्ठी भर जुटे लोगों की वह राजनीतिक जमात याद आती थी,

जिसके बीच पहुँचते ही आप डरने लगते हैं। जहाँ आदमी आदमी से खौफ रखने लगता है। एक यह भीड़ थी, जहाँ पचासों-साठों हजार लोग एक साथ जुटकर अपना मौन बाँट रहे थे। यह उन गरीबों की भीड़ थी, जो अपनी अस्मिता के लिए सपने देख रही है।

महिलाएँ इतनी तादाद में! इस सामंती समाज-परिवेश में इतनी महिलाएँ शोक सभा में उमड़ीं, हतप्रभ था। और अनुशासन! माइक से दो बार कहा गया कि कार्यकर्ता व अन्य लोग महिलाओं के लिए जगह छोड़कर पीछे हट जाएँ। यह कहना पर्याप्त था। भीड़ स्वत: पीछे सरक गई। जन सैलाब में आगे सिर्फ महिलाएँ ही महिलाएँ। पूरी सभा शोकमग्न। न ताली, न शोर। इतनी बड़ी भीड़ और यह अनुशासन। यही महेंद्रजी और माले का आधार है, जो आज किसी राजनीतिक जमात के पास नहीं है।

भाकपा माले के पोलित ब्यूरो के नेताओं को पहली बार देखा। करीब से। 'नेता' कहना, इनका अपमान होगा। बिलकुल अपने कार्यकर्ताओं की तरह सामान्य। कोई विशिष्टता नहीं। गांधी के 'आम आदमियों' की भीड़ से निकले नेता, जो मंच से लौटकर उसी जनता के बीच अपनी विशिष्टता की पहचान मिटा लेते हैं। भारतीय राजनीति की यह सबसे अलग, अनोखी और जमीन से जुड़ी जमात है। लगभग 15 वर्ष बाद के.डी. यादवजी को देखा। वैसे ही सामान्य। एक मरे दल का जिलाध्यक्ष जब घूमता है, तो लफंगों की फौज घूमती है। के.डी. यादव व ऐसे अनेक नेता बिलकुल भीड़ के अंग। दुनिया की मशहूर इंडियन स्टैटिकल इंस्टीट्यूट से पढ़े-लिखे दीपंकर भट्टाचार्य एक सामान्य कार्यकर्ता की तरह, कार्यकर्ताओं के बीच।

अब नेता 'अफसर' बन गए हैं। जो फाइव स्टार में घूमते हैं, कमीशनखोरी करते हैं, वे भीड़ में उतरकर भी भीड़ से एकाकार नहीं हो पाते। शायद इसीलिए माले की सभाओं में गांधी के आम आदमी की वह भीड़ उमड़ती है, जो अब कहीं और नहीं जाती।

शव के साथ इतनी बड़ी भीड़ चले और सड़क पर आने-जानेवालों, वाहनों को रत्ती भर भी परेशानी न हो! आज कोई ऐसी कल्पना नहीं कर सकता। जी.टी. रोड से चलकर राँची रोड पर यह भीड़ पहुँची। लोग स्वत: किनारे हो गए। गाड़ियाँ आती-जाती रहीं। यह 50-60 हजार की भीड़ का अघोषित-मर्यादित आचरण था। स्वत: याद आया, 6-10 लोगों की भीड़ सड़क जाम करा देती है, 8-10 घंटे। कोई बोलता नहीं। डर से यात्री भागने लगते हैं। एक यह भीड़ थी, खुद इतनी मर्यादित, अनुशासित। अपने प्रिय नेता की हत्या के आक्रोश-पीड़ा में भी यह संयम-मर्यादा। समाज के गरीब,

अशिक्षित और कमजोर तबकों की मर्यादा के कारण ही भारत में आज यह सामाजिक शिष्टता, मर्यादा और सार्वजनिक अनुशासन बना हुआ है। मध्यवर्ग और शासकवर्ग (नेता, अफसर, धनाढ्य) ने तो यह मर्यादा और अनुशासन तार-तार कर दिया है।

मत भूलिए, 50-60 हजार लोगों की भीड़ जिस दिन धैर्य, मर्यादा तोड़ देगी, उस दिन क्या होगा? माले का एक नेता कोई उत्तेजक बात कहता, तो झारखंड में विकट समस्या खड़ी होती। माले नेताओं का आत्मनियंत्रण-संयम उल्लेखनीय था। इस कारण भी याद रहेगी यह भीड़।

(20-01-2005)

□

झारखंड को 'बिहार' न बनने दें

'बिहार' आज एक प्रतीक बन गया है। व्याकरण की भाषा में 'संज्ञा' से 'विशेषण' तक का सफर। आर्थिक पिछड़ापन, अपहरण, अव्यवस्था, राजनीतिक-सामाजिक अपसंस्कृति के कारण देश-दुनिया में 'बिहार' प्रतीक-संकेत बन चुका है। पिछले महीने पंजाब में एक अपहरण हुआ। वहाँ के शासक-विरोधी दल के लोग कहने लगे 'पंजाब' बिहार बन रहा है। जो बिहार की वैभवपूर्ण संस्कृति, उदारता, ऐतिहासिक योगदान और शानदार अतीत से मुग्ध लोग (जिनमें यह पत्रकार भी है) हैं, उनमें बिहार के 'संज्ञा' से 'विशेषण' बनने की पीड़ा-बेचैनी है, पर वे असहाय हैं। यह अलग प्रसंग है।

झारखंड के चुनावों में एक तरफ एन.डी.ए. कह रहा था कि झारखंड को बिहार न बनाएँ, तो दूसरी ओर शिबू सोरेन कह रहे थे कि झारखंड को बिहार नहीं बनने देना है। पर चुनावों के ठीक बाद एक निर्दलीय विधायक के ठिकाने पर रात में जिस तरह दोनों पक्षों (एन.डी.ए.-यू.पी.ए.) ने धावा बोला, एक-दूसरे पर अगवा करने का आरोप लगाया, उससे 2000 में बिहार के एक होटल में बंधक बनाए गए विधायकों की स्मृति उभर आई।

आज झारखंड में यह सवाल गूँज रहा है कि 'झारखंड' बिहार के रास्ते पर है। वही अव्यवस्था, अराजकता यानी 'फंक्शनल एनार्की' हम मिलकर आमंत्रित कर रहे हैं। अब जरूरत है कि दल, विचार, वाद से ऊपर उठकर झारखंड को पटरी पर लाने की कोशिश हो। जो बहुसंख्यक, चुपचाप घरों में रहनेवाले मूकदर्शक लोग हैं, वे 'चमत्कार', 'अवतार' या 'दिग्विजयी सम्राट' की प्रतीक्षा में हैं। इस वर्ग में बेचैनी है कि बेहतर शासन व्यवस्था हो, समतापूर्ण समाज हो, कानून-व्यवस्था की स्थिति सामान्य हो, तो इस वर्ग को अपने-अपने ड्राइंग रूमों से निकलना होगा। सक्रिय होना होगा। इतिहास-जीवन में कहीं दिखाई नहीं देता कि आसमान से फरिश्ते उतरकर हमारी दुनिया-संसार-समाज-व्यवस्था को बेहतर बनाते हैं। चुप-दर्शक बने लोगों का मौन

जिस दिन टूटेगा, इतिहास करवट लेगा। यह टिप्पणी मौन तोड़ने से प्रेरित है।

भाजपा : झारखंड के राज्यपाल के फैसले से भाजपा उग्र है। वामपंथ से लेकर दक्षिणपंथ तक सबने इस प्रसंग में गंभीर प्रतिक्रियाएँ व्यक्त की हैं।

एन.डी.ए.-यू.पी.ए. के लिए यह प्रसंग महज सत्ता पाने का है, पर देश के जाने-माने लोगों ने झारखंड के राज्यपाल के संबंध में गंभीर टिप्पणियाँ की हैं। क्योंकि सत्ता आज यू.पी.ए. के पास है, तो कल किसी दूसरे के पास होगी। पर राज्यपाल की भूमिका में पारदर्शिता नहीं होगी, तो संविधान और लोकतंत्र संकट में होगा। इसलिए झारखंड का प्रसंग 'सत्ता' से बड़ा सवाल है।

अब यह फैसला विधानसभा पटल पर शांतिपूर्ण, मित्रवत और सुखद माहौल में हो कि बहुमत किसके साथ है। कांग्रेस, झामुमो, भाजपा, जद (यू) समेत सभी मिलकर यह माहौल बनाएँ। राज्यपाल के खिलाफ प्रदर्शन और नारेबाजी बंद हो। भाजपाई जिस तरह राज्यपाल के खिलाफ बरताव कर रहे हैं, इससे भविष्य के लिए खराब परंपरा शुरू हो रही है। व्यक्ति आएँगे, जाएँगे, पर संविधान और संवैधानिक पद (जिसमें गवर्नर भी हैं) की मर्यादा, सम्मान रखना, भावी पीढ़ियों के प्रति हमारा फर्ज है।

एंग्लो इंडियन विधायक : राजद के गिरिनाथ सिंह ने कहा है कि एंग्लो इंडियन विधायक का मनोनयन शीघ्र होगा। सरकार को यह अधिकार है कि एक एंग्लो इंडियन विधायक को 'नॉमिनेट' कर सकती है। यह प्रावधान इसलिए रखा गया, ताकि कम होते एंग्लो इंडियन लोगों का एक प्रतिनिधि विधानसभा में रहे। अब सरकार इसलिए हड़बड़ी में है कि एक-एक विधायक सरकार की नियति तय करने की भूमिका में हैं। यू.पी.ए. सरकार तुरंत एक एंग्लो इंडियन को नॉमिनेट कर अपना संख्याबल बढ़ाना चाहती है। यह नितांत अनैतिक कदम होगा। विश्वास मत जीतने के बाद ही सरकार नैतिक रूप से यह कदम उठा सकती है। गिरिनाथ सिंह बिहार के राजद से जुड़े हैं, इसलिए बिहार की राजनीतिक संस्कृति (किसी तरह बहुमत साबित करो) झारखंड लाना चाहते हैं। शुक्र है कि राजभवन ने स्पष्ट कर दिया है कि एंग्लो इंडियन सदस्य की नियुक्ति नहीं होगी। अगर यह नियुक्ति होती है, तो राज्यपाल पुनः विवाद में फँसेंगे। इस कदम से बहुमत साबित कर सत्ता पाकर भी यू.पी.ए. अपना और नुकसान करेगा। सबसे अधिक फजीहत कांग्रेस की होगी, जिसके बारे में दिल्ली के एक वरिष्ठ राजनीतिक समीक्षक ने सही कहा है कि एक छोटे राज्य 'झारखंड' में सत्ता पाने की होड़ में कांग्रेस ने पूरे देश में अपना भारी नुकसान किया है। सोनियाजी की आभा और मनमोहन सिंह की छवि में बट्टा लग चुका है। इसलिए एंग्लो इंडियन विधायक नॉमिनेट कर बहुमत सिद्ध करने के प्रयास (अगर सरकार करती है) का लोक विरोध होना चाहिए।

सी.बी.आई. काररवाई : मुख्यमंत्री शिबू सोरेन ने पूर्व पथ निर्माण मंत्री सुदेश महतो के विभाग में हुए टेंडर वगैरह की गड़बड़ी में सी.बी.आई. जाँच की अनुशंसा की है। मुख्यमंत्री अगर राज्य में भ्रष्टाचार रोकने के लिए बेचैन लगते हैं, तो यह बेचैनी सही है। तब एन.डी.ए. के कार्यकाल में भ्रष्टाचार के जो गंभीर आरोप अन्य विभागों पर लगे, उनके खिलाफ यह जाँच क्यों नहीं? मुख्यमंत्री अगर पूरे एन.डी.ए. कार्यकाल में हुई गड़बड़ियों की जाँच का आदेश देते, तो यह एक स्वागत योग्य कदम होता। यू.पी.ए. सरकार की प्राथमिकता सूची में भ्रष्टाचार नहीं है, बल्कि सरकारी मशीनरी का भय दिखाकर विरोधियों को चुप, पस्त या अपने पक्ष में करना है। बहुमत सिद्ध करने के लिए सरकारी मशीनरी द्वारा एक विधायक को आतंकित कराने का यह प्रयास है। यह प्रतिशोध है, ब्लैकमेल है। राजसत्ता द्वारा ब्लैकमेल। यह सत्ता का दुरुपयोग है। इसका परिणाम क्या होगा? सुदेश महतो अपने वर्ग में 'हीरो' बनेंगे, जैसे पशुपालन घोटाले के राजनीतिक 'नायकों' का बिहार में जनाधार बढ़ा।

यह नितांत विवादास्पद कदम है। सरकार में बैठे लोग, सरकारी मशीनरी चुन-चुनकर (सेलेक्टिव) विधायकों को अपने पक्ष में आने के लिए विवश करे, यह अकल्पनीय है। राज्यपाल महोदय! कम-से-कम इस सरकार को परामर्श दे सकते हैं कि 'स्टेट पावर' का निजी हित में, खास उद्देश्य के लिए विश्वासमत जीते बिना इस्तेमाल न हो। विश्वासमत पाने के बाद झारखंड में पथ निर्माण समेत अन्य विभागों में हुए भ्रष्टाचार की जाँच अगर यू.पी.ए. सरकार कराती है, तो यह जनहित में बड़ा कदम होगा। विश्वासमत के पहले यह कदम सत्ता की सीढ़ी के रूप में इस्तेमाल न हो। सरकार को तब तक बड़े अफसरों के तबादले भी नहीं करने चाहिए, जब तक कि वह बहुमत प्राप्त न कर ले।

बहुमत : संविधान की मर्यादा, संयम और शिष्टता का एहसास यू.पी.ए. सरकार को होना चाहिए। विधानसभा में बिना बहुमत सिद्ध किए नीतिगत, महत्त्वपूर्ण और निर्णायक फैसले लेने का नैतिक अधिकार मंत्रिमंडल को नहीं है। रोजमर्रा के नियमित सामान्य कामों का प्रतिपादन सरकार करे। बहुमत सिद्ध होते ही वह भ्रष्टाचार के खिलाफ अभियान चलाए। बड़े फैसले ले, लेकिन इसके पहले सरकार आत्मसंयम का परिचय दे। उपमुख्यमंत्री और मंत्रियों को अपने पद की गरिमा का एहसास होना चाहिए। शपथ के बाद वे संवैधानिक मर्यादा-सत्ता के प्रतीक हैं। मंत्री झारखंड सरकार के प्रतीक हैं। दो मार्च की शाम, जब एन.डी.ए. विधायकों को लेकर एक विमान दिल्ली जा रहा था, तब उपमुख्यमंत्री और एक मंत्री अपने समर्थकों के साथ एयरपोर्ट पहुँच गए। क्या तलाशी, छानबीन और जाँच का अधिकार मंत्रियों को है या संविधान ने यह सत्ता-

ताकत सरकार को सौंपी है कि पुलिस–प्रशासन से वे जाँच–तलाशी का काम कराएँ? संभव है जो लोग पहली बार मंत्री बने हैं, उन्हें अपने अधिकार का एहसास न हो। ऐसी स्थिति में कांग्रेस की जिम्मेवारी है कि वह इस सरकार के लोगों को संयम, मर्यादा और संवैधानिक पद की गरिमा का एहसास कराए। झारखंड के कांग्रेसी क्या कर रहे हैं? वे अपनी ही सरकार के ऐसे कामों–बरतावों पर रस लेकर बात कर रहे हैं। पर पीठ पीछे। झामुमो के लोगों को कांग्रेस के चरित्र का एहसास होना चाहिए। कांग्रेसी कहने लगे हैं कि झारखंड में एक चरण सिंह और चंद्रशेखर हम खड़ा कर चुके हैं। उल्लेखनीय है कि चरण सिंह और चंद्रशेखर को समर्थन देकर कांग्रेस ने सरकार बनवाई और अधबीच पलट दी। कांग्रेसियों का तर्क है कि आदिवासी मुसलमान वगैरह कांग्रेस के परंपरागत वोटर हैं। सरकार बनाकर शिबू सोरेन मजबूत होते हैं, तो अंततः कांग्रेस का जनाधार ही खिसकेगा। शिबू सरकार का पौधा अभी खाद, ऑक्सीजन की प्रतीक्षा में है, ताकि बहुमत पा सके। इसके पहले कांग्रेसी खेमे के इस तर्क से मंशा स्पष्ट है।

अफसरों को तलब : कांग्रेस के सांसद, विधायक, दिल्ली से आए कुछ कांग्रेसी नेता सीधे वरिष्ठ अफसरों को तलब कर रहे हैं, पूछताछ कर रहे हैं। धमकी के स्वर में बात करते हैं। यह कानूनन गलत है। एक पार्टी के नेता किस संवैधानिक हैसियत से ऐसा काम कर सकते हैं? शपथग्रहण के दिन सूचना आई कि एक सांसद ने राज्य के दो अत्यंत महत्त्वपूर्ण अफसरों से राजभवन में ही लंबा परामर्श किया, आदेश दिया। विषय था एन.डी.ए. का प्लेन रोकना। ऐसी चीजें अकल्पनीय हैं। इसका एक मामूली रास्ता है कि अफसर खुद खड़े हों। वे अपने अधिकार, काम और सीमाएँ बेहतर जानते हैं। जिस दिन अफसर गलत आदेशों को मानने से इनकार करने लग जाएँगे, यह सामंती रवैया स्वतः ठीक हो जाएगा।

एनोस एक्का : इनसे जुड़े कुछ तथ्य…

कोलेबिरा से वह झारखंड पार्टी के विधायक चुने गए हैं। चूँकि झारखंड पार्टी मान्यता प्राप्त दल नहीं है, इसलिए वह जहाँ रहें, उनके खिलाफ 'दलबदल' नियम के तहत कारवाई नहीं हो सकती।

यू.पी.ए. का कहना है कि एन.डी.ए. ने एक्का का अपहरण किया है।

- पार्टी अध्यक्ष एन.ई. होरो ने अपनी पार्टी का समर्थन यू.पी.ए. को लिखित रूप में दिया। राज्यपाल के पास भेजा। अगले दिन पुराने पत्र को खारिज कर एन.डी.ए. के समर्थन में पत्र भेजा। पुनः उसे खारिज कर यू.पी.ए. समर्थन की बात दोहराई। इसके साथ ही झारखंड पार्टी के कार्यकारी अध्यक्ष, एक वरिष्ठ उपाध्यक्ष और

उपमहासचिव ने एन.डी.ए. को समर्थन दिया। अध्यक्ष होरो साहब ने प्रेस कॉन्फ्रेंस कर यू.पी.ए. को समर्थन की बात की, तो इसी पार्टी के कार्यकारी अध्यक्ष ने संवाददाता सम्मेलन कर एन.डी.ए. को समर्थन की बात मीडिया से कही। स्पष्ट है कि पार्टी इस मुद्दे पर अस्पष्ट, विभाजित और भ्रमित है। कानून व तथ्य यह भी है कि विधायक एक्का स्वत: फैसला करने के हकदार हैं। उन पर पार्टी का आदेश कानूनन लागू नहीं होगा।

- यू.पी.ए. का आरोप है कि एनोस अपहृत हैं। एक मार्च को दोपहर वह राज्यपाल से मिलने गए। साथ में झारखंड एन.डी.ए. के नेता थे। मान लिया जाए कि उस दिन एन.डी.ए. के लोग उनका अपहरण कर उन्हें राजभवन ले गए। कम-से-कम राजभवन में राज्यपाल की मौजूदगी में वह अपने अपहरण की बात कह सकते थे। नहीं कही। मान लिया कि मौका नहीं मिला। उसी दिन राज्यपाल से मिलकर राजभवन प्रांगण में 'पाँच निर्दलीय' विधायकों (जो अब टी.वी. पर अपने को पाँच पांडव कह रहे हैं) ने टी.वी.-मीडिया से खुलकर बात की। वहाँ भी अपहरण की चर्चा एक्का ने नहीं की। उसी दिन शाम इन पाँचों विधायकों ने प्रेस कॉन्फ्रेंस की, वहाँ एन.डी.ए. नेता नहीं थे। वहाँ भी एक्का ने अपहरण की बात नहीं कही। अगले दिन दो मार्च को ये पाँचों पुन: राज्यपाल से मिले। राजभवन में। फिर टी.वी.-मीडिया से चर्चा की। तब एन.डी.ए. नेता साथ नहीं थे। तब भी अपहरण की बात नहीं उठी। फिर दिल्ली पहुँचे, राष्ट्रपति भवन में। हमारी सुरक्षा, ताकत और सत्ता का सर्वोच्च केंद्र। वहाँ भी 'अपहृत' विधायकों ने अपहरण की बात नहीं कही। हर टी.वी.-चैनल पर वे अपने एन.डी.ए. समर्थन का राग अलापते रहे। अब कांग्रेस कहती है कि 'हरिनारायण-एक्का' दोनों अपहृत विधायक हैं, पर दोनों साथ-साथ लगातार रह-घूम और अपहरण का खंडन कर रहे हैं। दो अपहृत लोग साथ रहें, तो मनोविज्ञान कहता है कि वे अपहरणकर्ताओं से आसानी से, कभी भी, किसी अवसर पर मुक्त हो सकते हैं। छोटे बच्चे खतरनाक अपहरणकर्ताओं को गच्चा देकर निकल आते हैं, तो क्या इन दो वयस्क विधायकों को अपहरणकर्ताओं से बच निकलने का मौका नहीं मिला?
- कोलेबिरा स्थित एनोस के माता-पिता कहते हैं कि एनोस का अपहरण नहीं हुआ है। वह हमसे संपर्क में है। वह सिमडेगा के पत्रकारों को फोन से इंटरव्यू दे रहे हैं। राँची स्थित उनकी ससुराल के लोग कह रहे हैं कि एनोस का अपहरण नहीं हुआ है। न एनोस के माँ-बाप या ससुरालवालों ने अपहरण की शिकायत

दर्ज कराई है। एनोस दो मार्च की रात ससुरालवालों से मिले थे। ससुरालवाले कह रहे हैं कि उन्होंने अपहृत होने की बात नहीं की।

- अब दूसरा पक्ष देखिए। शपथ-ग्रहण के बाद मुख्यमंत्री शिबू सोरेन, केंद्रीय मंत्री सुबोधकांत सहाय समेत दर्जनों गाड़ियाँ एक्का की ससुराल एच.ई.सी., सेक्टर-2 पहुँचीं। वहाँ भी ससुरालवालों ने अपहरण से इनकार किया। यानी यू.पी.ए. का मानना है कि एनोस के माता-पिता गलत बोल रहे हैं, ससुरालवाले झूठ बोल रहे हैं, खुद एनोस लगातार झूठ बोल रहे हैं, सच यह है कि एनोस का अपहरण हुआ है।

अब एनोस को मुक्त कराने का अभियान एक संगठन शुरू कर चुका है। यह संगठन सरकार का समर्थन कर रहा है। यानी यह सरकार और यह संगठन सामाजिक दबाव पैदा करना चाहते हैं कि एनोस उनकी इच्छानुसार काम करें?

मान लिया जाए कि एनोस का शारीरिक अपहरण एन.डी.ए. ने किया है, तो दबाव-भय बनाकर उनके विवेक को बदलवाने के काम में सरकार-संगठन लग गए हैं। यानी उनके विवेक-अंतरात्मा के अपहरण के लिए दबाव।

होना यह चाहिए कि विधानसभा का मुक्त माहौल बने, ताकि वहाँ एनोस अपने विवेक का इस्तेमाल करें। वहाँ खुली बहस हो और एनोस अपने विवेकानुसार मत डालें। एक विधायक को बाध्य करना, धरना-प्रदर्शन करना, विवश करना भी, कतई लोकतांत्रिक नहीं है।

क्रिश्चियन कार्ड : भाजपा ने धर्म का खेल खेला। गुजरे 15 वर्षों में इस मुल्क ने इस धर्म ज्वार में क्या-क्या भुगता है, बताने की जरूरत नहीं। उसी तरह क्रिश्चियनिटी की बात चलाकर एनोस को प्रभावित करने का या उस पर दबाव बनाने का तरीका खतरनाक होगा। धर्म को राजनीति से बिलकुल दूर रखना चाहिए। यह झारखंड के भविष्य के लिए जरूरी है।

धन्यवाद : इस दाँव-पेच व षड्यंत्र के दौर में शिबू सोरेन ने एक साहसिक बयान दिया है। भाजपा ने अपने कार्यकाल में बाहरी-भीतरी, डोमेसाइल वगैरह की जो आग लगाई थी, उस पर अंततः शिबू सोरेन ने पानी डाल दिया है। सहारा टी.वी. को दिए इंटरव्यू में उन्होंने स्पष्ट कर दिया है कि यहाँ सभी झारखंडी हैं। इस विवाद का यह सुखद सामाजिक प्रसंग है। पटाक्षेप भी।

झारखंड से जुड़े इन प्रसंगों पर खुली लोकचर्चा जरूरी है, ताकि झारखंड की राजनीति में लोक हस्तक्षेप बढ़े।

(06-03-2005)

□

मुख्यमंत्रीजी! सुशासन से ही तय होगा भविष्य!

संदर्भ : झारखंड के मुख्यमंत्री के नाम खुला पत्र

मुख्यमंत्रीजी, फिलहाल झारखंड के राजनीतिक आकाश में आँधी या तूफान के संकेत नहीं दिखाई दे रहे। अब आपकी सरकार लगभग स्थिर है। पर महज सरकार बन जाने से न झारखंड का भविष्य सँवरनेवाला है, न आपकी सरकार का भविष्य सुरक्षित रहनेवाला है। दोनों की सुरक्षा और भविष्य सिर्फ सुशासन में ही निहित है। यह सच कड़वा है कि बिहार से नवंबर 2000 में अलग होने के बावजूद 'झारखंड' देश में कोई अलग पहचान नहीं बना सका है। देश का सबसे अशासित, अराजक और गरीब राज्य बिहार है, उस बिहार से अलग होकर भी झारखंड 'बिहार सिंड्रोम' (बिहार ग्रंथि) से अलग नहीं हो पाया है। जिस बिहार में हजारों साल पहले नालंदा और विक्रमशिला विश्वविद्यालय थे, जहाँ चीन-तिब्बत समेत पूरे भारत व दुनिया के अन्य देशों के विद्यार्थी आते थे, आज इस ग्लोबल विलेज और नॉलेज एरा (ज्ञान युग) के दौर में वहाँ चेनकटर, चोर बनाने के 'विश्वविद्यालय' चल रहे हैं। उस आबोहवा-संस्कृति से अलग झारखंड गुजरे चार वर्षों में उल्लेखनीय कुछ नहीं कर पाया, तो इसका श्रेय भी आपको, आपकी पार्टी को, आपकी सरकार को ही है। साथ में एच.वाई. शारदा प्रसाद (पूर्व प्रेस सलाहकार, श्रीमती गांधी) के शब्दों में कहें, तो देश की सबसे बड़ी ट्रेड यूनियन नौकरशाही और लगभग रणछोड़ विपक्ष को भी।

पर यह यकीन है कि दोबारा सत्तारूढ़ होने पर आपकी सरकार के पास 'बेहतर झारखंड' का सपना होगा, समयबद्ध आश्वासन होंगे। अगर ऐसा कोई 'विजन' है, तो उसकी झलक दिखनी चाहिए। लोक-समाज में प्रचलित कहावत है, 'पूत के पाँव पालने' में ही दिखने लगते हैं। दोबारा सत्तारूढ़ होने के बाद आपकी सरकार के जो 'पाँव' झलक रहे हैं, वे 'बेहतर झारखंड' के प्रति बहुत उम्मीद नहीं जगाते! तथ्य यह

भी है कि आपकी सरकार है, अत: आपकी और आपकी टीम की परिणामोन्मुख कार्यक्षमता (कैपिसिटी टू डेलिवर) पर ही आपका और झारखंड का भविष्य टिका है।

पुलिस आधुनिकीकरण के पैसे से लक्जरी गाड़ियों की खरीद क्यों?

आपकी सरकार ने 28 मार्च (पत्रांक 2/पु.ब-01/2005 गृ) को एक सरकारी आदेश स्वीकृत किया। इस आदेश के तहत लगभग 16 करोड़ की लागत से 89 गाड़ियाँ खरीदी जा रही हैं। वित्तीय वर्ष 2004-05 के पैसे से ये लक्जरी गाड़ियाँ (एंबुलेंस छोड़कर) क्यों खरीदी गईं? सरकार को इसका जवाब देना चाहिए।

यह मामूली प्रकरण नहीं है। इससे सरकार का मानस, प्राथमिकताएँ और कार्यशैली की झलक मिलती है। पहला प्रश्न है कि वित्तीय वर्ष 2004-05 (1 अप्रैल, 2004 से 27 मार्च, 2005) में आपकी ही सरकार थी, पर यह फैसला वित्तीय वर्ष खत्म होने के तीन दिनों के अंदर किस दबाव में लिया गया? यह इमरजेंसी खर्च की श्रेणी में नहीं आता। ऐसे खर्चे वर्ष में कभी भी हो सकते हैं, फिर मार्च अंत में क्यों? इस शैली से बिहार से सौगात में मिली और झारखंड में फल-फूल रही 'मशहूर मार्च लूट' संस्कृति नहीं रुक सकती। वित्तीय अनुशासन कायम नहीं हो सकता। इससे बड़ा सवाल है कि क्या देश के किसी अन्य राज्य (जो हमसे कई गुना विकसित हैं) में भी पुलिस आधुनिकीकरण का पैसा 'नेताओं की लक्जरी गाड़ियों' पर खर्च हुआ है? यह उत्तर आपकी सरकार को देना चाहिए। मेरी सूचना के अनुसार ऐसा 'काम' (जहाँ गाँवों-शहरों में पीने का पानी न हो, वहाँ के राजनेता लक्जरी गाड़ियों में चलें, तो यह क्या है) किसी दूसरे राज्य में नहीं हुआ है, फिर यहाँ कैसे हुआ? क्या बिहार, ओड़िशा, बंगाल के मंत्री ऐसी गाड़ियों पर चढ़ते हैं? पड़ोस के मुख्यमंत्री बुद्धदेव बाबू एंबेसडर कार व मामूली सुरक्षा के बीच चलते हैं। फिर झारखंड में मंत्रियों की सुरक्षा में इतनी महँगी गाड़ियाँ क्यों चलेंगी? झारखंड की स्थापना के बाद ही बड़े पैमाने पर गाड़ियों की खरीद हुई थी, तब मंत्री भी अधिक थे (तब 26 मंत्री थे, अब 12 मंत्री हैं), वे सरकारी गाड़ियाँ कहाँ गईं? उन गाड़ियों के रहते ये लक्जरी, महँगी, वैभव प्रदर्शित करनेवाली गाड़ियाँ क्यों ली गईं? एक मंत्री की सुरक्षा की कीमत 145 इंदिरा आवास के बराबर है। इस गाड़ी खरीद में 10 करोड़ 'पुलिस समूह शीर्ष जनजातीय उपयोजना, जनजातीय क्षेत्रीय उपयोजना, पुलिस आधुनिकीकरण एवं भवन निर्माण' मद से लिया गया है और लगभग छह करोड़ 'अन्य क्षेत्रीय उपयोजना, लघु शीर्ष अन्य व्यय, उप शीर्ष पुलिस आधुनिकीकरण' मद से।

सरकार द्वारा खरीदी गई गाड़ियों का ब्योरा

क्र. सं.	नाम	संख्या	अनुमानित लागत	प्रति गाड़ी लागत
1.	इंडीवर	15	2.33 करोड़	15.33 लाख
2.	टाटा सफारी	11	1.07 करोड़	9.72 लाख
3.	टाटा सफारी (बी.पी.)	20	6.35 करोड़	31.75 लाख
6.	सफारी (जैमर के साथ)	05	3.75 करोड़	75 लाख
5.	बोलेनो	21	1.44 करोड़	6.85 लाख
6.	स्कॉरपिओ	07	0.51 करोड़	7.29 लाख
7.	एंबुलेंस	05	0.22 करोड़	4.40 लाख
8.	टाटा-407	05	0.25 करोड़	5 लाख

झारखंड की जनता को यह जानने का अधिकार है कि किन जनजातीय-क्षेत्रीय योजनाओं की बलि देकर इन गाड़ियों की खरीद हुई और हमारे नेता किस कीमत पर आरामदेह और शान की जिंदगी जी रहे हैं?

यह प्रश्न सिर्फ गाड़ियों का ही नहीं है, मनोवृत्ति-मानस का है। पहले राजशाही थी, जमींदारी थी, तो वे शासक ठाटबाट से रहते थे। पर प्रजातंत्र के गर्भ से चुने गए शासक 'नए राजा, नए जमींदार, नए हुक्मरान' बन रहे हैं, इसलिए आज राजनीतिज्ञ और राजनीति के प्रति लोगों के मन में नफरत और घृणा फैल रही है। लोकतंत्र की जड़ें कमजोर हो रही हैं। झारखंड में भी लोकतंत्र की जड़ें कमजोर न होने दें, मुख्यमंत्रीजी!

मुख्यमंत्रीजी! आपको याद न हो! 'इंडिया शाइनिंग' नारे की छत्रछाया में जब एन.डी.ए. चुनाव लड़ रहा था, उसी समय अटल जी की सरकार ने पाँच महँगी बी.एम.डब्ल्यू. गाड़ियाँ विदेश से मँगवाई थीं। पर पासा पलट गया। यू.पी.ए. की सरकार बन गई। यू.पी.ए. ने सार्वजनिक रूप से इन गाड़ियों की तसवीरें-कीमत प्रचारित कराईं, कहा, हम इन गाड़ियों का इस्तेमाल नहीं करेंगे, क्योंकि ये पुराने 'शहंशाह हुक्मरानों' ने मँगवाई थीं। अब एक साल बाद वही यू.पी.ए. सरकार (प्रधानमंत्री को छोड़कर) उन गाड़ियों का इस्तेमाल कर रही है। यह स्पष्ट संकेत है कि राजनीतिज्ञ चाहे एन.डी.ए. के हों या यू.पी.ए. के, वे लोकतंत्र का नकाब लगाकर 'नए जमींदार, नए राजा, नए शहंशाह और नए बादशाह' के रूप में सामने हैं। और यह लक्जरी, ऐशोआराम और वैभव कहाँ से? जनता से वसूले गए प्रत्यक्ष-अप्रत्यक्ष कर से? राजकोष से? क्या इसी रास्ते झारखंड बनेगा? जो अजीम प्रेमजी भारत के सबसे समृद्ध इनसान हैं, दुनिया के धनाढ्यों में जिनका नाम है, वे अपनी

बीस वर्ष पुरानी गाड़ी पर चलते हैं। उसी तरह नारायणमूर्ति! इन लोगों ने अपनी प्रतिभा, श्रम, निष्ठा और विजन से दुनिया में शोहरत अर्जित की है, संपदा कमाई है, लाखों लोगों को रोजगार दिया है, समृद्ध जिंदगी दी है, सपना दिया है, कर्नाटक-बेंगलुरु को दुनिया के शिखर पर पहुँचा दिया है, भारत का सिर दुनिया में ऊँचा किया है, अमेरिका, चीन, रूस, सिंगापुर वगैरह के राष्ट्राध्यक्ष सीधे पहले उनके यहाँ बेंगलुरु आते हैं, तब दिल्ली। वे अजीम प्रेमजी, नारायणमूर्ति फ्लैटों में मध्यवर्गीय जीवन जीते हैं, मामूली कारों पर चढ़ते हैं। आपकी सरकार ने 'झारखंड' को 'विप्रो', 'इनफोसिस' की तरह समृद्ध, दुनिया में मशहूर बना दिया होता, जैसे अपने कर्मचारियों को उन्होंने समृद्ध-खुशहाल किया, वैसे झारखंड की जनता की तकदीर आपकी सरकार ने बदल दी होती, तो आप सब ऐसी गाड़ियों पर चलते, तो हमें फख्र होता। आप सबके हुनर, योग्यता, क्षमता, उपलब्धि, कौशल और यश का हम गीत गाते।

आपकी सरकार इन आँकड़ों को याद रखे

लक्जरी गाड़ियों में आरामदेह सफर करती हुई आपकी सरकार इन तथ्यों को याद रखे, यह हमारी ख्वाहिश है। ये तथ्य आँकड़ों पर आधारित हैं। सिर्फ आँकड़े इसलिए नहीं दे रहे हैं, क्योंकि आँकड़ों के जाल में तथ्य न भूल जाएँ।

- बिहार के बाद झारखंड में दशक 1991-2001 के बीच जनसंख्या सबसे अधिक गति से बढ़ी है।
- देश में सबसे अधिक बेरोजगार मजदूर बिहार में हैं (66.3%), उसके बाद झारखंड में (62.5%)।
- गरीबी रेखा के नीचे सबसे अधिक लोग ओड़िशा (47.2) में हैं, इसके बाद झारखंड में (44%)। बिहार इस मामले में झारखंड से बेहतर है (40.9)।
- हर पाँच में से दो लोग झारखंड में अपनी बुनियादी जरूरतें (खाना, कपड़ा) नहीं पूरी कर पा रहे।
- खाद्य उपलब्धता यानी भोजन का प्रबंध। झारखंड की स्थिति इस मामले में देश में सबसे खराब है। 12.5 फीसदी घरों में खाने का प्रबंध नहीं है। आठ में से एक झारखंडी प्रतिदिन भूखे सोने को विवश है। बिहार में महज 3.5 फीसदी घरों की यह स्थिति है और देश में 2.3 फीसदी।
- पेयजल की दृष्टि से भी देश का सबसे बदतर राज्य है झारखंड। झारखंड के कुल घरों में से आधे से अधिक घरों में पीने का सुरक्षित पानी नहीं है, जबकि छत्तीसगढ़ और उत्तराखंड के 70 फीसदी घरों में सुरक्षित पेयजल उपलब्ध है। पूरे देश में

77.9 फीसदी लोग सुरक्षित जल पीते हैं।

- शिक्षा की स्थिति बिहार से आंशिक बेहतर है झारखंड में। पर उत्तराखंड और छत्तीसगढ़ काफी आगे हैं। वर्ल्ड बैंक ने 2004 में अपनी रिपोर्ट में कहा था कि सबसे अधिक शिक्षक झारखंड-बिहार के सरकारी प्राइमरी स्कूलों में उपस्थित ही नहीं होते।
- सबसे कम सिंचित खेती भूमि झारखंड (नौ फीसदी) में ही है। प्रति एकड़ उपज भी कम है।
- नेशनल क्राइम रिकॉर्ड्स ब्यूरो (2001) के अनुसार कानून-व्यवस्था की दृष्टि से सबसे खराब राज्य झारखंड है। कई मामलों में बिहार से भी बदतर।
- अर्थशास्त्रियों का अनुमान है कि झारखंड में आर्थिक विकास दर की गति यही रही, तो 20 वर्ष बाद झारखंड आज के जिंबाब्वे जैसा होगा। जिंबाब्वे की हालत रोंगटे खड़े करनेवाली है। 20 वर्षों में देश के कुछ राज्य आज के अमेरिका, सऊदी अरब, ब्राजील वगैरह के समकक्ष पहुँचेंगे, तो हम आज के जिंबाब्वे के बराबर।
- 'इंडिया टुडे स्टेट रैंकिंग' अध्ययन, 2004 के अनुसार देश के 20 राज्यों में से आर्थिक दृष्टि से सबसे पिछड़ा राज्य बिहार (20वाँ) है, इसके बाद झारखंड (19वाँ) है। यह अध्ययन 'इंडिया टुडे' के लिए मशहूर अर्थशास्त्री प्रोफेसर विवेक डेब्राय और इंडिया इंडिकस के लवीश भंडारी ने किया था।
- प्रति व्यक्ति आमद की दृष्टि से भी झारखंड बदतर हालत में है।

ये निष्कर्ष या आँकड़े मशहूर संस्था 'इंडिकस एनालिस्ट' द्वारा तैयार आँकड़ों पर आधारित हैं। इस संस्था से जाने-माने अर्थशास्त्री जुड़े हैं। ये आँकड़े 15 नवंबर, 2004 के 'प्रभात खबर' परिशिष्ट झारखंड 2020 में विस्तार से छपे हैं।

ऐसे अनेक अन्य महत्त्वपूर्ण तथ्य हैं, जो झारखंडी शिक्षा, स्वास्थ्य, गरीबी, पेयजल संकट, सड़क दुर्दशा, यातायात संकट वगैरह के बारे में बताते हैं, पर आँकड़ों की गहराई में न जाकर नई सरकार को यह याद रखना चाहिए कि उसके सामने कितनी बड़ी चुनौतियाँ हैं? झारखंड कहाँ खड़ा है?

पंचायत चुनाव न होने से नुकसान

झारखंड में आज गहरा संकट है, किस पर भरोसा करें? पहले धर्म, आस्था का केंद्र था, पर धार्मिक लोगों के चरित्र से यह विश्वास डिग गया। संस्थाएँ खत्म हो गईं। समाज में कोई रोल मॉडल नहीं बचा। मूल्य और नैतिक बोध बोझ बन गए हैं। ऐसी स्थिति में सरकार (जो सबसे बड़ी लोकतांत्रिक संस्था है) अपनी बात पर कायम न रहे, तो आप

समझ सकते हैं कि हालात क्या–कैसे होंगे ? समाज के भविष्य और भावी पीढ़ी के लिए कम–से–कम हम विश्वसनीय संस्थाएँ कायम रखें, यह हमारा पवित्र फर्ज है। इसलिए सरकार वही बोले, जो कर सकती है, या मौन रहे।

पंचायत चुनावों के संदर्भ में उच्च न्यायालय के महत्त्वपूर्ण आदेश

18 सितंबर, 2003 : राज्य सरकार व चुनाव आयोग को 31 मार्च, 2004 तक पंचायत चुनाव संपन्न करा लेने का निर्देश।

7 दिसंबर, 2004 : सरकार के जवाब से कोर्ट नाराज। शपथ–पत्र दाखिल करने के लिए दो दिनों का समय पंचायत चुनाव कराने के लिए।

9 दिसंबर, 2004 : दस्तावेज उपलब्ध नहीं रहने के कारण सुनवाई 13 दिसंबर के लिए स्थगित।

13 दिसंबर, 2004 : अप्रैल 2005 में पंचायत चुनाव कराने का निर्देश, विधानसभा चुनाव के लिए लागू होनेवाली आदर्श आचार–संहिता से पंचायत चुनाव प्रभावित नहीं होंगे, फरवरी 2005 तक चुनाव प्रक्रिया पूरी कर लेने का निर्देश।

9 मार्च, 2005 : सभी जिलों में उपायुक्तों को दो सप्ताह के अंदर परिसीमन कर मतदाता सूची तैयार करने का निर्देश।

30 मार्च, 2005 : मामले की सुनवाई के लिए 29 अप्रैल की तिथि निर्धारित।

29 अप्रैल, 2005 : सुनवाई नहीं हो पाई।

नोट : मुख्यमंत्री का चार मई को दुमका से बयान आया कि राज्य में किसी भी क्षण पंचायत चुनाव हो सकते हैं।

झारखंड में पंचायत चुनावों के संदर्भ में राज्य सरकार ने उच्च न्यायालय में वायदा किया था। न्यायपालिका हमारे समाज का सबसे पवित्र अंग है। न्याय का केंद्र। खासतौर से आपकी झारखंड सरकार को न्यायपालिका का शुक्रगुजार होना चाहिए कि उच्चतम न्यायालय के प्रभावी हस्तक्षेप से आपकी सरकार पदारूढ़ हुई। उसी न्यायतंत्र के महत्त्वपूर्ण अंग झारखंड उच्च न्यायालय ने 18 सितंबर, 2003 को 31 मार्च, 2004 तक पंचायत चुनाव संपन्न कराने का आदेश दिया था। इसके बाद भी उच्च न्यायालय ने इस मुद्दे पर कई आदेश दिए। पर सरकार पर अब असर हुआ है और आपने शीघ्र पंचायत चुनाव कराने की बात कही है। इस बार आपका यह बयान तत्काल क्रियान्वित हो, यह सुनिश्चित कराएँ।

अगर उच्च न्यायालय के आदेशों का पालन राज्य सरकार (राजसत्ता) नहीं करती, तो इसका समाज पर क्या असर पड़ता है ? संस्थाओं की मर्यादा–साख बनाने का काम

सरकार का है। अगर सरकार न्यायपालिका को गुमराह करेगी या संवैधानिक मामलों में इसके आदेश का अनुपालन नहीं करेगी, तो कैसा संकट पैदा होगा? झारखंड देश में एकमात्र राज्य है, जहाँ अब तक पंचायत चुनाव नहीं हुए हैं।

ये चुनाव न होने का प्रत्यक्ष नुकसान क्या है? लगभग साढ़े चार वर्षों में झारखंड केंद्रीय मदद में 200 करोड़ रुपए की सहायता से वंचित हुआ है। 12वें वित्त आयोग के अनुसार हर राज्य की पंचायतों को केंद्र सालाना 50 करोड़ सड़क, पानी वगैरह बुनियादी सुविधाओं के लिए मदद (ग्रांट) देता है। इस राशि का सीधे इस्तेमाल पंचायतें करती हैं। झारखंड बने चार वर्ष हो गए हैं, पंचायत चुनाव न होने के कारण अब तक केंद्र से पंचायतों को सीधे मिलनेवाले ग्रांट 200 करोड़ से यह राज्य वंचित हो चुका है। (द इकॉनोमिक टाइम्स, 20 अप्रैल, 2005) कम-से-कम आगे ऐसा न हो, यह सुनिश्चित कराएँ।

सिस्टम विकसित हो! पैसा सरेंडर बंद हो

नॉलेज एरा (ज्ञान युग) की यह दुनिया 'इफीशिएंट एंड रिजल्ट ओरिएंटेड' (सक्षम और रिजल्ट देनेवाली व्यवस्था) सिस्टम से चल रही है। झारखंड की नौकरशाही को 'नॉलेज एरा' की नौकरशाही बनना होगा, 'लाइसेंस कोटा, परमिट राज्य' (लाइसेंस व कंट्रोल इकोनॉमी) की नौकरशाही का मानस राज्य को आगे नहीं ले जा सकता। बगल का बंगाल, वामपंथ का गढ़ बदल सकता है, तो झारखंड क्यों नहीं?

पिछले चार वर्षों में योजना मद से सरेंडर राशि को जोड़ा जाए, तो यह लगभग 3600 करोड़ से अधिक बैठती है। लगभग एक वित्तीय वर्ष का पैसा सरेंडर करना पड़ा है, झारखंड को गुजरे चार वर्षों में। एक गरीब राज्य, जहाँ से लोग पलायन करते हैं, जहाँ सिंचित भूमि की कमी है, पीने के पानी का संकट है, लोगों के भूख से मरने की खबर आती है, वहाँ इतना पैसा बिना खर्च हुए 'सरेंडर' (लौट जाए) हो, यह पूरी व्यवस्था पर गंभीर टिप्पणी है।

योजना मद में सरेंडर का ब्योरा (करोड़ में)

वर्ष	योजना-बजट	खर्च	सरेंडर
2001-02	2651.00	2031.60	619.4
2002-03	2651.94	1604.88	1047.06
2003-04	2935.85	2083.09	852.76
2004-05	4140.19 अनुमानित	2800 करोड़ से अधिक	1340 करोड़ (अनुमानित)

नौकरशाही का मानस बदलना जरूरी है। स्वर्गीय राजीव गांधी ने युवा सांसदों और नौकरशाहों के प्रशिक्षण का अनोखा कार्यक्रम चलाया था। बाद में पूर्व प्रधानमंत्री नरसिंह राव ने उदारीकरण के बाद इंडिया इंटरनेशनल सेंटर में सिंगापुर के प्रथम प्रधानमंत्री ली यूआन को भारत निमंत्रित किया था। सचिव एवं उससे ऊपर के अफसरों को उन्होंने संबोधित किया। बताया कि बदलती दुनिया में नया मानस बनाना क्यों जरूरी है? झारखंड में नौकरशाहों के 'माइंडसेट' को बदलने का बड़े पैमाने पर प्रयास होना चाहिए। इससे एक नई शुरुआत हो सकती है।

यहाँ भी अच्छे नौकरशाह हैं, पर राजनीति की तरह नौकरशाही में भी ग्रेशम लॉ (अर्थशास्त्री ग्रेशम की अवधारणा थी कि बाजार में खोटे सिक्के अच्छे सिक्कों को चलन से बाहर कर देते हैं) लागू है। अच्छे, ईमानदार और दृष्टिवाले लोग पीछे छूट गए हैं, ड्राइविंग सीट पर नहीं हैं, उन्हें आगे करना होगा। नौकरशाही के लिए आचारसंहिता चाहिए। सरकार उन्हें स्वतंत्रता, सम्मान और कार्य करने का अवसर दे, साथ में एकाउंटिबिलिटी भी तय करे। सरकारी मानस समझने की दृष्टि से एक महत्त्वपूर्ण प्रसंग है।

जमशेदपुर में भारत-पाक मैच हुआ। बड़े पैमाने पर मुफ्त पास (लगभग 6000) बाँटे गए। नेताओं-अफसरों और उनके चहेतों के बीच। अगर पाकिस्तान में मुशर्रफ टिकट खरीदकर मैच देख सकते हैं, तो झारखंडी अफसर-नेता मुफ्तखोर क्यों बन रहे हैं? जमशेदपुर स्टेडियम में बड़े-बड़े अफसरों के नाम चिपकाकर कुरसियाँ आरक्षित की गई थीं। उनके परिवारवाले भी थे। राजकोष से इतनी तनख्वाह-सुविधाएँ पानेवाला यह शक्तिसंपन्न वर्ग 'रेंटियर क्लास' (भोगी वर्ग) क्यों बनता जा रहा है? इनकी शिष्टता की खबर आपको जरूर होनी चाहिए। जमशेदपुर स्टेडियम में मैच के दौरान राज्यपाल के परिवार को बैठने के लिए अच्छी जगह नहीं मिली, उन्हें मुसीबतें उठानी पड़ीं, पर झारखंड सरकार के अफसरों के परिवार मौज में क्रिकेट का आनंद उठाते रहे। यह अशिष्टता की पराकाष्ठा है। निश्चित रूप से नौकरशाही मर्यादित होकर आत्मानुशासन में रहे, तो ऐसा नहीं होगा। इसके लिए मुख्यमंत्री के रूप में आपको पहल करनी होगी। राज्य में अच्छे नौकरशाह हैं, तो बुरे भी। अच्छों को प्रोत्साहन, बुरों को दंड, शासन का प्रताप स्थापित करने के लिए यह पुराना और शाश्वत नियम है। इसका पालन हो, तो अच्छी बुनियाद पड़ेगी।

राज्य में साक्षरता के क्षेत्र में जिस तरह से नौकरशाही काम कर रही है, वह अक्षम्य है। पर कोई एकाउंटिबिलिटी तय करनेवाला नहीं है, न दंडित करनेवाला।

ठप साक्षरता अभियान

1. हर जिले में साक्षरता अभियान का संचालन सोसाइटीज रजिस्ट्रेशन एक्ट, 1860 के द्वारा निबंधित 'जिला साक्षरता समिति' के माध्यम से होता है। इसके अध्यक्ष उपायुक्त होते हैं तथा सामान्यतः उपविकास आयुक्त उपाध्यक्ष होते हैं। सचिव का पद या तो किसी शिक्षा पदाधिकारी को दिया जाता है अथवा किसी महाविद्यालय के शिक्षक अथवा स्वयंसेवी संस्था के व्यक्ति को सौंपा जाता है। कार्यक्रम की दो प्रमुख धुरियाँ हैं—उपायुक्त एवं सचिव। पर इस कार्यक्रम में उपायुक्तों की रुचि कम है। अनेक उपायुक्त ऐसे हैं, जिन्होंने रुचि ली है, वहाँ बेहतर काम हुए हैं।

2. अकसर उपायुक्त फंड के अभाव का रोना रोते हैं। पर फंड के अभाव का मुख्य कारण भारत सरकार को समय पर अंकेक्षण रिपोर्ट नहीं भेजना है। भारत सरकार के द्वारा जिले को प्रथम किस्त की राशि मिलने के बाद जिले को राज्य का हिस्सा प्राप्त करना होता है। राज्यांश प्राप्त होने के पश्चात् ही भारत सरकार दूसरी किस्त भुगतान करती है।

3. साक्षरता के क्षेत्र में कुछ जिलों के तथ्य पाकर आप खुद चौकेंगे। नियमानुसार संपूर्ण साक्षरता अभियान सामान्यतः 18 से 24 महीनों में पूरा किया जाता है। पर यहाँ 8-9 वर्षों से यह सब चल रहा है, कोई देखनेवाला नहीं है। आपकी सरकार अगर झारखंड का भविष्य निखारना चाहती है, तो शिक्षा के क्षेत्र में साहसिक पहल करनी होगी।

पश्चिमी सिंहभूम : पश्चिमी सिंहभूम में 'संपूर्ण साक्षरता अभियान' की मंजूरी झारखंड बनने के पहले 3 नवंबर, 1997 को मिली थी। यह अभियान दो वर्षों में खत्म होना था। कुल स्वीकृत बजट 37,50,000 रुपए में से भारत सरकार के द्वारा 25,00,000 रुपए और राज्य सरकार द्वारा 6,25,000 रुपए की राशि रिलीज हो चुकी है।

आरंभ में यहाँ कुछ काम हुआ। इसके बाद से काम पूरी तरह ठप है। जिले में लगभग 2,00,000 रुपए की राशि खर्च हुई। झारखंड बनने के बाद शिक्षा की रोशनी जलाना सबसे महत्त्वपूर्ण काम था। यह नॉलेज एरा है। हम देश के सबसे अशिक्षित राज्यों में से हैं। यह काम तो युद्ध स्तर पर होना चाहिए, क्योंकि 21वीं सदी में शिक्षा को ही मुक्ति द्वार माना गया है। पर पैसा रहते हुए शिक्षित करने का अभियान नहीं चल रहा। यही हाल अन्य जिलों का भी है।

पलामू : राष्ट्रीयता साक्षरता मिशन प्राधिकरण के द्वारा पलामू जिले में 'संपूर्ण साक्षरता अभियान' चलाने की स्वीकृति 16 अक्तूबर, 1996 को मिली। इस अभियान को भी दो वर्षों में समाप्त कर लिया जाना था। कुल स्वीकृत बजट 2,43,38,000 रुपए में से भारत सरकार द्वारा अक्तूबर 1996 में 40,00,000 रुपए तथा जुलाई 1997 में 50,00,000 रुपए एवं राज्य सरकार द्वारा मार्च में 10,00,000 रुपए तथा अगस्त 1997 में 12,50,000 रुपए

भुगतान किया गया। पर जनवरी 2004 तक 1,09,35,317 रुपए की राशि ही खर्च हो पाई। क्यों इस गति से काम हो रहा है ? इसकी मॉनिटरिंग जरूरी है। देवघर और बोकारो के आँकड़े भी यही बताते हैं।

यह शिक्षा में भी महज एक अंश (राष्ट्रीय साक्षरता मिशन) का तथ्यात्मक ब्योरा है। इसी तरह सरकार की अन्य योजनाओं का जिलेवार मूल्यांकन जरूरी है, ताकि तथ्य पता चले। सिर्फ तथ्य ही मालूम न हों, बल्कि दोषी अफसर जब तक दंडित नहीं होंगे, काम तेज नहीं होगा।

(10-05-2005)

□

'रिटायर होने के पहले एक कदम उठाइए'

(झारखंड पुलिस महानिदेशक से निवेदन)

हमारी अपेक्षा नहीं है कि पुलिस महानिदेशक पत्रकार सतीश को जानें। पत्रकार, झारखंड की लगभग तीन करोड़ आबादी में से, उस मूकदर्शक 99 फीसदी में से आते हैं, जिसे 'सामान्य आदमी' के नाम पर राजनीतिज्ञ, अफसर और समाज का प्रभु वर्ग (रूलिंग इलीट) सत्ता चलाने की दुहाई देता है, कसमें खाता है, दिखावा करता है, पर उस आम आदमी के हित या पक्ष में कुछ नहीं करता।

इसलिए आम आदमी के साथ, अपराधी जो हरकतें कर रहे हैं, वे झारखंड पुलिस महानिदेशक को बताने के लिए पत्रकार सतीश की हम चर्चा कर रहे हैं। इस नाम का उल्लेख इसलिए भी कि सुरक्षा घेरे में रहनेवाला, व्यवस्था पोषित वर्ग सामान्य लोगों से कट जाता है। उनकी पीड़ा, दु:ख-दर्द और जीवन संघर्ष से शासक वर्ग का रिश्ता नहीं रह जाता। इन शासकों की दुनिया भिन्न है। यह जीवन की पहेली है कि जिस माहौल-परिवेश में आप जीते हैं, आपका मानस वैसा बनता है। इसलिए इस देश और झारखंड का शासक वर्ग, आम जनता की दैनंदिन चुनौतियों को नहीं जानता। भावना के स्तर पर महसूस भी नहीं करता। इसलिए एक पत्रकार की पीड़ा को हम सार्वजनिक बना रहे हैं।

पत्रकार सतीश 'प्रभात खबर' से जुड़ा है। रिपोर्टिंग करता है, खासतौर से न्यायालय की खबरें लाता है। अपने काम के प्रति अत्यंत चौकस। गंभीर-शालीन, क्रिकेट का उम्दा खिलाड़ी रहा है। युवा उत्साह-ऊर्जा के बावजूद हमेशा सीखने को तैयार। वह उन उल्लेखनीय पत्रकारों में से भी नहीं है, जो पत्रकारिता की आभा में संबंध-सरोकार बनाते हैं और लाभ लेते हैं।

गुजरे रविवार को रात सवा दस बजे वह अपनी पत्नी के साथ विधानसभा के पास से गुजर रहा था। मोटरसाइकिल छीनने के क्रम में उसे गोली मार दी गई। हम यह भी

नहीं कहना चाहते कि जिस दिन मंत्रियों-अफसरों और शासक वर्ग के लोगों, उनके बेटे-बेटियों को गोली मारी जाएगी (ईश्वर न करे किसी के साथ ऐसा हो), तब शासक समझेंगे कि किसी स्वस्थ-प्रसन्न युवा को अकारण, बिना किसी अपराध के गोली लगने पर क्या होता है? उसके मित्र-परिवार-स्वजन किस पीड़ा-मन:स्थिति से गुजरते हैं?

झारखंड के शासकों-पुलिस महानिदेशक से सीधा सवाल है कि 'राज्य' नामक संस्था के गठन के मूल में सुरक्षा करार है। राज्य के अन्य फर्ज-काम अलग हैं। राजसत्ता का प्राथमिक, बुनियादी और सबसे पवित्र फर्ज जनता को सुरक्षा देना है।

हम झारखंड के पुलिस महानिदेशक को याद दिलाना चाहते हैं कि 'राज्य' नामक संस्था के सबसे 'विजुअल (प्रत्यक्ष) विभाग' आप (पुलिस) हैं, जिन्हें जनता को सुरक्षा देनी है। और यह विभाग जनता के साथ कैसा भेदभाव करता है; जिस जनता से वसूले अप्रत्यक्ष-प्रत्यक्ष कर से यह विभाग चलता है, उसकी प्राथमिकता सूची में वह 'जनता' कहाँ है? कल 'प्रभात खबर' (24 मई) में पेज छह पर एक खबर छपी है, 22 दिनों में आठ बड़ी घटनाएँ। सात मामलों में पुलिस को कोई सुराग नहीं है, एक मामले में षड्यंत्र करनेवालों की भनक है, पर हत्यारे फरार हैं। अगर शासक वर्ग का कोई व्यक्ति या उसका स्वजन गंभीर अपराध का शिकार हो जाए, तो क्या पुलिस अफसर इसी रफ्तार से अपराधियों को ढूँढ़ेंगे?

बिलकुल नहीं, क्योंकि लोकतंत्र की बुनियादी परिभाषा को हमारे शासकों ने बदल दिया है। अब लोकतंत्र में जनता की सरकार, जनता के लिए, जनता द्वारा चुनी गई नहीं होती, बल्कि प्रभावशाली लोगों की सरकार, प्रभावशाली लोगों के लिए, जनता द्वारा चुनी गई होती है।

किसी सामान्य नागरिक या सतीश जैसे पत्रकार को इसलिए गोली मारी जाती है, क्योंकि सुरक्षा तो शासक वर्ग को मिल रही है, आमलोगों को नहीं। यही कारण है कि झारखंड में मंत्रियों व विधायकों की सुरक्षा में 2182 पुलिसकर्मियों की तैनाती की गई है। इन सबकी सुरक्षा पर प्रतिमाह 1.56 करोड़ रुपए खर्च हो रहे हैं। मुख्यमंत्री, पूर्व मुख्यमंत्री और 12 मंत्रियों की सुरक्षा में एस.टी.एफ. के 150 और जिला पुलिस के 550 पुलिसकर्मी तैनात किए गए हैं। झारखंड में एक वी.आई.पी. की सुरक्षा पर प्रतिमाह तीन लाख का खर्च हो रहा है। 14 वी.आई.पी. लोगों पर प्रतिमाह 42 लाख रुपए का खर्च। 68 विधायकों की सुरक्षा में 1632 पुलिसकर्मी तैनात किए गए हैं। सभी विधायकों को वाई श्रेणी की सुरक्षा दी गई है। एक विधायक की सुरक्षा पर प्रतिमाह 1.68 लाख रुपए का खर्च हो रहा है। झारखंड के सभी विधायकों की सुरक्षा पर प्रतिमाह 1.14 करोड़ रुपए का खर्च हो रहा है और झारखंड की करीब तीन करोड़ आम लोगों की सुरक्षा?

एक पुलिसकर्मी झारखंड के 967 लोगों की सुरक्षा सँभाल रहा है। यानी प्रति व्यक्ति या एक जनता की सुरक्षा पर मात्र सात रुपए खर्च हो रहे हैं।

जनता से कर वसूल कर नेता-अफसर सुरक्षित हैं। और तो और, जिन नक्सल प्रभावित इलाकों के लिए एस.टी.एफ. का गठन किया गया, करोड़ों रुपए उसके प्रशिक्षण पर खर्च किए गए, उसे चुपचाप नेताओं की सुरक्षा के काम में लगा दिया गया। एक वी.आई.पी. की सुरक्षा पर प्रतिमाह तीन लाख का खर्च और झारखंड के एक आम नागरिक की सुरक्षा में महज सात रुपए खर्च? यह विषमता, पर 15 करोड़ की लागत से महँगी लक्जरी गाड़ियाँ इन नेताओं की सुरक्षा में खरीदी गईं। वह भी पुलिस आधुनिकीकरण के पैसे से। समाज के कितने सफेदपोशों को पुलिस गार्ड दिए गए हैं, इसकी सूची जारी होनी चाहिए। वैसे भी 'सूचना का अधिकार' कानून बनने के बाद ये सूचनाएँ देनी ही पड़ेंगी।

यह तो झारखंड के नेताओं की बात हुई। अफसरों की सुरक्षा देखिए। पुलिस अफसरों की सुरक्षा में 497 पुलिसकर्मी तैनात हैं। इनकी सुरक्षा पर करीब 34.79 लाख प्रतिमाह खर्च हो रहे हैं। डी.जी.पी. को 1/4 का स्कॉट मिला है। दो बॉडीगार्ड और 4/2 का हाउस गार्ड, कुल 17 पुलिसकर्मी डी.जी.पी. को सुरक्षित रखते हैं। ए.डी.जी. को दो बॉडीगार्ड और 4/2 का हाउस गार्ड। कुल 12 पुलिसकर्मी प्रति ए.डी.जी.। राज्य में कुल तीन ए.डी.जी. हैं। इस प्रकार सभी की सुरक्षा में 36 पुलिसकर्मी तैनात हैं। एक आई.जी. को एक बॉडीगार्ड और 1/4 का हाउस गार्ड मिला है। एक आई.जी. की सुरक्षा में कुल छह पुलिसकर्मी हैं। कुल 11 आई.जी. हैं। इनकी सुरक्षा में 66 पुलिसकर्मी तैनात हैं। एक डी.आई.जी. को एक बॉडीगार्ड व 1/4 का हाउस गार्ड मिला है। एक डी.आई.जी. की सुरक्षा में छह पुलिसकर्मी हैं। कुल 20 डी.आई.जी. यहाँ हैं। उनकी सुरक्षा में 120 पुलिसकर्मी हैं। एक एस.पी. (जिलों की) को दो बॉडीगार्ड, 1/4 का स्कॉट मिला है। 1/4 का हाउस गार्ड। 22 एस.पी. की सुरक्षा में कुल 264 पुलिसकर्मी तैनात हैं।

प्रशासनिक अफसरों की सुरक्षा में 353 पुलिसकर्मी लगे हैं। इनकी सुरक्षा पर 24.71 लाख का खर्च प्रतिमाह हो रहा है। 41 वरिष्ठ आई.ए.एस. की सुरक्षा में 41 पुलिसकर्मी लगे हैं। कमिश्नर व डी.सी. को मिलाकर 26 लोगों की सुरक्षा में 312 पुलिसकर्मी तैनात हैं।

पर राज्य की राजधानी के थानों में पुलिसकर्मी नगण्य हैं। जनता की सुरक्षा में होमगार्ड के जवान हैं, पर नेताओं की सुरक्षा में एस.टी.एफ. के जवान तैनात हैं। राजधानी राँची में कुल 44 थाने, ओ.पी. व टी.ओ.पी. हैं। इसमें हवलदार के 128 पद स्वीकृत हैं,

पर हैं 36 हवलदार। सिपाही के 548 पद स्वीकृत हैं, पर हैं सिर्फ 250 सिपाही। आँकड़ों के मुताबिक राजधानी के 24 थाने व ओ.पी. में एक भी हवलदार नहीं है। 11 थाने, ओ.पी. व टी.ओ.पी. ऐसे हैं, जिनमें एक भी सिपाही का पदस्थापन नहीं किया गया है, जबकि 16 में एक, दो या तीन सिपाहियों का पदस्थापन किया गया है।

इन आँकड़ों से स्पष्ट है कि व्यवस्था चलानेवाले मंत्री और अफसर किस तरह सुरक्षा पा रहे हैं, जिन लोगों के नाम पर व्यवस्था चलाई जा रही है, जिनसे प्रत्यक्ष-अप्रत्यक्ष कर वसूलकर यह व्यवस्था चलाई जा रही है, उनकी सुरक्षा की वस्तुस्थिति क्या है?

अगर सुरक्षा की चौकस व्यवस्था रहती, तो शायद सतीश या ऐसे आम लोगों के खिलाफ अपराधी इतना साहस नहीं दिखाते। शासक वर्ग की कीमत पर जनता असुरक्षित छोड़ी गई है और अपराधी यह जानते हैं। इसलिए वे शासक वर्ग के लोगों को अमन-चैन से रहने देते हैं, असुरक्षित जनता को तबाह करते हैं।

पर ये तथ्य, सवाल और निवेदन डी.जी.पी. शिवाजी महान् कैरे से क्यों? भारतीय परंपरा मानती है कि मनुष्य चौथेपन में जीवन के सच के निकट पहुँचने लगता है। डी.जी.पी. के आध्यात्मिक रुझान-संतों से मिलने की खबरें छपती रहती हैं। वह जून तक रिटायर भी होनेवाले हैं, इसलिए जीवन के अनुभवों ने उन्हें 'सच' के करीब पहुँचा दिया है, यह मान लेना चाहिए। इसलिए उनसे निवेदन है कि इस सर्विस के अंतिम दिनों में एक सच और साहस का कदम उठाकर अपना जीवन सार्थक करें। आनेवाली पीढ़ी के प्रेरणास्रोत बनें। सिर्फ यह कदम उठाकर कि नेताओं-मंत्रियों को एस.टी.एफ. की सुरक्षा नहीं मिलेगी, अफसरों की सुरक्षा में भारी कटौती होगी, अपराधीनुमा नेताओं के बॉडीगार्ड हटाए जाएँगे और इस तरह उधर से निकले ये सभी पुलिस के जवान असुरक्षित आम जनता की सुरक्षा में लगेंगे। सिर्फ यह एक कदम उठे, फिर देखिए शासक वर्ग की प्रतिक्रिया? पर यह करने के लिए साहस, संकल्प और जिद चाहिए।

(25-05-2005)

□

एक पाँव रखता हूँ, हजार राहें फूट पड़ती हैं

(झारखंड के विधायकों से निवेदन)

राज्य की रचना के सूत्र

यह एक नागरिक की पीड़ा है। एक पत्रकार की बेचैनी भी। इस समाचार पत्र की वेदना भी, जिसने लगातार अलग राज्य झारखंड की बात की। तब, जब झारखंड गठन के दूर-दूर तक आसार नहीं थे। झारखंड की जरूरत के सैद्धांतिक तर्कों को आगे बढ़ाया। झारखंड के अनेक जाने-माने, बौद्धिकों-पत्रकारों वगैरह के प्रयास-सहयोग से। अलग झारखंड के लिए कई झारखंडी राजनीतिक दल और नेता अलग लंबी लड़ाई लड़ रहे थे। पर आज झारखंड की राजनीति, सरकार, विधानसभा की स्थिति देखकर लगता है कि आंदोलन, विरोध, विद्रोह, क्रांति से कहीं अधिक कठिन काम है, रचना का, निर्माण का, सृजन का, चरित्रवान बने रहने का। किसी भी समाज, देश या राज्य को नए सिरे से गढ़ने, रचना करने के लिए एक उपयुक्त-सही और ईमानदार माहौल चाहिए। क्या झारखंड राज्य में यह माहौल है? बगैर सकारात्मक माहौल के नए झारखंड का निर्माण संभव है? नवंबर में झारखंड बने पाँच वर्ष होंगे, पर हम कहाँ पहुँचे हैं? अब तो कई बार मुख्यमंत्री पद के साथ सहानुभूति होती है, मुख्यमंत्री चाहे कोई रहे (अर्जुन मुंडा, बाबूलाल मरांडी या शिबू सोरेन), क्या वह अकेले कार्य को मंजिल तक ले जा सकता है? यहाँ तो विरोध पक्ष की जरूरत ही नहीं है, सत्ता पक्ष में ही इतना कारगर विपक्ष है कि वह चौबीस घंटे गुपचुप इस योजना में है कि कैसे अपने मुख्यमंत्री को नाकाम कर दे? शिबू सोरेन जब मुख्यमंत्री थे, तो अपने उपमुख्यमंत्री स्टीफन मरांडी से उनका संवाद नहीं था। बातचीत नहीं होती थी। बाबूलाल मरांडी मुख्यमंत्री थे, तो उन्हें उनके मंत्रियों ने ही अपदस्थ कर दिया। अर्जुन मुंडा मुख्यमंत्री हैं, तो सत्ता पक्ष के लोग ही सदन में कमीशनखोरी की बात कहकर कारगर विपक्ष की भूमिका में दिखाई

दे रहे हैं। ऐसा लगता है कि राज्य का विकास सिर्फ सरकार का काम है। उधर सरकार में हर मंत्री अपनी योग्यता-अयोग्यता के अनुसार लाभ-हानि के लिए काम कर रहा है। न सरकार के पास 'विजन' है, न मंत्री के पास। झारखंड के भविष्य के लिए झारखंड मंत्रिमंडल के पास एक विजन होना चाहिए। वह विजन विधानसभा में गंभीर चर्चा के बाद राज्य के 'विकास विजन' के डॉक्यूमेंट के रूप में मान्य होना चाहिए। लोकतंत्र में विपक्ष भी सरकार का हिस्सा है। विपक्ष के विधायक सरकारी कोष से ही वेतन, भत्ता, सुविधाएँ लेते हैं। विधानसभा की विभिन्न समितियों में रहते हैं। जिन पर करोड़ों खर्च हो रहे हैं। सरकार को सुझाव देते हैं। इसलिए सरकार हो या विपक्ष, दोनों को अपनी जिम्मेवारी-सीमा का एहसास होना चाहिए, जो झारखंड में नहीं है।

एक-दूसरे पर सिर्फ आरोप-प्रत्यारोप, छींटाकशी की राजनीति जिस राज्य में चलेगी, वह विकास का मार्ग क्या समझेगा?

क्या झारखंड की सरकार, विधानसभा, सांसद, विधायक यह जानते हैं कि हाल में छत्तीसगढ़ में टाटा उद्योग के लोग जब स्टील प्लांट लगाने के लिए गए, तो वहाँ राज्य के मुख्यमंत्री रमण सिंह और विपक्ष के नेता दोनों ने एक ही मंच से उनका स्वागत किया! सत्ता पक्ष में जो अलग-अलग खेमे थे, वे भी इस मुद्दे पर साथ थे। कुछ बड़े मुद्दों पर यह आम सहमति, रचना का धर्म है। आप जानते हैं, छत्तीसगढ़ में टाटा घराना कहाँ उद्योग लगाने जा रहा है? बस्तर में, जो नक्सली लोगों का गढ़ है। अंतत: रोजगार, काम-धंधा और कल-कारखाने के बिना प्रगति कैसे होगी? पर झारखंड में विकास का कोई सपना सरकार या विपक्ष के पास है? सिर्फ बड़ी-बड़ी बातें करना, डींग हाँकना और भ्रष्ट व्यवस्था को मजबूत करने का काम ही झारखंड के पक्ष-विपक्ष कर रहे हैं।

दो दिन पहले जिस दिन झारखंड विधानसभा में तू-तू, मैं-मैं हो रही थी, उस दिन पड़ोस के दो राज्यों से दो खबरें आईं। ओड़िशा से खबर आई कि कोरिया के मशहूर स्टील प्लांट पोस्को से 55000 करोड़ के निवेश पर सहमति हो गई है और केंद्रीय इस्पात मंत्री की मौजूदगी में 22 जून को समझौता होगा। पड़ोस के बंगाल से खबर आई कि बंगाल सरकार 8000 एकड़ में एक दूसरा बड़ा एयरपोर्ट बनवाने के लिए केंद्र सरकार से पहल कर चुकी है। क्या झारखंड के विधायक आसपास के राज्यों में (छत्तीसगढ़, ओड़िशा, बंगाल) हो रहे बदलावों के बारे में जानते हैं? झारखंड अगर प्रगति नहीं कर रहा, तो रास्ते में कौन से शिखर पर्वत या दुर्गम घाटियाँ हैं, यह पक्ष-विपक्ष के विधायक जानते हैं? अगर गंभीरता से इन विषयों पर विधानसभा में बहस हो, विधायक पहल करें, तो राज्य का माहौल बदल सकता है। प्रतिकूल परिस्थितियों में भी हम आस्था बनाने, बदलाव के उपयुक्त माहौल बनाने का काम तो कर ही सकते

हैं। झारखंड में रचना का माहौल बनाने का यह एजेंडा है। यह एजेंडा बनाते समय यह मान लिया गया है कि यही राजनेता, विधायक, नौकरशाह रहनेवाले हैं। तत्काल विकास, बदलाव के लिए कोई आदर्श माहौल नहीं मिलनेवाला। तो क्या अच्छे-अनुकूल वक्त के लिए चुपचाप प्रतीक्षा में बैठना होगा या इसी प्रतिकूल माहौल में अच्छे माहौल के लिए बंद दरवाजे पर दस्तक देने का काम होगा? फिलहाल यह दस्तक देने के अलावा कोई विकल्प नहीं है। यदि पक्ष-विपक्ष सजग हो जाएँ, तो इस राज्य का माहौल बदल जाएगा। 1953 में डॉ. राममनोहर लोहिया ने निराशा के कर्तव्य पर बड़ा प्रभावी भाषण दिया था। निराशा के माहौल को भी नए संकल्प, नई शुरुआत, आस्था के एक कदम से तोड़ा जा सकता है। हमारे यही विधायक, यही विधानसभा, यही राजनेता, यही सरकार सार्थक कार्य कर सकते हैं, बशर्ते हर एक अपने को बदले। आचरण में, मानस में, संयम में, सीखने में, संकल्प में और विनम्र बनने में। इसी पृष्ठभूमि में 'राज्य की रचना' का सूत्र लिखा गया है, ताकि विधायकों, सांसदों, राजनेताओं और सरकार में सुगबुगाहट हो।

सूत्र–एक : राजनीति का स्तर सुधरे

झारखंड के विधायकों के सामूहिक प्रयास से झारखंड की राजनीति की गुणवत्ता बदल सकती है। इस तरह पहली प्राथमिकता हो कि क्वालिटी ऑफ पॉलिटिक्स (राजनीति का स्तर) सुधरे। कम-से-कम दिखाने के लिए ही सही। विधानसभा में गंभीर 'डिबेट' हो। यह शर्म की बात नहीं है कि मंत्री सवालों का जवाब नहीं दे पा रहे। शर्मनाक यह है कि न मंत्री, न विधायक सीखने या अपनी योग्यता बढ़ाने का प्रयास नहीं कर रहे हैं। मसलन कानून-व्यवस्था पर बहस होती है, तो विपक्ष महज एक ही आरोप लगाता है। कानून-व्यवस्था बहुत खराब हो गई है। तर्कपूर्ण आँकड़ों के साथ, पूरी तैयारी से बहस नहीं होती। मंत्रीजी कहते हैं कि विपक्ष के आरोपों से हम सहमत हैं। यह पक्ष-विपक्ष संवाद अद्‌भुत है। सत्तापक्ष विपक्ष के आगे हाथ उठा दे। समर्पण कर दे, इसके बाद दोनों चुप। प्रसंग खत्म। दुनिया के लोकतंत्र के इतिहास में झारखंड विधायिका का यह मंच नई भूमिका में दिख रहा है। होना क्या चाहिए? विपक्ष पूरी तैयारी से आँकड़ेवार, कानून-व्यवस्था की विफलता का आरोप लगाए, साथ ही विकल्प भी सुझाए। दुनिया के बड़े लोकतांत्रिक देशों में विपक्ष के पास 'सरकार चलाने का वैकल्पिक एजेंडा' तैयार रहता है। पर यहाँ जैसा पक्ष है, वैसा विपक्ष। विपक्ष विचारों में, जानकारी में, सार्थक भूमिका में उतना ही दरिद्र-कमजोर है, जितना पक्ष। विपक्ष के वैकल्पिक शासन एजेंडा पर सरकार के मंत्री पूरी तैयारी के साथ अपना पक्ष रखते, तो कानून-व्यवस्था की स्थिति,

विकल्प पर विधानसभा में एक सार्थक संवाद होता। जनता भी तथ्यों को जानती। कहती कि सरकार के पास कुशासन को सुशासन में बदलने का एजेंडा नहीं है, पर विपक्ष के पास है। लोगों को लगता कि सरकार के पास बेहतर शासन के लिए कोई एजेंडा ही नहीं है। इसलिए झारखंड में राजनीति-माहौल ठीक करने का पहला कदम होगा हर विषय, उद्योग, कानून-व्यवस्था…पर विधानसभा में गंभीर बहस हो, बहस का स्तर सुधरे। काम नहीं हो रहे, या अपराध बढ़ रहे हैं, तो उनसे जुड़े सभी पहलुओं पर विस्तृत चर्चा कर, देश के बेहतर राज्यों में इन दिशाओं में हो रहे प्रयोगों से सीखकर 'मुकम्मल बहस' हो। विधानसभा में आरोप-प्रत्यारोप, गाली-गलौज, गलाफाड़ प्रतियोगिता के बदले महज सार्थक और गंभीर बहस होने लगे, तो झारखंड में सकारात्मक सार्थक हवा बहेगी। विधायक वाणी पर संयम रखें। हास्यास्पद मजाक, घटिया टिप्पणियाँ, निर्लज्ज तर्क से लोकतांत्रिक राजनीति से लोगों का विश्वास उठ जाएगा। वैसे ही राजनीति-राजनेताओं से नफरत बढ़ रही है, यह विधायकों को समझना चाहिए।

सूत्र-दो : विधायक होम वर्क करें

आमतौर से पक्ष-विपक्ष के विधायक रोते रहते हैं कि नौकरशाही सुन नहीं रही। राज्य की प्रगति में वही सबसे बड़ा रोड़ा है, अवरोध है। दरअसल नौकरशाही घुड़सवार पहचानती है। वह अज्ञानी व लालची नेताओं का मानस समझती है और उन्हें अपने अनुसार ढाल लेती है। विधानसभा में 'गवर्नेंस' पर सार्थक-गंभीर संवाद होने लगे, तो यही नौकरशाही राज्य को आगे ले जाने में सक्रिय होगी। सिर्फ एक ताजा मुद्दा लें। राज्य में लगभग 100 बिजली के बड़े टावर चुरा लिए गए हैं। बिजली बोर्ड ने एफ.आई.आर. दर्ज कराई है। विपक्ष का कोई सदस्य पिछले चार वर्षों में कितने ऐसे टावर चोरी गए हैं, इसमें बिजली बोर्ड की क्या भूमिका रही है, पुलिस क्या करती रही है, पूरे आँकड़े-तथ्य (जो आसानी से मिल जाएँगे) लेकर सरकार को बहस में विधानसभा में घेरे। बताए कि इस तरह के एक बिजली टावर की कीमत 7.50 लाख है, तो 100 की चोरी यानी 7.50 करोड़ का नुकसान। यह पैसा जनता का है, सरकार का है, इसे चुरानेवाले क्यों नहीं पकड़े गए? सरकार गंभीर है, तो उसे चोर न पकड़नेवाले पुलिस अफसरों को ऊपर से लेकर नीचे तक दंडित करना चाहिए। सरकार और सख्त कदम उठा सकती है, दोषियों से 7.50 करोड़ वसूलने की। बिजली बोर्ड के लोग रख-रखाव में लापरवाह हैं या इस चोरी में शरीक हैं, तो वे भी जुरमाना दें। फिलहाल लगता है कि 'स्टेट' (राज्य), या सरकार नामक चीज ही नहीं है। चोरों, कमीशनखोरों और घूसखोरों के लिए राम-राज्य है। सरकार के सामानों की ऐसी चोरी के लिए मुख्यमंत्री अर्जुन मुंडा

एक ऐसा कठोर कदम उठा लें, सामूहिक दंड से सरकारी पैसे वसूलें, संबंधित अफसरों पर काररवाई कर दें, भले ही अदालत से ऐसे लोग स्थगन पा जाएँ, पर एक सकारात्मक माहौल तो बनेगा, राज्यसत्ता असहाय नहीं दिखेगी। 'राज्य' का प्रताप, कानून-व्यवस्था का जो भय खत्म हो गया है, लौटेगा। सरकार की बेचारगी-लाचारगी दूर होगी। अगर सरकार ऐसे आवश्यक कठोर कदम नहीं उठाती, तो विपक्ष पहल करे, दबाव डाले, अपनी बहस-बातों से सरकार को घेरे। फिर भी सरकार अगर ऐसा नहीं करती है, कानून-व्यवस्था ठीक रखने का अपना फर्ज पूरा नहीं करती है, तो उसे निकम्मा साबित कर विपक्ष अपना फर्ज पूरा कर सकता है। पर हकीकत तो यह है कि राजकाज कैसे चल रहा है, यह न विपक्ष की रुचि का विषय है, न सरकार की। निजी लाभ-हानि के एजेंडे से राजनीति चल रही है।

इसी तरह विभिन्न विभागों की कार्यशैली-कार्यसंस्कृति पर गंभीर बहस हो सकती है और नए रास्ते-विकल्प ढूँढ़े जा सकते हैं। नौकरशाही पर सब खफा रहते हैं, क्योंकि हर विधायक-मंत्री-सरकार में बैठे लोगों को अपने मनोनुकूल नौकरशाह चाहिए। फिर तबादले में पैरवी होगी। ट्रांसफर को उद्योग बनाया जाएगा। किसी विधायक को मालूम है कि झारखंड बनने के बाद हर जिले में उपायुक्तों-पुलिस अधीक्षकों का कार्यकाल कितना समय रहा है? यह सूची तैयार कराकर एक-एक फाइल कहाँ और कितने समय अटकी रहती है? विलंब कहाँ होता है? विलंब के कारण योजनाओं का लागत खर्च बढ़ने का जिम्मेवार कौन होता है? इनका लेखा-जोखा विधायक रखें, सरकार-नौकरशाह स्वत: रास्ते पर आएँगे।

विधानसभा में कब-कब, किस मंत्री ने बिजली के बारे में क्या-क्या बयान दिया और सरकार की उपलब्धि क्या रही? इसका लेखा-जोखा विधायक विधानसभा में पेश करें। सरकार निरुत्तर हो जाएगी। इसी तरह हर विभाग में सरकार के कामकाज को आँका जा सकता है। सिंचाई मंत्री ने कब क्या कहा, कितनी उपलब्धि हुई, इससे सरकार का झूठ उजागर हो सकता है, पर कोई चाहता ही नहीं कि कार्य-संस्कृति सुधरे। झारखंड का माहौल बदले। बेहतर गवर्नेंस के लिए सरकार को 'ट्रांसफर पॉलिसी' तार्किक ढंग से अपनाने के लिए बाध्य किया जा सकता है। एक-एक विधायक को अपनी ताकत-क्षमता का एहसास होना चाहिए। मधु लिमये अकेले सांसद थे। श्रीमती इंदिरा गांधी दो-तिहाई बहुमत से केंद्र में सरकार चला रही थीं। अकेले मधु लिमये की बौछारों से वह इतना घिर जाती थीं—असहाय महसूस करती थीं कि कांग्रेस संसदीय दल में कहती थीं कि एक मधु लिमये का जवाब हमारे पास नहीं है।

यह श्रीमती गांधी जैसी ताकतवर राजनेता की स्थिति थी। यही लोकतंत्र की

महिमा और गरिमा है। यहाँ तो अर्जुन मुंडा की सरकार खुद ही असहाय स्थिति में है। जागरूक विपक्ष कदम-कदम पर सरकार को घेर सकता है। बात रही मधु लिमये की, तो मधु लिमये बनने की क्षमता इनसान में ही है। विधायक अपना होम वर्क करें, पढ़ें, एक-एक चीज की गहराई में जाएँ, तो उनमें स्वत: मधु लिमये जैसी तेजस्वी संसदीय क्षमता विकसित होगी। यहाँ अधिसंख्य विधायक अमूमन ठेकेदारों, चापलूसों, कमीशनखोरों और दलालों से घिरे रहते हैं। वे खुद न अपना स्वविकास चाहते हैं, न राज्य का। अधिकांश विधायकों का समय निरर्थक कामों में गुजरता है।

विधायकों का ऐसा मानस बने, तो आप पाएँगे, एक-एक क्षेत्र में कैसे विकास होता है। फिर नौकरशाह आड़े नहीं आएँगे। राजनीतिक इच्छाशक्ति सर्वोपरि है, इसका अभाव झारखंड के पक्ष-विपक्ष दोनों में है।

सूत्र-तीन : विधायक सरकारी योजनाओं-अवसरों को जानें

झारखंड सरकार की पहली प्राथमिकता गरीब होने चाहिए। किसान और गाँव के लोग प्राथमिकता सूची में हों। आदिवासियों, गरीब अल्पसंख्यकों को मदद मिलनी चाहिए। जहाँ से पलायन होता है, उन इलाकों के लिए विशेष योजनाएँ चलनी चाहिए।

क्या झारखंड विधानसभा में कभी समाज के इस सबसे कमजोर गरीब वर्ग को लेकर बहस हुई है? आज गरीबों के लिए नाबार्ड, भारत सरकार के ग्रामीण मंत्रालय से लेकर खुद राज्य सरकार की सैकड़ों योजनाएँ चल रही हैं। पर कितने गरीब इन योजनाओं को जानते-लाभ लेते हैं? इन गरीबों को 'इंटरप्रेन्योटर' (उद्यमी) बनाने के पहले उन्हें हुनर देने-कौशल देने का काम सरकार कराती है? 'रूरल इंटरप्रेन्योटर' (गाँव के उद्यमी) के लिए प्रशिक्षण की व्यवस्था है? कोई नहीं जानता। आज सरकार नाबार्ड, बैंकों को कहकर कई ग्रामीण इलाकों में नए-नए कार्य शुरू करा सकती है। इन वित्तीय संस्थानों से बड़े पैमाने पर ऋण उपलब्ध करा सकती है। अपने बजट पर बोझ डाले बगैर। इसकी मॉनिटरिंग करा सकती है। पर ऐसे सारे काम, जो राज्य की तकदीर बदल सकते हैं, नौकरशाहों के जिम्मे हैं। इनकी प्रगति मॉनिटर करनेवाला कोई नहीं। विलंब की जिम्मेवारी किसी की नहीं है। केंद्र से परियोजनाओं के पैसे आते हैं, सरेंडर होते हैं। इसकी जवाबदेही तय होनी चाहिए, किस कारण विलंब हुआ, क्यों पैसा लौटा? जिस दिन नौकरशाहों की जवाबदेही विधायक तय कराने लगेंगे, कामकाज की गति स्वत: बढ़ जाएगी।

दुनिया-स्तर पर विकास की धारा में स्वयंसेवी संस्थाओं की एक नई ताकत जुड़ी है। झारखंड में भी स्वयंसेवी संस्थाओं की बहुतायत है। कुछ बहुत अच्छे एन.जी.ओ.

भी हैं। इन सबको एक मंच पर लाकर सरकार इनसे सहयोग ले सकती है। विकास के काम में लगा यह एक ताकतवर वैकल्पिक समूह है। इनकी अपनी फंडिंग एजेंसियाँ भी हैं। सभी एन.जी.ओ. द्वारा झारखंड में प्रतिवर्ष होनेवाले खर्च को जोड़ा जाए, तो पता चलेगा, यह भारी निवेश है। इस निवेश का रिटर्न समाज-राज्य को मिले यानी जो शिक्षा में काम कर रहे हैं, वहाँ शिक्षा का स्तर सुधरे, यह मापने की स्वैच्छिक पहल हो। जो एन.जी.ओ., जहाँ सबसे अच्छा विकास मॉडल खड़ा करता है, उसे पुरस्कृत किया जाए और उस मॉडल को राज्य में हर जगह लागू करने की सहमति बने। इस तरह विकास की नई अवधारणाओं-विकल्पों पर विधानसभा में बहस-चर्चा हो, तो झारखंड को एक रास्ता मिलेगा। अच्छे एन.ज़ी.ओ. द्वारा चल रहे कामों को सरकारी मदद-समर्थन मिलने से विकास की गति बदलेगी।

सूत्र–चार : प्रशिक्षण और सीखने की भूख

1991 के उदारीकरण का एक सकारात्मक पहलू है—'ह्यूमन रिसोर्स' (मानव संसाधन) को बेहतर बनाने पर जोर। कंपनियों में, कारखानों में, कॉरपोरेट हाउसों में, सरकारों में, बैंकों में, बड़ी संस्थाओं में कार्यरत लोगों को लगातार प्रशिक्षण। ताकि वे अपना स्किल (हुनर-कौशल) बढ़ा सकें। दुनिया में हो रहे परिवर्तनों को जान सकें। गवर्नेंस की बदलती चीजों को समझ सकें। ई-गवर्नेंस समझकर आवश्यक क्षेत्रों में लागू कर सकें। अपनी इफीशियंसी (कार्यक्षमता) बढ़ा सकें। इथिक्स और वैल्यूज अपना सकें। दुनिया के बड़े-बड़े संस्थान अपना प्रशिक्षण केंद्र चलाते हैं। 1991 में उदारीकरण की नीति अपनाने के बाद प्रधानमंत्री नरसिंह राव ने सिंगापुर के प्रधानमंत्री ली यूआन क्यू को भारत बुलाया। ली, जिन्होंने मछुआरों के गाँव को वर्ल्ड क्लास देश 'सिंगापुर' बना दिया था। उस बैठक में भारत सरकार के सचिव स्तर के अधिकारी बुलाए गए। ली ने दो खंडों में अपनी आत्मकथा लिखी है। हर भारतीय, जो परिवर्तन चाहता है, उसे यह पढ़नी चाहिए। उसमें भारत के पिछड़ेपन के कारण भी बताए गए हैं। ली को बुलाने का कारण था, नौकरशाही के सबसे प्रभावी स्तर पर माइंडसेट बदलने की शुरुआत। प्रशिक्षण सिखाने, बताने, दुनिया में हो रहे परिवर्तनों से रू-ब-रू कराने का मंच है। इसके बाद भारत सरकार ने आई.आई.एम., बंगलोर से बात कर वहाँ 'सेंटर फॉर पॉलिसी' केंद्र बनवाया, जहाँ आई.ए.एस., आई.पी.एस. अफसरों के वर्ल्ड क्लास प्रशिक्षण होते हैं। हार्वर्ड विश्वविद्यालय के सेंटर फॉर पॉलिसी की तर्ज पर। झारखंड सरकार अगर मंत्रियों के लिए 15 करोड़ की लक्जरी गाड़ी खरीदने के बदले अपने यहाँ प्रशिक्षण केंद्र बनवाती, तो इससे एक बेहतर भविष्य की बुनियाद पड़ती। आज जरूरत है कि सरकारी क्लर्क से

लेकर बी.डी.ओ., सी.ओ., मजिस्ट्रेट से मुख्य सचिव तक का, बदलती दुनिया के अनुरूप प्रशिक्षण हो, नया माइंडसेट बने, तो झारखंड में बिहार से भिन्न कार्य-संस्कृति विकसित हो सकती है। आज एक बी.डी.ओ. को 50 से 80 करोड़ तक खर्च करने की जिम्मेदारी दी जाती है। वह न आर्किटेक्ट है, न इंजीनियर, न वित्त विशेषज्ञ, न विकास विशेषज्ञ। वह सिर्फ ठेकेदारों, बाहुबलियों और अपराधियों से घिरा है। वह कैसे विकास का काम ठीक तरीके से कर या करा सकता है? क्या हमारे पक्ष या विपक्ष के किसी विधायक के पास इसका जवाब है? क्या विधानसभा में कभी ऐसे गंभीर सवालों के विकल्प ढूँढ़ने की कोशिश हुई? नौकरशाही में सबसे बड़ा मानस परिवर्तन यह होना चाहिए कि वे समझें कि अब उनकी भूमिका शासक की नहीं, जनसेवकों की है। उन्हें यह महसूस करना होगा कि उनके एक-एक काम से क्या लाभ-हानि, समाज-राज्य को हो रहे हैं? एक-एक निर्णय में देरी से लागत खर्च कैसे बढ़ता है और उसकी कीमत अंततः कौन चुकाता है? यह सूचना विस्फोट का युग है, अर्थ का युग है। तकनीक का युग है। इसलिए इसके अनुसार राजनीतिज्ञों-नौकरशाही को ढलना होगा। सरकार से लैपटॉप खरीदवाकर विधायक दुनिया को न जानें, तो वे झारखंड में क्या करा सकते हैं? इस अर्थ युग में सरकार के एक-एक पैसे के नुकसान के प्रति नौकरशाह और राजनेता सजग और जवाबदेह नहीं होंगे, तो वे राज्य को कर्ज में ही डुबोएँगे। इसलिए एक नए मानस (माइंडसेट) के लिए प्रशिक्षण आज सबसे जरूरी काम है।

अफसरों-नौकरशाहों-प्राध्यापकों (जो सरकार के वेतनभोगी हैं) का वेतन सुविधाओं के अनुरूप, परफॉरमेंस (उपलब्धि) का मूल्यांकन हो। एक प्राइवेट कंपनी में किसी कर्मचारी को जो तनख्वाह मिलती है, उसके काम-उपलब्धि के अनुरूप होती है। 'परफारमेंस लिंक्ड वेज एंड इवेलुएशन' (तनख्वाह के अनुरूप काम, उसी तर्ज पर मूल्यांकन) यह नए युग का सूत्र है। बहुत पहले डॉ. राममनोहर लोहिया ने लोकसभा में प्रधानमंत्री पर रोजाना 11 हजार खर्च बनाम एक गरीब भारतीय पर औसत तीन आने रोज खर्च का सवाल उठाया था। पूरी राजनीति में वह सवाल छा गया। आज झारखंड में एक आई.ए.एस., आई.पी.एस., मंत्री पर रोज क्या खर्च हो रहा है? उसे गाड़ी, घर, अर्दली, सुरक्षा क्या-क्या 'स्टेट' से मिला है, इन सबकी कीमत क्या है, यह सब जोड़कर विधायक झारखंड विधानसभा में बहस करने लगें, सवाल उठाने लगें, तो जनता में एक नई चेतना पैदा होगी। पर विधायक यह सब नहीं पूछेंगे, क्योंकि आँकड़े जुटाना परिश्रम का काम है। रचना का माहौल बनाने का काम है। अंततः विधायक चाहे पक्ष के हों या विपक्ष के, उन्हें भी बॉडीगार्ड, सुविधाएँ, सरकारी फेवर तो चाहिए ही। फिर नई राजनीति कहाँ से पैदा होगी?

इसी तर्ज पर झारखंड में पुलिस विभाग का प्रशिक्षण आवश्यक है। और यह प्रशिक्षण सिर्फ अफसरों तक ही सीमित न हो। यह विधायकों के लिए सबसे जरूरी है। राजीव गांधी, जब देश के प्रधानमंत्री थे, तो उन्होंने एक सार्थक पहल की। सांसदों को प्रशिक्षित करने, दुनिया में हो रहे बदलावों की जानकारी देने के लिए प्रशिक्षण पाठ्यक्रम चलवाया। झारखंड सरकार को चाहिए कि वह विधायकों और मंत्रियों को प्रशिक्षित करने के लिए बीच-बीच में वर्कशॉप आयोजित करे। विधानसभाध्यक्ष ऐसे सार्थक आयोजन करा सकते हैं। इस वर्कशॉप में लेक्चर देने के लिए देश के जाने-माने वरिष्ठ लोगों को बुलाया जा सकता है। मसलन विधायिका के काम के लिए संविधान विशेषज्ञ को आमंत्रित कर सकते हैं। नई टेक्नोलॉजी कैसे अर्थव्यवस्था को बदल रही है, इसके लिए नारायणमूर्ति, अजीम प्रेमजी आमंत्रित किए जा सकते हैं, सर्वश्रेष्ठ डेयरी हमारे राज्य में कैसे लग सके, यह जानने के लिए गुजरात से कुरियन को न्योता जा सकता है। इसी तरह हॉर्टिकल्चर, उद्योग, नगर विकास, पर्यावरण वगैरह के विशेषज्ञ बुलाए जा सकते हैं। इससे हमारे विधायकों-सरकार में बैठे लोगों का मानस बदलेगा और वे राज्य को एक बेहतर दिशा दे सकेंगे।

इस राज्य में केंद्र सरकार की एक इकाई पलांडू में है, जो हॉर्टिकल्चर की दिशा में झारखंड की तसवीर बदल सकती है। राज्य में लाह का विख्यात संस्थान है, जो लाह उत्पादन में बेहतर काम कर सकता है। झारखंड इस अर्थ में सौभाग्यशाली रहा कि सी.सी.एल., बी.सी.सी.एल., एच.ई.सी., सेल, बोकारो, सी.एम.पी.डी.आई., मेकन जैसे पब्लिक अंडरटेकिंग विरासत में मिले हैं। निजी क्षेत्र में टाटा, उषा मार्टिन जैसे घराने मौजूद हैं। इन सभी कंपनियों-संस्थानों में 'बेस्ट ह्यूमन रिसोर्स' (विशेषज्ञ मानव संसाधन) उपलब्ध हैं, इनसे सहयोग-संबंध बनाकर सरकार बहुत कुछ कर-करा सकती है। यह सौभाग्य छत्तीसगढ़ या उत्तराखंड को नहीं मिला है। पर राज्यहित में इसका इस्तेमाल कैसे हो? यह सरकार के विजन-एप्रोच पर निर्भर है। बिरसा कृषि विश्वविद्यालय है, जो किसानों के लिए अपने नए प्रयोगों-सुझावों से स्तब्धकारी बदलाव ला सकता है। बिड़ला इंस्टीट्यूट ऑफ टेक्नोलॉजी है, जिससे ई-गवर्नेंस से लेकर, रिमोट सेंसिंग से पूरे झारखंड का नक्शा बनवाने में मदद मिल सकती है। रिमोट सेंसिंग की इस इमेजिंग (नक्शा) से हजारों हजार वाटरशेड बन सकते हैं, इनसे किसानों का भाग्य पलट सकता है। पर ऐसी नई पहल हो, यह विधानसभा में विधायक क्यों नहीं पूछते?

हैदराबाद में गवर्नेंस पर अध्ययन करनेवाली एक संस्था चंद्रबाबू नायडू ने बनाई। उस संस्था का काम है कि गवर्नेंस के क्षेत्र में जहाँ-जहाँ सर्वश्रेष्ठ काम हो रहे हैं, उनकी जानकारी लेना, और उन्हें अपने परिवेश में ढालने के लिए अध्ययन करना। क्या ऐसे

काम झारखंड में नहीं हो सकते? हमारे विधायक चाहें, तो इस तरह के कामों के लिए राज्य में पृष्ठभूमि बना सकते हैं, नया माहौल बना सकते हैं, सरकार को बाध्य कर सकते हैं।

सूत्र–पाँच : शिक्षा पर पहल

जो देश या भारत के राज्य या समाज आगे बढ़ गए हैं, उनकी नींव, शिक्षा में प्रगति पर ही टिकी है। भारत के गाँवों में भी बदलाव के सशक्त संकेत दिखाई दे रहे हैं। वह है—शिक्षा का प्रसार और स्त्री शक्ति का उदय। सुदूर गाँवों में स्कूली ड्रेस पहनकर लंबी कतारों में जाते बच्चों और शिक्षिकाओं को आप देखें, तो आप बदलते भारत की इस तसवीर की आहट पा सकते हैं। सरकार का सबसे पवित्र काम है शिक्षा के दीप को घर-घर जलाना। प्राइमरी शिक्षण संस्थाओं को हम कैसे और बेहतर बना सकें, अधिक-से-अधिक निजी उद्यमियों को स्कूल खोलने के लिए प्रेरित कर सकें, यह कोशिश हो। वोकेशनल ट्रेनिंग इंस्टीट्यूट खुलें, इसके लिए पहल हो। शिक्षा कैसे समाज को बदला करती है, इसका जीवंत उदाहरण देखना हो, तो चेन्नई और बेंगलुरु हैं। विद्यार्थी जीवन में एन.सी.सी. कैडेट के रूप में सबसे पहले चेन्नई और बेंगलुरु महानगरों को ही देखा था। आज उन्हें देखने से लगता है कि वे कैसे हिंदी इलाकों से 50 वर्ष आगे निकल चुके हैं? अकेले एक चेन्नई या बेंगलुरु में लगभग 96–100 इंजीनियरिंग कॉलेज हैं, मेडिकल-प्रबंधन वगैरह की वर्ल्ड क्लास संस्थाएँ वहाँ हैं। झारखंड बने पाँच वर्ष होने को हैं, क्या हम कोई एक नई संस्था या कॉलेज खोल सके हैं? सूचना क्रांति की नई अर्थव्यवस्था में चेन्नई-बेंगलुरु-हैदराबाद की इन शैक्षणिक संस्थाओं ने इन तीनों राज्यों की अर्थव्यवस्था को अद्‌भुत ढंग से आगे बढ़ाया है। इन राज्यों को सीधे दुनिया के सर्वश्रेष्ठ विकसित देशों से जोड़ दिया है। आज अगर चीन के प्रधानमंत्री या दुनिया के बड़े राष्ट्राध्यक्ष भारत में पहले दिल्ली नहीं, बेंगलुरु, हैदराबाद या चेन्नई पहुँचते हैं, तो क्या हमारे झारखंड के विधायक इस राज्य को सर्वश्रेष्ठ बनाने का सपना नहीं पाल सकते? कभी विधानसभा में इस बात पर बहस हुई कि हमारे पास सर्वश्रेष्ठ शैक्षणिक संस्थाओं को लाने के क्या ब्लूप्रिंट हैं, किसी ने सरकार से पूछा कि इस राज्य में पहले राज्यपाल और पहले मुख्य न्यायाधीश के प्रयास से एक लॉ यूनिवर्सिटी बनवाने का फैसला हो गया था, पर आज तक वह क्यों नहीं बना? अगर इन बुनियादी सवालों पर विधानसभा में चर्चा नहीं होगी, तो क्या कोई रास्ता निकलेगा? अच्छे इंजीनियरिंग कॉलेजों की संख्या बढ़े, तो यहाँ भी सूचना-तकनीक के उद्योग आएँगे। आज बंगाल अजीम प्रेमजी और नारायणमूर्ति को पलक पाँवड़े बिछाकर बुला रहा है, ताकि उनके

यहाँ रोजगार की संख्या बढ़ सके। झारखंड में प्राथमिक और माध्यमिक शिक्षा की स्थिति बेहतर है। अगर अच्छे इंजीनियरिंग और प्रबंधन की संस्थाएँ खुलें, तो यहाँ युवकों को रोजगार मिलेगा। आज प्रगति की बुनियादी शर्त है संचार का सर्वश्रेष्ठ इनफ्रास्ट्रक्चर होना। पर झारखंड में कनेक्टीविटी नेटवर्क की क्या स्थिति है, कितने समय में इंटरनेट लिंक मिलता है, बी.एस.एन.एल. से लेकर देश की अन्य प्राइवेट टेलीफोन सेवाएँ यहाँ कितनी फैली हैं और क्वालिटी सर्विस दे रही हैं या नहीं? इस बारे में क्या कभी विधानसभा में बहस हुई और राज्य सरकार ने दूरसंचार के क्षेत्र में अपनी स्थिति का आकलन किया? अगर दूरसंचार की स्थिति बेहतर हो, और सर्वश्रेष्ठ शिक्षण संस्थाएँ हो जाएँ, तो आज 'बिजनेस प्रोसेसिंग आउटसोर्सिंग' (बी.पी.ओ.) का काम, बड़े शहरों से निकल करके झारखंड के शहरों और गाँवों तक पहुँचने लगेगा। बिना बड़े निवेश के झारखंड दुनिया के नक्शे पर आ जाएगा। सवाल उठ सकता है कि विधानसभा में दूरसंचार वगैरह विषय, जो केंद्र सरकार के मातहत हैं, पर बहस नहीं हो सकती। पर यहाँ आशय बहस से नहीं, अपने राज्य की इन बुनियादी क्षेत्रों में स्थिति से अवगत होने का है, ताकि अन्य राज्यों की बराबरी हम कर सकें। राज्य सरकार राज्य हित में झारखंड के सांसदों (चाहे वे जिस भी पार्टी से हों) का दिल्ली में फोरम बना सकती है, उनसे लगातार संपर्क में रह सकती है, ताकि वे दिल्ली में झारखंड के हित में 'प्रेशर ग्रुप' के रूप में काम कर सकें। सांसद मजबूरन राज्य सरकार की मदद करेंगे अन्यथा राज्य की जनता की नजर में वे विलेन हो जाएँगे। पर यह पहल तो अर्जुन मुंडा और उनकी सरकार ही कर सकती है। विधायक इस बात से अवगत नहीं हैं कि शिक्षा के क्षेत्र में कितनी योजनाएँ राज्य में चल रही हैं, उनकी स्थिति क्या है? सूचना है कि सरकारी विद्यालयों में कक्षा आठ तक के विद्यार्थियों को नि:शुल्क पाठ्य पुस्तकें दी जाती हैं। गरमी की छुट्टी के पहले ही इनका वितरण होना चाहिए। पर अब तक छपाई नहीं हो सकी है। लगभग 40 करोड़ छपाई का टेंडर है। पर फैसला लटका है? किसी विधायक ने पूछा कि विलंब क्यों हो रहा है? अन्य क्षेत्रों में भी इसी तरह महत्त्वपूर्ण निर्णय लटके हुए हैं, पर विधायक सूचनाएँ एकत्र करके इन धारदार प्रश्नों को विधानसभा में नहीं उठाते।

बहुत पहले एक कविता पढ़ी थी 'एक पाँव रखता हूँ, हजार राहें फूट पड़ती हैं'।

झारखंड में इस तरह का एक सार्थक कदम उठे, तो आज हजार नई संभावनाएँ खुल जाएँगी। हॉर्टिकल्चर की दृष्टि से झारखंड देश का सर्वश्रेष्ठ राज्य बन सकता है, अगर यहाँ और बड़ा और बेहतर एयरपोर्ट बन जाए, तो किसानों की चीजें विदेशी बाजारों में जा सकती हैं। क्या हमारे विधायकों को इस तरह की योजनाओं में दिलचस्पी

है? उन्होंने कभी विशेषज्ञों से राय लेकर इसके ब्लूप्रिंट बनवाए हैं?

ऐसे ही शिक्षा के क्षेत्र में अनेक नए (इनोवेटिब) कदम उठाए जा सकते हैं। एक नेतरहाट, डी.ए.वी., श्यामली या डी.पी.एस. जैसे स्कूलों में दाखिले के लिए हर संभव कोशिश होती है। क्यों नहीं चौबीसों जिलों में ऐसी अनेक शिक्षा संस्थाएँ खड़ी की जातीं? आज अनेक उद्यमी इन क्षेत्रों में पैसा लगाने को मिल जाएँगे, पर सरकार अपनी ओर से आवश्यक मदद को तैयार रहे और कानून-व्यवस्था की स्थिति बेहतर बनाए।

सूत्र-छह : इन्फ्रास्ट्रक्चर में दिलचस्पी लें

राज्य के विकास के लिए कृषि, खेतिहर मजदूर, शहरी मजदूर, गरीब व निम्न मध्यवर्ग पहली प्राथमिकताएँ हैं, तो लगभग समान महत्त्व उद्योगों को बढ़ावा देना भी है। साथ ही शिक्षा और बुनियादी ढाँचे को एक साथ ही ठीक करना जरूरी है।

झारखंड के राजनीतिज्ञ बदलती दुनिया का मानस जितना जल्द समझ लें, उतना ही बेहतर। उन्हें सोचना चाहिए कि क्या वजह है कि आज बंगाल में मार्क्सवादी सरकार बड़े उद्योग घरानों को निमंत्रित करने के लिए बेचैन है। उनकी अगवानी में सीनियर आई.ए.एस. लगे रहते हैं। उनके काम प्राथमिकता के आधार पर हो रहे हैं। सरकारें उनके स्वागत में प्रतीक्षारत हैं। छत्तीसगढ़ में जब टाटा घराने का स्वागत वहाँ के मुख्यमंत्री और विपक्ष के नेता मिलकर करते हैं, तो यही मानस दिखता है। यही हाल दक्षिण के राज्यों का है। चंद्रबाबू नायडू भले बदल गए हों, पर आंध्र के कांग्रेसी मुख्यमंत्री रोज देशी-विदेशी निवेशकों के साथ बातचीत करते हैं, उद्योग या निवेश के समझौते पर दस्तखत करते नजर आते हैं। यही हाल कर्नाटक, केरल, तमिलनाडु, महाराष्ट्र, गुजरात वगैरह का है। इन राज्यों में प्रतिस्पर्द्धा है कि कौन अधिकाधिक बाहरी पूँजी और निवेश अपने यहाँ आमंत्रित कर रहा है। झारखंड के पड़ोसी राज्य छत्तीसगढ़ व बंगाल में यही हो रहा है। इसके कारण स्पष्ट हैं। अंततः पूँजी नहीं लगेगी, नए उद्योग नहीं लगेंगे, तो रोजगार कहाँ से मिलेंगे? राज्य की आर्थिक स्थिति कैसे समृद्ध होगी? अंततः तो समृद्धि का ही बँटवारा होगा, पूँजी निर्माण का ही बँटवारा होगा, गरीबी का बँटवारा नहीं होगा।

झारखंड की स्थिति स्पष्ट है। हाल में झारखंड में कुमारमंगलम बिड़ला का बड़ा समूह आया, अभी मित्तल समूह के लोग आए थे, ये महत्त्वपूर्ण और उत्साहवर्द्धक संकेत हैं। पर जब तक धरातल पर चीजें क्रियान्वित नहीं होंगी, तब तक नया आत्मविश्वास नहीं झलकेगा। आखिर क्या कारण है कि पिछले चार वर्षों के दौरान तीस कंपनियों के साथ एम.ओ.यू. साइन हुआ, पर अब तक धरातल पर कोई बड़ा काम नहीं दिख रहा है? क्या विधानसभा में कभी इस पर धैर्य से विस्तृत बहस कर पक्ष-विपक्ष ने ईमानदारी

से मूल कठिनाइयों को जानने की कोशिश की? एम.ओ.यू. साइन होने के तीन-तीन, चार-चार वर्ष बाद काम शुरू न हो पाना किसकी जिम्मेवारी है? इसकी वजह कहाँ हैं?

बाहर से लगता है, सबसे बड़ी समस्या सरकार की कार्य-संस्कृति है। यह परिणामोन्मुखी (रिजल्ट ओरिएंटेड) नहीं है। उद्योग लगाने के लिए जमीन चाहिए। सरकार द्वारा लैंड बैंक बनाने की कई बार घोषणाएँ हुईं, लेकिन अब तक कुछ नहीं हो सका। इसका दोष किसे दिया जाए? सरकार आसानी से पूरे झारखंड की खाली जमीनों का लैंड बैंक बना सकती है, फिर जिन रिहायशी इलाकों को विस्थापित करने की सख्त जरूरत पड़ेगी, उसके लिए अलग नीति बना सकती है। विस्थापन की एक पारदर्शी नीति बन सकती है। विस्थापितों को स्थापित होनेवाले उद्योगों में स्टेक-शेयर दिए जा सकते हैं। विस्थापन से पहले उनके लिए आदर्श घर, स्कूल, कॉलोनी बनाना जरूरी किया जा सकता है। टाटा घराने ने ओड़िशा के गोपालपुर में संभावित विस्थापितों के लिए आदर्श ग्राम बनाया। हालाँकि टाटा का कारखाना वहाँ नहीं लगा, पर गोपालपुर में उन्होंने बहुत अच्छे घर, स्कूल, सामुदायिक भवन, कॉलोनी वगैरह बनाकर स्थानीय लोगों को सौंप दिया है। झारखंड के लिए सबसे सुखद संयोग है कि यहाँ टाटा जैसा घराना है, जिसकी कार्यसंस्कृति, विश्वसनीयता देश के अन्य उद्योग घरानों से भिन्न है। पिछले सौ सालों में टाटा ने सामुदायिक विकास के क्षेत्र में उल्लेखनीय काम किए हैं। यह सच है कि बाहर से आनेवाली कंपनियों की रुचि सामुदायिक विकास के बजाय स्वविकास में है, पर यह एक ऐसा प्रकरण है, जिसमें बीच का रास्ता निकल सकता है। टाटा घराना झारखंड में पूँजी निवेश का सबसे बड़ा 'एंबेसडर' (दूत) बन सकता है। टाटा घराना ओड़िशा में पंद्रह हजार करोड़ की लागत से छह मिलियन टन क्षमता का स्टील प्लांट लगाने जा रहा है। छत्तीसगढ़ में पाँच मिलियन टन क्षमता का प्लांट दस हजार करोड़ की लागत से बैठाने का करार किया है। उसी टाटा स्टील का लीज का मामला वर्षों से लंबित है! क्या सरकार और विपक्ष के बीच कभी खुले रूप से विधानसभा में इस पर चर्चा हुई? खनन के बदले वृक्षारोपण का प्रावधान है। इसके लिए जरूरी जमीन भी नहीं दी गई, सिंहभूम के खनन उद्योग को गढ़वा में जमीन दी जाती है। 1988 में झारखंड के उद्योगपतियों ने चालीस लाख रुपए जमीन के लिए जमा किए, पर उन्हें आज तक वृक्षारोपण के लिए जमीन नहीं मिली। इस तरह हर काम में विलंब की कीमत क्या है? क्या हमारे विधायक जानते हैं? आज दुनिया में विलंब पिछड़ेपन का प्रतीक है। इस दौड़ में जो पीछे छूट गया, वह पिछड़ा-अविकसित रहने के लिए ही अभिशप्त है। क्या हमारे विधायक यह जानते हैं? लाइसेंस, कोटा-परमिट राज के मानस से आप इस सूचना-क्रांति के दौर में प्रगति नहीं कर सकते। यह नॉलेज

एरा है (ज्ञान युग)। पुलिस, प्रशासन और सरकार के दंभ का दौर नहीं।

जिन तीस कंपनियों के साथ एम.ओ.यू. हुआ है, उनमें से औसतन एक उद्योग को 500 एकड़ जमीन चाहिए। इस तरह 15-20 हजार एकड़ जमीन की जरूरत होगी। पर सरकार के पास कोई प्लान तैयार नहीं है। जमीन के साथ-साथ बिजली चाहिए। झारखंड बिजली बोर्ड उद्योगों की माँग पूरा करने में सक्षम नहीं है; और उद्योग जेनरेटर से चल नहीं सकते। न नए पावर प्लांट लग रहे हैं। जमीन और बिजली के बाद खनिज अधिकार का मामला है। झारखंड सरकार के सामने कैप्टिव कोल ब्लॉक देने, कोल लिंकेज देने का मामला भी गंभीर हो रहा है। कैप्टिव कोल ब्लॉक के लिए सरकार को केंद्रीय कोयला मंत्रालय पर निर्भर रहना पड़ता है। कोयला मंत्रालय के अलग नाज-नखरे हैं। सिंगल विंडो सिस्टम बना, पर आज तक इसे एक्ट का रूप नहीं दिया जा सका। 2003 में इसका उद्घाटन हुआ। इससे संबंधित नियम-कानून बन गए, पर इन्हें एक्ट का रूप दिया जाना शेष है। इसी तरह औद्योगिक नीति बनी, पर वह ठंडे बस्ते में ही है। एक उद्योग स्थापित करने के लिए 17 विभागों पर निर्भर रहना पड़ता है। और सरकार के इन सत्रहों विभागों में न समन्वय है, न तालमेल। हर एक की अपनी अलग शर्तें हैं। ऐसी स्थिति में कौन उद्योग लगाएगा? आज एक उद्योग लगानेवाला उद्यमी वित्तीय संस्था से पैसा उधार लेता है, फिर उद्योग लगाता है। अगर चार वर्ष तक उसे विभिन्न विभागों में जूते रगड़ने पड़ें, तो कौन यहाँ पूँजी लगाएगा? जबकि दूसरे राज्य पूँजी निवेशकों के स्वागत में खड़े हैं। इसी तरह एस.पी.टी. एक्ट में परेशानी के कारण निवेशक संथाल परगना जाना नहीं चाहते। सरकार और विपक्ष को गंभीरता से मुद्दे पर विचार करना होगा, क्योंकि संथाल परगना में अगर उद्योग नहीं गए, निवेश नहीं हुआ, तो क्षेत्रीय विषमता पैदा होगी और राज्य में नया संकट खड़ा होगा।

जहाँ बिजली, पानी, सड़क, स्वास्थ्य वगैरह की बुनियादी समस्याएँ हों, कानून-व्यवस्था की खराब स्थिति हो, वहाँ कौन निवेश करेगा? आज बिजली आधुनिक प्रगति का पर्याय है। झारखंड बनने के चार वर्ष बाद बिजली उत्पादन में 150 मेगावाट की कमी हुई, 2001-02 में राज्य के ताप-विद्युत घरों में 390 मेगावाट बिजली का उत्पादन होता था, साथ ही पीक आवर में हाईडल प्रोजेक्ट से 130 मेगावाट बिजली पैदा होती थी, वहाँ अब ताप विद्युतघरों से बिजली उत्पादन घटकर 240 मेगावाट रह गया है। पानी की कमी से हाईडल प्रोजेक्ट से उत्पादन बंद कर दिया गया है। बिजली की इतनी नाजुक स्थिति हो और राज्य के पास कोई मुकम्मल योजना न हो, तो आप क्या कहेंगे। बिजली आधुनिक विकास के लिए सबसे क्रिटिकल फैक्टर है। इसी तरह बिजली उत्पादन की स्थापित क्षमता और उत्पादित हो रही बिजली में भारी अंतर है। जे.एस.ई.बी. की वर्तमान

उत्पादन क्षमता है 715 मेगावाट, पर उत्पादन हो रहा है 220 मेगावाट। कोई गंभीरता से अध्ययन करनेवाला है कि यह स्थिति क्यों है? काम करनेवालों की संख्या अन्य बिजली बोर्डों से यहाँ अधिक है, करोड़ों-करोड़ों वेतन से लेकर अन्य लोगों की सुविधाओं पर खर्च हो रहे हैं, पर रिजल्ट क्यों नहीं मिल रहा? इस कम उत्पादन क्षमता के लिए दोषी कौन है? सरकार ने क्या दोषियों को दंडित किया है? विस्तार से इन विषयों पर चर्चा हो, तो राज्य को मालूम होगा कि बिजली की खराब स्थिति के लिए जिम्मेवार कौन है? राज्य बनने के समय से ही बिजली मंत्री से लेकर सारे बड़े अधिकारी नियमित बिजली देने का आश्वासन देते रहे हैं। झारखंड के दूर-दराज इलाकों में तो शायद ही बिजली जाती हो। अब डालटेनगंज या ऐसे अन्य इलाकों में जहाँ बिजली जाती ही नहीं, कौन आएगा? कौन निवेश करेगा? इस विषय पर एक गंभीर बहस के साथ-साथ वैकल्पिक समयबद्ध योजना की जरूरत है और वैसी ही सक्षम टीम की। विधानसभा में बिजली संकट पर बहस तो हुई, पर विकल्प क्या है, यह कोई प्रस्तुत नहीं कर सका। सरकार के पास अब तक कोई ठोस योजना नहीं है। कब तक लोग ठगे जाते रहेंगे?

सूत्र-सात : आवागमन इन्फ्रास्ट्रक्चर बढ़ाने में लगें

झारखंड में सड़क, रेल और हवाई अड्डों को बेहतर बनाने के लिए राज्य सरकार की समयबद्ध नीति होनी चाहिए। नेशनल हाइवे और स्टेट हाइवे की सड़कें विकसित राज्यों के समकक्ष बनें, जिन पर गाड़ी 30-40 की रफ्तार से न चले। सबसे जरूरी है कि बेहतर ट्रांसपोर्ट का विकास हो। गरीब आदमी भी कम समय में सुविधा से यात्रा कर सके। आज कुछ इलाकों में ट्रेकरों पर जानवर की तरह लोग यात्रा करते हैं, उनकी पीड़ा देखनेवाला कोई है? साथ ही जिलों-गाँवों को अच्छी सड़कों से जोड़ा जाए। कोडरमा-हजारीबाग-राँची रेल लाइन की अब कोई चर्चा ही नहीं होती। राँची और झारखंड से देश के बड़े शहरों तक अच्छी रेल सेवा हो, यह कोशिश होनी चाहिए। इस बार रेल बजट में झारखंड को खास महत्त्व नहीं मिला, पर झारखंड के सांसद मौन रहे।

मात्र दक्षिण के एक राज्य में कई-कई हवाई अड्डे हैं। झारखंड में जमशेदपुर में क्यों नहीं हवाई अड्डा बन सकता? राँची को देश के महत्त्वपूर्ण शहरों से हवाई मार्ग से क्यों नहीं जोड़ा जा सकता? अगर कर्नाटक, महाराष्ट्र, आंध्र वगैरह के लोग 500 से एक हजार रुपए में हवाई यात्रा कर सकते हैं, तो झारखंड के लोगों को यह मौका क्यों नहीं मिले?

झारखंड का ट्रांसपोर्ट इन्फ्रास्ट्रक्चर कैसा हो, इस पर बेहतर प्रारूप बनाकर विधानसभा में चर्चा हो, तो एक माहौल बनेगा।

पता नहीं, झारखंड की सरकार, विधायक, सांसद और नौकरशाह यह जानते हैं कि नहीं? अब आई.टी. कंपनियों की निगाह हैदराबाद, चेन्नई, बेंगलुरु से आगे बढ़कर पुणे पहुँच गई है। उनका मानना है कि पुणे में दोनों लाभ हैं, वह छोटा शहर भी है और बड़ा भी। आई.टी. कंपनियों का तेजी से विस्तार पुणे में हो रहा है।

इसके पीछे एक कारण यह भी बताया जा रहा है कि बड़े महानगरों में एयरपोर्ट पहुँचने में घंटे- दो घंटे लग जाते हैं, उद्यमी चाहते हैं कि हवाई अड्डा 10-15 मिनट में पहुँचा जा सके। पुणे में यह तैयारी हो रही है कि 10-15 मिनट में एयरपोर्ट पहुँचने की सड़क, ट्रैफिक वगैरह की व्यवस्था हो। यह खुली प्रतियोगिता का दौर है, अगर आप बेहतर इन्फ्रास्ट्रक्चर देंगे, तो लोग आएँगे, नहीं तो लौट जाएँगे।

पुणे के पास ही शरद पवार का बारामती संसदीय क्षेत्र है। देश के विकसित क्षेत्रों में से एक। बारामती के किसान भी आई.टी. का लाभ लेकर अपनी आर्थिक स्थिति बेहतर बना रहे हैं। डेयरी, खेती, पढ़ाई, आवागमन, उद्योग-धंधे की दृष्टि से शरद पावर ने 'बारामती' को एक सफल 'मॉडल' बना दिया है। क्या हमारे विधायक-सांसद अपने-अपने क्षेत्रों को मॉडल बनाने का संकल्प नहीं ले सकते? दो दिन पहले भारतीय रिजर्व बैंक के पूर्व गवर्नर विमल जालान कोलकाता में थे। अपनी पुस्तक 'द फ्यूचर ऑफ इंडिया' के लोकार्पण समारोह में उन्होंने वहाँ कहा कि कोलकाता में उपलब्ध मानव संसाधन से यहाँ आई.टी. उद्योग तेजी से बढ़ेगा। कोलकाता दक्षिण पूर्व और पूर्व एशिया का 'गेटवे' (प्रवेश द्वार) है, इसलिए इसका भविष्य उज्ज्वल है। बंगाल की माकपा सरकार का पूरा प्रयास है कि वह बंगाल को कैसे पूर्वी भारत का आई.टी. सेंटर बनाए। क्या झारखंड में ऐसी कोई तैयारी है?

सूत्र-आठ : पर्यटन बड़ा उद्योग है

झारखंड में पर्यटन की असीम संभावनाएँ हैं। आज केरल पर्यटन उद्योग से दुनिया के नक्शे पर पहुँच गया है, जो झारखंड पहले बंगाल-बिहार वगैरह के पर्यटकों के लिए आकर्षण केंद्र था, वहाँ अब कोई आना नहीं चाहता। कानून-व्यवस्था, आवागमन, होटल-लॉज वगैरह की समस्याओं से। क्या पर्यटन उद्योग को बेहतर बनाने के लिए कोई मुकम्मल योजना नहीं बन सकती? पर्यटन से आय, रोजगार की कितनी संभावनाएँ हैं, इस पर व्यापक अध्ययन कराकर विधानसभा के पटल पर किसी विधायक को ब्लूप्रिंट रखना चाहिए। केंद्र सरकार का पर्यटन मंत्रालय लगातार देश के अन्य हिस्सों में पर्यटन में बड़ी मदद कर रहा है। झारखंड में पिछले चार वर्षों में कितने पैसे आए और कितने खर्च हुए, विधायकों को पता है?

झारखंड के शहरों का 'गवर्नेंस' भी भगवान भरोसे है। बढ़ती गाड़ियों की संख्या, पर्यावरण संकट, पेयजल संकट पर कोई अल्पकालीन या दीर्घकालीन योजना सरकार के पास है? केंद्र सरकार, वर्ल्ड बैंक, एशियन डेवलपमेंट बैंक वगैरह शहरों की अव्यवस्था ठीक करने में पूँजी और 'एक्सपर्टाइज' (विशेषज्ञों) दोनों की मदद ले रहे हैं, क्या झारखंड में यह लाभ सरकार दे रही है? क्या हमारे विधायक इन चीजों के बारे में जानते हैं?

इसी तरह जल, जंगल, जमीन, भ्रष्टाचार, पर्यावरण संकट से जुड़े अनेक गंभीर मुद्दे हैं, जिन पर विधायक गहराई में जाएँ, तो हर समस्या के समाधान का विकल्प वे ढूँढ़ सकते हैं। विधानसभा में राज्य के भविष्य से जुड़े इन 'ब्लूप्रिंटों' पर बहस होगी, तो राज्य की जनता को संदेश जाएगा कि हमारे विधायक हमारा भविष्य बेहतर बनाने में लगे हैं। इस प्रयास से ही 'झारखंड' की अलग पहचान देश में बन सकती है। सवाल है कि क्या हमारे विधायक इसके लिए तैयार हैं?

(19-06-2005)

□

चुनाव ही रास्ता है

जो ढाबा नहीं चला सकते, वे हमारा-आपका भविष्य तय कर रहे हैं।

संदर्भ—झारखंड में सत्ता खेल

डॉ. राममनोहर लोहिया कहा करते थे, रोटी बार-बार पलटने-सेंकने से कच्ची नहीं रहती। उनका आशय था कि जब सरकार संकटग्रस्त रहने लगे, विरोध-विक्षोभ बढ़े, तो तिकड़म-षड्यंत्र और जोड़-तोड़ की कोशिश न हो, परदे के पीछे खेल न चले, बल्कि लोकतांत्रिक भावना-मर्यादा के तहत जनता के बीच जाएँ। पुनः चुनाव में जाएँ। बार-बार जाएँ, तब तक, जब तक सरकार चलाने का स्पष्ट आदेश मतदाता नहीं देते।

यह तर्क उठेगा कि गरीब लोकतंत्र बार-बार चुनावों का बोझ उठा पाएगा? पर आप उस अनिर्णय, ठहराव और अस्थिरता की कल्पना कीजिए, जो सरकार के भविष्य की अनिश्चितता से उपजते हैं। इस राजनीतिक अस्थिरता की कीमत क्या है? बार-बार ऐसी स्थिति से अराजकता फैलती है, कुशासन बढ़ता है। भ्रष्टाचार तो झारखंड की शिराओं में प्रवाहित हो रहा है। विकास वैसे भी लूट का पर्याय बन गया है। 'जनता' तो किसी के ध्यान में है नहीं। सारी लड़ाई अधिक सत्ता पाने, गद्दी हथियाने के लिए है। सत्ता भी किसलिए? सुरक्षा, रोबदाब और भ्रष्टाचार की छूट के लिए। ऐसी अराजक परिस्थिति में अगर बार-बार चुनाव होते हैं, तो जनता का क्या नुकसान होनेवाला है?

भला हो उन पुराने कानूनों का, जिनके कारण दलबदल संभव नहीं। अन्यथा हरियाणा में विधायक 'आया राम-गया राम' (एक दिन में दो-तीन बार दलबदल कर) नई राजनीतिक संस्कृति डाल गए हैं। इसके बाद तो भजनलाल रातोंरात सरकार और पार्टी समेत 'जनता दल' से 'कांग्रेसी' हो गए। अगर दलबदल कानून नहीं होता, तो झारखंड में हमारे विधायक घंटे-घंटे सरकार बनाते-गिराते।

झारखंड की त्रासदी यह है कि जो लोग ढाबा चलाने का हुनर, कौशल नहीं रखते,

वे हम झारखंडी जनता का इस 21वीं सदी में भविष्य-भाग्य-नियति तय कर रहे हैं। सरकार या मंत्रालय चलाना अब एक 'आर्ट' (कला) है। यह कौशल, हुनर और क्षमता का काम है। अब सरकार चलाना या विकास करना 'विजन' से जुड़ा प्रसंग है। पर जो झारखंडी राजनीतिज्ञ इस काम में लगे हैं, उनका व्यक्तित्व परखिए। उद्दंडता, कुछ भी बोलना, अनर्गल प्रलाप। इन्हें यह एहसास नहीं है कि ये किस पद पर बैठे हैं? रोज-रोज मंत्री अपनी ही सरकार की फजीहत करे? मंत्रिमंडल के फैसले पर अंदर मुहर लगाए, बाहर आकर उसी फैसले पर धमकी दे? झारखंड में 'भारतीय संविधान' और लोकतंत्र का नया चेहरा दिख रहा है। इस सरकार के लोग एक साथ सरकार और विपक्ष दोनों की भूमिका में हैं। संविधान में मंत्रिमंडल की सामूहिक जिम्मेवारी होती है। या तो मंत्रिमंडल के फैसले से असहमत मंत्री इस्तीफा देकर विरोध में आएँ या अपनी संवैधानिक मर्यादा समझें। सार्वजनिक जीवन में बची-खुची शालीनता-मर्यादा नष्ट न करें। झारखंड के मंत्री ऐसे हैं कि मंत्री होकर भी वे अपने-अपने विधानसभा क्षेत्रों तक ही सिमटे हैं। वे पूरे राज्य के मंत्री हैं, इन्हें शायद इसका भी एहसास नहीं है। भाग्य का खेल देखिए, जो पंचायत चलाने का कौशल-हुनर नहीं रखते, उन्हें अलग राज्य झारखंड के गठन ने राज्य चलाने का मौका दे दिया। पर काबिलियत-दृष्टि पंचायत की ही है।

इन 'मंत्रियों' का साहस-चरित्र देखिए। रमेश सिंह मुंडा कह रहे हैं कि अब बाबूलाल मरांडी को मुख्यमंत्री बनाया जाना चाहिए। इसी बाबूलाल मरांडी की सरकार को गिराने के लिए रमेश सिंह मुंडा ने पूरी ताकत झोंक दी थी। याद करिए बाबूलाल मरांडी क्यों गए, क्योंकि वह लालचंद महतो, मधु सिंह वगैरह के 'ब्लैकमेल' के आगे नहीं झुके। फर्ज कीजिए कि बाबूलाल मरांडी पुनः मुख्यमंत्री बनते हैं, फिर छह माह बाद यही स्थिति, यही मंत्री पैदा नहीं करेंगे, इसकी क्या गारंटी है? ऐसा करना इन नेताओं के जेहन-फितरत और चरित्र में है। अगर नई सरकार बन गई, तो कुछेक महीने बाद ही ये नारा लगाएँगे कि अर्जुन मुंडा बेहतर थे। अपने-अपने विभागों के प्रति इन मंत्रियों की क्या जवाबदेही है? झारखंड में लगातार बंद हो रहे हैं, पर गृहमंत्री दिल्ली में हैं। सड़कों की स्थिति खराब हो रही है, पर कोई देखनेवाला नहीं है। कुछ जिलों में बरसात कम हुई है, पर राजनीतिज्ञ सुख-सुविधा-सुरक्षा में नहा रहे हैं, मौज कर रहे हैं। झारखंड सरकार के मंत्रियों में न आत्मानुशासन है, न राजनीतिक तहजीब। वे न समय का ध्यान रखते हैं, न अपनी भाषा का।

संविधान में 'मुख्यमंत्री' के पद की गरिमा है। व्यक्ति इस पद पर आते-जाते रहेंगे, पर पद की गरिमा रहेगी, तब शासन चलेगा। कल इन्हीं विक्षुब्ध मंत्रियों में से कोई मुख्यमंत्री बन जाए, तो क्या वह अपने हर मंत्री से पूछ-पूछकर साँस लेगा?

अर्जुन मुंडा मुख्यमंत्री हैं, कल नहीं रहेंगे। पर मुख्यमंत्री पद की गरिमा-मर्यादा का ध्यान उन्हें भी रखना चाहिए। वह जोड़-तोड़, सबको खुश करके इस पद पर रहना चाहते हैं, तो कुछ दिन और टिक सकते हैं, पर झारखंड के मुख्यमंत्री की गरिमा को खोकर। उन्हें सीधे इस्तीफा देकर चुनाव की बात करनी चाहिए।

पर झारखंड क्या ऐसे ही चलता रहेगा? दुर्भाग्य यह है कि राजनीति अब सिद्धांत, आदर्श, निष्ठा और ईमानदारी का खेल नहीं है। आज चुनाव वही जीत सकता है, जिसके पास पैसा, अपराधी, जाति, धर्म की पूँजी हो, जो मतदातओं को ठगने की विद्या में पारंगत हो। जनता को छलने की कला में सिद्धहस्त हो। झूठे सपने दिखाने में माहिर हो।

इसलिए चुनाव जीत जाने से यह जाहिर नहीं होता कि जनप्रतिनिधि बनते ही अयोग्य, अपराधी, लुटेरे हमारी नियति तय करने के योग्य बन गए। 'झारखंड' के लिए लड़नेवाले साफ-सुथरे, ईमानदार लोगों की जमात का फर्ज है कि वे झारखंड के कोने-कोने में जाकर इन जनप्रतिनिधियों की करतूतों को बताएँ। डॉ. रामदयाल मुंडा, बी.पी. केसरी, त्रिदीव घोष, शाहिद हसन, आर.पी. साहू, प्रोफेसर एस.बी. महतो जैसे अनेक समझदार, समर्पित और सम्मानित लोग झारखंड में मौजूद हैं। राँची से जिलों, गाँवों तक ऐसे लोग फैले हैं। अगर ये अच्छे लोग गोलबंद होकर राजनीतिक सफाई का अभियान चलाते हैं, तो शायद झारखंड का पुनर्जन्म हो।

'झारखंड' राज्य की लड़ाई लड़नेवाली जनता अपनी तकदीर बदलने के लिए एक और पहल करे। यह जन पहल चमत्कार कर सकती है।

12 अक्तूबर से सूचना का अधिकार कानून पूरे देश में लागू हो रहा है। इस कानून के तहत एक आम नागरिक गोपनीय-से-गोपनीय सूचनाएँ माँग सकता है। सरकार देने के लिए विवश है। झारखंड में एक जन अभियान चले कि पिछले पाँच वर्षों में कौन-कौन बड़े ठेके किसको दिए गए, क्यों दिए गए? रिटायर्ड लोग चेयरमैन कैसे बने? बड़े-बड़े ठेकों की फाइलों में क्या दर्ज है? कौन सड़क किसने बनवाई? कितने पैसे लगे? उस सड़क की हालत क्या है? मंत्रियों पर कितने खर्च हुए? फाइलें, फाइलों पर दर्ज टिप्पणियाँ और फाइलों के मजमून दलाली, लॉबिंग और पक्षपात के फिल्म दिखाएँगे। मंत्रियों की करतूतें-अफसरों के कारनामे सड़कों-गलियों तक ध्वनित होंगे। यकीन करिए, अगर ये सूचनाएँ मिल गईं, तो पिछले पाँच वर्षों से सत्ता सुख भोग रहे न जाने कितने चेहरे सीखचों के पीछे नजर आएँगे। यह झारखंड पुनर्निर्माण का दूसरा अध्याय होगा।

(25-08-2005)

□

कोई इनसान भी बसता है यहाँ!

बुद्ध पर रजनीश का प्रवचन पढ़ रहा था। वह आस्कर वाइल्ड की कहानी से बात शुरू करते हैं। कहानी है कि एक 'आधुनिक कामयाब' इनसान मरा। जिंदगी में जो अलभ्य माना जाता है, वह सब पाया। बड़ा ओहदा, अपार धन, ऐश्वर्य और वह सबकुछ, जो मनुष्य कामना करता है।

वह ईश्वर के सामने पहुँचा, पर परमात्मा नाराज थे। बोले, तुम 'पापों' की गठरी हो। तुम्हारे द्वारा किए पापों के तुम्हारे पास क्या जवाब हैं? वह इनसान बोला, जो कुछ करना था, सो किया। पर मैं किसी पाप के प्रति उत्तरदायी नहीं हूँ। ईश्वर को आश्चर्य हुआ। उन्होंने इनसान से पूछा, तुमने हत्याएँ कीं, बलात्कार किए, धन-संपदा के लिए लोगों को मारा, तुमने व्यभिचार किया। वह इनसान बोला, आप ठीक कह रहे हैं। यह स्वीकारते हुए इनसान के चेहरे पर न शिकन थी, न बेचैनी। न अपराध बोध। वह निश्चिंत था।

परमात्मा ही विचलित होने लगे। मन-ही-मन कहा कि यह अपराधी तो निराला है। नरक भेजे जाने के आदेश से भी नहीं डरता। उलटकर कहता है, तुम (ईश्वर) मुझे (इनसान) नरक नहीं भेज सकते, क्योंकि मैं जहाँ भी रहा, नरक में ही रहा। अब मुझे कहाँ भेजोगे? मैं नरक के सिवाय कुछ जानता ही नहीं।

ईश्वर पसीने से तर-बतर। क्या करें? ऐसा पेचीदा मामला पहले नहीं आया। उलझन में ईश्वर बोले कि तब स्वर्ग भेजता हूँ। वह इनसान बोला, नामुमकिन है। मैं स्वर्ग नहीं जा पाऊँगा। ईश्वर फिर हतप्रभ! पूछा, तुम कौन हो? क्या मेरे ऊपर भी कोई है, जो स्वर्ग भेजने का फैसला करे?

आस्कर वाइल्ड की कहानी का नायक (मरा इनसान) ईश्वर को जवाब देता है कि तुम (ईश्वर) से बड़ा मैं हूँ, क्योंकि मैं सुख की कल्पना ही नहीं कर सकता और हर सुख को दुःख में बदल लेने की कला में मैं पारंगत-माहिर हूँ। तुम (ईश्वर) मुझे स्वर्ग न भेज सकोगे। भेजोगे, तो स्वर्ग को नरक बना दूँगा। मैंने सुख का कभी सपना

नहीं देखा। सुख की कल्पना मैं कर ही नहीं सकता। तुम मुझे स्वर्ग कैसे भेजोगे?

और कहते हैं, मामला आज भी वहीं अटका है। ईश्वर तय नहीं कर पा रहा कि उसे कहाँ भेजें? नरक में तो यह इनसान रहा ही है, स्वर्ग भेज नहीं सकता, क्योंकि वहाँ भेजने का कोई रास्ता नहीं है। यह इनसान नरक में ही जीता है, जहाँ पहुँचता है, वही नरक बन जाता है।

मशहूर कथाकार आस्कर वाइल्ड की यही कहानी है। पर यह कहानी एक इनसान की नहीं, सभी इनसानों की है। हम जो चाह रहे हैं, वैसा ही समाज, संसार और दुनिया बना रहे हैं। हम 'इनसानों' ने सुख और सपने की क्षमता खो दी है। हम नरक बनाने में दक्ष हो गए इनसान हैं। हमें कोई स्वर्ग नहीं दे सकता। स्वर्ग न तो दान में मिलता है, न कृपावश। उसे अर्जित करना पड़ता है। श्रम करना पड़ता है। सृजन का संघर्ष द्वेष, अक्षमता, ईर्ष्या के संघर्ष से कठिन है। चुनौतीपूर्ण है। खासतौर से झारखंड में कुछेक वर्षों से हो रही घटनाओं के संदर्भ में इस कहानी को समझना जरूरी है। नवंबर 2000 में 'झारखंड' स्वर्ग बनाने के लिए मिला था। हम उसे नरक में बदलने के लिए जी-जान से लगे हैं।

गौर करिए, आज झारखंड में कौन बसता है? मूलवासी, सदान, बिहारी, कुरमी, आदिवासी, वैश्य, हिंदू-मुसलमान, ईसाई, अगड़े-पिछड़े, सवर्ण, दलित, व्यवसायी, पंजाबी, वगैरह-वगैरह। कई बार लगने लगा है कि क्या यहाँ कोई इनसान भी बसता है? या सिर्फ जाति, गोत्र, उपजाति, समूह, गुट, समुदाय? विचारों से झारखंड के राजनेता अलग-अलग दलों में हैं, पर जाति-धर्म-कौम के सवाल पर निर्ल्लजतापूर्वक एक साथ बैठते हैं।

रोज बंद! सदान बंद, बिहारी बंद, व्यवसायी बंद, आदिवासी बंद, मुसलमान बंद, हिंदू बंद, दलित बंद···और न जाने कितने बंद। झारखंड बनने के लगभग पाँच वर्षों में 180 दिन (छह माह) बंद के नाम रहे हैं। हर संगठन दुहाई लोकतंत्र की देता है, पर बहुसंख्यक (जिसमें हर धर्म-कौम के लोग हैं) लोगों की आवाज कोई नहीं सुनना-जानना चाहता।

रोज-रोज किसी जाति, उपजाति, धर्म या समुदाय के नाम पर गिरोहबंदी-गोलबंदी हो रही है। सभाएँ हो रही हैं। खुलेआम निर्ल्लजतापूर्वक गलत तथ्य-आँकड़े पेश किए जा रहे हैं। दो दिन पहले राँची में वैश्य सम्मेलन हुआ। उसमें एक प्रमुख वैश्य वक्ता ने कहा कि देश में 16 करोड़ से अधिक आबादी वैश्य समुदाय की है। अब कोई पूछे, इस आँकड़े का स्रोत क्या है? अब जनगणना जाति के आधार पर तो हो नहीं रही। इस वक्ता के अनुसार व्यवसायी 20 फीसदी कर का भुगतान करता है, पर उसे विशेष

सुरक्षा नहीं। 20 फीसदी का यह आँकड़ा भी विवादास्पद है, पर मान भी लें, तो क्या एक सामान्य आदमी विशेष सुरक्षा का हकदार नहीं है? वैश्य सम्मेलन में राज्य के एक सांसद (राजद) ने यह भी कहा कि राज्य में वैश्य समाज एकजुट हो जाए, तो रघुवर दास झारखंड के अगले मुख्यमंत्री होंगे। इस बैठक में शामिल 'कथित समाजवादी रामचंद्र केसरी' ने फरमाया कि वैश्य समुदाय को कोई आगे नहीं बढ़ने देना चाहता। यह केसरी से कौन पूछे कि जिस डॉ. लोहिया का नाम लेने का आप नाटक करते हैं, वे तो जाति तोड़ो के अभियान में लगे थे, नया समाज-इनसान बनाने के लिए।

अब भाजपा के शैलेंद्र महतो फरमाते हैं कि रघुवर दास छत्तीसगढ़ी होकर यहाँ मुख्यमंत्री बनना चाहते हैं। श्री महतो के अनुसार जिस बिहार से झारखंड बँटकर निकला, उस बिहार का कोई 'बिहारी' मुख्यमंत्री पद की बात नहीं कर रहा, पर रघुवर दास सपना देख रहे हैं। कुछ दिनों में श्री महतो यह सवाल भी उठा सकते हैं कि झारखंड में आदिवासी मुख्यमंत्री क्यों?

यह सवाल सिर्फ वैश्यों या शैलेंद्र महतो का नहीं है। हर जाति, उपजाति, कुनबे, गोत्र में गोलबंदी हो रही है। सदान नारा लगाते हैं, जो सदान हित की बात करेगा, वही राज करेगा; आदिवासी कहते हैं, जो आदिवासी हित की बात करेगा, वही राज करेगा। ऐसे ही नारे बिहारी, बंगाली, अगड़े-पिछड़े, मुसलमान, बनिया, व्यवसायी, बाहरी-भीतरी सब लगा रहे हैं। कोई यह नहीं कहता कि संविधान किसी जाति, धर्म, उपजाति, बाहरी-भीतरी···वर्ग विशेष के लिए सरकार बनाने की इजाजत नहीं देता। सरकार हर जाति, धर्म, क्षेत्र, वर्ग वगैरह की समान रहनुमाई करती है। सबके लिए बराबर है। भारत में एक समान कानून लागू है। एक नागरिकता नियम है। कोई बाहरी-भीतरी नहीं है।

दो मूल सच, हर एक को समझने होंगे। पहला, सह अस्तित्व का कोई विकल्प नहीं है। दूसरा, मामूली-से-मामूली गुट, संगठन या समाज को आप हिंसा से चुप नहीं करा सकते।

सहअस्तित्व का तात्पर्य है कि हर धर्म, जाति, समूह, समुदाय, बाहरी-भीतरी को एक साथ ही मिलकर रहना पड़ेगा। 21वीं सदी के इस 'नागरिक समाज' का कोई विकल्प नहीं है। हर गुट या वर्ग को दूसरों के हितों का ध्यान रखना पड़ेगा। संसाधन, सत्ता, धन या भौतिक सुविधाओं पर किसी एक गुट या वर्ग का वर्चस्व नहीं रह सकता। पर हर वर्ग को मिलकर 'गरीबों' (चाहे वे जिस धर्म, जाति या समुदाय के हों) को प्राथमिकता देनी होगी। अंततः मार्क्स की अवधारणा ही सही साबित होगी, दुनिया सुविधाभोगियों (बुर्जुआ) और सुविधाविहीनों (गरीबों) के बीच बँट रही है, पर धीरे-धीरे। इसलिए

आजादी के बाद प्रगतिशील नेताओं ने जाति तोड़ो का नारा लगाया। अभियान चलाया। जे.पी. ने सन् 1974 में 'जनेऊ तोड़ने' का नारा दिया। इन अभियानों-नारों के पीछे भविष्य के आधुनिक नागरिक समाज के सपने छिपे हैं। '80 के बाद की जातिवादी, संप्रदायवादी, क्षेत्रवादी राजनीति ने इन सपनों को आज ढँक दिया है। अगर जातिविहीन-क्षेत्रविहीन राजनीति का दौर सफल हुआ, तो भारत हजारों टुकड़ों में बिखर जाएगा।

झारखंड में जो लोग भी अपनी-अपनी जातियों-समुदायों वर्गों-उपजातियों के लिए लड़ रहे हैं, उन्हें कुछ सवालों पर गौर करना पड़ेगा। संविधान का जो हिस्सा, जिस वर्ग के हित की बात करता है, वह संविधान को उद्धृत करता है, पर वही वर्ग या जाति संविधान के जिस प्रावधान या व्याख्या से उसे नुकसान होता है, उसे गाली देता है? क्या यह दोहरा आचरण चलेगा? संविधान और न्यायपालिका की अपनी मर्यादा-गौरव है। लोग इनकी दुहाई देते हैं, पर अपने हित के खिलाफ टिप्पणी होने पर उस मर्यादा को खंडित करने में लग जाते हैं। न्यायपालिका के निर्णय से आप असहमत हो सकते हैं, पर जजों पर टिप्पणी करने, एडवोकेट जनरल (संवैधानिक पद है) के पुतला दहन का काम कैसे जायज है? मुख्यमंत्री का पुतला दहन राजनीतिक आंदोलन का अंग हो सकता है, पर न्यायपालिका या संवैधानिक पद एडवोकेट जनरल के साथ राजनीतिज्ञों जैसे बरताव की इजाजत कैसे दी जा सकती है? झारखंड के एडवोकेट जनरल के बारे में टिप्पणी आई कि पंचायत चुनावों पर वह सरकार का पक्ष अदालत में बेहतर ढंग से नहीं रख सके। यह विवादास्पद टिप्पणी है। अगर अदालत का फैसला पक्ष में आया होता, तो क्या तर्क होता? याद रखना चाहिए कि नानी पालकीवाला जैसे बड़े वकील भी हर मामला जीतते ही नहीं थे।

ऐसी परिस्थितियों में धैर्य-संयम का परिचय हर कौम-समुदाय को देना होगा।

यह विवाद न अदालत से निबटेगा, न सरकारों से। हर मनुष्य-कौम के वरिष्ठ लोग साथ बैठकर कुछ अप्रिय सवालों के उत्तर क्यों नहीं ढूँढ़ते? आदिवासियों के संदर्भ में यह साफ है कि वे झारखंड के पुराने बाशिंदे हैं। उनके बीच सबसे अधिक गरीब हैं। आधुनिक विकास ने बेघर, जमीनविहीन बहुसंख्यक आदिवासियों को और दयनीय बनाया है। उन्हें प्राथमिकता मिलनी चाहिए। यह उदारता हर वर्ग-समुदाय को बरतनी पड़ेगी। कुछ हद तक बरती भी है। मसलन, आदिवासी मुख्यमंत्री की परंपरा। हालाँकि आदिवासियों की संख्या 27.76 फीसदी है, पर अन्य लोगों को उनके बीच से मुख्यमंत्री मानना झारखंड में एक सकारात्मक संदेश है। उसी तरह आदिवासियों को सोचना होगा कि जिन गाँवों में आदिवासी हैं ही नहीं, वहाँ पंचायत का पद किन्हें मिले? 2000 वर्ष से अधिक समय से सदान भी यहाँ रह रहे हैं, यह आदिवासियों को सोचना चाहिए कि

उन्हें भी बराबर का हक है। इसी तरह बाहरी, भीतरी, बिहारी, गैर-बिहारी, पंजाबी, व्यवसायी वगैरह सबको यहाँ संविधान समान अधिकार देता है। रहने, रोजगार और जीने के लिए। सबको साथ रहना है। इसलिए साथ बैठकर हरेक मामले को सुलझाया जा सकता है।

एक-दूसरे के खिलाफ बयान, धमकी, एक ने बंद कराया, तो दूसरे द्वारा बंद कराने की होड़, अंततः मूँछ की प्रतिस्पर्द्धा झारखंड को तबाह कर देगी।

क्या हमारे बीच इनसान नहीं बचे, जो जाति, धर्म, समुदाय, बाहरी-भीतरी जैसे दाँव-पेच से निकलकर गरीबी, मानवीय दृष्टिकोण, संवेदना के आधार पर झारखंड के नवनिर्माण का सपना देखें?

(08-09-2005)

□

पहली चुनौती है कि हम मनुष्य बने रहें!

फादर इग्नास को निजी तौर पर नहीं जानता था, पर उनकी हत्या से पता चला कि झारखंडी समाज ने एक रत्न खो दिया है। वह क्यों मारे गए? क्योंकि दो झगड़ते समूहों में वह बीच-बचाव कराने गए थे। वह आपसी हिंसा-क्रोध-तनाव रोकना चाहते थे। ध्यान रखिए, हमारा समाज कहाँ पहुँच गया है? इस आत्मकेंद्रित होते समाज में एक इनसान हमें स्मरण कराने आया था कि हम इनसान हैं और इनसानों की तरह आपस में बरताव करें। आज चौराहे पर दो लोग झगड़ते हैं, हिंसक होना चाहते हैं, तो कोई बीच-बचाव करने नहीं आता। कहते हैं, झंझट कौन मोल ले?

पर फादर इग्नास ने जान-बूझकर झंझट मोल लिया। वह पुरोहित थे। वह धर्म का काम करते थे। जहाँ तनाव हो, हिंसा हो, झगड़ा हो, वहाँ धर्म का काम 'अमन-चैन' कायम करना है। यही धर्म का उदात्त रूप है। झगड़ते मनुष्यों में विवेक वापस लाना, यही 'प्रभु' का काम है। प्रभु का यह काम करते हुए फादर इग्नास मार डाले गए। हम सबको ईसा को सूली पर लटकानेवालों और उनके अंतिम प्रसंग को स्मरण कर प्रायश्चित करना चाहिए, 'हे प्रभु! माफ करना, हमें एहसास नहीं है कि हम क्या (क्रूरतम अपराध) कर रहे हैं?'

हिंदू-मुसलमान विवाद के दौरान इसी तरह दो गुटों के बीच बीच-बचाव करते गणेश शंकर विद्यार्थी मार डाले गए। गांधीजी ने उनकी मौत से पूरी मानवता को सबक लेने की सलाह दी। यह कामना भी की कि 'हे ईश्वर! यह आपसी घृणा शांत कराने के ईश्वरीय काम में जिस तरह गणेश शंकरजी शहीद हुए, मेरी भी मौत ऐसी ही हो।'

गांधीजी भी इसी नफरत के शिकार हुए। फादर इग्नास की मौत से हम झारखंडवासी सीखें। एक श्रेष्ठ इनसान, प्रभु का सच्चा पुजारी, हम झारखंडियों में आपसी विवाद न हो, कटुता न बढ़े, इसके लिए प्रयास करते हुए मार डाला गया।

इससे बड़ी कोई कुरबानी नहीं हो सकती। यह घटना हम झारखंडियों के विवेक-संवेदनशील मन को बेचैन करने के लिए काफी है। अब तो हम ठहरें और हिंसा रोकें।

तनाव कम करें, फिर बैठकर हर विवाद पर बात करें। दुनिया में तनाव-हिंसा से अब तक कोई समाधान नहीं निकला है और हमारे झारखंड के सामने कितनी चुनौतियाँ हैं?

कल गिरिडीह की भेलवा घाटी में 15 निर्दोष लोग मार डाले गए। समाज के सबसे गरीब लोग। निहत्थे लोग। वे डर से गाँव से पलायन कर रहे हैं। अगर ऐसे गरीबों, बेकसूरों और निहत्थों की क्रूर हत्या से, घर-जलाने से, बच्चों के स्कूल उड़ा देने से समाज में क्रांति हो रही है तो क्रांति का नया शास्त्र लिखा जाना चाहिए।

सिमडेगा में जो रंजीत प्रसाद क्रिटिकल हैं, या जो अन्य घायल हुए, या लोहरदगा में जो रिक्शाचालक बसुआ उराँव मरा, या दुमका के तनाव में जो शिकार हुए, खून बहा, क्या इन सबके खून का रंग अलग-अलग है?

आज हमारी पहली चुनौती है कि हम मनुष्य बने रहें!

(14-09-2005)

□

आसमान छूने की आशा

(महेंद्र सिंह धोनी के संदर्भ में)

महेंद्र सिंह धोनी का चयन भारतीय क्रिकेट टीम में हो चुका था। पर स्टार क्रिकेटर के रूप में उनका उदय होना बाकी था। उन्हीं दिनों झारखंड से प्रकाशित अखबार 'प्रभात खबर' ने झारखंड राज्य के युवा खिलाड़ियों के सम्मान के लिए एक समारोह रखा था। अखबार द्वारा प्राय: ऐसे अवसर पर आयोजित किए जानेवाले समारोहों में से यह एक समारोह था।

हालाँकि राँची अँगरेजों के जमाने में बिहार का 'समर कैपिटल' (ग्रीष्मकालीन राजधानी) थी, अब झारखंड राज्य की राजधानी है। पर यहाँ बढ़िया और बड़े सभा हॉल या सभागार (ऑडिटोरियम) नहीं हैं। राँची के सबसे अच्छे और बड़े हॉल में यह सम्मान समारोह था। लगभग 600 से 700 के बीच लोग इस हॉल में 'एकोमोडेट' हो सकते थे। पर बच्चों, युवक-युवतियों की इतनी भारी भीड़ उमड़ी कि समारोह का संचालन मुश्किल हो गया। किसी तरह महेंद्र सिंह धोनी हॉल में घुस सके और पुलिस संरक्षण में उन्हें निकालना पड़ा। अब पाकिस्तान में धूम मचाने के बाद स्टार क्रिकेटर हो गए। महेंद्र सिंह धोनी खुद अपने शहर में आसानी से 'मूव' नहीं कर सकते। सिर्फ यह सुनकर कि धोनी फलाँ कार्यक्रम में आ सकते हैं, युवा भीड़ उमड़ जाती है। अब कई कार्यक्रमों में पूर्व घोषणा किए बिना धोनी आते हैं।

धोनी की सफलता ने 'धोनी क्रेज' का माहौल बना दिया है। सिर्फ राँची या जमशेदपुर ही नहीं, बल्कि झारखंड के सुदूर छोटे नगरों-कस्बों में भी। महानगरों की तरह यहाँ भी फैन पैदा हो गए हैं।

'धोनी क्रेज' एक 'फिनामिना' है। महज एक क्रिकेटर की सफलता के पीछे युवकों का यह उन्माद नहीं है। धोनी की सफलता में युवक-युवतियाँ कई प्रेरक प्रसंग पाते हैं। मामूली शहर का एक लड़का भी अपनी धुन और लगन से 'स्टार' बन सकता

है। धोनी के माँ-बाप अत्यंत सामान्य परिवार से आते हैं। उनके पिता 'मेकन' (भारत सरकार की पब्लिक अंडरटेकिंग है) में मामूली पद पर कार्यरत हैं। धोनी की सफलता ने यह धारणा भी ध्वस्त की है कि बड़े और विशिष्ट परिवारों, समृद्ध परिवारों, अमीर घरानों और अँगरेजी बोलनेवाले परिवारों का ही 'सफलता' पर एकाधिकार है। इसलिए जो युवा धोनी के आगे-पीछे उमड़ते हैं, उन्हें नायकों की तरह पूजते हैं, वे कहीं-न-कहीं इस बदलती दुनिया में अपनी सफलता, 'हम होंगे कामयाब' की मन:स्थिति में होते हैं। उनमें नया आत्मविश्वास झलकता है कि छोटी जगह, मामूली पृष्ठभूमि, अँगरेजीपरस्त माहौल-परिवार से न आने, दूर-दूर तक किसी नाते-रिश्तेदार के प्रभावी न होने के बावजूद इस ग्लोबल दुनिया में कोई शिखर छू सकता है।

यह कुछ करने का आत्मविश्वास, सफल होने का मंसूबा, सपना पालने और साकार करने की युवा मन:स्थिति है, जो 'धोनी' की सफलता में अपना प्रतिबिंब देखती है और उसके स्वागत में उमड़ती है। यह प्रक्रिया तो राँची जैसे शहरों में दशकों पहले शुरू हो गई थी, जब बच्चों पर क्रिकेट सीखने की धुन सवार हो गई थी। शहरों-गाँवों-कस्बों में बाकायदा क्रिकेट प्रशिक्षण के केंद्र खुल गए हैं, जहाँ अभिभावक अपने छोटे-छोटे बच्चों को नियमित भेजते-पहुँचाते हैं। धोनी भी राँची शहर की ऐसी युवा टीमों में खेलते-खेलते ही 'हीरो' बन गए। अब इसका असर यह पड़ा है कि महिलाएँ ही अपने बच्चों को क्रिकेट सिखानेवाले केंद्रों पर पहुँचाती हैं। आज से सात-आठ साल पहले जिन दिनों धोनी खेल रहे थे और प्रशिक्षित हो रहे थे, उन्हीं दिनों राँची, जमशेदपुर, धनबाद वगैरह के युवा फिल्म, नाटक, टी.वी. वगैरह नए-नए क्षेत्रों में भी जा रहे थे।

विश्वसुंदरी रही और अब फिल्म नायिका 'प्रियंका चोपड़ा' के जमशेदपुर से जुड़ाव रहने का भी जबरदस्त असर युवा मानस पर पड़ा है। फैशन, सौंदर्य प्रतियोगिताएँ, मॉडलिंग वगैरह क्षेत्र, जो पहले अनुदार दृष्टि से देखे जाते थे, अब युवाओं के आकर्षण और कैरियर के केंद्र हैं। एयरहोस्टेस में राँची वगैरह से चयनित लड़कियों की सफलता और एयरहोस्टेस के लिए खुले प्रशिक्षण केंद्रों ने युवतियों को आसमान छूने की प्रेरणा दी है। जो छोटे शहर पहले विजन और माइंडसेट में फ्यूडल, अनुदार और आधुनिक नहीं माने जाते थे, उन शहरों पर जैसे आधुनिकता ने हमला कर दिया है। इसकी शुरुआत 1991 के बाद तेज हुई। राँची, जमशेदपुर और बोकारो के कई स्कूलों से भारी संख्या में विद्यार्थी आई.आई.टी., आई.आई.एम., इंजीनियरिंग वगैरह में चुने जाने लगे। एक-एक स्कूल से कई दर्जन विद्यार्थी देश के सेंटर ऑफ एक्सलेंस में पहुँचने लगे। इसी दौर में तब राँची में प्रकाशित 'प्रभात खबर' ने नया प्रयोग किया। खबरों का फोकस-केंद्र राजनेताओं-विशिष्टजनों से हटाकर युवक-युवतियों की सफलता पर फोकस

किया। 1992-93 से सी.बी.एस.ई./आई.सी.एस.ई./आई.आई.टी./ इंजीनियरिंग/ मेडिकल प्रवेश परीक्षा वगैरह में सफल हुए या हिंदुस्तान स्तर पर प्रतिभा का सिक्का जमाए सफल बच्चों को उनकी तसवीरों के साथ प्रमुख खबरों के रूप में छापना शुरू किया। उन्हीं दिनों बिहार में स्कूली व्यवस्था चौपट होने लगी थी। अपहरण की आहट मिलने लगी थी। उधर दक्षिण बिहार (तब झारखंड नहीं बना था) के, खास तौर से राँची और बोकारो के कुछ स्कूल देश स्तर पर अपने विद्यार्थियों की सफलता के कारण पहचान बना चुके थे। उत्तर बिहार, बंगाल, छत्तीसगढ़ से आकर लड़के राँची/ बोकारो के स्कूलों में दाखिला लेते। किराए का घर लेकर आई.आई.टी., मेडिकल या अन्य क्षेत्रों में जाने की तैयारी में लगते। राँची और बोकारो 'मिनी कोटा' की तरह होते गए। उल्लेखनीय है कि आई.आई.टी. की तैयारी करने के कारण कोटा चर्चित हुआ है। बड़े पैमाने पर अध्यापकों ने कोचिंग स्कूल खोले। राँची-बोकारो में छात्रों की इतनी भीड़ बढ़ी कि आई.आई.टी. करने के इच्छुक छात्र कई जगह उन संस्थानों में प्रशिक्षण लेते, जहाँ अध्यापक माइक लगाकर कोचिंग करते थे। गया की एक मुसहर बस्ती से कई दर्जन बच्चों को एक प्रतिबद्ध कोचिंग चलानेवालों के समूह ने आई.आई.टी. भिजवाया। जो मुसहर बच्चे चूहा पकड़ते थे, उन समुदायों से आई.आई.टी. में पढ़े-लिखे बच्चे लाखों की तनख्वाह के दायरे में पहुँच गए। इन सबका असर युवक-युवतियों पर पड़ा। हमारी पीढ़ी (1980-1990 के दशक) का कैरियर तय करने में परिवार, अध्यापक या गार्जियन की भूमिका महत्त्वपूर्ण होती थी। उदारीकरण के बाद के दौर में अब बच्चे स्वयं कैरियर चयन करते हैं। आसमान छूने की तमन्ना इन युवा दिलों में है। और यह सब सरकार के बगैर हो रहा है। खराब गवर्नेंस के बावजूद। सरकारी शिक्षा संस्थानों के बेकार-अनुपयोगी हो जाने के बावजूद। खराब कानून-व्यवस्था रहते हुए। नक्सली लोगों की सामानांतर व्यवस्था कायम रहने के बावजूद। घोर भ्रष्टाचार, राजनेताओं-अफसरों की निगेटिव भूमिका रहते हुए। समाज में कोई 'रोल मॉडल' नहीं है, फिर भी युवा होटल प्रबंधन, इंजीनियरिंग से लेकर अनेक नए-नए क्षेत्रों में कदम रख रहे हैं। 'धोनी' एक विधा (क्रिकेट) में एक सफलता का नाम है। अनेक क्षेत्रों में छोटे शहरों-कस्बों के बच्चे शिखर छू रहे हैं, उन जगहों पर दस्तक दे रहे हैं, जो पहले प्रिविलेज्ड वर्ग के पास थीं।

('तहलका' पत्रिका के लिए लिखा गया, जहाँ इसका अँगरेजी अनुवाद छपा।)

□

खुदा से ही दुआ माँगिए

इन हालात पर न कोई बेचैन है, न कोई पढ़ता है, न चिंतित है, फिर भी

झारखंड के हालात किसी भी समझदार नागरिक को स्तब्ध कर देनेवाले हैं। यह अलग प्रसंग है कि झारखंड में इन सवालों पर अब कोई बेचैन नहीं है। शायद पढ़ता भी नहीं और न ही चिंतित होता है। फिर भी यह दर्ज होना चाहिए कि झारखंड में जो हो रहा है, हर पतन-फिसलन के बावजूद, वैसा किसी दूसरे राज्य में नहीं हो रहा।

मसलन, झारखंड के स्पीकर का गृहमंत्री पर आरोप! इंदरसिंह नामधारी वरिष्ठ, समझदार और ऊल-जलूल नहीं बोलनेवाले नेता हैं। गृहमंत्री सुदेश महतो भी बयानबाज या वाचाल नहीं हैं। पर श्री नामधारी के आरोप अत्यंत गंभीर और स्पष्ट (स्पेसिफिक) हैं। उनका कहना है कि गृहमंत्री गुंडों को प्रश्रय दे रहे हैं : एक सीधा आरोप है कि एक दारोगा के तबादले के लिए वह एस.पी. पर दबाव डाल रहे हैं। गृहमंत्री की प्रतिक्रिया टालू जवाब है। इसलिए इस प्रसंग की जाँच जरूरी है।

देश में शायद दूसरा उदाहरण न मिले, जहाँ स्पीकर ने गृहमंत्री पर इतना सीधा और स्पष्ट आरोप लगाया हो। यह विपक्ष का आरोप नहीं है। यह किसी नागरिक का आरोप भी नहीं है। स्पीकर के पद पर बैठा व्यक्ति, जो शासक घटक पक्ष (एन.डी.ए.) द्वारा चुना गया हो, जो अत्यंत महत्त्वपूर्ण संवैधानिक पद पर है, यह उसका आरोप है। गृहमंत्री का पद कितना महत्त्वपूर्ण और संवैधानिक है, यह बताने की जरूरत नहीं। दोनों संवैधानिक पदों पर हैं। पर झारखंड की जनता नहीं जानती कि कौन सही है? लोकतंत्र में जनता को जानने का हक है कि दोनों में से कौन सच बोल रहा है? नामधारीजी या महतोजी? हालाँकि झारखंड का विपक्ष उसी तरह दिशाहीन, पस्त और अकर्मण्य है, जैसे सरकार। पर विपक्ष, जागरूक नागरिकों और राजनीतिक दलों को माँग करनी चाहिए कि 'हाईकोर्ट के रिटायर्ड जज' श्री नामधारी के आरोप और श्री महतो के जवाब

की जाँच करें। लाचार मुख्यमंत्री जाँच कराने का साहस नहीं करेंगे, क्योंकि उनकी सरकार खतरे में पड़ जाएगी। हालाँकि कर्तव्यबोध और संवैधानिक जिम्मेदारी का तकाजा है कि इस प्रसंग पर सबसे पहले झारखंड के मुख्यमंत्री पहल करें। उनकी सरकार के सबसे महत्त्वपूर्ण व्यक्ति पर, स्पीकर पद पर बैठे व्यक्ति ने आरोप लगाया है। झारखंड के मुख्यमंत्री राजनीतिक मर्यादा, संवैधानिक परंपरा और मुख्यमंत्री पद की गरिमा के अनुसार चलें, तो उन्हें सरकार गिरने का जोखिम उठाकर ऐसी जाँच का आदेश देना चाहिए। पर वह कई कारणों से यह साहस नहीं करेंगे। राजनीतिक मर्यादा और स्वस्थ संवैधानिक आचरण के अनुसार मुख्यमंत्री पद पर बैठे व्यक्ति का यह फर्ज भी है कि वह उस संवैधानिक पद की रक्षा के लिए पहल करे और इस प्रकरण-विवाद की जाँच कराए। पर यह नहीं होगा, क्योंकि सरकार दिशाहीन है, विपक्ष श्रीहीन है और जनता में आंदोलन-संघर्ष का माद्दा नहीं बचा है। वरना झारखंड के कुराज के खिलाफ तो जन बगावत ही रास्ता है।

एक मंत्री अपने विभाग के ठेके के काम में अपना पोकलेन चलवाता है, यह आरोप एक पूर्व मुख्यमंत्री लगाता है, पर कोई जवाब नहीं देता! क्या झारखंड के किसी मंत्री में यह गैरत और आत्मसम्मान भी नहीं बचा कि वह आरोप लगानेवाले को साबित करने की चुनौती दे? या तो अपने को निर्दोष साबित करे या आरोप लगानेवाले को गलत सिद्ध करे। पर ये मंत्री चुनौती नहीं देंगे, अपनी पारदर्शिता नहीं दिखाएँगे, क्योंकि कुछ मंत्री चोरी नहीं कर रहे, डकैती डाल रहे हैं।

ट्रांसफर-पोस्टिंग में खुलेआम सौदेबाजी हो रही है। 27 लाख में पद बिके हैं। बी.डी.ओ. ट्रांसफर के रेट बढ़ गए हैं, क्योंकि रोजगार गारंटी योजना के तहत केंद्र से हर ब्लॉक में गरीबों के लिए पैसे आ रहे हैं, पर 'गरीबों के पैसे' राजनीतिज्ञ-अफसर आपस में मिलकर उड़ा रहे हैं। चंबल के डकैत भी गरीबों के हक नहीं मारते। क्या विपक्ष भी इस लूट में साझीदार है? कई बार ऐसा आभास होता है, क्योंकि झारखंड में जो कुछ हो रहा है, उसके खिलाफ न कोई बुलंद आवाज है, न आंदोलन, न धरना, न प्रदर्शन। पूरा विपक्ष ऐसे संगीन सवालों पर कभी सक्रिय नहीं होता।

दिन-दहाड़े राँची-जमशेदपुर रोड पर डकैती होती है, बैंक लूटे जाते हैं, हर किस्म के अपराध होते हैं, पर गृहमंत्री के मौन पर कोई फर्क नहीं पड़ता।

जो भी झारखंड को बेहतर बनाना चाहते हैं, उनके सामने एक ही विकल्प है, सार्वजनिक जीवन में शुचिता-पारदर्शिता और ईमानदारी की वापसी के लिए पहल करें। इसके तहत—

(1) झारखंड सरकार के सभी मंत्रियों की संपत्ति की जाँच होनी चाहिए।

(2) चर्चित विभागों में हुए ट्रांसफरों के संबंध में हुई अनियमितताओं की जाँच भी हाईकोर्ट के जज या राज्य के बाहर के किसी वरिष्ठ प्रशासनिक अफसर द्वारा हो।

(3) झारखंड के मंत्रियों द्वारा अपने-अपने विभागों में लिए गए बड़े फैसलों की जाँच की भी माँग हो।

अगर झारखंड में बेहतर भविष्य बनाने का सपना लोगों में बचा है, तो इन माँगों के लिए लोक अभियान चलाना चाहिए।

अन्यथा, इस राज्य में अपने-अपने सुरक्षित भविष्य के लिए हम खुदा से ही दुआ करें।

(06-07-2006)

□

हे प्रभु! इन्हें माफ करना, ये नहीं जानते कि खुद क्या कर रहे हैं!

संदर्भ : झारखंड के विधायकों के नाम खुला पत्र

झारखंड के विधायक प्रार्थना, अनुरोध, फरियाद, एक नागरिक की बेचैनी-पीड़ा, गंभीर सार्वजनिक सवालों पर गौर नहीं करेंगे, फिर भी माननीय विधायकों के नाम यह खुला खत क्यों? क्योंकि लोकतंत्र में यही रास्ता है। अगर राजनीतिक नेतृत्व इन सवालों के प्रति संवेदनशील और सजग नहीं बनता, तो लोकतंत्र के लिए खतरा है। वैसे भी माननीय विधायकों को यह जरूर पता होगा कि उनके कामकाज, लोक आचरण और घटती साख के कारण राजनीतिज्ञों से समाज का बड़ा तबका नफरत करने लगा है। मन में इन नेताओं के प्रति अनादर, घृणा और आक्रोश भर रहा है, क्यों?

झारखंड विधानसभा का मौजूदा सत्र इसका जीवंत नमूना है। सत्र के पहले दिन औपचारिक काम हुए। दूसरे दिन, पहला मुद्दा उठा, विधायकों की सुरक्षा का सवाल! हो-हल्ला और फिर स्थगन! जनता की सुरक्षा, राज्य में कानून-व्यवस्था, बेहतर गवर्नेंस के सवाल माननीय विधायकों ने नहीं उठाए? सही अर्थ में विधानसभा का कामकाज की दृष्टि से यही पहला दिन था। विधायकों ने अपनी सुरक्षा के सवाल पर शोर-शराबा किया। एक नागरिक के तौर पर मेरे मन में सवाल है कि जो विधायक इतने आत्मकेंद्रित, स्वार्थी और निजी नफा-नुकसान में डूबे हैं कि राज्य के बड़े और गंभीर सवालों को पीछे धकेलकर अपने स्वार्थ को पहले प्राथमिकता देते हैं, क्या उन्हें राज्य की जनता की रहनुमाई-नेतृत्व का नैतिक अधिकार है?

स्वार्थ की पराकाष्ठा पर नृत्य कर रहे ऐसे विधायकों से दूसरा विनम्र आग्रह! क्या आप सब में इतना धैर्य, संयम और मर्यादा भी नहीं कि आप अपने स्वार्थ के सवाल 'सुरक्षा' पर भी शांति, विनम्रता और संयम से विधानसभा में बहस करते?

एक-एक तथ्य बताते कि किस विधायक के साथ कहाँ-क्या हुआ और वह कदम कैसे गैरकानूनी है, या सरकार किस तरह प्रतिशोध में विपक्षी विधायकों को परेशान कर रही है? लेकिन, न एक तथ्य, न विश्वसनीय तर्क, न प्रमाण, महज सामान्य आरोप-प्रत्यारोप! क्या यही सदन की गंभीरता है? यही राजनीतिक गरिमा है? इस राजनीति के प्रति नफरत कैसे गलत है? सदन में सवाल भी कैसे उठे? भानुप्रताप शाही पर सरकारी मुलाजिमों के साथ मारपीट के आरोप कई बार लगे हैं। पुनः एक कर्मचारी से मारपीट का आरोप है। क्या विपक्ष यह चाहता है कि विधायकगण सरकारी कारिंदों को पीटें-धमकाएँ, सार्वजनिक रूप से अपमानित करें? क्या विधायक कानून से ऊपर हैं? विधायक मनोज कुमार अगर किसी सरकारी कर्मचारी के साथ मारपीट या अभद्रता करते हैं, तो क्या माननीय विधायकगण चाहते हैं कि उन पर काररवाई न हो? दुलाल भुइयाँ को विधायक होने के कारण कानून की सीमा में आचरण न करने का विशेषाधिकार मिल गया है? विदेश सिंह विधायक हैं, इसलिए उन्हें सार्वजनिक जमीन को निजी बनाने का पासपोर्ट मिल गया है? यह आरोप विधायकगण लगा रहे हैं कि सरकार उन्हें फँसा रही है।

इस आरोप पर एक नजर। जो सरकार दो या तीन के बहुमत से साँस ले रही है, जो इतनी असहाय-लाचार दिखती है कि मामूली सरकारी अफसरों पर स्पष्ट आरोप होने के बावजूद काररवाई करने में डरती है, वह विधायकों को फँसाने का साहस करेगी? यकीन नहीं होता। वैसे भी सरकार किसी की हो, अपने-अपने इलाकों में विधायक-सांसद ही सत्ता, प्रभाव और ताकत के केंद्र होते हैं। इनके खिलाफ सरकारी कर्मचारी या डी.सी. या एस.पी. (एकाध अपवाद छोड़कर) शिकायत करने या काररवाई करने का साहस रखते हैं? वह भी आज के अराजक झारखंड में, फिर भी मान लिया जाए कि ये सारे आरोप सच हैं, तब विधायक यह माँग क्यों नहीं करते कि इन सारे मामलों की जाँच हाईकोर्ट के किसी जज से कराई जाए? समयबद्ध, ताकि जनता जान सके कि विधायक सही हैं या सरकार?

कौन सच है! उन माननीय विधायकों (जिनकी सुरक्षा के सवाल पर झारखंड विधानसभा का आरंभिक महत्त्वपूर्ण दिन कुरबान किया गया) के एक-एक काम का ब्योरा दिए बिना, झारखंडी जनता माननीय विधायकों से यह जानना चाहती है कि प्राप्त तथ्यों-सूचना के अनुसार आप 31 विधायकों पर 150 से ज्यादा मामले दर्ज हैं! मंत्रियों में कमलेश सिंह, सुदेश, चंद्रप्रकाश, एनोस, प्रदीप यादव वगैरह के खिलाफ मुकदमे चल रहे हैं। क्या माननीय विधायक यह कहना चाहते हैं कि सब मामले झूठे हैं? फरजी हैं, प्रतिशोध के कारण हैं, अगर ऐसा है, तो माननीय विधायकों से एक विनम्र

आग्रह है, जिस तरह झारखंड विधानसभा का आरंभिक दिन आप विधायकों ने, जनता के सवालों को दरकिनार कर, अपने नाम कर लिया, अपने हित के सवालों को उठाकर नया इतिहास रचा, यह साबित किया कि आप पहले अपनी, अपने वर्ग हित, अपने स्वार्थ की रहनुमाई करते हैं, तब जनता के नाम की माला भजते हैं, इसलिए एक कदम और आगे जाइए! आप सब झारखंड विधानसभा से एकमत, निर्विरोध, सर्वसम्मति से प्रस्ताव पास करिए! हमारे 31 विधायकों (जिनमें कई मंत्री हैं) पर 150 से अधिक जो मामले दर्ज हैं, वे झूठे हैं। सदन सरकार को सर्वसम्मति से निर्देश देता है कि ये सारे मामले सरकार उठा ले।

इस तरह माननीय विधायक एक और ऐतिहासिक काम कर डालें। पर वे सत्ता, पद, प्रतिष्ठा, यश के मद में अपनी अंतरात्मा न भूलें। इस मुल्क में एक व्यक्ति हुआ (जो आज के माननीय विधायकों-राजनेताओं के लिए अजनबी है), जिसके सौजन्य से हम नागरिक आजादी की साँस ले रहे हैं, विधायकों-मंत्रियों के ठाट-बाट, पद-प्रतिष्ठा, अहंकार हैं। उस गांधी ने बताया, सार्वजनिक जीवन में अपने आचरण को समझने की कुंजी या ताबीज! देश के सबसे गरीब-फटेहाल को देखकर कोई निर्णय करें। और यह तो सरकार-विपक्ष सब कहते हैं कि झारखंड में देश के सबसे अधिक गरीब बसते हैं—लगभग 70 फीसदी। इसलिए विधायकगण खुद अपनी अंतरात्मा से पूछें कि इन 70 फीसदी लोगों की सुरक्षा-समृद्धि के सवाल अहम हैं या कुछ विधायकों की सुरक्षा के सवाल?

इन गरीबों के सवाल विधानसभा में कहाँ हैं? जो राज्य के सबसे बड़े, गंभीर और संवेदनशील सवाल हैं, वे पहले क्यों नहीं उठे? क्या अन्य सवालों को उठाकर माननीय विधायक सरकार की मदद कर रहे हैं? विपक्ष की भूमिका पर संदेह पैदा कर रहे हैं। क्यों पहले दिन वे सवाल नहीं उठाए गए, जिनके उत्तर देने में सरकार हिल जाएगी? यह देश में पहली बार हुआ है कि एक विधानसभाध्यक्ष (जो शासक दलों द्वारा समर्थित हैं) ने गृहमंत्री के खिलाफ 'स्पष्ट और स्पेसिफिक' आरोप लगाए हैं। गृहमंत्री ने भी उत्तर दिए हैं। इन दोनों में सच कौन है? यह संवैधानिक संकट का नाजुक मामला है। गृहमंत्री पर अपराधियों को प्रश्रय देने का आरोप विधानसभाध्यक्ष ने लगाए हैं। राज्य की जनता को इस प्रसंग का सच जानने से क्यों रोका जा रहा है? जनता के हित में झारखंड विधानसभा के पहले सत्र का यह पहला सवाल होता। जन विधायक यह प्रसंग उठाता! यह संवैधानिक संकट का मामला है। सार्वजनिक जीवन का एक अति नाजुक और संवेदनशील प्रसंग है। खासतौर से ऐसे अवसर पर विधायक स्वर्गीय महेंद्र सिंह की स्मृति उभरती है। वह होते, तो जनता के सवाल,

सार्वजनिक जीवन के बड़े सवाल, पहले उठाते। विधानसभा इस पर स्थगित होती। इस सवाल पर हंगामा होता। सरकार साँसत में होती।

यह मान लिया जाए कि मनुष्य अपने आहार, सुरक्षा की चिंता पहले करता है। हमारे माननीय विधायक भी हम झारखंडी मानवों के बीच से ही हैं, इसलिए अपनी सुरक्षा का सवाल सबसे पहले उठाना स्वाभाविक है। पर साथ में एक प्रस्ताव जोड़ लेते कि हमारी विधानसभा के एक सदस्य थे महेंद्र सिंह। उनकी हत्या की जाँच वर्षों से चल रही है। यह सदन (झारखंड विधानसभा) केंद्र सरकार से आग्रह करता है कि हत्या की जाँच समयबद्ध हो, षड्यंत्रकारी और हत्यारे शीघ्र पकड़े जाएँ, यह सदन की इच्छा है। सिर्फ इस एक अतिरिक्त प्रस्ताव से विधायकों की निजी सुरक्षा के सवाल-प्रसंग को भी एक नैतिक आधार मिल जाता।

जब राज्यों में विकास की गति को लेकर होड़ हो, तब क्या एक दिन भी झारखंड विधानसभा ने तैयारी और गंभीरता से यह डिबेट की है कि पड़ोसी बंगाल, बिहार, ओड़िशा, छत्तीसगढ़ में क्यों तेजी से काम हो रहे हैं, हमारे राज्य में क्या परेशानी है? हमारा गवर्नेंस क्यों कमजोर, लाचार और असहाय है? बिहार के बदलाव को देखिए। जिस बिहार के पिछड़ेपन से मुक्ति के लिए झारखंड बना, वही बिहार धीरे-धीरे सुशासन की ओर लौट रहा है, और झारखंड बिहार के रास्ते पर? ऐसा क्यों? इसकी जिम्मेवारी किस पर? यह विवरण समझने के लिए एक उदाहरण पर्याप्त है। बिहार में नई सरकार बनते ही नीतीश कुमार ने बी.आई.टी., मेसरा को तुरंत पटना आमंत्रित किया। बिना ढोल बजाए। जमीन दी। वित्तीय मदद दी। इसी सत्र से वहाँ पढ़ाई भी शुरू हो रही है। झारखंड के देवघर में बी.आई.टी. को अब तक शायद पूरी जमीन भी नहीं मिली। यह फर्क है। चाणक्य लॉ इंस्टीट्यूट की पढ़ाई पटना में शुरू हो रही है। झारखंड के पहले राज्यपाल, पहले मुख्य न्यायाधीश ने सेंट्रल लॉ इंस्टीट्यूट शुरू कराने का रास्ता बनाया, लेकिन न बाबूलाल मरांडी ने कुछ किया, न अब तक अर्जुन मुंडा ने। लगभग छह वर्ष हो गए, एक केंद्र से मिला लॉ इंस्टीट्यूट हम नहीं बना सके। यह हमारी कार्यशैली-कार्य-संस्कृति है, पर इस पर सब मौन हैं। आज की दुनिया में शिक्षा के सर्वश्रेष्ठ केंद्र (सेंटर ऑफ एक्सेलेंस) ही राज्य-समाज को आगे ले जाएँगे। दक्षिण के राज्य इसी रास्ते दुनिया में डंका बजा रहे हैं, पर झारखंड? न विधायक चिंतित हैं, न सरकार। युवकों को रोजगार मिले, सर्वश्रेष्ठ संस्थान यहाँ आएँ, निवेश जमीन पर दिखाई दे, इसके लिए बंगाल के मुख्यमंत्री, देंग सियाओपिंग की भाषा बोल रहे हैं कि कैपिटलिज्म इज ह्वाट वी नीड (पूँजीवाद की ही हमें जरूरत है, 14 जुलाई), पर झारखंड को विकास के रास्ते पर ले जाने के लिए आत्मकेंद्रित

विधायकों के पास न कोई एजेंडा है, न विचार, न संकल्प और न प्राथमिकता।

बिहार-झारखंड अलग होने के दौरान बिहारी नेताओं का एक जुमला लोकप्रिय हुआ था। सारा खनिज झारखंड में, बिहार क्या बालू फाँकेगा? आज बिहार में आंशिक तौर पर कानून-व्यवस्था सुधरते ही रतन टाटा बिहार के मुख्यमंत्री को पत्र लिखकर वहाँ जाने की इच्छा व्यक्त करते हैं। उसी बालू की धरती पर! झारखंड की अपार खनिज संपदा—1.74 लाख करोड़ के एम.ओ.यू. वगैरह के बावजूद सतह पर चीजें क्यों नहीं उतरतीं! क्या विधायकगण हो-हल्ला, गला फाड़ने और चीख प्रतियोगिता छोड़कर इस पर गंभीर विमर्श कर कुछ रास्ता निकालने के लिए पहल नहीं कर सकते?

मंत्रियों के आचरण, ओछी हरकतें और आत्मकेंद्रित कामकाज विधानसभा में बहस के केंद्र क्यों नहीं बनते? गली-मोहल्ले तक मंत्रियों के आचरण की बातें फैल रही हैं। कोई मंत्री सीधे मामूली अफसर को फोन करता है, मेरे इलाके से 10-20 लोग आए हैं, अमुक ढाबे में खाना खिलवा दीजिए। ड्रिंक करा दीजिए! यह बरताव! ऐसी अनंत बातें हैं, क्या ये छिपी हैं? राँची के गोंदा थाने में गोली चली, एक व्यक्ति मरा। राज्य सरकार ने किसी तरह मुआवजा देकर मामला ठंडा किया। उधर, पुलिस का सबसे जूनियर आदमी दंडित हुआ? कोई पहल हुई कि ऐसी चीजें भविष्य में न हों? किसी की मौत न हो? चंदाखोरी, छेड़खानी पर भी प्रतिबंध लगाने, सख्ती बरतने के उपाय पर विचार हुआ? राज्य में कानून का राज कैसे चले, क्या कभी यह भी विधानसभा में विमर्श का विषय होगा?

भ्रष्टाचार और सार्वजनिक जीवन में अनाचार से तो लगता है कि ऐसे सवालों से झारखंडी नेताओं का सरोकार ही नहीं है। पग-पग पर भ्रष्टाचार, बाँध, पुल, पुलिया बने नहीं कि ढह गए। बह गए या बहा दिए गए। सड़कों के बनने के नाम पर क्या हो रहा है? रोज अखबारों में तथ्यात्मक विवरण छप रहे हैं, पर अरबों-अरबों के इस नुकसान (या लूट!) पर मंत्री मौन हैं, सरकार मौन है, और विधानसभा भी मौन है? 150 करोड़ का नुकसान पी.टी.पी.एस. में आग लगने से हुआ। इसके पहले भी लगातार आग लगती (या लगाई जाती!) रही है, क्या एक भी दोषी दंडित हुआ है? क्या जनता से कर के रूप में वसूले गए पैसे की बरबादी से कोई बेचैन-परेशान है? किसी निजी कारखाने में बार-बार यह आग लगना संभव है? अगर नहीं, तो सार्वजनिक प्रतिष्ठानों की एकाउंटेबिलिटी किसकी है? नौकरशाही! सरकार! और विधानसभा! या तीनों की! रूक्का डैम का पानी ओवरफ्लो की स्थिति में है। गेट खोलकर पानी निकालने के क्रम में जंजीर टूट गई, क्योंकि न देख-रेख है, न मेनटेनेंस है, न कोई

कार्यसंस्कृति है। न कभी ड्रेजिंग (साफ-सफाई, कीचड़ निकालना) की जाती है। पीने के पानी से लेकर सार्वजनिक व्यवस्था की कोई चीज देख लीजिए। सब जगह जंग लग गया है। किसानों की हालत, झारखंडी मजदूरों की स्थिति, झारखंडी लड़कियाँ, जो अन्य राज्यों में जा रही हैं, उनकी आर्थिक स्थिति जैसे असंख्य सवाल, जो किसी संवेदनशील समाज, राजनीति को झकझोरने की संभावनाओं से भरे हैं, पर झारखंड की प्रतिनिधि सभा (विधानसभा) मौन है?

यह एक नागरिक की पीड़ा से भरा खुला पत्र है। इस पत्र के किसी शब्द/अंश/भाव से किसी को आहत करने की मंशा नहीं है। न सम्माननीय, माननीय विशिष्टजनों के विशेषाधिकार (प्रिविलेज) को ठेस पहुँचाने की भावना है। फिर भी कोई आहत हो, ती सार्वजनिक क्षमायाचना भी!

(21-08-2006)

□

चरित्रहीन पार्टियाँ, ब्लैकमेलर विधायक, 'रंगबाज मंत्री' और असहाय झारखंड

चार निर्दलीय मंत्रियों के इस्तीफे के बाद अर्जुन मुंडा की सरकार स्पष्ट रूप से अल्पमत में है। एन.डी.ए. का जहाज साफ डूबता दिख रहा है (सिंकिंग बोट)। चमत्कार सिर्फ अर्जुन मुंडा को दिखाई दे रहा है, झारखंडी जनता को यह राजनीतिक छल-प्रपंच लग रहा है। राजनीति में नैतिकता का मामूली अंश होता, तो यह सरकार गद्दी छोड़ जन-अदालत में होती। पर राजनीति का नया समीकरण है, राजनीति = झूठ + प्रपंच + छल + षड्यंत्र + तिकड़म, वगैरह-वगैरह। इसलिए अल्पमत में आने के बाद भी वी.पी. सिंह ने प्रधानमंत्री पद नहीं छोड़ा। लोकसभा में बहस कराकर इस्तीफा दिया। 13 दिनों की वाजपेयी सरकार ने यही किया और अब तो यह परंपरा चल पड़ी है कि अल्पमत की सरकार सदन में बहस कराकर इस्तीफा देती है। तकनीकी रूप से यह परंपरा सही हो सकती है, पर यह नैतिक नहीं है।

अर्जुन मुंडा सरकार ने मंत्री कमलेश सिंह को दिल्ली जाने से जिस तरह से रोका या मुरी स्टेशन पर जिस तरह ट्रेन रोककर चेक किया गया, ऐसे काम सरकारें नहीं करतीं।

पर यह मंत्री कमलेश सिंह कौन हैं? याद करिए, यह वही विधायक हैं, जिन्होंने शिबू सोरेन के मंत्रिमंडल में मंत्री के रूप में शपथ ली थी। तब तक लगने लगा था कि शिबू सोरेन का मंत्रिमंडल सिंकिंग बोट (डूबता जहाज) है। फिर तुरंत लाइलाज बीमारी हो गई और वह अपोलो में भरती हो गए। आई.सी.यू. में, ताकि विधानसभा में उपस्थित न होना पड़े। उस दिन का ड्रामा पूरे देश ने टी.वी. पर देखा। फिर यही सज्जन अचानक आई.सी.यू. से बाहर आ गए। चंगे होकर। पता नहीं, शायद सीधे ईश्वर से कोई चमत्कारिक दवा मिल गई। फिर वह शपथ लेकर अर्जुन मुंडा मंत्रिमंडल में मंत्री हो गए। यह भी बात सामने आई कि भाई और परिवारवालों को ही पी.ए. वगैरह बना लिया है। सिंचाई

विभाग उनके पास था, राज्य के भ्रष्टतम विभागों में से एक। पुल बने नहीं कि बह गए। अगर झारखंड की जनता जागरूक होती, तो ऐसे मंत्रियों के खिलाफ सी.बी.आई. जाँच की माँग होती।

अब इनका दूसरा रूप देखिए । यह चुपचाप एक गाड़ी से जमशेदपुर जा रहे थे। आधी रात को। बिना अपना सरकारी बॉडीगार्ड लिए। जो मंत्री सुरक्षागार्ड लेकर चलना शान समझते हैं, गाड़ियों के काफिले साथ रखते हैं, वैसे मंत्री देर रात चुपचाप एक गाड़ी में छिपते-छिपाते कहाँ जा रहे थे? उनका मिशन क्या था? कुछ दिनों पहले नक्सलियों ने उनके पुश्तैनी घर पर हमला किया, तो सरकार से उन्होंने और सुरक्षा माँगी। जिस मंत्री को सुरक्षा की इतनी जरूरत थी, वह अकेले असुरक्षित किस गोपनीय मिशन पर जा रहा था? फर्ज करिए कि जैसे राँची-जमशेदपुर सड़क पर रात में प्राय: डकैतों का राज रहता है, अगर कमलेश सिंह को सड़क डकैतों ने घेरा होता, कुछ किया होता, तो आज क्या परिदृश्य होता? अब उनके कोटेबुल कोट्स (उल्लेखनीय उद्धरण) पढ़िए। राँची से प्रकाशित एक अखबार में (6 सितंबर, 2006) उन्होंने कहा है—

- मैं शुरू से रंगबाज रहा हूँ, जानना है, तो जपला आइए।
- अच्छे घराने का हूँ, चाहूँ तो कई मंत्री पद खरीद लूँ।
- शेर की तरह राजनीति करता हूँ, लुका-छिपी नहीं।

मंत्रीजी के ऐसे अनेक अनमोल आप्त वाक्य हैं। पर ये चंद नमूने ही एक व्यक्ति के बारे में पर्याप्त जानकारी देते हैं। उसकी सोच, कार्यकलाप और स्तर का। डॉ. राममनोहर लोहिया कहा करते थे, जिंदा कौमें पाँच वर्ष इंतजार नहीं करतीं। उनका यह कथन लोक चेतना-लोक जागरण के संदर्भ में था। अगर झारखंड की जनता ऐसी बात करनेवालों की रहनुमाई के खिलाफ लोक आवाज नहीं उठाती, तो उसे सुशासन, विकास वगैरह के बारे में बात करने का कोई हक नहीं। अगर जनता मूकदर्शक बनी रही, तो शासक ऐसे ही होंगे। यथा प्रजा, तथा राजा।

अब माननीय एनोस एक्का! माननीय हरिनारायण राय! और माननीय मधु कोड़ा के 'सुकार्यों' की गूँज और गंध पिछले सवा वर्ष से आप देख और सुन ही रहे हैं। अखबार के पन्नों पर। टी.वी. चैनलों पर। दरअसल इनके 'सुकामों' और आचरण के ब्योरों से अखबारों के पन्ने भर जाएँगे। कोई भी सजग समाज (सिविल सोसाइटी) अपने ऐसे सुपात्रों की जाँच करवाता है। आश्चर्य तो यह है कि जो भाजपा 'भय, भूख और भ्रष्टाचार' से मुक्ति के सपने दिखा रही थी, वह उन्हें कैसे ढोती रही? क्या, 'सत्ता' इतनी महत्त्वपूर्ण चीज है कि हर कुकर्म किया जाए। दोषी मधु कोड़ा, हरिनारायण या एनोस नहीं, बल्कि सत्ता भूख में ऐसे पात्रों को शीर्ष पर पहुँचानेवाले सत्ताभोगी

राष्ट्रीय दल हैं। पहले यह काम भाजपा ने किया, अब ऐसे तत्त्वों को कंधे पर उठाकर कांग्रेस जयकार कर रही है।

दरअसल राष्ट्रीय दल चरित्रहीन हो गए हैं। भारतीय समाज चरित्र को महज 'सेक्स' से जोड़कर देखता है। यह संकीर्ण अर्थ है। राष्ट्रीय जीवन में जब देश और समाज का भविष्य तय करनेवाले दल या संगठन, विचारहीन हो जाएँ, सौदेबाज हो जाएँ, गिरोहों के संरक्षक हो जाएँ, सिद्धांत और आदर्श को देश, समाज और जीवन से खत्म करनेवाले केंद्रस्रोत बन जाएँ, तब ऐसे दलों-संगठनों को 'चरित्रहीन' कहना भी कम है। इनके पूरे पाप और कर्म को यह शब्द 'ध्वनित' नहीं करता। राजनीतिक दल अगर दलालों के प्रश्रय केंद्र बन जाएँ, तो देश का क्या होगा? राष्ट्रीय जीवन में, झारखंड के संदर्भ में भाजपा और कांग्रेस दोनों चरित्रहीन हो गए हैं। ब्लैकमेलर निर्दलीय विधायकों को कंधे पर रखकर सत्ता शीर्ष तक पहुँचाने का राष्ट्रीय पाप पहले भाजपा ने किया, अब कांग्रेस करने जा रही है। एन.डी.ए. राज में भी सबसे प्रभावी यही निर्दलीय थे, अब लगभग तय है कि यू.पी.ए. राज में भी शीर्ष पर निर्दलीय ही होंगे। पर उनके कुकर्मों की कीमत कौन चुकाएगा? इनकी पब्लिक एकाउंटिबिलिटी क्या है? भाजपा हो या झामुमो या राजद, अगर ऐसे दलों से कोई मुख्यमंत्री बनता है, तो उसके अच्छे कामों के पुरस्कार दल को मिलते हैं। बुरे कामों की कीमत भी अंततः ये दल ही चुकाते हैं। इसलिए दल का व्यक्ति शिखर पर होता है, तो दल का अंकुश और भय उस पर रहता है। निर्दलीय व्यक्ति शिखर पर है, तो उसे किसका भय? फर्ज करिए, वह निर्दलीय लुटेरा हो जाए, तो अधिकतम क्या होगा? सजा के तौर पर शायद झारखंडी जनता एक बार चुनाव में हरा दे। हालाँकि आज की जनता के बारे में निश्चयपूर्वक यह नहीं कहा जा सकता। पर ऐसा पराजित निर्दल नेता, एक बार शिखर पर सत्ता सुख लेकर या अरबों का वारा-न्यारा करके ही राज्य का दामन नहीं छोड़ता। ऐसे लोगों की नेतृत्वविहीनता या विजनलेस होने की कीमत राज्य चुकाता है! जनता चुकाती है! युवा पीढ़ियाँ चुकाती हैं। विकास की इस दौड़ में ऐसे अनएकाउंटेबल नेतृत्व से झारखंड कहाँ पहुँचेगा?

लोकतंत्र की सीमा

झारखंड में हो रही राजनीतिक कलाबाजी ने 'लोकतंत्र' की सीमा को उजागर किया है। अगर समाज इस पर चुप रहता है, मौलिक ढंग से नहीं सोचता या समाधान नहीं निकालता, तो लोकतंत्र से विश्वास उठने लगेगा। झारखंड विधानसभा का स्वरूप देखिए। एन.डी.ए. के मुख्य घटक हैं भाजपा और जदयू। भाजपा के 30 और जदयू के 06 सदस्य हैं यानी कुल 36। उधर यू.पी.ए. के तीन मुख्य घटक हैं झामुमो (17),

कांग्रेस (9) आर.जे.डी. (7) यानी कुल 33। एन.डी.ए. से 3 कम। अब विधानसभा की कुल संख्या 81 है। 81 में से मुख्य दलों से जुड़े विधानसभा के सदस्य हैं (एन.डी.ए. = 36, यू.पी.ए. = 33) कुल 69। शेष (81-69) 12 निर्दलीय हैं। इनमें से एक सी.पी.आई.-एम.एल. के विधायक का स्पष्ट घोषित स्टैंड है। बचे 11 निर्दल। यही 11 निर्दल इधर या उधर जाकर राज्य, सरकार और जनता का भविष्य तय कर रहे हैं। इनमें से अधिकांश इधर भी मंत्री थे, अब उधर भी बनेंगे। अब तक पाला बदलनेवालों में चार लोग हैं, यानी यह लोकतंत्र, जिसमें 04 लोग कोई सरकार बने या रहे, उसमें खुद शीर्ष पर होंगे। पर ये चार बड़े राजनीतिक दलों, क्षेत्रीय दलों या घटकों से जुड़े कुल 69 विधायकों को नचाएँगे। कभी इधर रहे, तो एन.डी.ए. के साथ सत्ता सुख भोगे। इधर मन ऊबा, तो यू.पी.ए. के साथ बाँसुरी बजाएँगे। यानी एन.डी.ए. (36) और यू.पी.ए. (33) के 69 विधायक इन चार निर्दलीय विधायकों के इशारे पर थिरकने-नाचने को बाध्य हैं? क्या यही लोकतंत्र है?

ये चार राज्य के भविष्य को बंधक रखेंगे और तबाह करेंगे? क्या यह बहुमत का लोकतंत्र है या अल्पमत की ब्लैकमेलिंग ताकत? राष्ट्रीय दलों को इस पर सोचना-विचारना चाहिए और निर्दलीय लोगों की स्थिति, वोटिंग पावर और सरकार बनाने-गिराने की शक्ति को ही प्रतिबंधित करना चाहिए। संवैधानिक सुधार द्वारा अगर निर्दलियों के वोट से सरकार बनाने-गिराने की ताकत खत्म कर दी जाए, तो इनका राजनीतिक कारोबार-व्यापार खत्म हो जाएगा। यह काम संसद् ही कर सकती है, पर क्या संसद् ऐसे सवालों के प्रति गंभीर है?

जो खबरें आ रही हैं, उनके आधार पर यह स्थिति देखिए। संवैधानिक प्रावधानों के तहत कुल 12 लोग मंत्री बन सकते हैं। प्लस एक मुख्यमंत्री। मधु कोड़ा मुख्यमंत्री बनते हैं, तो उनके साथ जो 10 निर्दलीय हैं, क्या वे सभी मंत्री बनेंगे? खबर है कि आर.जे.डी. और निर्दलीय मिलकर सरकार में जाएँगे यानी कुल 17 लोग। पर जगह हैं 12। जो पाँच गद्दी नहीं पाएँगे, वे झारखंडी विधायक क्या करेंगे? यह जगजाहिर है। सिद्धांतविहीन, सत्ताप्रेमी और राजसुखभोगी लोगों को जहाँ अवसर दिखेगा, वहीं पहुँचेंगे। शायद इसी समीकरण या गणित के आधार पर 'अर्जुन मुंडा चमत्कार' की उम्मीद कर रहे हैं। अब एक और विरोधाभास देखिए। एन.डी.ए. सरकार में भाजपा के 30 विधायक हैं, पर अर्जुन मुंडा सरकार में भाजपा कोटे में से दो विधायक ही मंत्री थे। उधर निर्दलीय छह मंत्री थे। निर्दलीय विधायकों की इस बारगेनिंग क्षमता पर अंकुश लगाना राष्ट्रीय जरूरत है। यह काम भी संवैधानिक संशोधन से संसद् कर सकती है।

सूचना है कि कांग्रेस (9) और झामुमो (17) यानी कुल 26 लोग सरकार को

बाहर से समर्थन देंगे, तो सरकार के अंदर कौन होंगे? निर्दलीय + आर.जे.डी. यानी 10+7 (एक सी.पी.एम.एल. छोड़कर) कुल 17 विधायक। 82 (एक नॉमिनेटेड को छोड़कर) लोगों की विधानसभा में वस्तुतः (इफेक्टिविली) प्रत्यक्ष 17 विधायकों द्वारा समर्थित यह सरकार होगी और 26 लोग बाहर से समर्थन देंगे। परंपरागत तर्क देनेवाले कहेंगे कि 26 बाहर से समर्थन देनेवाले तो हैं ही यानी कुल 43 लोग समर्थक हैं, स्पष्ट बहुमत है। पर जितना भी संवैधानिक आड़ में छल या प्रपंच कर लें, इफेक्टिविली 17 लोगों की सरकार होगी। यह भारतीय लोकतंत्र के सामने एक बड़ा सवाल है, जिसका निदान ढूँढ़ना होगा। और कांग्रेस को तो खासतौर से, क्योंकि भारतीय राजनीति के हर मुमकिन पतन का स्रोत तो कांग्रेस ही है। भाजपा से लेकर हर मध्यमार्गी दल तो कांग्रेस की ही छायाप्रति हैं। कांग्रेस का दायित्व इस कारण अधिक है, क्योंकि कांग्रेस उस गांधी की पार्टी है, जिसने कहा था कि मंजिल पर पहुँचने से ज्यादा महत्त्वपूर्ण यह है कि जिस रास्ते से हम चलते हैं, वह स्वस्थ और शोभनीय है या नहीं?

अब भारतीय नेताओं और राजनीतिक दलों का चरित्र देखिए जिसे दलबदल और 'आया राम-गया राम' की संस्कृति को '60 के दशक में प्रोत्साहित कर कांग्रेस ने भारतीय राजनीति को चरित्रहीन बना दिया। बहुत बाद में लोक दबाव के कारण इस रोग का हल ढूँढ़ा गया—'दलबदल' कानून। अब देखिए, थोक में विधायकों को अगवा किया जाता है। पहले यह काम एन.डी.ए. ने किया, अब यू.पी.ए. कर रहा है। विधायक स्वतंत्र क्यों नहीं छोड़े जाते, ताकि वे मुक्त होकर बिना दबाव, स्वेच्छा से निर्णय कर सकें? किस बात का भय है कि विधायकों की रखवाली की जाती है? क्या भय से संचालित लोकतंत्र सही है? इस राजनीति में पूँजी की क्या भूमिका है, यह गहराई से जाँच-पड़ताल का विषय है।

राज्यपाल : ऐसी स्थिति में संविधान के प्रति प्रतिबद्ध राज्यपाल का क्या फर्ज होना चाहिए? राज्यपाल को स्पष्ट रूप से झारखंड विधानसभा की वस्तुस्थिति, संभावित हार्स ट्रेडिंग और अल्पायु सरकारों के बारे में केंद्र को लिखना और बताना चाहिए। निर्दलीय विधायकों के 'आया राम- गया राम चरित्र', कामकाज और भूमिका के बारे में बताना चाहिए और राष्ट्रपति शासन, फिर चुनाव की सिफारिश करनी चाहिए।

साथ ही झारखंडी जनता को जागना होगा। अगर सिद्धांतहीन, रीढ़हीन, विजनहीन, आत्मकेंद्रित इनसान, परिस्थितियोंवश या संयोगवश बड़े ओहदे पर पहुँच जाए और गलत काम करे, तो उसके बारे में बोलिए। अपने को रंगबाज कहनेवाले मंत्री बन जाएँ, तो क्या आप चुप रहेंगे? लोकतंत्र के शिखर पर रंगबाज बैठेंगे और सीना ठोककर कहेंगे कि हम रंगबाज हैं? कोई मंत्री कहेगा कि मैं ऐसे घराने से हूँ कि कई मंत्री पद

खरीद लूँ? इसका अर्थ मंत्री पद बिकता है? क्या इस मंत्री ने खरीदा है? यानी पहले इन्होंने यू.पी.ए. और एन.डी.ए. में पद खरीदा था, अब फिर यू.पी.ए. में खरीद रहे हैं। यह सामंती मिजाज और बयान लोकतंत्र से मेल नहीं खाते। साहस के साथ ऐसे लोगों के असंवैधानिक आचरण का प्रतिरोध करिए। घर-घर ऐसे लोगों के खिलाफ नफरत और घृणा के बीज डालिए, निश्चित रूप से कभी-न-कभी जब इस बीज से ध्वंस या निर्माण की फसल लहलहाएगी, तो झारखंड बदलेगा।

पुनश्च : यह टिप्पणी लिखे जाने के दौरान ही एक अत्यंत समझदार व्यक्ति ने झारखंड की राजनीति के संदर्भ में एक उम्दा सुझाव दिया। यहाँ के मंत्रियों-विधायकों (पक्ष-विपक्ष दोनों) को विकास से कोई सरोकार तो है नहीं, तो क्यों नहीं ये आपस में मिलकर तय कर लेते कि कैसे हर विधायक सत्ता-सुख भोगेगा? यहाँ कुल 82 विधायक हैं, साल में कुल 365 दिन होते हैं, अत: हर एक विधायक लगभग साढ़े चार दिन (365 / 82 = 4.45) मुख्यमंत्री रहे, शेष मंत्री। इस तरह हरेक को मौका मिलेगा। अपना घर सजाने, सँवारने और राजसुख भोगने का।

(07-09-2006)

□

राष्ट्रपति शासन की ओर

झारखंड विधानसभाध्यक्ष इंदर सिंह नामधारी ने एनोस, कमलेश और स्टीफन को नोटिस देकर कांग्रेस का काम किया है। संवैधानिक रूप से उनका कदम उन्हें प्रदत्त अधिकारों के तहत है। कानून उन्हें यह अधिकार देता है, पर कानून का उपयोग, कब-कैसे हो, यह नैतिक प्रसंग है। इस जंग में जब हर पक्ष अनैतिकता के शिखर पर पहुँचने की प्रतिस्पर्द्धा में हो, तब श्री नामधारी पूछ सकते हैं कि मुझसे ही यह अपेक्षा क्यों? वह प्रतिभा और वाणी के धनी हैं, अत: रामायण के बालि से लेकर महाभारत के अनेक प्रसंग (यथा भीष्म हत्या, द्रोणाचार्य वध, जयद्रथ वध, कर्ण संहार वगैरह) सुनाकर अपने कदम को जायज ठहरा सकते हैं। अपने विरोधियों को निरुत्तर बना सकते हैं। झारखंड के एक गुजरे राजनीतिक संग्राम में देश की जनता श्री नामधारी की प्रतिभा भी देख चुकी है, जब वह स्पीकर रहते हुए मुख्यमंत्री पद के प्रत्याशी बन गए। देश के शायद पहले स्पीकर, जो पद पर रहते हुए अचानक मुख्यमंत्री के दावेदार हो गए। देश के नेताओं के 'चर्चित रिकॉर्डों' (पता नहीं लिम्का वर्ल्ड रिकॉर्ड की तरह भारतीय राजनेताओं की कलाबाजियों की कोई रिकॉर्ड बुक है या नहीं) में झारखंड की इस प्रतिभा (नामधारीजी) का यह पहला रिकॉर्ड था। तब उन्होंने एक यादगार पंक्ति कही थी, जो मुझ जैसे कमजोर स्मृतिवाले इनसान को भी स्मरण है!

'मेरे पैरों में घुँघरू बँधा दे, तो फिर मेरी चाल देख ले'

अब जब नामधारीजी के पैरों में भी स्पीकरशिप के घुँघरू बँधे हैं, तो उनकी चाल तो देश देखेगा ही।

पर यह चाल एन.डी.ए. के पक्ष में जाएगी या विपक्ष में?

एन.डी.ए. समर्थित स्पीकर नामधारीजी का यह दाँव कांग्रेसी कदम है। कांग्रेस के हित में, कांग्रेस का स्वार्थ पूरा करनेवाला और कांग्रेस की मनोकामना के अनुरूप। कांग्रेस की मंशा है कि राष्ट्रपति शासन का सेहरा विपक्ष के सिर चढ़े, कांग्रेस पर दोष न लगे, पर हो ऐसा ही। इस पूरे खेल में सूत्रधार कांग्रेस का शिखर नेतृत्व है। पर वह परदे

के पीछे है। इसलिए कांग्रेस ने अपने किसी दिग्गज को यहाँ न भेजा है और न दिल्ली में सक्रिय किया। पर यू.पी.ए. प्रायोजित इस ड्रामे का संचालन और निर्देशन, परदे के पीछे से बखूबी कांग्रेस कर रही है। बागी चार मंत्रियों का जहाज से आना-जाना, हरियाणा, केरल से गोवा तक विधायकों की मुस्तैद चौकसी, सुप्रीम कोर्ट में लीडिंग लायर्स (जाने-माने वकील) से वकालत, यह पूरी व्यवस्था, चौकसी, संसाधन, क्या ये सब एनोस एक्का, हरिनारायण राय, कमलेश सिंह व मधु कोड़ा के बलबूते सामर्थ्य-पहुँच में है? गुरुजी (शिबू सोरेन) बोलते-बोलते कह ही जाते हैं कि सब सोनियाजी तय करेंगी।

कांग्रेस क्यों परदे में है? झारखंड विधानसभा की कुल 81 में से महज 9 सीटें जीतनेवाली यह पार्टी है। इसका जनाधार स्पष्ट है। शिबू सोरेन को पहली बार मुख्यमंत्री बनाकर कांग्रेस अपनी और राज्यपाल की भद्द पिटवा चुकी है। उसके दिग्गज यहाँ लगे रहकर मुँह की खा चुके हैं। इसलिए इस बार कांग्रेस सावधान है।

पर कांग्रेस को एहसास है। अगर मधु कोड़ा के नेतृत्व में सरकार बनी, तो उसका भविष्य क्या होगा? कांग्रेस, झामुमो या राजद को कीमत चुकानी पड़ेगी। कांग्रेस को देश स्तर पर, अन्य को क्षेत्रीय स्तर पर। क्यों? संभावित मुख्यमंत्री और उनके 'कारगर मंत्री' जो कारनामे करेंगे, वे जगजाहिर हैं। कांग्रेस यह समझती है, इसलिए कांग्रेस के 'गेम प्लान' को अनजाने नामधारीजी ने मूर्त रूप दे दिया है।

श्री नामधारी ने अपने अधिकारों का इस्तेमाल किया है। उनकी दृढ़ घोषणाओं से स्पष्ट है, वह बहुत आगे जा चुके हैं, वह अपने उद्देश्य-काम में स्पष्ट हैं। उच्चतम न्यायालय (हालाँकि इसकी संभावना कम है) या अदृश्य हस्तक्षेप से कोई भिन्न बात हो जाए, तो अलग। अन्यथा स्पीकर के फैसले से तीनों विधायकों (एनोस, कमलेश व स्टीफन) के संबंध में कोई निर्णायक फैसला हो गया, तो सदन में 'संख्या का गणित' बदल जाएगा। यू.पी.ए. का स्पष्ट बहुमत नहीं रहेगा, लेकिन एन.डी.ए. भी बहुमत में नहीं होगा। तब पूरी संभावना है कि 'विधानसभा अखाड़ा' बन जाए। लखनऊ विधानसभा में हुई ऐतिहासिक घटना (मारपीट, सिर फुटव्वल, टेबुल के नीचे छुपने…) को झारखंड विधानसभा पीछे छोड़ देगी। कांग्रेस इस दृश्य की प्रतीक्षा में है।

खबर है कि केंद्र सरकार को राज्यपाल ने अपनी रिपोर्ट भेजी है। कमलेश सिंह प्रकरण का इसमें उल्लेख है। कमलेश सिंह ने पाँच सितंबर को राज्यपाल से लिखित शिकायत की थी कि उन्हें जमशेदपुर में ऐसे रखा गया, 'मानो हाउस अरेस्ट कर लिया गया है'। उसी दिन राज्यपाल के प्रधान सचिव ने राज्य के मुख्य सचिव से इस बारे में तथ्यात्मक प्रतिवेदन माँगा। इस तरह की सूचनाएँ और विधानसभा की संभावित स्थिति

की रिपोर्ट निश्चित रूप से कांग्रेस ने गृह मंत्रालय में मँगवाकर झारखंड के भविष्य की रणनीति बना ली होगी।

अब यू.पी.ए. द्वारा बुलाए गए झारखंड बंद या नामधारी विरोध जैसे कार्यक्रम राज्य में निश्चित ही तनाव पैदा करेंगे। यह सामाजिक विद्वेष राष्ट्रपति शासन को शीघ्र आमंत्रित करेगा।

स्पष्ट है कि झारखंड राष्ट्रपति शासन की राह पर कदम बढ़ा चुका है। मौजूदा स्थिति में यह सर्वश्रेष्ठ विकल्प है। राष्ट्रपति शासन, फिर शीघ्र चुनाव, यही झारखंड और झारखंडी जनता के हित में है।

अब 'राष्ट्रपति शासन' ही झारखंड की राजनीति का मुख्य एजेंडा बनेगा। एन.डी.ए. का गेम राष्ट्रपति शासन थोपने का 'विलेन' कांग्रेस और यू.पी.ए. को बनाना लगता है। कुछ ही दिन बाद कई राज्यों के चुनाव होनेवाले हैं। उन चुनावों के लिए भी एन.डी.ए. को मुद्दे की तलाश है। झारखंड में एन.डी.ए. एक बार कांग्रेस-यू.पी.ए. को मार्च 2005 में 'विलेन' साबित कर चुका है। इसलिए मार्च 2005 में शपथ ग्रहण के बावजूद शिबू सोरेन की सरकार का न रह पाना और सितंबर 2006 में चार निर्दलियों को तोड़कर अपनी ओर मिला लेने के कांग्रेसी काम को एन.डी.ए. मुद्दा बनाना चाहता है।

उधर कांग्रेस की रणनीति है राष्ट्रपति शासन लगाकर एन.डी.ए. सरकार के भ्रष्टाचार को जन अदालत में पहुँचाना। कांग्रेस सतर्क है कि यू.पी.ए. की नई सरकार बनवाकर, उसके कुकर्मों की गठरी लेकर उसे जनता में न जाना पड़े। कांग्रेस ऐसी स्थिति में है कि निर्दलियों की अगुवाईवाली प्रस्तावित सरकार न बनने देने का सीधे श्रेय नहीं लेना चाहती; और न अंदर से यह शिखंडी सरकार वह चाहती है।

एन.डी.ए. चाहता, तो यह खेल अपने पक्ष में दिलचस्प बना सकता था। अर्जुन मुंडा की सरकार शालीनता से 'अल्पमत में आ जाने का तथ्य' स्वीकारती और झारखंड का ताज मधु कोड़ा के नेतृत्व में यू.पी.ए. को सौंप देती। विधानसभा में बहस कर एन.डी.ए. गिनाता कि निर्दलियों के आतंक क्या है? उनके नखरे क्या हैं? इन निर्दलियों के 'क्षणे तुष्टा-क्षणे रुष्टा' के बावजूद सरकार ने यह-यह काम किया। अर्जुन मुंडा अपनी सरकार के कामों को गिनाते हुए यह सदन में कहते कि माननीय हरिनारायण रायजी इसलिए नाराज हैं कि प्रधानमंत्री सड़क योजना के तहत 650 करोड़ की योजना का क्रियान्वयन बिहार की तरह झारखंड सरकार केंद्र सरकार की एजेंसी से कराना चाहती थी, पर माननीय मंत्री स्थानीय ठेकेदारों से कराने पर तुले थे। इंजीनियरों के तबादले में एक ट्रांसफर 27 लाख में होने की चर्चा भी आई। फिर तबादले का अधिकार मंत्रीजी से छिन गया। इसी तरह मधु कोड़ाजी रूठ गए, क्योंकि ट्रैक्टर खरीद घपले में

फँसे उनके एक मित्र के खिलाफ सरकार द्वारा जाँच पर उन्हें एतराज था। कमलेश सिंह चोर-डकैत इंजीनियरों की बरखास्तगी के खिलाफ थे। एनोस एक्का बी.डी.ओ., डी.टी.ओ., मोबाइल दारोगा के तबादले में मनमानी चाहते थे।

ऐसे एक-एक आरोप गिनाकर मुख्यमंत्री अर्जुन मुंडा कांग्रेस और यू.पी.ए. से सदन में पूछते कि इन मुद्दों पर यू.पी.ए. से क्या सौदेबाजी हुई है, यह राज्य जानना चाहेगा। एक निर्दलीय विधायक को सरकार में किस हद तक मनमाने ढंग से काम करने की छूट चाहिए? यू.पी.ए. इस पर अपनी नीति स्पष्ट करे। अर्जुन मुंडा कहते कि हमने इनके नाज-नखरे, जहाँ तक संभव था, उठाए। अब यू.पी.ए. कहाँ तक इन्हें पूजेगा, झारखंड विधानसभा में स्पष्ट करे।

ऐसे अनेक चुभते सवाल उठाकर एन.डी.ए. रचनात्मक विपक्ष की भूमिका में बैठता, तो यू.पी.ए. के लिए गंभीर स्थिति बनती। एक निर्दलीय के नेतृत्व में, निर्दलीय लोगों की बहुतायत द्वारा संचालित, राजद की उपस्थिति, और नेपथ्य से कांग्रेस-झामुमो संचालित मंत्रिमंडल देश के लिए एक अनूठा दृश्य उत्पन्न करता।

(09-09-2006)

□

'अंधा युग' और झारखंड

झारखंड की राजनीति के दाँव-पेच देखकर मुझे अपने प्रथम संपादक गुरु और शिखर के साहित्यकार डॉ. धर्मवीर भारती की कालजयी पुस्तक 'अंधा युग' की कुछ पंक्तियाँ याद आईं। यह उनकी विश्वप्रसिद्ध कृति है।

पुस्तक के आरंभ में उन्होंने विष्णु पुराण के कुछ श्लोक उद्धृत किए हैं और उनका हिंदी अनुवाद भी दिया है। उन श्लोकों में से कुछेक के हिंदी अनुवाद पाठकों को, खासतौर से झारखंड की राजनीति (वैसे तो पूरे देश की राजनीतिक संस्कृति के लिए यह प्रासंगिक है) को समझने में मदद करते हैं। यह समान रूप से एन.डी.ए.-यू.पी.ए. दोनों पर लागू होता है।

सत्ता होगी उनकी
जिनकी पूँजी होगी
****
जिनके नकली चेहरे होंगे,
केवल उन्हें महत्त्व मिलेगा
****
राज शक्तियाँ लोलुप होंगी,
जनता उनसे पीड़ित होकर
गहन गुफाओं में छिप-छिप कर दिन काटेगी

ये तीनों उद्धरण विष्णु पुराण के तीन संस्कृत श्लोकों के ठीक नीचे हिंदी अनुवाद के रूप में प्रस्तुत किए गए हैं। डॉ. भारती द्वारा किए गए ये अनुवाद आज की राजनीति के चरित्र और चेहरे को सर्वश्रेष्ठ तरीके से बताते हैं। यह भी गौर करने लायक है कि सैकड़ों-हजारों वर्ष पूर्व विष्णु पुराण के रचयिता ने कैसे भविष्य को देख लिया था कि शासकों से त्रस्त जनता भागकर गुफाओं में शरण लेगी।

आगे डॉ. धर्मवीर भारती ने इसी पुस्तक में लिखा है,

टुकड़े-टुकड़े हो बिखर चुकी मर्यादा
उसको दोनों ही पक्षों ने तोड़ा है
× × ×
यह अजब युद्ध है नहीं किसी की भी जय
दोनों ही पक्षों को खोना ही खोना है
× × ×
दोनों ही पक्षों में विवेक ही हारा
दोनों ही पक्षों में जीता अंधापन
× × ×
जो कुछ सुंदर था, शुभ था कोमल था
वह हार गया ..... द्वापर युग बीत गया।

जब अच्छे मूल्य हार जाएँ, समाज के बहुसंख्यक अच्छे लोग शासकों के अंधेपन और चरित्रहीनता से निराश हो जाएँ, कुंठा, हताशा पूरे समाज को डिप्रेशन में डाल दे, तो स्थितियाँ कैसे बदलती हैं।

आगे इसी पुस्तक में डॉ. धर्मवीर भारती ने उन पंक्तियों को लिखा, जो किसी इनसान, सभ्यता और संस्कृति के लिए प्रेरक पूँजी हैं। यादगार और स्मरणीय। हालाँकि पूरी पुस्तक ही अनुपम और अद्वितीय है, पर मौजूदा परिस्थितियों के लिए खासतौर से प्रासंगिक ये छह पंक्तियाँ :

किंतु, उस दिन यह सिद्ध हुआ
जब कोई भी मनुष्य
अनासक्त होकर चुनौती देता है, इतिहास को,
उस दिन नक्षत्रों की दिशा बदल जाती है
नियति नहीं है, पूर्व निर्धारित।
उसको हर क्षण मानव-निर्णय बनाता-मिटाता है।

झारखंड की मौजूदा स्थिति को चुनौती देने के लिए कोई अनासक्त इनसान खड़ा हो, एक ऐसा नेतृत्व, जो अपने संकल्प और पुरुषार्थ से इस राज्य की दिशा बदल दे। जिस तरह प्रकृति ने इसे समृद्ध खनिज राज्य बनाया है, उस तरह कोई विजन-दृष्टि इसे प्रगति-शिखर तक पहुँचाए, इसी उद्‌देश्य से इस अमर कृति 'अंधा युग' का स्मरण!

(09-09-2006)

□

झारखंड का राजनीतिक भविष्य

उच्चतम न्यायालय का रुख प्रभावित करेगा

झारखंड की राजनीति के लिए 11 सितंबर 'डी' 'डे' (निर्णायक दिन) है। आज ही सर्वोच्च न्यायालय में झारखंड के तीन निर्दल विधायकों की ओर से दायर याचिका (यू.पी.ए. प्रायोजित) पर सुनवाई है और आज ही झारखंड विधानसभा के अध्यक्ष इन तीनों विधायकों से संबंधित मामले सुनेंगे। इसलिए झारखंड की मौजूदा राजनीति के भविष्य के लिए आज महत्त्वपूर्ण दिन है।

झारखंड विधानसभाध्यक्ष द्वारा तीन विधायकों को नोटिस का प्रसंग देशव्यापी चर्चा का विषय है। इन पक्ष बदलुओं के साथ इस बार यू.पी.ए. है। यू.पी.ए. ही मामला उच्चतम न्यायालय ले गया है। उसकी शिकायत है कि झारखंड के स्पीकर पक्षपात कर रहे हैं। न्यायालय में एन.डी.ए. का पक्ष मशहूर वकील सोली सोराबजी रखेंगे। यू.पी.ए. की ओर से भी विख्यात विधिवेत्ता वेणुगोपाल बहस करेंगे। दोनों देश के जाने-माने विधि विशेषज्ञ हैं। यह सुनवाई 11 सितंबर को है। मुख्य न्यायाधीश जस्टिस सब्बरवाल, जस्टिस पी.के. बालसुब्रह्मण्यम और जस्टिस सी.के. ठक्कर की तीन सदस्यीय पीठ यह मामला सुनेगी।

देश के सर्वोच्च न्यायालय के पास दो विकल्प हैं—(1) यू.पी.ए. समर्थक निर्दल विधायकों की याचिका स्वीकार कर, स्पीकर की सुनवाई पर किसी किस्म का स्थगन आदेश या टिप्पणी देना या (2) निर्दल विधायकों की याचिका खारिज कर देना। यह संभावना अधिक है कि न्यायपालिका बनाम कार्यपालिका विवाद की पृष्ठभूमि में सर्वोच्च न्यायालय हस्तक्षेप ही न करे। अगर सर्वोच्च न्यायालय पहला विकल्प चुनता है, तो यू.पी.ए. की मनोवैज्ञानिक जीत होगी।

अगर सर्वोच्च न्यायालय का फैसला यू.पी.ए. के पक्ष में जाता है, तो 11 तारीख का यू.पी.ए. का प्रस्तावित विधानसभा घेराव प्रभावी हो सकता है और विजय जश्न में

तब्दील हो सकता है। पर फैसले से स्पीकर के पक्ष में निष्कर्ष निकलते हैं, तो यू.पी.ए. का प्रस्तावित विधानसभा घेराव फिस्स हो जाएगा।

11 सितंबर को ही झारखंड के विधानसभाध्यक्ष तीन निर्दल विधायकों के मामले की सुनवाई करनेवाले हैं। स्पष्ट है कि सुप्रीम कोर्ट के रुख या टिप्पणी या निर्देश या सुझाव का असर स्पीकर पर होगा। सुप्रीम कोर्ट के रुख के प्रतिकूल स्पीकर नहीं जा सकते। ऐसी स्थिति में यू.पी.ए. को स्पष्ट बहुमत का आसार होगा।

क्योंकि ऐसी स्थिति में 'फेंससीटर' (किनारे बैठे विधायक) यू.पी.ए. के पक्ष में होंगे। यू.पी.ए. को स्पष्ट स्थिति में पहुँचाने के पीछे यू.पी.ए. प्रेम से अधिक विधायकों का 'स्वप्रेम' होगा। अधिक विधायक चुनाव नहीं चाहते, क्योंकि उन्हें दोबारा विधानसभा में लौटने का आत्मविश्वास नहीं है। एक दूसरा कारण है कि अधिकतर विधायक विधायिकी को 'उपार्जन' (कमाई) का अवसर मानते हैं। जिनके ये सपने हैं, वे पाँच वर्ष के मोहक संसार को एक-सवा वर्ष में कैसे ध्वस्त होने देंगे? इसलिए यू.पी.ए. प्रेम से अधिक 'उपार्जन' दृष्टि से विधायकी करनेवाले विधायक उस स्थिति में प्रस्तावित नई सरकार की संजीवनी साबित होंगे।

सर्वोच्च न्यायालय अगर कह देता है कि स्पीकर 14 सितंबर को विश्वासमत स्पष्ट होने के बाद ही अपनी सुनवाई करें, ऐसी स्थिति में 14 सितंबर को ही स्पीकर पुनः अपने अधिकार के इस्तेमाल के लिए कानूनन स्वतंत्र होंगे। अगर वह इन तीनों निर्दल पक्ष बदलुओं के खिलाफ कदम उठा लेते हैं, तो यू.पी.ए. समर्थित प्रस्तावित सरकार की योजना पुनः सपना बन सकती है।

अगर उच्चतम न्यायालय ने दूसरा विकल्प चुना (जिसकी संभावना है) और तीनों निर्दल विधायकों की याचिका खारिज कर दी, तब क्या होगा? ऐसी स्थिति में स्पीकर की सुनवाई निर्णायक हो जाएगी।

स्पीकर अतिरिक्त उत्साह से तीनों पक्ष बदलुओं के खिलाफ कदम उठाएँगे। स्पीकर का यह कदम यू.पी.ए. की प्रस्तावित सरकार की योजना को ध्वस्त कर देगा। ऐसी स्थिति में फेंससीटर विधायक एन.डी.ए. की ओर लौट सकते हैं। एन.डी.ए. प्रेम के कारण नहीं, 'उपार्जन प्रेमवश'।

यह स्थिति रोचक होगी। तब सदन के अंदर 'उत्तर प्रदेश विधानसभा में हुई जंग' के दृश्य भी देखने को मिल सकते हैं। यह संभावना अधिक है। उस स्थिति में एन.डी.ए. कहेगा कि जो एन.डी.ए. से यू.पी.ए. में गए, फिर लौट आए, उनका हृदय परिवर्तन हो गया है। ये शुरू से ही एन.डी.ए. के साथ थे, इनका अपहरण हो गया था। एन.डी.ए.वाले तब यह कहेंगे कि ये मन से इधर थे, तन से अपहरण के शिकार थे। राजनीति का यह

चेहरा दिलचस्प होगा।

उधर, यू.पी.ए. राष्ट्रपति शासन की कवायद में होगा। अगर राष्ट्रपति शासन हो गया (जिसकी प्रबल संभावना है) तब एन.डी.ए. 'शहीद' होने का दावा करेगा और यू.पी.ए. राज्य को भ्रष्टाचार से मुक्ति दिलाने में कामयाबी का सेहरा बाँधे घूमेगा। पर इस पूरे घटनाक्रम के असली नायक या खलनायक एनोस एक्का, हरिनारायण राय, कमलेश सिंह और मधु कोड़ा होंगे। नायक इस अर्थ में कि राज्य की जनता को एक और मौका मिलेगा चुनावों में किसी एक पक्ष को स्पष्ट बहुमत देकर विधानसभा में भेजने का। कम-से-कम राज्य को निर्दलियों के इस आतंक, ब्लैकमेलिंग और भ्रष्टाचार से मुक्ति का एक और अवसर इन चार पक्ष बदलुओं के सौजन्य से ही मिलेगा। 'खलनायक' इस अर्थ में कि पूरे देश में झारखंड की राजनीति को बदनाम करने, झारखंड की छवि को धूमिल करने के लिए ये याद किए जाएँगे।

इस पूरे प्रकरण में दो महत्त्वपूर्ण तत्त्व काम कर रहे हैं, पर ये अदृश्य हैं। पहला, एक सोची-समझी रणनीति के तहत यह सब दिल्ली से संचालित हो रहा है। इस राजनीतिक उठा-पटक के असली सूत्रधार कांग्रेस के दिग्गज हैं। झारखंडी नेता तो कठपुतली हैं। दिल्ली के सत्ता गलियारे में 15 अगस्त के आसपास ही इस बात की चर्चा थी कि सितंबर के आरंभ में झारखंड में राजनीतिक अस्थिरता होगी। यह भी सूचना है कि झारखंड में राष्ट्रपति शासन के बाद मध्य प्रदेश की बारी है। लालू प्रसाद कह ही चुके हैं कि बिहार भी इस स्थिति से गुजरनेवाला है। इस प्रकरण का दूसरा महत्त्वपूर्ण तत्त्व, जो विजिबल नहीं है, वह है केंद्र की यू.पी.ए. सरकार। केंद्र की सत्ता राज्य के फेंससीटर विधायकों पर एक मनोवैज्ञानिक असर केंद्र की सत्ता से ही एकाकार होने का डालती है। जब केंद्र में एन.डी.ए. सत्तारूढ़ था, तब पूर्वोत्तर के अनेक कांग्रेस शासित राज्य एन.डी.ए. समर्थक बन गए थे। यह हवा झारखंड में भी बह रही है।

(11-09-2006)

□

निराशा के फर्ज

डॉ. राममनोहर लोहिया का एक विचारपरक व्याख्यान है—'निराशा के कर्तव्य'। चित्त और मानस को उद्वेलित करनेवाला। इस टिप्पणी के शीर्षक 'निराशा के फर्ज' का स्रोत भी। निराशा के दो स्तर हैं, निजी और सामाजिक। सामाजिक स्तर पर पूरे समूह और समाज के लिए निराशा होती है। कई बार हर एक के निजी जीवन में भी सामाजिक-सार्वजनिक कारणों से निराशा उपजती है। युवकों के लिए रोजगार के अवसर नहीं हैं, किसानों-मजदूरों के साथ न्याय नहीं हो, तो सार्वजनिक सवालों से निजी जीवन में 'डिप्रेशन' (निराशा) होता है। सामाजिक अराजकता निजी जीवन में निराशा बढ़ाती है।

झारखंड का सार्वजनिक जीवन, राजनीति और झलकता भविष्य हर एक संवेदनशील झारखंडी के लिए आज डिप्रेशन का कारण है। पूरे देश में झारखंड की पहचान भ्रष्ट और बिकाऊ राजनीति की बन गई है। पिछले वर्ष एन.डी.ए. सरकार गठन के समय विधायकों की सौदेबाजी की खबरें आईं। डेढ़ वर्ष भी नहीं हुआ कि फिर झारखंड के विधायक सुर्खियों में हैं। देश के दूसरे हिस्सों में लोग झारखंडी विधायकों के इस चरित्र को झारखंड के सार्वजनिक जीवन का प्रतिबिंब मानने लगे हैं। नरसिंह राव के प्रधानमंत्रित्व काल में हुए 'सांसद घूसकांड' को इसी झारखंडी राजनीति से जोड़कर देखते हैं। उल्लेखनीय है कि सांसद रिश्वत प्रकरण में भी झारखंड के तीन तत्कालीन सांसदों के नाम सामने आए थे। क्या यही झारखंड की छवि है? क्या घूस, दलाली, बिकाऊपन, चरित्रगत अस्थिरता, झारखंडी राजनीति के प्रतीक चिह्न बन गए हैं? जिस झारखंड में सिद्धू-कान्हू का विद्रोह हुआ, जहाँ 1857 में विद्रोह की चिनगारियाँ फूटीं, जहाँ बिरसा मुंडा ने गौरवपूर्ण अगुवाई की, उस समृद्ध विरासत के उत्तराधिकारी समाज में अगुवाई करनेवालों का यह स्तर? आजादी के बाद भी विधायक, सांसद, मंत्री (राज्य और केंद्र दोनों स्तरों पर) पदों पर बार-बार रहने के बावजूद आजीवन समाज को प्रेरित करनेवाला झारखंडी नेतृत्व जिस समाज में रहा, वहाँ यह पतन?

क्यों विधायकों को राज्य से बाहर भागकर समूहों में रहना पड़ रहा है? पहले एन.डी.ए. विधायकों को राजस्थान ले गया। अब यू.पी.ए. के विधायक अलग-अलग खेमों में रखे जा रहे हैं। कभी केरल, कभी गोवा, कभी ऋषिकेश या हरिद्वार। क्या किसी सभ्य समाज और 50 वर्ष पुराने लोकतंत्र में यह सार्वजनिक आचरण शर्मनाक नहीं है? विधायक क्यों भागे फिर रहे हैं? जब-जब सरकार बनने का अवसर आता है, पलायन करते हैं। क्या यह जंगलराज है? विधायक क्या भेड़ हैं कि उन्हें 'गड़रिया' रूपी नेता के इशारे पर नाचना है? क्यों भेड़ों की तरह उन्हें विश्वास मत पाने तक एक साथ ही रहना पड़ता है? एन.डी.ए. ने भी विश्वास मत पाने में यही किया, यू.पी.ए. भी यही कर रहा है। क्या विधायकों को स्वतंत्र और अकेला नहीं छोड़ा जा सकता? क्या यह गुलामों का लोकतंत्र है कि विधायक समूह में ही रखे जाएँ? क्या वे अविश्वसनीय हैं? क्या विधायकों के निजी विवेक, चरित्र और व्यक्तित्व बिकाऊ या अविश्वसनीय हैं? नहीं तो, यह भेड़चाल क्यों? कैसे इसी विधानसभा के विधायक विनोद सिंह को कोई प्रभावित नहीं कर सकता है? वह क्यों खरीद-बिक्री की मंडी से बाहर गिने या माने जाते हैं? वह कैसे अकेले घूमते रहते हैं? उन्हें क्यों राज्य से बाहर भागना नहीं पड़ता या उन्हें क्यों नहीं कोई बाहर भगा ले जाता? क्योंकि वह विचार-सिद्धांत (आप सहमत या असहमत हो सकते हैं) की राजनीति करते हैं। राजनीति उनके लिए निजी पद, पैसा, रुतबा दिखाने का माध्यम नहीं है। इसी तरह झारखंड की पहली विधानसभा में महेंद्र सिंह थे। विशेश्वर खाँ जैसे लोग थे। दरअसल व्यक्तित्व, चरित्र या सिद्धांत-आदर्श ही जनप्रतिनिधियों को विश्वसनीय बनाते हैं। नई आभा देते हैं।

पर इस विधानसभा का हाल देखिए! यहाँ खुलेआम स्पीकर इंदर सिंह नामधारी कह रहे हैं कि उन्हें 'यू.पी.ए.' की ओर से 'स्पीकर' पद का ऑफर है! दलबदलू और निर्लज्ज कमलेश सिंह कह रहे हैं कि उन्हें एन.डी.ए. की ओर से गृहमंत्री पद का ऑफर है! क्या खुलेआम बोली, नीलामी और खरीद-फरोख्त से यहाँ सरकारें बनेंगी या बिगड़ेंगी? क्या यह विधानसभा नहीं, हाट या मंडी है, जहाँ मोलभाव हो रहा है? झारखंडी समाज के लिए यह बेहद शर्मनाक क्षण है, सामाजिक डिप्रेशन और निराशा का समय।

पर रास्ता क्या है? डॉ. लोहिया ने अपने व्याख्यान में कहा था—निराश रहो, पर काम करो। 'निराश रहना और कर्तव्य करना'। इस निराश आबोहवा में हर झारखंडी का फर्ज है, वह अपने रहनुमा विधायकों के गलत आचरण को सार्वजनिक बहस का विषय बनाए। गांधी युग में सार्वजनिक निराशा तोड़ने और गुलामी के खिलाफ लोगों को जगाने का काम छात्रों, प्राध्यापकों, वकीलों और बुद्धिजीवियों ने किया। झारखंड में डॉ. रामदयाल

मुंडा, डॉ. बी.पी. केशरी (जो झारखंड के लिए लड़े) जैसे बौद्धिक आगे आएँ। किसी पक्ष या विपक्ष में नहीं, बल्कि चरित्र की राजनीति, प्रतिबद्धता की राजनीति बनाम चरित्रहीनता के सवाल पर पूरे झारखंडी समाज को जागरूक बनाने के लिए। इसी तरह हर जिले में जो प्रतिबद्ध बौद्धिक, वकील, प्राध्यापक और छात्र हैं, वे निकल पड़ें आसपास। लोगों को बताएँ, क्या थे हम (बिरसा मुंडा के गौरव के उत्तराधिकारी), कहाँ पहुँच गए हम (मधु कोड़ा, एनोस और कमलेश जैसे वारिस)? यह लोक अभियान निराश झारखंड का पहला फर्ज है।

मुक्तिबोध ने बहुत पहले लिखा था··· 'एक पाँव रखता हूँ, हजार राहें फूट पड़ती हैं'। झारखंड में लोक अभियान का यह एक कदम उठे, तो निश्चित मानिए, सार्वजनिक दुःख और पीड़ा के बादल छँटेंगे। तब कवि कुँवर नारायण की यह पंक्ति हर झारखंडी को नई ऊर्जा देगी, 'कोई दुःख मनुष्य के साहस से बड़ा नहीं'। झारखंडी युवा साहस करें और समाज बनाने के लिए आगे आएँ। याद करें, जब अमेरिकी समाज में ठहराव था, निराशा थी, तो एक युवा राष्ट्रपति जॉन एफ. केनेडी ने अमेरिकी समाज में नया आत्मविश्वास भर दिया। उनका आह्वान था—'जब तक राजनीति में अच्छे लोग नहीं आते, चीजें ठीक नहीं होंगी।'

आज पुनः झारखंडी राजनीति ईमानदार और प्रतिबद्ध युवाओं की प्रतीक्षा में है। यह इतिहास पुनर्लेखन का क्षण है। कहावत है, हर संकट के साथ एक अवसर भी मिलता है। झारखंड का यह राजनीतिक संकट नया झारखंड बनानेवालों के लिए एक ऐतिहासिक अवसर भी है। विंस्टन चर्चिल ने जब हताश ब्रिटेन को दूसरे विश्वयुद्ध में जगाया, तो उनके शब्द थे—इतिहास इस तथ्य का गवाह है कि जब कभी किसी सभ्यता, संस्कृति या समाज ने मूल्यों के प्रति प्रतिबद्धता (कंविकशन) के बजाय सुविधाभोगी (कनविनियंस) राह चुनी, वह अँधेरे में गुम हो गया। उसकी कहानी भी खत्म हो गई। झारखंड भी आज 'कनविक्शन की पॉलिटिक्स' (प्रतिबद्धता की राजनीति) की प्रतीक्षा में है, 'कनविनियंस की पॉलिटिक्स' (सुविधाभोगी या दलाली की राजनीति) की नहीं।

(12-09-2006)

□

ये चेहरे और इनके काम याद रखें!

जो संभावना थी, सच हुई। सर्वोच्च न्यायालय से झारखंड विधानसभा के अध्यक्ष के खिलाफ, यू.पी.ए. समर्थकों को 'रिलीफ' (राहत) नहीं मिली। पुन: झारखंड विधानसभाध्यक्ष 13 सितंबर को इन निर्दल विधायकों के मामले की सुनवाई कर रहे हैं। परिस्थितिगत कयास लगाए जा रहे हैं कि कमलेश सिंह, एनोस एक्का और स्टीफन मरांडी की सदस्यता खतरे में पड़ सकती है। यह फैसला करने का अधिकार विधानसभाध्यक्ष को है। वह कह ही चुके हैं कि दल-बदलुओं को सजा मिलनी ही चाहिए।

पर, अच्छा होता कि कानूनन जायज या सही होने के बावजूद झारखंड के स्पीकर मान्यवर केसरीनाथ त्रिपाठी (पूर्व उत्तर प्रदेश विधानसभाध्यक्ष) की राह न चलते। इन तीनों द्वारा यू.पी.ए. को समर्थन के बावजूद यू.पी.ए. को सरकार बनाने में कठिनाई है। फर्ज करिए कि इन तीनों की सदस्यता नहीं जाती, तब भी भाकपा (माले) यू.पी.ए. को सरकार बनाने में सहयोग करेगा, यह संदिग्ध है। बाबूलाल मरांडी का मंच स्टीफन सहयोग करेगा या नहीं, यह स्पष्ट नहीं, क्योंकि श्री मरांडी का मंच राज्य में राष्ट्रपति शासन की माँग कर रहा है। ऐसी स्थिति में प्रस्तावित यू.पी.ए. सरकार भी ऑक्सीजन पर चलती रहेगी। एन.डी.ए. सरकार को गिराना यू.पी.ए. के लिए आसान हो सकता है, पर सरकार बनाना लगभग नामुमकिन। भला, एक निर्दल की अगुवाई में निर्दलियों की सरकार (राजद के शामिल होने की चर्चा है) को बाहर से समर्थन देकर कांग्रेस और झामुमो चला पाएँगे? अगर स्पीकर तीन विधायकों के मामले में कोई कदम उठाते हैं, तो एन.डी.ए. को जरूर मदद मिलेगी। फिर भी उसे बहुमत के लिए कुछेक चेहरे चाहिए। संभावना है कि वे मिल भी जाएँ, फिर भी निर्णायक बहुमत नहीं रहेगा। इसलिए इस स्थिति से निकलने के लिए जरूरी है कि एक बार पुन: जनता की अदालत, नई विधानसभा का आकार और भविष्य तय करे। झारखंड की मौजूदा स्थिति, संकट, संशय और ऊहापोह का सर्वश्रेष्ठ समाधान है चुनाव।

चुनाव ही झारखंड की राजनीति को और गंदा होने से बचा सकता है। जनमानस

में यह स्पष्ट धारणा है कि झारखंड में सरकारें 'डील' से बन और बिगड़ रही हैं। निर्दल विधायकों को पटाकर, उनकी शर्तों को मानकर। यह गलत भी हो सकता है, क्योंकि परदे के पीछे की बदशक्ल राजनीतिक दुनिया का असली चेहरा दबा, छुपा और ढका है। मार्च 2005 में सरकार गठन को लेकर झारखंड में हुए ड्रामे में ही कई लोक मान्यताएँ सार्वजनिक हुईं। पहली बात यह चर्चित हुई कि यू.पी.ए. (खासतौर से गुरुजी कैंप) निर्दल विधायकों को पटाने में विफल रहा। एन.डी.ए. ने अपने संसाधनों से पटा लिया। फिर माननीय विधायक जयपुर घूमे। इन दिनों यह चर्चा है कि फिर यू.पी.ए. ने तीन माननीय विधायकों की शर्तों को माना। इस बार ये लोग दिल्ली (पाँच सितारा लि-मेरेडिएयन), हरियाणा, गोवा, केरल, हरिद्वार की यात्रा पर हैं। परदे के पीछे हो रहे ये डील, सौदेबाजी और बनाने-बिगाड़ने के खेल अत्यंत महत्त्वपूर्ण हैं, पर अज्ञात और अनजाने। इसलिए मान लिया जाए कि यह सब अफवाह है? दोनों एन.डी.ए. और यू.पी.ए. पाक-साफ हैं।

फिर भी चुनाव ही क्यों एकमात्र हल है?

एन.डी.ए. सरकार में काम करते हुए चार मंत्रियों को पिछले डेढ़ साल में जनता ने देखा। इनकी कार्यशैली, कार्यक्षमता और दृष्टि सार्वजनिक हुई। ये न सिद्धांतवश एन.डी.ए. के साथ आए थे, न वैचारिक मतभेद के कारण पलटे। इन्होंने घुटना टेक सरकार को हर जगह झुकाया। हर गलत काम कराए। सरकार बचाने के लिए मुख्यमंत्री इनकी माँगों के आगे झुकते रहे।

अब इन लोगों ने उन बिंदुओं पर सरकार को सार्वजनिक ढंग से ब्लैकमेल करना शुरू किया, जहाँ झुककर अर्जुन मुंडा कुछेक महीने सरकार तो बचा सकते थे, पर वे कानूनी फंदे में फँसते। इन मंत्रियों ने उन्हें वहाँ पहुँचा दिया, जहाँ उनके पास दो ही विकल्प थे—(1) झुककर कुछेक माह सरकार का अस्तित्व बचा लें और (2) अपना अस्तित्व खतरे में डाल दें। खुद कानूनी फंदे में फँस जाएँ।

इन मंत्रियों की जीवनशैली, कामकाज और शौक को छोड़िए। बानगी के तौर पर चावल के दाने की तरह एक-एक काम चुनकर परख लीजिए।

हरिनारायण राय : अनंत इच्छाओं के धनी। वह प्रधानमंत्री ग्रामीण सड़क योजना के तहत 650 करोड़ की सड़कें बनवाना चाहते थे। इन सड़कों की क्वालिटी की मॉनिटरिंग केंद्रीय जाँच एजेंसियाँ करती हैं। बिहार में इस योजना के तहत सड़क बनवाने का काम मुख्यमंत्री नीतीश कुमार केंद्र सरकार की एक एजेंसी से करवा रहे हैं। झारखंड में भी मुख्यमंत्री यही चाहते थे। माननीय मंत्री महोदय अड़े थे कि 650 करोड़ की

सड़कें उनके ठेकेदार बनाएँगे। इसी तरह प्रधानमंत्री ग्रामीण सड़क योजना के तहत बनी लगभग 239 सड़कों को केंद्र सरकार की जाँच एजेंसी ने अपनी मॉनिटरिंग में स्तरीय नहीं पाया था। यह जाँच केंद्रीय कानून के तहत जरूरी है, पर मंत्री महोदय तैयार नहीं थे। मुख्यमंत्री यह जाँच कराना चाहते थे।

ऐसे मंत्री के साथ यू.पी.ए. या एन.डी.ए. की सरकार कैसे चलेगी? कब तक ब्लैकमेल होगी? इसलिए चुनाव ही समाधान है।

कमलेश सिंह : 'हरि अनंत, हरि कथा अनंता'। इनके कामकाज, दलबदल, बयान और बखान से परे हैं। 1960 के दशक के हरियाणा के 'आया राम गया राम' के यह 21वीं सदी की प्रतिमूर्ति हैं। कोदाईबांक बाँध बहने पर बरखास्त इंजीनियर के पैरोकार। गरीबों को मुफ्त नमक न बाँटनेवाले घोटालेबाज अफसरों के अभिभावक। सिंचाई विभाग के भ्रष्टाचार के तथ्य सभ्य समाज को स्तब्ध कर देंगे। क्या एन.डी.ए. या यू.पी.ए. दोनों के लिए यह मंत्री भरोसेमंद हैं?

एनोस एक्का : मोबाइल दारोगा ट्रांसफर। डी.टी.ओ.। लोगों की सेवा वापसी का मामला। ट्रांसफर-पोस्टिंग के कारनामे। ट्रांसपोर्ट विभाग में हो रही अनियमित चीजें। माननीय मंत्रीजी चाहते थे कि नेशनल रूरल इंपलायमेंट स्कीम (एन.आर.ई.पी.) विभाग, ग्रामीण विभाग से अलग कर उन्हें दे दिया जाए। उल्लेखनीय है, इस विभाग में केंद्र से काफी धन आ रहा है। मंत्रीजी ग्राम सेवा करना चाहते थे या धन सेवा, यह वही बता सकते हैं।

किस सीमा तक कोई सरकार अनियमित और गैरकानूनी चीजें सहन कर सकती है? यू.पी.ए. हो या एन.डी.ए., दोनों को ऐसे मंत्री संकट में डाल देंगे। एन.डी.ए. को तो डाल ही दिया है, यू.पी.ए. भी इन्हें लेकर सरकार बना ले, तो इस अनुभव से नहीं बचेगा!

इसलिए चुनाव!

मधु कोड़ा : ट्रैक्टर खरीद प्रकरण में अपने मित्र के खिलाफ सी.बी.आई. जाँच न होने देने के लिए कटिबद्ध। माइंस बँटवारे में पूरी आजादी की इच्छा।

क्या ऐसे निर्दलियों के बल कोई सरकार अपना भविष्य सुनिश्चित कर सकती है? ऐसी सरकार राज्य को प्रगति राह पर तेजी से ले जा सकती है?

इसलिए ऐसे तत्त्वों से मुक्ति और निर्णायक बहुमत के लिए चुनाव ही रास्ता है।

याद करिए, झारखंड की पहली सरकार के मंत्री लालचंद महतो, मधु सिंह, समरेश सिंह और बच्चा सिंह को।

इस विधानसभा के चार 'हीरे' हैं—एनोस, हरिनारायण राय, मधु कोड़ा और

कमलेशजी। झारखंड की पहली विधानसभा के चार 'कोहिनूर' थे—लालचंद महतो, मधु सिंह, समरेश सिंह और बच्चा सिंह। झारखंड के सौंदर्य में ये कुल आठ रत्न (चार 'हीरे' और चार 'कोहिनूर') नहीं होते, तो आज झारखंड की राजनीति इतनी बदनाम नहीं होती। सांकेतिक तौर पर एक-एक को याद करिए। चावल के दाने की तरह हरेक का थोड़ा-थोड़ा स्मरण।

लालचंद महतो : पूरे झारखंड को बिजली से जगमगाने का हुँकार भरनेवाले महतो झारखंड को ही अंधकार में डालने के बीज बो गए। जब मंत्री थे, तो 'प्रभात खबर' में ही उनके होटल की पूरी दास्ताँ छपी। आगबबूला हुए, फिर मौन रहे। अब सब सूचनाएँ जगजाहिर होने पर कहते हैं, परिवार की पार्टनरशिप है। टी.वी.एन.एल. में कोयला आपूर्ति में परिवार के लोगों की सेवाएँ। ज्योति कंस्ट्रक्शन की गड़बड़ी। स्टेट पावर को निजी जागीर समझनेवाले।

मधु सिंह : बाबूलाल मरांडी खुद ही कह चुके हैं कि उनके मंत्री के रूप में मधु सिंह ने उनसे निबंधन विभाग माँगा। बदले में सालाना 60 लाख देने का वादा। एक मुख्यमंत्री को उनके मंत्री द्वारा सीधे घूस देने का आरोप। हिंदुस्तान में शायद पहली बार झारखंड में ही सुना गया। संविधान बनानेवाले जीवित होते, तो आत्महत्या ही करते। एक उद्योगपति को राज्यसभा में भेजने का अग्रिम एडवांस लेने के आरोप में जदयू से निलंबित हुए मंत्री के रूप में कारनामों की चर्चा, सभ्य समाज और कानून से चलनेवाले राज्य के लिए धब्बा हैं।

समरेश सिंह : अपने ही इंजीनियरिंग कॉलेज को सरकारी मान्यता, पैसा देने के लिए प्रयासरत रहे। एक वेबल नामक कंपनी से समझौता कर राज्य पर 175 करोड़ की चपत लगाने का कुचक्र रचा। कानून के रास्ते पर चलने से परहेज। रोज नया सचिव चाहिए था, जो मंत्रीजी की गैरकानूनी चीजों को ठीक करता। 'रंग में भंग' नहीं डालता।

बच्चा सिंह : कभी किसी अफसर से नहीं पटी। विभाग में मनमाने तौर-तरीके से काम। कभी मुख्यमंत्री से नाराज, कभी खुश। विभाग में लगभग अराजकता और अव्यवस्था।

अगर इन मंत्रियों की दास्ताँ लिखी जाती, तो यह झारखंड के हित में होता। दरअसल झारखंड की राजनीति में सिविल मूवमेंट कारगर होता, तो इन सभी आठ 'हीरों और कोहिनूरों' को परखने-जाँचने के लिए जाँच एजेंसी रूपी जौहरी लगाए जाते।

जो विपक्ष आज झारखंड में सत्तारूढ़ होने के लिए व्यग्र और बेचैन है, वह भी झारखंड की बदहाली के लिए बराबर का हिस्सेदार है। विपक्ष के रूप में यू.पी.ए. की

विफलता के क्या कारण हैं? क्या विपक्ष का मौन जान-बूझकर है? झारखंड में जो कुव्यवस्था, अशासन, अराजकता, भ्रष्टाचार सार्वजनिक जीवन में पसरा-फैला है, क्या विपक्ष उससे अपरिचित है? क्यों नहीं ये सवाल विधानसभा में या विधानसभा के बाहर उठते? क्यों विरोधी दल आंदोलन, विरोध या संघर्ष से झारखंड में पसरे भ्रष्टाचार के खिलाफ बुलंद आवाज नहीं उठाते?

चुनाव इसलिए भी ताकि झारखंड को एक कारगर सरकार और ईमानदार विपक्ष मिल सके।

इतना ही नहीं, चुनाव इसलिए भी जरूरी है कि ये सवाल चुनावों में मुख्य बहस के बिंदु बनकर उभरें और उठें। जब जनता के बीच बहस के एजेंडे में मंत्रियों के कुकर्म, विपक्ष की विफलता, झारखंड के पिछड़ेपन के सवाल उठेंगे, तो इस गर्भ से एक नई राजनीति निकलेगी। इस नई राजनीति के लिए भी चुनाव जरूरी है।

(13-09-2006)

□

झारखंडी विधायकों से अनुरोध!

यह पता है कि आप यह पत्र नहीं पढ़ेंगे। कुछेक को छोड़कर। फिर भी जो सवाल झारखंड की जनता के मानस में हैं, वे सार्वजनिक होने ही चाहिए। यही इस खुले पत्र का मकसद है। आप सबसे जवाब की अपेक्षा है, पर यह मालूम है कि चुनाव के दिनों में, वोट गिरने तक आप खुद को जनता का नौकर कहते हैं। सेवक कहते हैं। जीतते ही आप निरंकुश मालिक बन जाते हैं। कुछेक अपवाद विधायक हैं, पर ऐसे विधायक मुख्यधारा के विधायक अब नहीं माने जाते। यह पत्र भी झारखंड के ऐसे अपवाद विधायकों को संबोधित नहीं है। दल, विचारधारा, निष्ठा से ऊपर उठकर आचरण स्तर पर लगभग हर दल में विधायक एक तरह के हैं। समान सोच, समान कर्म और समान भूख। सत्ता, पैसा, कुरसी और प्रसिद्धि के भूखे। यह पत्र ऐसे ही मुख्यधारा के झारखंडी विधायकों को संबोधित है।

सवाल उठाने के पहले एक प्रार्थना। झारखंड को मार्च 2005 से आज सितंबर 2006 के बीच आप विधायकों ने अंतरराष्ट्रीय सुर्खियों में पहुँचा दिया है। पर आपकी यह उपलब्धि झारखंडवासियों के लिए बधाई पाने या खुश होने का अवसर नहीं है। आप सबके कामों की देशव्यापी चर्चा, एक झारखंडी के लिए रोने का ही अवसर है। शर्मसार करने का समय। इसलिए आप सबसे एक करबद्ध प्रार्थना और आग्रह। आज विधानसभा में 'लखनऊ विधानसभा का रिकॉर्ड' तोड़ने की प्रतिस्पर्द्धा में न उतरें। (उल्लेखनीय है कि कुछेक वर्ष पूर्व लखनऊ विधानसभा में भयावह मारपीट विधायकों ने की थी)। जयपुर (2005), अब दिल्ली, हरियाणा, गोवा, केरल, हरिद्वार (पाँच सितारा लि-मेरिडियन वगैरह) घूमकर, झारखंड की राजनीति में हो रहे पल-पल बदलाव की खबरों को चैनलों ने दुनिया के कोने-कोने में पहुँचाकर, आपके कामों-उपलब्धियों को देश के घर-घर में पहुँचा दिया है। कुछेक लोग कहते भी हैं, झारखंड को अब आप सबके सौजन्य से 'पहचान का संकट' नहीं रहा। छह वर्ष पुराना राज्य 60 वर्ष पहले के राज्यों से ज्यादा चर्चित है। आप विधायकों के कारण ही तो? यह अलग प्रसंग है कि

यह प्रसिद्धि दिलाकर आप विधायक इतरा सकते हैं, पर जनता आप पर रोती है। इसलिए आज (14 सितंबर) विधानसभा में अपनी हरकतों से पुनः झारखंड को शर्मसार न करें। संयमित और मर्यादित आचरण करें। हाँ, बहस में तीखे-से-तीखे सवाल उठाएँ। पर शालीनता में रहकर। आपको याद दिलाना जरूरी है।

जब-जब आपके हित-स्वार्थ के सवाल उठते हैं, तो आप एक हो जाते हैं। झारखंड बनने के बाद आप सबने मिलकर (एक अपवाद छोड़कर) अपने वेतन, भत्ता नियम में पाँच बार संशोधन कराया। अपनी विचारधारा, पार्टी, आपसी झगड़े सब छोड़कर आप एक हो गए। आज देश-दुनिया की निगाह आप पर लगी है। क्या इस अवसर पर मारपीट, उत्तेजना, कुरसी पलटना, चीखना-चिल्लाना, अपशब्द कहना छोड़कर आप सब शालीनता से एक-दूसरे के खिलाफ धारदार बहस कर अपनी योग्यता, प्रखरता, निष्ठा दुनिया को दिखाकर झारखंड विधानसभा का गौरव नहीं बढ़ा सकते? इस काम के लिए आप एक नहीं हो सकते कि बिना झगड़े, अपना मतभेद स्पष्टता और ताकत से रखेंगे।

झारखंड विधानसभा के आप सभी सदस्य पौने तीन करोड़ झारखंडियों की आकांक्षाओं की रहनुमाई करते हैं। झारखंडी जनता के विश्वास और सपनों के प्रतिनिधि। आप जिस विधानसभा में बैठते हैं, वह लोकतंत्र का मंदिर है। जीवन में संकट के मोड़ पर हर मनुष्य अपने-अपने इबादत घरों में जाकर प्रार्थना करता है। आत्मनिरीक्षण करता है। सच से साक्षात्कार करता है। गिरजाघरों में तो एक बड़ी आकर्षक परंपरा है। लोग अपने पापों का कन्फेशन (आत्मस्वीकृति) करते हैं। आप सभी विधायक इस लोकतंत्र के मंदिर में आज आत्मस्वीकृति (कन्फेशन) करें, गिरजाघरों जैसा। जैसे मनुष्य निजी दुःख, संकट, संशय, अंतर्द्वंद्व के समय कन्फेशन करता है, वैसे ही एक राज्य, देश, समाज भी अपने नाजुक दौर में कन्फेशन करता है। छह वर्ष पुराने झारखंड में आज जो नाजुक दौर है, वह आपके कन्फेशन के लिए सही और उपयुक्त अवसर है।

इस कन्फेशन की शुरुआत एन.डी.ए. ही करे, क्योंकि वह अब तक शासन में था। 2005 में किन अघोषित-घोषित शर्तों पर निर्दलीय राजग के साथ आए? यहाँ से दिल्ली जिस विशेष विमान से सन् 2005 में एन.डी.ए. के विधायक गए, उसका भुगतान किसने किया? दिल्ली से जयपुर, फिर जयपुर के महँगे होटलों-रिसोर्टों का प्रबंध किसके सौजन्य से हुआ? फिर दिल्ली से राँची का विशेष विमान कैसे मिला? इसके बाद यू.पी.ए. बताए कि बागी मंत्री कब-कब गुपचुप 'सरकार अपदस्थ योजना' में शरीक हुए? क्या-क्या घोषित-अघोषित सौदेबाजी हुई? पिछले एक सप्ताह से जब यह ड्रामा सार्वजनिक हुआ, तब से 14 सितंबर तक कितने खर्च हुए? जब दिल्ली से राँची विशेष

विमान से तीन निर्दलीय विधायक इस्तीफा देने आए, तो फाइनेंस किसने किया? यह खबरें और तसवीरें लगातार आती रही हैं कि झारखंड के विधायक दिल्ली के महँगे पाँच सितारा लि-मेरेडियन में ठहरे, बैठक की। कुछ लोग हरियाणा के महँगे रिसोर्ट में थे। कुछेक गोवा-केरल में लहरें गिन रहे थे। महँगे रिसोर्ट और होटलों में। कुछ लोग हरिद्वार-ऋषिकेश भ्रमण पर थे, विशेष चार्टर्ड विमान से। पुनः ये सब झारखंड की धरती पर अवतरित हुए। होटलों, वाहनों, खाने-पीने वगैरह पर इन दिनों बड़ा खर्च आया होगा। यह सब फाइनेंस किसने किया, क्यों किया? कम-से-कम लोकतंत्र के इबादत गृह विधानसभा में यह सब आप महानुभावगण बताएँ। कन्फेशन करें।

यह सब जनता क्यों जानना चाहती है? आप जनता का प्रतिनिधित्व करते हैं। आपके खर्चे, वेतन, सुख-सुविधा, मौज-मस्ती, सुरक्षा का भार हम जनता पर है। दर्प में शायद आप में से अधिसंख्य को याद न हो, गरीब से गरीब आदमी भी अप्रत्यक्ष कर देकर आपकी रहनुमाई की कीमत चुकाता है। आपके ऊपर बढ़ते बेतहाशा खर्चों से लगातार गरीब-से-गरीब आदमी पर भी कर बोझ बढ़ रहा है। फिर भी जनता आपके सुरसा की तरह बढ़ते खर्चों का बोझ उठा रही है। आप गरीब जनता के अमीर प्रतिनिधि हैं, यह जानते हुए भी लोग चुप हैं। पर आप जयपुर, केरल, गोवा, हरियाणा, दिल्ली के पाँच सितारा होटलों में जो रहे, उन पर जो बेशुमार खर्च हुआ, उसका स्रोत हम झारखंडी जनता को बताएँ। हम जनता को इसलिए जानने का हक है, क्योंकि पेट काटकर आपकी सुख-सुविधा की कीमत यह जनता ही चुका रही है। यह जानना इसलिए भी जरूरी है कि आप सबकी महँगी यात्राओं, होटलों, रिसोर्टों वगैरह पर कौन निवेश कर रहा है? क्यों कर रहा है? इसके पीछे क्या मंसूबे हैं? अर्थशास्त्र का बुनियादी सिद्धांत है कि कोई निवेश फिजूल नहीं होता। बल्कि हर निवेश, और अधिक पूँजी या रिटर्न लाए, इसी प्रत्याशा में होता है। तो आप सभी विधायकों पर बाहर में जो निवेश कम खर्च हुआ, वह किसने; किस प्रत्याशा में किया? यह झारखंडी जनता को जानने का हक है। सिर्फ आपकी चाल, चरित्र और राजनीतिक पतन को समझने के लिए नहीं, बल्कि आपने झारखंडी जनता के किन हितों के साथ सौदेबाजी की है, यह जानने के लिए। यह जानने के लिए कि परदे के पीछे एन.डी.ए. या यू.पी.ए. के साथ कौन-कौन खिलाड़ी या दलाल सक्रिय हैं? उनकी मंशा क्या है?

मालूम है कि आप में से अधिसंख्य में जनप्रतिनिधि होने का अहंकार है। इसलिए ऐसे सवालों पर आप सख्त नाराज होंगे। आप इतने बड़े मन के या उदार या महान् नहीं हैं कि आप कन्फेशन के लिए तैयार हो जाएँगे। कन्फेशन का स्टेज व्यक्ति के अंदर रूपांतरण से घटता है। वाल्मीकि के अंदर घटित हुआ, तो वह अपना पूर्व कर्म छोड़कर

अमर सृजनकार हो गए। आप में यह सद्‌गुण घटित नहीं होगा, यह मानने का आधार है। आपका परिवेश, आपका चिंतन, आपकी जीवनशैली, आपकी भूख आप में परिवर्तन घटित नहीं होने देंगे। पर एक उम्मीद है। बुद्ध कह गए कि 'संघे शक्ति कलियुगे।' कलियुग में संघ यानी एकता, समूह में ही शक्ति है। जब आप 82 विधायक (या इससे कम) एक साथ बैठकर लोकतंत्र के मंदिर में सामूहिक सद्‌बुद्धि-आत्मसाक्षात्कार की प्रार्थना करेंगे, तो शायद आप सबकी सामूहिक प्रार्थना से कोई चमत्कार घटित हो। कम-से-कम झारखंड की जनता आपका रूपांतरण हो, आप में चमत्कार घटित हो कि आप राज्य को गर्व करने लायक बनाएँ, इसकी कामना करती है। यह भी याद रखिए कि आप अजर-अमर नहीं हैं। इस धरती पर एक-से-एक प्रतापी आए और चले गए। आप में से जो अखबारों में अपनी खबरें छोड़कर देश-दुनिया के बारे में भी पढ़ते हैं, उन्होंने चार दिन पूर्व माओ से जुड़ी एक खबर पढ़ी होगी। माओ को पुस्तकों से हटा दिया गया है। नई पीढ़ी माओ से अनजान है। जिस माओ की यह गत इतिहास में 20-25 वर्षों में ही हो गई, वहाँ आप किस खेत की मूली हैं? पाँच वर्षों बाद आप में से कितने कहाँ रहेंगे, शायद ही किसी को याद रहेगा। पर आपके कामों का असर झारखंड के भविष्य पर पड़ेगा। यह याद रखिएगा।

बड़ी-बड़ी बातें आप विधानसभा में करेंगे। आदर्श, नैतिकता, मूल्य वगैरह की। अपने-अपने विपक्षियों को 'देशद्रोही' तक साबित करेंगे। पर आप जान लें, आप सबकी बड़ी-बड़ी बातें आपके प्रति घृणा और नफरत ही पैदा करती हैं। यह बात तो आप सब राजनेता जानते ही होंगे कि राजनीति और राजनेता अब नफरत के पात्र-विषय हैं, फिर भी आपको बताना जरूरी है कि आप (यू.पी.ए. और एन.डी.ए. दोनों) सब अपने स्वार्थ में डूबे लोग हैं।

आप विधायकगण को मालूम है कि झारखंड बनने के बाद आप विधायकों, मंत्रियों वगैरह के वेतन में पाँच बार संशोधन हुए। आप सबने मिलकर, एकमत होकर किया। क्या कभी झारखंडी जनता के विकास के सवाल पर एकमत होकर सोचेंगे? आज झारखंड में एक विधायक को प्रतिमाह 30 हजार रुपए मिलते हैं। राज्य बनने के समय 16 हजार रुपए आपको मिलते थे, अन्य सुविधाएँ अलग। आप सबने जिस झारखंडी जनता को सुशासन देने के नाम पर अपनी तनख्वाहें इतनी बढ़ा लीं, उस झारखंडी जनता की प्रति व्यक्ति आमद कितनी बढ़ी? 2000-2001 में सालाना 10564 रुपए प्रति व्यक्ति आमद थी। 2005 में बढ़कर 15298 रुपए हो गई। यानी जनता से अधिक वृद्धि, जनता के ही नाम पर। आपने कभी जानने का कष्ट किया है कि आपके बगल बंगाल में एक विधायक क्या पाता है? याद रखिए बंगाल आप से समृद्ध राज्य है।

बंगाल के एक विधायक का वेतन प्रतिमाह 3000 रुपए है। आपसे 10 गुना कम। आमतौर पर वहाँ विधायक के पास सुरक्षाकर्मी नहीं हैं। यहाँ प्रति विधायक दो कारबाइनधारी बॉडीगार्ड की व्यवस्था है। बंगाल के विधायक एक रूम में एम.एल.ए. हॉस्टल में रहते हैं, आप सब? खुद बताइए।

हम अकाट्य आँकड़े देकर नहीं बताना चाहते, पर आप यह जानते हैं कि झारखंड के साथ बने राज्य छत्तीसगढ़, उत्तराखंड, आपके राज्य से आगे निकल चुके हैं। आपको यह स्मरण नहीं होगा कि झारखंड राज्य के भविष्य को लेकर देश की जानी-मानी संस्था इंडिकस ने 2004 (नवंबर) में एक अध्ययन किया था। 2020 में यह राज्य इसी आर्थिक रफ्तार से कहाँ पहुँचेगा? उनका आकलन था कि 2020 में आज जहाँ जिंबाब्वे है, वहाँ झारखंड पहुँचेगा! भयावह और रोंगटे खड़े करनेवाला भविष्य है! पर आपको चिंता नहीं है, क्योंकि जिस रफ्तार से आप अपनी सुविधाएँ बढ़ा रहे हैं, आप 'जिंबाब्वे झारखंड' के बादशाह शासक होंगे?

आप में से किसी के पास झारखंड के विकास का कोई सपना या विजन है? आज राज्यों में विकास को लेकर किस किस्म की प्रतिस्पर्द्धा चल रही है, आपको पता है? ये विषय आपकी रुचि के हैं ही नहीं। आप लोग चापलूसों, अकर्मण्यों, आपराधिक रुझान के दबंग लोगों की दुनिया में घिरे-सिमटे लोग हैं। आपकी दृष्टि आपकी अपनी दुनिया और आपकी अपनी सत्ता तक सीमित है। इसलिए आप क्या जानें ली कि दुनिया के बदलने की रफ्तार क्या है? 15-20 वर्ष बाद बदली और विकसित दुनिया में झारखंड कहाँ होगा? इसकी चिंता होती, तो आप सबकी अप्रोच भिन्न होती।

यह पता है कि आप ऐसी बातों को कूड़े में डालने के अभ्यस्त हैं, पर याद रखिएगा, जिस दिन जनता जगेगी, आपको कहाँ डालेगी, इसका अनुमान आपको नहीं है।

(14-09-2006)

□

झारखंड : सत्ता परिवर्तन से उठे सवाल

झारखंड में सत्ता पलट गई। एन.डी.ए. मार्च 2005 में जिन निर्दलियों की बदौलत सत्तारूढ़ हुआ, वही चार निर्दलीय पासा पलटकर यू.पी.ए. के साथ हो गए। इसलिए झारखंड के मुख्यमंत्री अर्जुन मुंडा को झारखंड विधानसभा में 14 सितंबर को इस्तीफे की घोषणा करनी पड़ी। उसी दिन निर्दलीय मधु कोड़ा को यू.पी.ए. ने अपना नेता चुना। देश में शायद पहली बार ऐसा हो रहा है कि एक निर्दलीय मुख्यमंत्री के पीछे महत्त्वपूर्ण राष्ट्रीय और क्षेत्रीय दल खड़े हैं। झारखंड में हुए इस सत्ता परिवर्तन के खेल ने लोकतंत्र की सीमाओं को गंभीर रूप से उजागर किया है। इस संदर्भ में झारखंड का यह राजनीतिक खेल पूरे देश के लिए गंभीर चिंतन-बहस का विषय है।

क्या चार निर्दलीय जब चाहें, सत्ता पलटकर सत्ता के केंद्र में बने रहें? ये निर्दलीय पहले एन.डी.ए. के साथ थे। तब इनके पास सारे महत्त्वपूर्ण विभाग थे। अपने-अपने विभागों के यही मुख्यमंत्री थे। बिलकुल स्वायत्त और अपनी इच्छा को कानून मानकर काम करनेवाले। राजसत्ता (स्टेट पावर) को निजी जागीर समझनेवाले। इन निर्दलीय मंत्रियों के कामकाज को लेकर अनेक गंभीर सवाल उठे। अनियमितताएँ सामने आईं। भ्रष्टाचार के स्पष्ट आरोप सामने आए। पर पूर्व मुख्यमंत्री (एन.डी.ए.) इन पर कोई अंकुश नहीं लगा सके। उनके सामने एन.डी.ए. को सत्ता में रखने की शायद मजबूरी थी या यह सत्ता की कीमत थी। पर ये मंत्री उन अनियमितताओं को क्रियान्वित करने में लगे थे, जिनसे मुख्यमंत्री कानूनी घेरे में फँसते। इसलिए एन.डी.ए. के पूर्व मुख्यमंत्री ने वैसे कामों पर धीरे-धीरे अंकुश लगाने की कोशिश की। इससे बिदककर इन्होंने पासा पलट लिया। ये न किसी सिद्धांत या वाद के तहत एन.डी.ए. के साथ आए, न किसी वैचारिक मतभेद के कारण गए। इनकी स्पष्ट माँग थी कि सत्ता हमारी शर्तों पर। एन.डी.ए. राजी नहीं हुआ, तो यू.पी.ए. ने इन्हें गले लगाया। सवाल यह उठता है कि क्या 3-4 निर्दलियों का एक समूह किसी राज्य की सत्ता और राजनीति को बंधक बना सकता है? अपनी शर्तों पर डिक्टेट या ब्लैकमेल कर सकता है? क्यों भाजपा, जदयू,

कांग्रेस या राजद (लालू प्रसाद), झामुमो (शिबू सोरेन) जैसे दल इन सौदागर निर्दलियों को इनकी शर्तों पर ढोने के लिए अभिशप्त हैं? अगर यही स्थिति रही, तो छोटे राज्यों में लोकतंत्र के प्रति लोक में गहरी अनास्था फैलेगी।

इस सत्ता परिवर्तन ने दूसरा गंभीर सवाल खड़ा किया है—अगर भाजपा-जदयू गठबंधन (एन.डी.ए.) या कांग्रेस-झामुमो-राजद गठबंधन (यू.पी.ए.) के प्रत्याशी मुख्यमंत्री बनते हैं, तो उनके गलत कामों की कीमत ये दल चुकाते हैं। जनता इन्हें हरा कर या जिताकर, सजा या पुरस्कार देती है। पर एक निर्दलीय के असंवैधानिक कामकाज की कीमत कौन चुकाएगा? उसके कुकर्मों की एकाउंटेबिलिटी किस पर होगी? इसका उत्तर राजनीतिक दलों को ढूँढ़ना होगा।

झारखंड के सत्ता खेल ने एक और यक्ष प्रश्न खड़ा किया है। 2005 में जब एन.डी.ए. सरकार बना रहा था, तब भी एन.डी.ए. को अपने विधायकों को लेकर जयपुर में शरण लेनी पड़ी। इस बार भी पिछले 10 दिनों से यू.पी.ए. के विधायक देश भ्रमण पर थे। झारखंड से भागे हुए। गोवा, केरल, दिल्ली, हरिद्वार की यात्रा पर। भेड़ों की तरह एक साथ रहने को विवश। क्या विधायक बिकाऊ चीज बन गए हैं कि उन्हें बड़े-बड़े नेताओं को एक साथ एकजुट रखना पड़ता है? राज्य से बाहर भगाकर? क्या विधायकों के विवेक, मानस और चरित्र विश्वसनीय नहीं रह गए हैं? इस यात्रा में यू.पी.ए. समर्थक विधायक पाँच सितारा होटलों और महँगे रिसोर्टों में रहे थे। ये सभी लोग बार-बार चार्टर्ड जहाज से ही राँची आ-जा रहे थे। सवाल यह उठता है कि झारखंड में चले इस सत्ता खेल पर हुआ अपार खर्च किसने किया? सत्तापलट पर हुए खर्च का स्रोत क्या है? क्या किसी ने इसलिए निवेश किया है कि सत्ता बनने पर रिटर्न मिलेगा? उल्लेखनीय है कि झारखंड समृद्ध खनिज संपदा से भरपूर है। खनिज में रुचि रखनेवाले कॉरपोरेट हाउसों और बड़ी पूँजी की दिलचस्पी इस राज्य में है। इस बड़ी पूँजी और निर्दल ताकतों का संबंध छानबीन और जाँच का विषय है। लोकतंत्र के लिए गंभीर चुनौती भरा सवाल।

झारखंड में लोकतांत्रिक व्यवस्था के जो महत्त्वपूर्ण संवैधानिक पद हैं, वे अपनी साख खो रहे हैं। मार्च 2005 में झारखंड के राज्यपाल रजी अहमद ने शिबू सोरेन की अल्पमतवाली सरकार को सत्ता सौंप दी। उस दौरान झारखंड विधानसभा में जो कुछ हुआ, पूरे देश ने देखा। यू.पी.ए. बहुमत नहीं साबित कर सका। अंततः उच्चतम न्यायालय के हस्तक्षेप से राजग को सत्ता मिली। तब पूरे देश में राज्यपाल पद को लेकर गंभीर बहसें हुईं, पर कोई समाधान नहीं हो सका।

इस विवाद में एक और संवैधानिक पद 'स्पीकर' विवादों के घेरे में पड़ा। चार

निर्दलियों के पाला बदलने पर राजग ने स्पीकर के पास इनके खिलाफ शिकायत की। स्पीकर के पास इनसे जुड़े कुछ पुराने मामले भी थे। स्पीकर ने तड़ातड़ सुनवाई शुरू कर दी। माहौल यह बना कि उत्तर प्रदेश के पूर्व स्पीकर केसरीनाथ त्रिपाठी के रास्ते झारखंड के स्पीकर भी इन निर्दलियों की सदस्यता रद्द करेंगे। यू.पी.ए. तुरंत सर्वोच्च न्यायालय पहुँचा। यू.पी.ए. ने देश के धुरंधर वकील उतारे। पर सर्वोच्च न्यायालय ने कोई 'रिलीफ' नहीं दिया। अंततः स्पीकर ने यह कदम भी नहीं उठाया। पर स्पीकर का पद लगातार अविश्वसनीय बनना लोकतंत्र को खतरे में डालेगा।

इस तरह झारखंड के राजनीतिक खेल में निर्दलियों की निरंकुश व अनएकाउंटेबुल ताकत, बड़े दलों का पिछलग्गू बनना, पूँजी बल का प्रदर्शन, राज्यपाल और स्पीकर पदों का विवादास्पद बनना पूरे लोकतंत्र पर नए सिरे से राष्ट्रीय बहस और विमर्श की जरूरत रेखांकित करते हैं।

(14-09-2006)

□

होनेवाले मुख्यमंत्रीजी! बिन माँगी एक सलाह

सौभाग्य नहीं मिला, किसी मुख्यमंत्री को बधाई देने का। इसलिए संकोच था। पर पहली बार लगा कि उगते सूरज की वंदना सब करते हैं, तो अस्त होते सूर्य को शुभकामना देनी ही चाहिए। इसलिए सूचना-जनसंपर्क विभाग की दूरभाष निर्देशिका निकाली। अर्जुन मुंडाजी और इंदर सिंह नामधारीजी के नंबर ढूँढ़े। फोन लगाया, पर लगातार व्यस्त होने से बात नहीं हो सकी। बड़े और प्रभावी लोगों ने अपना मोबाइल देने का पात्र नहीं समझा, यह भी एहसास हुआ। फिर भी लगा कि कार्यवाहक मुख्यमंत्री और निवर्तमान स्पीकर को, कटु आलोचना के बावजूद अखबारों की दुनिया में हस्तक्षेप न करने के कारण, एक नागरिक और अखबारनवीस के रूप में शुभकामनाएँ देनी ही चाहिए, सत्ताच्युत होते समय। यह भारतीय शिष्टता है। अंततः मित्र बैजनाथ मिश्रजी के सहयोग से यह संभव हो सका।

फिर लगा कि राज्य के होनेवाले मुख्यमंत्री के साथ भेदभाव न हो, इसलिए उन्हें सार्वजनिक बधाई। दो कारणों से। युवा मुख्यमंत्री होने के कारण और देश के तीसरे निर्दलीय (ओड़िसा व मेघालय में निर्दलीय मुख्यमंत्री हो चुके हैं) मुख्यमंत्री होने के कारण भी। फिर पेशेगत आत्मबंधन उभरा। किसी नए मुख्यमंत्री, नई सरकार या नए व्यक्ति को न्यूनतम दो माह का समय मिलना ही चाहिए, किसी टिप्पणी, विश्लेषण, मूल्यांकन या समीक्षा के लिए। हाँ, खबरें अलग होती हैं। जैसे एन.डी.ए. के घटक या निर्दलीय लोग, वहाँ एक-दूसरे के खिलाफ खुद सार्वजनिक प्रलाप करते थे। अगर यू.पी.ए. में ऐसा होता है, तो वे स्वतः खबरें बनेंगी। दो-तीन माह तक अखबार को टीका-टिप्पणी का अवसर नहीं, जाने-माने पत्रकारों ने यही सीख दी। फिर भी लगा कि बिन माँगी एक सलाह देनी चाहिए, या सावधान करना चाहिए, ताकि आप और राजग से यू.पी.ए. में गए आपके तीन साथी कार्यकाल पूरा करने का जो दावा कर रहे

हैं, वह सच हो। इतना ही नहीं, आपके एक पूर्व सहयोगी, अब नए मंत्रिमंडल के संभावित सहयोगी, का दावा है कि 15 वर्षों तक आपका राज चलेगा, तो उनकी भी मनोकामना पूरी हो। इसलिए बिन माँगे परामर्श! इसलिए भी कि अभी आपने मुख्यमंत्री पद की शपथ नहीं ली है।

हालाँकि यहाँ सावधान कर देना उचित होगा कि कांग्रेस की बैसाखी पर आज तक केंद्र से लेकर राज्यों में किसी सरकार ने कार्यकाल पूरा नहीं किया।

बाबूलाल मरांडी को सत्ता से हटने के बाद भ्रष्टाचार के कारण नींद नहीं आती। शायद अर्जुन मुंडाजी को भी अब ऐसा लगे। पर आपको गद्दी सँभालने से पहले ही भ्रष्टाचार की गंभीर चिंता है, यह अखबारों से जाना। यू.पी.ए. के नेता चयन के बाद से ही आप लगातार भ्रष्टाचार के बारे में बोल रहे हैं। अखबारों में बार-बार आपके दृढ़ बयान आ रहे हैं। आपने यह कहा है कि राजग सरकार के भ्रष्टाचार की जाँच होगी। यह सब लगातार पढ़कर लगा कि पहली बार किसी होनेवाले मुख्यमंत्री को बधाई देनी चाहिए। वह भी सार्वजनिक! इस साहस का स्वागत, क्योंकि जाँच की प्रक्रिया अगर सचमुच शुरू होती है, तो सार्वजनिक जीवन का स्तर सुधरेगा। आपकी सरकार को भी भय रहेगा कि भविष्य में आनेवाला इस जाँच-अस्त्र का इस्तेमाल आपकी सरकार पर भी करेगा। दलों की इस प्रतिद्वंद्विता और जाँच में ही जनता का भला है। आप यह घोषणा कर्म में चरितार्थ करें, यही मनोकामना है।

पर एक आवश्यक सार्वजनिक सलाह। बिन माँगी। आप जिन लोगों से ऑक्सीजन लेकर (समर्थन) शीर्ष पर पहुँचे हैं, वहाँ भी भ्रष्टाचार के बड़े-बड़े शार्क, ह्वेल और मगरमच्छ हैं। गंभीर आरोपों से घिरे। देश में भ्रष्टाचार की संस्कृति का एक प्राचीन उद्गम स्रोत है। 50 वर्ष पुराना। आज वह उद्गम स्रोत भीमकाय किला है। वह कांग्रेसी किला भी आपकी सरकार को समर्थन की संजीवनी दे रहा है। ध्यान रखिएगा और सावधान रहिएगा कि यह किला आपको कहाँ तक भ्रष्टाचार की संस्कृति के खिलाफ लड़ाई की इजाजत देगा!

भ्रष्टाचार के खिलाफ लड़ाई आज भारत की सबसे बड़ी चुनौती है। यह संयोग ही था, पर आज ही अखबारों में खबर आई है। विश्व बैंक की रपट के अनुसार भ्रष्ट देशों में भारत 47वें स्थान पर है। विश्व बैंक ने आगाह किया है कि भारत ने भ्रष्टाचार पर अंकुश न रखा तो अर्थव्यवस्था चौपट हो सकती है। कल 'प्रभात खबर' में, आज अन्य अखबारों में भ्रष्टाचार की जाँच की आपकी घोषणा देखकर नागरिक कर्तव्य स्मरण हुआ। आप इतनी बड़ी लड़ाई में उतरनेवाले हैं। भ्रष्टाचार के खिलाफ लड़ाई आज राष्ट्रहित का सर्वोच्च मामला है। इसमें आपकी मदद पावन फर्ज है। इसलिए

आपको जाँच कराने में ठोस सुझाव देकर यह मदद।

शपथ ग्रहण के ठीक बाद पहली कैबिनेट का पहला मुद्‌दा भ्रष्टाचार के खिलाफ जाँच की घोषणा हो। यह घोषणा अमूर्त और वायवी न हो, इसलिए ठोस कदमों की घोषणा हो। आपकी सरकार पिछले छह वर्षों में उठे भ्रष्टाचार के गंभीर आरोपों को एकत्र कराए। हाईकोर्ट के एक सर्विंग जज की अध्यक्षता में देश के जाने-माने तीन लोगों की एक कमेटी बनाए। वे एक-एक आरोप की तह में जाएँ। प्राइमाफेसी जाँच कराएँ। कमेटी को जो मामले गंभीर नजर आते हैं, फिर उन पर जाँच शुरू हो। आरोपों को देखते हुए, जाँच एजेंसी की घोषणा हो। ट्रांसफर इंडस्ट्री में हुई अनियमितताओं की जाँच सी.बी.आई. को ही रेफर करें। इस काम में 'प्रभात खबर' काफी मददगार हो सकता है। पिछले छह वर्षों के अखबार में छपे गंभीर आरोपों को एक जगह कर यह काम आरंभ करा सकते हैं। हर 15 नवंबर को 'प्रभात खबर' के 'स्थापना दिवस' पर जो अंक निकलते हैं, उनमें भ्रष्टाचार पर केस स्टडी है। देश में अपने ढंग का पहला और अनूठा काम। झारखंड के एक जिले में एक योजना पर कितना कमीशन बँटता है, कौन लेता है, सब है। सचिवालय से ब्लॉक स्तर तक हर चीज के लिए बँधे रेट, सबको मालूम है। पर सरकार को नहीं।

आप भी छह वर्ष झारखंड के मंत्री रहे हैं। कौन मंत्री, कहाँ, क्या कर रहा है, यह आपको भी पता हो सकता है। फिर भी एक सुराग या टिप्स। बाबूलाल मरांडी के मंत्रिमंडल के एक मंत्री थे। आजकल उनकी अंतरात्मा भी जग गई है। जब मंत्री थे, तो मंत्री के रूप में उन्हें नियमित एक स्रोत से आय होती थी। पैसा लानेवाले को उन्होंने फरमान दिया। 'बड़े नोट और नए नोट' लाया करो। आप जैसे समझदार के लिए इशारा काफी! पता करिए राज्य के किस निगम से साल में करोड़ों रुपए मंत्री से एम.डी. तक बँटते हैं? जब बिहार था, तब यह पैसा पटना जाता था। फिर भय, भूख और भ्रष्टाचार मिटाने के राज में झारखंड में बँटने लगा। यह सच सब जानते हैं, सिर्फ सरकार नहीं जानती। इस तरह के कुछ और संगीन मामलों में आपकी मदद :

(1) आपकी पूर्व सरकार में गरीबों के लिए आया करोड़ों का नमक बँट गया, पर गरीबों तक नहीं पहुँचा। पता करिए कि नमक घोटाले की जाँच-रिपोर्ट पर कौन बैठा है?

(2) कोदाईबाँक बाँध घोटाले के आरोप में बरखास्त लोगों के पैरवीकार कौन हैं?

(3) प्रधानमंत्री ग्रामीण सड़क योजना के तहत बनी लगभग 239 सड़कों को केंद्र सरकार की जाँच एजेंसी ने अपनी मॉनिटरिंग में स्तरीय नहीं पाया। आप जाँच कर

दोषी के खिलाफ कदम उठा सकते हैं।

(4) मोबाइल दारोगा ट्रांसफर-डी.टी.ओ. सेवा वापसी मामले क्या हैं? क्यों 13 वर्षों से एक ही व्यक्ति विभाग में जमा है? सरकारी नियम कहता है कि तीन वर्ष से अधिक कोई नहीं रह सकता। आपको पता होगा कि इन पदों पर करोड़ों के दाँव लगे हैं। यह मामला सी.बी.आई. को देकर जाँच करा दें, आप नए झारखंड की नींव डाल देंगे।

(5) किस विभाग में ट्रांसफर उद्योग में 27 या 40 लाख देने की चर्चा उभरी? 'ऐसी अफवाहों' पर भी सी.बी.आई. से जाँच कराएँ। जनता को स्तब्ध करानेवाले तथ्य मिलेंगे।

(6) आप अपने 'विजिलेंस' को स्वायत्त कर दें—पूरे अधिकार के साथ। निष्ठावान् व्यक्ति को वहाँ बैठा दें, फिर सभी पेंडिंग मामलों की जाँच का आदेश दे दें। सिर्फ इस एक निर्णय से झारखंड की आबोहवा बदल जाएगी।

(7) लोकायुक्त को सबल बना दें। उन्हें कर्नाटक लोकायुक्त की तरह अधिकार सौंपें। आई.ए.एस. अफसरों को भी पकड़ने की छूट जैसे अधिकार। यह आपकी सरकार कर सकती है।

ये कुछ व्यावहारिक और ठोस सुझाव हैं। इन पर चलकर आप और आपकी सरकार देखे। निश्चित ही एक नई शुरुआत होगी। आपको यह स्मरण कराना भी उपयुक्त होगा कि सरकारें उम्र से नहीं आँकी जातीं। दुनिया में 100-125 वर्षों तक जीनेवाले लोगों की तादाद अब बढ़ गई है; पर जो कम समय में भी अपनी छाप छोड़ दे, वह स्मरण रहता है। आपकी सरकार पर भी यही लागू होता है। लंबे समय तक चलने के कारण आप याद नहीं किए जाएँगे, बल्कि आप क्या काम करते हैं, वही लोकस्मृति में रहेगा।

एक अंतिम बात भी! आपने शायद डॉ. राममनोहर लोहिया को पढ़ा होगा। वह कहते थे कि असली सत्ता के मालिक तो दो नंबर के राजा होते हैं। एक नंबर के राजा राजनीतिज्ञ हैं। सरकार में आते-जाते रहते हैं। पर नौकरशाह स्थायी स्वामी और राजा हैं। वे परमानेंट हैं। अब बात बदल गई है। बेचारे ईमानदार नौकरशाह हमेशा सावधान और संशय में रहते हैं। अब असली दो नंबर के राजा हैं—दलाल, लॉबिस्ट, ठेकेदार, दरबारी, चारण और खुशामद करनेवाले। सत्ता में कोई रहे, फर्क नहीं पड़ता, पर यह दलाल-वर्ग ही आज दो नंबर का असली राजा है। सत्ता किसी दल की हो, ये हर एक के यहाँ परमानेंट हैं। राजनीतिज्ञों के पास सत्ता बाद में पहुँचती है, ये पहले पहुँच जाते हैं। डूबते जहाज को पहले से ही छोड़कर नए पर सवार हो जाते हैं। अभी आपने शपथ

नहीं ली है, पर आस-पास देखिएगा कि ये सत्ता सँभालने के लिए कैसे मँडरा रहे हैं? अगर आप और आपकी सरकार इन्हें दूर रखने की कोशिश करे, तो यह प्रयास भी भ्रष्टाचार के खिलाफ जंग जैसा ही होगा। आप संघर्ष में विजयी हों, इन्हीं शुभकामनाओं के साथ यह बिन माँगी सलाह!

(17-09-2006) □

नफरत करिए इस राजनीति से

संदर्भ—अभिषेक की मौत

दशम फॉल (राँची) में डूबने से हुई बी.आई.टी., मेसरा के छात्र अभिषेक मिश्र की मौत से अधिक दु:खद घटना नहीं हो सकती। हर संवेदनशील इनसान को ऐसी आकस्मिक मौत स्तब्ध करती है। संज्ञाहीन और शब्दहीन बनाती है। जीवन क्या यही है? जो खिले नहीं, मुरझा गए? ऐसे अनेक अनसुलझे सवाल उठते हैं। और अंततः एक शून्य में आहत मन-मस्तिष्क उलझ जाते हैं। अभिषेक के माँ-बाप या परिवार की पीड़ा की कल्पना ही की जा सकती है, एहसास नहीं।

पर हम समाज के तौर पर कहाँ पहुँच गए हैं? हमारा राजनीतिक स्तर क्या हो गया है? भाजपा, जो चाल, चिंतन, चरित्र वगैरह की बात करती है, उसकी राजनीतिक दरिद्रता कहाँ पहुँच गई है? हर मौत में भी राजनीति! जो मौत श्मशान घाट पर हर आगंतुक को 'श्मशान वैराग्य' सिखाती है, जिसके बारे में युधिष्ठिर-यक्ष संवाद का चर्चित प्रसंग है—यक्ष युधिष्ठिर से पहला सवाल पूछता है—जीवन का सबसे बड़ा आश्चर्य क्या है? युधिष्ठिर के सभी भाइयों के शव सामने हैं, पर वह एक-एक कर यक्ष के सवालों के उत्तर देते हैं। भाइयों के पुनर्जीवन के लिए। इस पहले सवाल का युधिष्ठिर उत्तर देते हैं—रोज हम शव कंधों पर लेकर श्मशान जाते हैं, पर हम यह नहीं सोचते कि हम भी शव बनेंगे, हमारी भी यही गति होगी। इस नश्वर संसार में हर मौत से सीख मिलती है, युवा मौतों से और अधिक। हर मौत हमें शालीन बनने और मनुष्य की गरिमा पाने का अवसर भी देती है। साथ कुछ नहीं जाता, पर इस घटिया और अमानवीय राजनीति ने मनुष्य के गरिमा बोध को भी खत्म करना शुरू किया है।

अभिषेक की मौत के बाद सबसे पहले सी.बी.आई. जाँच की माँग की आवाज झारखंड भाजपा नेताओं की ओर से उठी। क्यों? लड़कों का जो समूह पिकनिक मनाने गया था, उसमें रेल मंत्री लालू प्रसाद की बेटी रागिनी भी थी। बी.आई.टी. या किसी संस्थान के छात्र या छात्राएँ आज भी दुनिया में पिकनिक, आउटिंग या टूर पर रोज ही

आते-जाते हैं। यह ग्लोबल दुनिया की युवा पीढ़ी है। इस पीढ़ी पर पुराने समाज के नियम-कानून लागू नहीं हैं। इस तरह बी.आई.टी. के छात्रों का पिकनिक पर जाना स्वाभाविक घटना थी। हाँ, अभिषेक का वहीं दशम फॉल में डूबना दुःखद घटना हुई। पर पोस्टमार्टम रिपोर्ट के अनुसार डूबने से मौत हुई है। फिर भी आहत और स्तब्ध माँ-बाप या परिवारवालों को उन परिस्थितियों को पूरी तरह जानने या जाँच की माँग का अधिकार है, जिनके तहत अभिषेक की मौत हुई है। अगर परिस्थितिगत जाँच में कुछ ठोस आधार मिलते, तो फिर जाँच का सवाल उठता। जो लोग भी जाँच की बात उठा रहे हैं, उन्हें ठोस साक्ष्य या तथ्यों के साथ बात करनी चाहिए। यह सार्वजनिक जीवन की मर्यादा है। पर परिवार के पहले ही भाजपा नेता कूद गए कि अभिषेक की मौत की सी.बी.आई. जाँच हो। सिर्फ इसलिए कि बच्चों की टोली में लालू प्रसाद की लड़की भी थी।

जिम्मेवार राजनेता या राजनीतिक दल यह प्रसंग उठाते कि क्यों अकसर दशम फॉल पर ऐसी घटनाएँ होती हैं? अब तक इसे रोकने के क्या प्रयास किए गए हैं? आज तक किसी ने यह सवाल नहीं उठाया। यह राजनीति देश और समाज को कहाँ ले जाएगी? हाल-हाल तक राजनीति का स्तर क्या था? व्यक्तिगत द्वेष-ईर्ष्या और अहं टकराव से ऊपर मुद्दों, सिद्धांतों और आदर्शों की बातों से राजनीति की गरिमा तय होती थी।

बाबू जगजीवन राम कांग्रेस के शीर्ष नेता थे। अटल बिहारी वाजपेयी विपक्षी सांसद थे। अटलजी को बाबूजी (जगजीवन राम) के पुत्र की नाराज पत्नी के परिवार ने अनेक कागजात दिए। बाबूजी से संबंधित। अटलजी ने चुपचाप, बिना टीका-टिप्पणी वे सारे कागजात बाबूजी को सौंप दिए। किसी से चर्चा नहीं की। चंद्रशेखर के पास अनेक दिग्गज नेताओं के परिवारवालों ने अपने ही सगे के खिलाफ सबूत-साक्ष्य दिए, पर लौटा दिया। कांग्रेस के कई बड़े नेताओं में भी यह गरिमा और आत्मबोध रहा। यह उल्लेख उस पीढ़ी का है, जो अस्त हो रही है, पर अभी बुझी नहीं है।

यह गांधी युग या उन पुराने विलक्षण नेताओं की बात नहीं है। वे नेता, जिन्होंने साधन-साध्य की बात की, वे इतने बड़े थे कि उन्होंने मनुष्य होने की गरिमा को ही बढ़ाया। उस पीढ़ी के अंतिम नेता स्वर्गीय जयप्रकाश नारायण थे। 1974 में इंदिराजी से मतभेद चरम पर था। इस बीच वह दिल्ली गए। अचानक इंदिराजी से मिले। इस मुलाकात को लेकर बड़ा कयास और विवाद हुआ। मुलाकात का प्रसंग जानने के लिए लोग बेचैन थे।

जवाहरलालजी की पत्नी कमला नेहरू जे.पी. की पत्नी प्रभावती देवी की अभिन्न

मित्र थीं। कमलाजी ने नेहरू परिवार की अंतरंग बातें प्रभावतीजी को लिखी थीं। कई पत्र थे। उन पत्रों से एक नया विवाद शुरू हो सकता था। उन्हीं पत्रों को इंदिराजी को देने के लिए जे.पी. 1974 में अचानक उनसे मिले थे। पटना गांधी संग्रहालय के आदरणीय रजी साहब आज भी इस प्रसंग के साक्ष्य के रूप में मौजूद हैं। अधिसंख्य पुराने नेताओं के निजी जीवन प्रसंग इतने बड़े, उदात्त और प्रेरक हैं कि वे नया समाज, नया मनुष्य गढ़ने की दृष्टि देते हैं।

आज क्या स्थिति है?

कहीं भी, किसी को घसीट दीजिए! क्या किसी नेता के बेटे-बेटी की निजी दुनिया नहीं रह सकती? जब तक कोई प्रामाणिक सबूत न मिले, क्या हर मामला सार्वजनिक बनना चाहिए? यही राजनीति-राजनेताओं का स्तर रह गया है?

पर इस ओछी राजनीति के स्रोत लालू प्रसाद भी रहे हैं। कुछ ही समय पूर्व लालकृष्ण आडवाणी के बेटे की पत्नी, जो काफी पहले तलाक ले चुकी हैं, अब यूरोप में रहती हैं, अचानक दिल्ली प्रेस क्लब पहुँचीं। श्री आडवाणी के खिलाफ गंभीर आरोपों से भरा एक पेपर उनके सामने पत्रकारों को बाँटा गया। वह बहुत बोली नहीं, कहा कि ये सब मेरे आरोप हैं। पत्रकारों को पूछने का अवसर नहीं मिला। वह अचानक यूरोप से आई थीं। यह सब श्री आडवाणी के निजी विरोधियों ने प्रायोजित किया था। वे ही बेबुनियाद और आधारहीन सवाल राजद द्वारा लोकसभा में जमकर उठाए गए। कांग्रेस और वामपंथियों ने किनारा ही नहीं किया, इस प्रवृत्ति पर आपत्ति भी की।

आज झारखंडी भाजपाई वही घटियापन दिखा रहे हैं

इस आधुनिक राजनीति से तो हमारे गाँवों के अनपढ़ लोग बेहतर हैं। गाँवों में आज भी परंपरा है कि दुश्मन की लड़की की शादी है, तब भी लोग वहाँ जाकर हरसंभव मदद करते हैं। हालाँकि यह परंपरा खत्म हो रही है, पर इस हजारों वर्ष पुरानी परंपरा के संदेश स्पष्ट हैं। दुश्मनी, मतभेद या शत्रुता मुद्दों, विचारों या स्टैंड को लेकर भले हो, पर निजी जीवन में मानवीय संबंध विरोधियों से भी होना चाहिए। लोकतंत्र का तो मर्म ही यही है। मतभेद, विचारों व सिद्धांतों को लेकर हो, पर वह परिवार के स्तर पर उतर जाए, यह अशोभनीय व निंदनीय है। आज देश में प्रधानमंत्री दस फीसदी की तेज गति से विकास की बात कर रहे हैं, यानी और संपन्नता व समृद्धि देश-समाज में आए। पर इस समृद्धि व संपन्नता का क्या मर्म है? क्या निजी द्वेष, घटिया स्तर की शत्रुता, यही मनुष्य की प्रगति के लक्षण हैं? मनुष्य विचारों में, उदात्तता में, चरित्र में

और मानवीय बनने में नया धरातल छुए, यह है। यही असली मानवीय प्रभाव है। भारत समृद्ध होकर अगर अपने ऊँचे मूल्य खो देता है, तो वह समृद्धि किस काम की? क्या कभी हमारी संसद् या रहनुमा ऐसे बुनियादी सवालों पर दलगत भावना से ऊपर उठकर गौर करेंगे?

और मीडिया?

पूरे देश में 'मीडिया ट्रायल' हो रहा है, क्योंकि इस प्रसंग में लालू प्रसाद का नाम उछलता है। क्या इस मुल्क में मीडिया को सनसनीखेज बनाने के लिए कोई मुद्दा नहीं रह गया? जिस राज्य में सरकार नाम की चीज नहीं रह गई हो, जहाँ लूटना-भ्रष्टाचार रग-रग में शामिल हो चुका हो, जहाँ 16-18 जिलों में नक्सली प्रभावी राज चला रहे हों, वहाँ मीडिया का यह हाल? चैनल्स? इनसे देश-समाज को भगवान बचाएँ। आज राजनीति में साहस और नैतिक आभा नहीं है, वरना जिम्मेदार राजनीति पूछती 'मीडिया की सामाजिक जिम्मेवारी और एकाउंटेबिलिटी क्या है?'

(11-12-2006)

□

राज्यपाल को धन्यवाद

'झारखंड' संवैधानिक व्यवस्था के तहत 'फेल्ड स्टेट' (चौपट राज्य) का प्रतिबिंब है। अशासित, कुशासित, अर्द्धशासित, अराजक, सारे विशेषण इस राज्य की सेहत बताने में विफल हैं। इस कुव्यवस्था के बीच भी एक संवैधानिक पद राज्यपाल को धन्यवाद देना चाहिए। कारण, झारखंड के राज्यपाल सैयद सिब्ते रजी राज्यपाल पद की गरिमा स्थापित करने में लगे हैं। हकीकत यह है कि झारखंड तो बन गया, पर झारखंडी राजनीतिक दलों का मानस नहीं बदला। एक जिला राज्य बन जाए, तो जिले के नेता मुख्यमंत्री, विधानसभाध्यक्ष या राज्यपाल के पद तो तुरंत पा जाते हैं, पर उन पदों की संवैधानिक मर्यादा या गरिमा नहीं समझ पाते। जब चाहें, जैसा चाहें, जो चाहें, वही अनर्गल हरकत और प्रलाप! कम-से-कम दो मौकों पर सार्वजनिक रूप से राज्यपाल ने हस्तक्षेप कर पद की मर्यादा के अनुरूप काम किया है।

(1) 13 दिसंबर को भाजपा के लोगों ने राजभवन मार्च किया। वे ज्ञापन देने गए थे। भाजपाई फिलहाल राज्य के कुशासन, भ्रष्टाचार, महँगाई, आतंकवाद वगैरह से परेशान हैं। पर राजभवन में काली पट्टी बाँधकर गए। राज्यपाल ने उन्हें इस संवैधानिक पद की मर्यादा याद दिलाई।

दरअसल, ऐसा राजनीतिक विरोध मात्र 'नाटक और स्टंट' है। प्रचार पाने का तरीका। अगर सचमुच आप महँगाई, कुव्यवस्था, आतंकवाद वगैरह से नाराज हैं, तो जो राजनीतिक दल, सरकार, अफसर ऐसा कर रहे हैं, उनके खिलाफ संघर्ष करिए। जुलूस, धरना, प्रदर्शन, घेराव, जिले-जिले में नाकेबंदी, जनसभाएँ यानी 'मास' (जनता) को 'इन्वाल्व' (शरीक) करने, सड़क पर उतारने और जन विरोध आमंत्रित करने का काम। पहले राजनीतिक दल यही करते थे। 'मास स्ट्रगल' (जनसंघर्ष) के गर्भ से हालात बदलते हैं, ज्ञापनों के प्रतीकात्मक विरोध से नहीं! भाजपा यह सब तो कर नहीं सकती, तो 'ज्ञापन' सौंपकर राज्य की नियति बदलने की ऐतिहासिक योजना बनी। पर अनुशासित दल का दंभ भरनेवाली भाजपा भूल गई है कि अब न उसके पास वह अनुशासन है और

न पुराने निष्ठावान कार्यकर्ता, अन्यथा राज्यपाल (जो संवैधानिक प्रमुख हैं) के पास काली पट्टी बाँधकर जाने का क्या औचित्य था?

(2) इसी तरह याद करिए! एन.डी.ए. की अर्जुन मुंडा सरकार जा रही थी। यू.पी.ए. की कोड़ा सरकार पदारूढ़ होने के क्रम में थी। यू.पी.ए. के कार्यकर्ताओं ने राजभवन मार्च की योजना बनाई, अर्जुन मुंडा सरकार की शिकायत लेकर। उस राजभवन मार्च में यू.पी.ए. के कार्यकर्ता राजभवन में जाने के क्रम में आपस में उलझ गए। सभी राजभवन जाने को इच्छुक थे। राजभवन प्रवेश की अनुमति कम लोगों की थी, पर अधिक लोग घुस गए। इस अराजकता पर भी राजभवन ने आपत्ति की। यह सही कदम था।

कार्यकर्ता चाहे भाजपाई हों या यू.पी.ए. के, इन्हें राजनीतिक मर्यादा-संस्कृति का बोध होना चाहिए। पहले राजनीतिक दलों में प्रवेश करते ही कोई नेता नहीं हो जाता था। वर्षों-वर्ष उसका राजनीतिक प्रशिक्षण होता था। राजनीतिक दल पाठशाला की तरह काम करते थे। राजनीतिक दलों के अंदर आंतरिक लोकतंत्र होता था। दलों के वार्षिक अधिवेशन होते थे। हर मुद्दे पर खुलकर बहस होती थी। नीतियाँ तय होती थीं। जेनुइन कार्यकर्ताओं का सम्मान होता था। डीलर, ठेकेदार, मैनेजर, ब्रोकर दलों में हावी नहीं थे। आज तो दलों के अंदर लोकतंत्र खत्म है। परिवार ब्रांड दलों में चल रहे हैं। दल परिवारों की जागीर बन गए हैं। जो जागीर नहीं बने हैं, उनके अंदर भी घुन लग गया है। इसलिए राजनीतिक कार्यकर्ताओं का न प्रशिक्षण हो रहा है और न वे सीखने को तैयार हैं। राजनीतिक कार्यकर्ताओं का 'ज्ञान स्तर' जान-देखकर आप स्तब्ध रह जाएँगे। पर यही लोग आप-हम नागरिकों की नियति तय करने चले हैं। दल तो अब कुरसी, सत्ता और पैसा पाने के मंच भर रह गए हैं।

ऐसी परिस्थिति में झारखंड के राज्यपाल ने कम-से-कम संवैधानिक पदों के प्रति राजनीतिक कार्यकर्ताओं को सचेत किया। इसका दूरगामी असर होगा। यह काम हर दल के नेताओं का है कि वे अपने-अपने कार्यकर्ताओं को मर्यादित बनाएँ। पर उनकी हैसियत नहीं रह गई है, क्योंकि कार्यकर्ता अपने नेताओं का असली चेहरा जानते हैं। प्रेरणा का केंद्र वह हो सकता है, जो 'कथनी-करनी' में सामंजस्य रखता हो।

ये दोनों प्रकरण सार्वजनिक हैं। पर एक प्रकरण मीडिया से अछूता, लेकिन विश्वसनीय लोगों में चर्चा का विषय है। निजी सूचना स्रोत को सही मानते हुए इस अचर्चित प्रकरण के लिए भी राज्यपाल को बधाई। यू.पी.ए. सरकार के एक अत्यंत ताकतवर मंत्री ने राज्यपाल से मिलने का समय लिया। राजभवन ने समय दे दिया। समझा होगा, कोई महत्त्वपूर्ण मसला है।

मंत्री महोदय अपनी टीम के साथ रात 8-9 के बीच राजभवन पहुँचे। राज्यपाल

पहली मंजिल के अपने रिहाइशी कक्ष में थे। उन्होंने मंत्री महोदय एवं उनके साथ गए लोगों को बुला लिया। मंत्री महोदय ने राज्यपाल को एक पत्र दिया, साथ में कुछेक कार्ड। पत्र था, राज्य में चल रहे एक मेले में आने के लिए। साथ में कुछेक कार्ड थे। कार्ड संलग्न करने के पीछे मकसद था कि वह कार्ड जिसके हाथ में होगा, वह मेला घूम सकता है। यानी राज्यपाल अपने मित्रों के बीच कार्ड बाँटें।

पत्र की ड्राफ्टिंग हजारों लोगों के लिए जो की गई थी, उसी तरह का मजमून था। राज्यपाल को संबोधित इस पत्र के साथ सामान्य तौर पर कुछेक कार्ड संलग्न किए गए थे। कार्ड प्रवेश-पत्र थे। पत्र पानेवाला वह कार्ड अपने परिचितों को मेला घूमने के लिए दे सकता था। मंत्री महोदय और उनकी टीम को यह एहसास नहीं हुआ कि राज्यपाल राज्य के पहले नागरिक हैं। उनको संबोधित पत्र का मजमून भिन्न होना चाहिए। उनके पत्र के साथ प्रवेश के लिए अतिरिक्त कार्ड संलग्न करने का औचित्य भी समझ से परे था; और इस निमंत्रण को देने का समय? रात को!

सूचना के अनुसार राज्यपाल ने शालीनता से मंत्री महोदय एवं उनकी टीम को अपनी भावनाओं से अवगत कराया। दरअसल, झारखंड के मंत्री समझते हैं कि उनके शब्द कानून हैं और आचरण अनक्वेश्चनेबुल (प्रश्नों से परे)। मुख्यमंत्री बनने के आरंभिक दिनों में लालू प्रसाद ने एक दर्शन दिया था—मुख्यमंत्री यानी राजा। और राजा ही नियम-कानून, परंपरा, मर्यादा का स्रोत है। यह फलसफा झारखंड के मंत्रियों का जीवन दर्शन है। फर्ज कर लीजिए, अगर राजभवन इन लोगों को सचेत नहीं करे, अदालतों का भय न हो, तो झारखंड के 'राजा' (मंत्री, विधायक, सांसद, नेता) और उनके शागिर्द कार्यकर्ता प्रजा का क्या हाल बनाएँगे?

कम-से-कम इन्हें सही राह बताने के लिए ही राजभवन को बधाई!

(15-12-2006)

□

कोड़ा, कांग्रेस और राजद

मधु कोड़ा की पालकी (सरकार) ढोनेवाले (जिन दलों के समर्थन और कंधों पर सरकार टिकी है) अब अपनी पीड़ा सार्वजनिक कर रहे हैं। उनकी शिकायत है कि पालकी का बोझ बढ़ रहा है। कंधे दुखने लगे हैं। डॉ. राममनोहर लोहिया राजनीति में 'जलन राग' पर बोल-लिख गए हैं। पालकी ढोनेवाले मानते हैं कि कोड़ा सरकार की अकर्मण्यता-अपयश और सरकार की अस्तित्वविहीनता के बढ़ते बोझ के वजन से रोज ही वे दब रहे हैं। भारी वजन उठाने की पीड़ा से भी गुजर रहे हैं। साथ ही कोड़ा सरकार ढोनेवाले कांग्रेसी या राजद के लोग जल भी रहे हैं, क्योंकि पालकी पर सवार कोड़ाजी अपनी ताकत पहचान गए हैं, इसलिए वह मुदित हैं। सवार खुश हो, तो कंधे पर उठाए लोग 'जलन राग' के भी शिकार होंगे। श्रम पालकी उठानेवाले करें, जनता या जन-दबाव के आक्रोश की पीड़ा वे झेलें और सवार मौज में रहे, तो ईर्ष्या स्वाभाविक है। यह वैसी ही स्थिति है कि 'जबरा मारे भी, पर रोने भी न दे।' यानी मधु कोड़ा फैसला अपनी मरजी से करें, पर उसका खामियाजा उठानेवाले दल उफ भी न करें। आमतौर पर पालकी उठाए लोग सवार व्यक्ति से मिन्नत करते हैं कि वह पालकी में बैठकर आसन या दिशा न बदले। करवट न ले, क्योंकि इससे कंधे का बोझ बढ़ता है। पर यहाँ हालत विचित्र है, कोड़ाजी मनमरजी पालकी में आसन और पाला बदल रहे हैं। इधर-से-उधर हो रहे हैं। और सरकार का बोझ उठाए लोगों की दुर्दशा यह कि वे बढ़ते बोझ की पीड़ा से तो कराह ही रहे हैं, पर सरकार की पालकी भी अपनी मरजी से उतार नहीं सकते। कांग्रेस, राजद या जो निर्दलीय इस सरकार में शामिल नहीं हैं, उनकी कारुणिक स्थिति है। कांग्रेस या राजद के लोग अपने दिल्ली आलाकमान के आदेश पर कोड़ा सरकार का बोझ उठाए हुए हैं, ये खुद अपना बोझ उतार सकने की स्थिति में नहीं हैं। और दो महीने में ही कोड़ाजी को मुख्यमंत्री की गद्दी ने राजनीति के गुर सिखा दिए हैं। वह जान गए हैं कि कांग्रेस या राजद के केंद्रीय नेतृत्व के कारण वह मुख्यमंत्री हैं, झारखंड के कांग्रेसियों या राजदवालों की कृपा से नहीं।

मुख्यमंत्री बनने के दिन से ही मधु कोड़ा का पाला भारी है, क्योंकि उनके पास 8खोने के लिए है क्या? भोजपुरी में एक कहावत है—'आगे नाथ, ना पीछे पगहा'। न मधु कोड़ा के पास अपना कोई दल है, न कार्यकर्ता हैं, न राजनीतिक वारिस है। न राजनीतिक भविष्य की कोई चिंता है। उनका दाँव पर क्या लगा है? न वह आदर्श या प्रतिबद्धता की राजनीति के लिए जाने जाते हैं। एक दिन के 'फिल्मी मुख्यमंत्री' (अनिल कपूर) जैसा संकल्प तो उन्होंने कभी दिखाया नहीं। मुख्यमंत्री बन गए, उनका इतिहास बन गया। वह किसी क्षण, अतीत बन जाएँ या पूर्व हो जाएँ, तो क्या बिगड़नेवाला है? झारखंड के कानून इतने उदार हैं कि गरीब जनता की कमाई से हर पूर्व मुख्यमंत्री भारी सुरक्षा और शान-शौकत के साथ गुजर-बसर कर सकता है। इसलिए मुख्यमंत्री मधु कोड़ा चैन से हैं।

पर तीन माह पूर्व जिन-जिन लोगों ने उनकी पूरे देश में जयकार की, वे तत्काल उन्हें 'पूर्व' (गद्दी से उतारना) बना देंगे, तो वे इसकी कीमत चुकाएँगे। कांग्रेस न निगल सकने की स्थिति में है, न उगल सकने की। सरकारों को समर्थन देकर बनवाना, फिर गिरा देना कांग्रेस के अतीत के साथ जुड़ा है।

एक राष्ट्रीय दल के नाते कांग्रेस अतीत के इस बोझ को बढ़ाना नहीं चाहेगी। इसलिए कांग्रेस प्रतीक्षा करेगी कि कब, कहाँ और कैसे 'समर्थन वापसी' का दाँव लगाया जाए कि मधु कोड़ा लोक नजर में अपनी ही चाल से चित दिखाई दें। कांग्रेस इसी अवसर और पल की तलाश में है। ऐसा नहीं है कि मधु कोड़ा सरकार में कांग्रेसियों की नहीं चलती। जो असरदार कांग्रेसी हैं, वे गद्गद हैं। पता करना चाहिए कि किस कांग्रेसी के इशारे पर कोडरमा चुनाव के दौरान रामगढ़ में कोयला 'ब्लैक' करने की खुली इजाजत दी गई? 'ब्लैक' कोयला से भरे ट्रक कहाँ गए और करोड़ों-करोड़ का खेल किसके इशारे पर हुआ? इसी तरह चाईबासा के एक ईमानदार अफसर पर एक गलत कॉन्ट्रेक्टर और सड़क घोटाला करनेवाली कंपनी के पक्ष में काम करने का दबाव किस कांग्रेसी ने डाला? दरअसल कांग्रेस के अधिसंख्य विधायक और कार्यकर्ता मुसीबत में हैं। लोक और समाज में उनकी फजीहत है, क्योंकि सरकार कांग्रेस के समर्थन पर टिकी है। इसलिए लोग कांग्रेस पर ताना मारते हैं।

राजद की मुसीबत कांग्रेस से मिलती-जुलती है। राजद के भी प्रभावी लोगों के काम हो रहे हैं। पर अधिसंख्य विधायक और राजद कार्यकर्ता लोक आक्रोश झेल रहे हैं। मधु कोड़ा जानते हैं कि लालूजी प्रसन्न, तो शेष से क्या मुसीबत है? इसलिए सरकार बनते ही लालूजी की सहमति से बी.बी. सिंह, सुप्रीम कोर्ट में राज्य सरकार के 'स्टैंडिंग काउंसिल' हो गए। अब चर्चा है कि पटना उच्च न्यायालय के पूर्व मुख्य

न्यायाधीश नागेंद्र राय सुप्रीम कोर्ट में राज्य सरकार के 'सीनियर स्टैंडिंग काउंसिल' हो रहे हैं। तो जिसे खुश करना है, वहाँ मधु कोड़ाजी की निगाह है।

अब सवाल झामुमो का! झामुमो तो सरकार में है ही। जेल जाने से पहले इस सरकार की कुंजी गुरुजी शिबू सोरेन के हाथ में भी थी। अब हालात बदले हैं। झामुमो फिलहाल उलझा हुआ है। गुरुजी का प्रकरण उसकी पहली प्राथमिकता है। इसलिए सत्ता बनाने-गिराने के खेल में वह नहीं पड़ना चाहेगा। जो लोग झामुमो-भाजपा गठबंधन पर कयास लगा रहे हैं, वे भूल रहे हैं कि कांग्रेस इसी प्रतीक्षा में है। जैसे ही समर्थन वापसी हुई कि राष्ट्रपति शासन। झारखंड की राजनीति की छवि ऐसी बन गई है कि इस राष्ट्रपति शासन का हर कोई स्वागत करेगा। फिलहाल गुरुजी संकट में हैं, तो उनका दल यहाँ सत्ता में तो है। सत्ता के अपने लाभ हैं। इसलिए झामुमो बिना वजह झारखंड की सत्ता क्यों खोना चाहेगा?

अब निर्दलियों की भी सुध। इस सरकार का सौंदर्य या आभूषण ही है इसका निर्दल राग-निर्दलीय चरित्र। निर्दलीय मुख्यमंत्री और निर्दलीय मंत्री ही दमदार और रसूखवाले हैं। एकाध को छोड़ दें, तो सब निर्दल लोगों के उद्देश्य, काम आईने की तरह साफ और चमक रहे हैं। 'मत चूको चौहान' वाली स्थिति है। इस बार नहीं, तो कभी नहीं। भला निर्दल किस आदर्श राग के तहत सत्ता का स्वर्ग छोड़ेंगे?

याद करिए, कोड़ा सरकार के गठन से पहले यू.पी.ए. के बड़े नेताओं ने हुंकार लगाए थे कि अर्जुन मुंडा सरकार के भ्रष्टाचार की जाँच कराएँगे, पर क्या हुआ? अब कांग्रेसी-राजदवाले अपनी ही सरकार के भ्रष्टाचार की बात कर रहे हैं। दरअसल यू.पी.ए. घटक की इस आपसी लड़ाई में न कोई आदर्श है, न सिद्धांत, बल्कि हिस्सेदारी का झगड़ा है। झारखंड की जो हालत है, उसमें कोई बाहरी निवेश तो होने से रहा। बाहरी निवेश होता, तो बिजनेस की दुनिया से झारखंड की राजनीति समृद्ध होती। फिलहाल ट्रांसफर-पोस्टिंग ही उद्योग है। समस्या है कि एक जिले में एक पोस्ट है, तो यू.पी.ए. घटक दलों की अलग-अलग सूची है। अब पद तो बढ़ नहीं सकते, इसलिए हर एक खुश नहीं हो सकता। मधु कोड़ा अपनी सरकार की आयु को लेकर भ्रम की स्थिति में नहीं हैं, इसलिए वह निश्चिंत हैं।

(16-12-2006)

□

जिम्मेवार कौन है?

संदर्भ : युवा सांसद सुनील महतो की हत्या

लोकसभा के युवा सांसद सुनील कुमार महतो की हत्या अत्यंत दुःखद घटना है। सिर्फ सुनील महतो के परिवार, झामुमो या झारखंड के लिए ही नहीं, पूरे देश के लिए यह घटना स्तब्धकारी है। ऐसी अप्रत्याशित घटनाओं से राज्य, समाज और देश सीखे, और फिर कोई युवा सांसद न मरे या ऐसी दुःखद घटना की पुनरावृत्ति न हो, कोई युवती असमय विधवा न हो, क्या यह सीखने के लिए झारखंड और झारखंड की राजनीति तैयार है? तब सवाल उठता है कि इस हत्या के लिए कौन जिम्मेवार है?

जो तथ्य सामने आए हैं, उनके आधार पर राजनीतिज्ञों, पुलिस, प्रशासन, सरकार और मीडिया का मानना है कि यह नक्सली कारवाई है। सूचना है कि घटना के तुरंत बाद 'एम.सी.सी. जिंदाबाद' के नारे लगाते हुए घटना के सूत्रधार जंगलों में चले गए। दो दिन बाद पोस्टर लगाकर नक्सल लोगों ने दावा किया कि यह कारवाई हमने की है। हालाँकि सुनील महतो की पत्नी इसे नक्सली हिंसा नहीं मानतीं। उनका संकेत गहरे षड्यंत्र की ओर है।

यह सी.बी.आई. जाँच के बाद ही स्पष्ट होगा कि दोषी कौन है? यह भी शंका है कि सी.बी.आई. जाँच से सच्चाई प्रकट ही हो जाएगी? क्योंकि विधायक महेंद्र सिंह की हत्या की गुत्थी आज भी अनसुलझी है।

पर इस आम अवधारणा को फिलहाल मान लिया जाए कि इस हत्याकांड के जिम्मेवार नक्सली ही हैं, तब सबसे बड़ा सवाल उठता है कि नक्सलियों को फलने-फूलने और इतना ताकतवर होने देने का श्रेय किसको है? किसने उन्हें इतनी ताकत दी या मजबूत बना दिया कि वे भारतीय संघ की सबसे ताकतवर लोकतांत्रिक संस्था लोकसभा के सदस्य की हत्या कर सीधे भारत संघ को चुनौती दें? युवा सांसद सुनील महतो, विधायक महेंद्र सिंह या लोहरदगा के एस.पी. अजय सिंह या हजारीबाग के तत्कालीन डी.सी. की युवा पत्नी या छतरपुर के युवा डी.एस.पी. या पुलिस के सैकड़ों

जवानों की हत्या के आरोप भले ही नक्सली समूहों पर हों, पर इन नक्सली समूहों को अभेद्य, ताकतवर और समानांतर संस्था बनाने का काम किया है, सिर्फ और सिर्फ स्टेट पावर, पुअर गवर्नेंस, सरकारों और राज्य बनने के बाद की बाँझ राजनीति (जिसमें पक्ष, विपक्ष और सभी दल शामिल हैं) ने।

झारखंड बनने के पहले उग्रवाद या नक्सली प्रभाव दस-ग्यारह जिलों तक सीमित था। अब लगभग सोलह जिलों तक पसर गया है। यह सरकार मानती है। पहले की सरकारों ने यह माना है। अब अगर नक्सलवाद झारखंड की सबसे गंभीर समस्या है, तो सरकार या राजनीतिक दलों के पास इसका कोई निदान है? झारखंड बनने के बाद से ही किसी भी सरकार ने इस सबसे गंभीर समस्या पर कोई नीति ही नहीं बनाई। क्यों? दो ही उत्तर हैं। या तो विजन के अभाव के कारण या डर से। इस सवाल का कोई तीसरा जवाब नहीं हो सकता। पर यह समस्या इतनी गंभीर व प्रबल है कि न दृष्टिहीनता काम आ सकती है और न डर। जो झारखंड की राजनीति (पक्ष या विपक्ष) में हैं या सरकार में, उन्हें इस प्रश्न का उत्तर ढूँढ़ना ही पड़ेगा।

पारंपरिक रूप से नक्सली समस्या को देश की राजनीति दो दृष्टि से देखती है— (1) शुद्ध कानून और व्यवस्था की समस्या और (2) सामाजिक-आर्थिक विषमता का प्रतिफल है नक्सली आंदोलन। झारखंड के नेता भी व्यक्तिगत स्तर पर अपनी-अपनी राय रखते हैं। हालाँकि दलगत स्तर पर नक्सल समस्या को लेकर कोई सुस्पष्ट नीति किसी दल के पास नहीं है।

पहले पहली दृष्टि की व्याख्या। जो लोग मानते हैं कि नक्सली समस्या शुद्ध रूप से कानून और व्यवस्था की समस्या है, वे चुस्त-दुरुस्त प्रशासन व पुलिस व्यवस्था, प्रभावी गवर्नेंस और पूरी व्यवस्था को चौकस बनाकर इसका समाधान ढूँढ़ते हैं। जब बाबूलाल मरांडी मुख्यमंत्री थे, तब राज्य के पहले डी.जी.पी. के नेतृत्व में कुछ जिलों में उग्रवादियों के खिलाफ अभियान चला था। वी.डी. राम जब डी.जी.पी. थे, तब भी यह अभियान आहिस्ता-आहिस्ता चलता रहा, अब क्या स्थिति है?

झारखंड के गवर्नेंस को शुरू से ही सरकारों ने चौपट कर दिया है। सच यह है कि झारखंड में शासनविहीनता की स्थिति है। बड़े पदों पर नेताओं के पाँव पकड़नेवाले, जी हुजूरी करनेवाले अफसरों को प्रश्रय मिलेगा, तो यही स्थिति होगी। बड़े पदों पर लॉबिंग से नियुक्ति, तबादले-प्रमोशन में जाति, धर्म, पैसा, समुदाय की भूमिका से पुलिस और प्रशासन लकवाग्रस्त हो जाता है, झारखंड में यही हुआ है। अंदर की खबरें सुनकर झारखंड के मुख्यमंत्री मधु कोड़ा से सहानुभूति होती है। पद एक है, दावेदार अनेक। मंत्रियों की स्थिति? नीम चढ़ा करेला जैसी है, बात-बात पर सरकार गिरा देने की धमकी। आज

हर विधायक, मंत्री की पहली कोशिश होती है कि वह थाना प्रभारी नियुक्त कराए। अपनी पसंद से डी.एस.पी. व एस.पी. लाए। इसी तरह डी.जी.पी. पद पर नियुक्ति होती है। जब नीचे से ऊपर तक कोयले की तस्करी से कमाई करानेवाले या करनेवाले, अपराध को प्रोत्साहित करनेवाले, जंगल की लकड़ियाँ बेचनेवाले, ट्रकों पर ओवरलोडिंग करानेवाले पद पाने लगें, तो रूल ऑफ लॉ (कानून का शासन) कहाँ रह जाता है? अच्छी नियुक्तियों से जनता में अपने आप ही मैसेज जाता है। सुखदेव सिंह हों या सोन या कुलकर्णी या ऐसे अन्य अफसर, उन्हें आप पोस्ट (महत्त्वपूर्ण पद) देते हैं, तो सरकारों की साख बढ़ती है। दुर्भाग्य यह है कि कुछेक नामों को छोड़ दें, तो पिछले साढ़े छह साल में महत्त्वपूर्ण पदों पर चयन, तबादले की कोई कसौटी नहीं बन पाई। अनेक सक्षम, ईमानदार और विजन संपन्न सचिव घुट रहे हैं या बाहर जाने के लिए प्रयासरत हैं।

आई.जी. ऑपरेशंस जंगलों में नहीं जाते। डी.जी.पी. हवाई सर्वेक्षण करते हैं। एस.पी. ग्रामीण या जंगली इलाकों में नहीं जाते। हाल में चतरा एस.पी. का उदाहरण है। नक्सलियों और चतरा पुलिस के बीच गोली चल रही थी। इस मुठभेड़ में पड़ोसी बिहार की पुलिस से मदद माँगी गई। पर सूचना आई कि राँची मुख्यालय से आदेश के बावजूद चतरा एस.पी. मुठभेड़ स्थल नहीं गए। क्या यही पुलिस का प्रशासन है? कोई संवेदनशील राज्य इस एक घटना पर डी.जी.पी. से लेकर संबंधित एस.पी. पर गंभीर काररवाई करता। पर झारखंड में? इन्हीं लोगों के भरोसे जनता है, झारखंड है। जब ईमानदारी, प्रतिभा, योग्यता, निष्ठा, इफीशियंसी (कार्यकुशलता) की जगह पैरवी, पैसा, जाति, धर्म, समुदाय, चारण, चापलूस, दलाल जगह पाने लगें, तो यही हश्र होता है, जनता असुरक्षित, राज्य असुरक्षित।

आज झारखंड के 12 संवेदनशील जिले एस.पी. इंचार्ज (नान-आई.पी.एस.) के भरोसे हैं, जिन्हें नक्सलियों-उग्रवादियों से लड़ने-निबटने का अनुभव है, वे राँची मुख्यालय में हैं। झामुमो के दुमका अधिवेशन में एस.पी. तबादलों में करोड़ों रुपए की भूमिका का प्रसंग उठा। पिछले कुछेक वर्षों से एस.पी. पदों पर पैसे के बल तबादले की बात सत्ता गलियारों से सुनाई पड़ती है। नजदीक से इन चीजों को जाननेवाले एक आई.पी.एस. कहते हैं कि झारखंड में इंडियन पुलिस सर्विस (आई.पी.एस.), इंडियन ट्रेड एंड कॉमर्स सर्विस में तबदील हो गई है, जिसका काम है—सिर्फ और सिर्फ पैसे उगाहना।

पुलिस में राजनीतिकरण झारखंड के नेताओं की दूसरी सौगात है। नौकरशाही स्वरूप और संरचना में गैर-राजनीतिक है, उसे ऐसा ही रखना, राज्य, जनता और संविधान के हित में है। यह कोई साम्यवादी व्यवस्था नहीं है कि कमिटेड ब्यूरोक्रेसी चाहिए। झारखंड में यह जाहिर है कि वी.डी. राम एक सक्षम, ईमानदार और चुस्त

अफसर हैं। वह इसलिए हटाए गए कि एन.डी.ए. के कार्यकाल में डी.जी.पी. बने? संकीर्ण राजनीतिज्ञ भूल गए कि वह एन.डी.ए. के नहीं, भारतीय पुलिस सेवा के अफसर हैं। अगर उनकी जगह बदलाव जरूरी था, तो उनसे ज्यादा प्रभावी, कुशल और काबिल आदमी ढूँढ़ा जाता। किसी भी संस्था के प्रमुख पर निर्भर करता है कि अपने काम, जीवन, चरित्र और आदर्श से अपने सहकर्मियों को कैसे प्रेरित करता है। इस कसौटी पर झारखंड पुलिस की स्थिति जिलों से लेकर राज्य मुख्यालय तक पता की जा सकती है। पस्त, भ्रष्ट और सुस्त फौज निर्णायक लड़ाई नहीं लड़ती, यह पग-पग पर इतिहास में दर्ज है। आज झारखंड में नक्सलियों के खिलाफ कौन लड़ेगा? झारखंड की पुलिस, जो ग्रामीण इलाकों में नक्सलियों को लेवी देने और उनसे मिलकर रहने का सुझाव देती है? क्या इस पुलिस पर लोक आस्था होगी?

झारखंड बिना रेग्यूलर मुख्य सचिव के चल रहा है। सबको छह माह पहले से मालूम था कि राज्य के तत्कालीन मुख्य सचिव कब रिटायर हो रहे हैं, पर झारखंड की यह स्थिति है कि एक चीफ सेक्रेटरी तय नहीं हो पा रहा। मंत्रियों की लॉबिंग अलग है। सरकार को समर्थन दे रहे बड़े-बड़े महारथियों का परदे के पीछे से अलग दबाव है। इन दृश्य-अदृश्य दबावों से मुख्यमंत्री असहाय हैं। कोई सक्षम, काबिल और ईमानदार अफसर बाहर (दिल्ली) से आना नहीं चाहता, क्योंकि झारखंड की कार्य-संस्कृति से वह भयभीत है। यही हाल बी.डी.ओ. से लेकर डी.सी. व अन्य महत्त्वपूर्ण पदों पर नियुक्तियों का है। विधायक, मंत्री पग-पग पर अपना हित साधनेवालों को बैठाना चाहते हैं। कुछेक ईमानदार अफसर महत्त्वपूर्ण पदों पर हैं, तो इसे महज संयोग कहिए, क्योंकि राजनीति अब ऐसे लोगों को प्रोत्साहित नहीं करती। क्या यह लुंजपुंज, नेतृत्वविहीन और दिशाविहीन ब्यूरोक्रेसी (पुलिस और सिविल) प्रभावी हो सकती है?

क्या यही डिमोरलाइज्ड फोर्स कमिटेड नक्सलियों के खिलाफ लड़ाई लड़ सकती है? जो राजनीतिज्ञ, सरकार, विधायक या नागरिक इस समस्या से चिंतित हैं, उन्हें सांसद सुनील महतो की घटना के बाद झारखंड के राजकाज, गवर्नेंस और स्थिति पर गौर करना चाहिए कि हम कहाँ जा रहे हैं? हमारा भविष्य क्या है? जो लोग मानते हैं कि नक्सल समस्या महज कानून व्यवस्था की समस्या है, उन्हें पता होना चाहिए कि झारखंड में 'लॉ एंड ऑर्डर' जिनके भरोसे है, वे किस हाल में हैं? क्या विचारधारा से प्रेरित नक्सलियों से घूस और भ्रष्टाचार उद्योग से ऊर्जा पानेवाली व्यवस्था जंग लड़ सकती है?

(07-03-2007)

□

बढ़ती नक्सली ताकत

सांसद सुनील महतो की हत्या से देश का शासक-वर्ग स्तब्ध है। दिल्ली को भी एहसास हुआ है कि नक्सली चुनौती का समाधान आसान नहीं है। सुनील महतो झारखंड के जमशेदपुर से सांसद थे। जमशेदपुर, जो देश और दुनिया में टाटा घराने के कारण जाना जाता है। यह वही औद्योगिक शहर है, जहाँ नक्सलवाद के उदय (1969) के बाद नक्सलियों ने इसके आस-पास संगठन बनाए। जल, जंगल, जमीन के सवाल उठाए, जो आज भी अनसुलझे हैं। जमशेदपुर की ही जेल में मेरी टायलर (ब्रिटिश महिला, पर नक्सली) बंद रहीं और मशहूर पुस्तक 'माई इयर्स इन इंडियन प्रिजंस' लिखी, जो पेंग्विन से छपी थी। उसी क्षेत्र से सुनील महतो झारखंड मुक्ति मोरचा के टिकट पर चुने गए थे। उनकी हत्या से लोग इसलिए भी हैरान हैं, क्योंकि झामुमो नक्सली समूहों का घोषित दुश्मन कभी नहीं रहा। झामुमो यू.पी.ए. का अंग है। झारखंड में भी यू.पी.ए. नेतृत्ववाली सरकार चल रही है। पिछले लोकसभा चुनावों में नक्सलियों ने झारखंड में यू.पी.ए. की मदद की थी। इस कारण भी यह यकीन नहीं हो रहा था कि झामुमो या यू.पी.ए. समर्थक सांसद की हत्या नक्सली करेंगे। पर हत्या के बाद लगाए गए नारों से संकेत मिला कि यह पूरा ऑपरेशन नक्सली काररवाई के तहत है। दो दिन बाद चिपकाए पोस्टर में नक्सलियों ने दावा भी कर दिया कि यह हत्या हमने की है।

सांसद सुनील महतो के साथ पुलिस के प्रशिक्षित कमांडो थे। पर नक्सलियों का ऑपरेशन इतना प्रोफेशनल था कि पलक झपकते ही सबकुछ खत्म! कमांडो मार दिए गए, कुछेक भाग गए। उनके अत्यंत आधुनिक हथियार भी नक्सली ले गए। नक्सलियों या उनके एक भी समर्थक को मामूली खरोंच तक नहीं आई। राजसत्ता की सुरक्षा-व्यवस्था पलक झपकते गायब हो गई या खत्म हो गई! इस पूरे प्रकरण का यह सबसे गंभीर पहलू है।

तथ्य यह है कि शहरी भारत या भारत के रहनुमा 'नए भारत के उदय' की दुनिया में डूबे हैं। 'भारत महाशक्ति बन रहा है', इसकी चर्चा में लगे हैं। पर भारत के गाँव,

पहाड़ और जंगल अशांत हैं। 1980 के दशक में मशहूर नक्सली नेता (बाद में भाकपा (माले) के महासचिव) स्वर्गीय विनोद मिश्र ने एक पुस्तक लिखी थी 'धधकते खेत-खलिहानों से'। तब वह भूमिगत थे और किंवदंती के रूप में चर्चित। उन दिनों बिहार के मैदानी इलाकों में खूनी संघर्ष चल रहा था। आज कमोबेश यही स्थिति नक्सल-प्रभावित इलाकों में है।

1969 में पश्चिम बंगाल के नक्सलबाड़ी से जन्मा नक्सलवाद आज भारत के 602 में से 170 जिलों में फैल गया है। इन लोगों ने नेपाल के काठमांडू से उत्तरी कर्नाटक तक 'रेड कॉरीडोर' बना लिया है। भारत के चौथाई भूभाग पर नक्सली काबिज हैं (द इकोनॉमिस्ट, 19 अगस्त, 2006)। उनके पास 25000 हथियारबंद लोग हैं। (इकोनॉमिक एंड पॉलिटिकल वीकली, 22 जुलाई, 2006) और 40,000 पूर्णकालिक कार्यकर्ता हैं (द इकॉनामिस्ट, 19 अगस्त, 2006)। इनके गुरिल्ले दस्तों से पुलिस खौफ खाती है। भारत के बेहतरीन समृद्ध जंगलों के 19 फीसदी हिस्से पर नक्सली राज करते हैं। रिचर्ड महापात्र ने अपने एक शोध ('हू इज द किंग') में बताया है कि उड़ीसा में 2007 तक नक्सली 25 जिलों को नियंत्रित करने की योजना पर काम कर रहे हैं। फिलहाल उड़ीसा सरकार मानती है कि 10 जिलों में नक्सली ताकतवर हैं। इस अध्ययन का यह भी निष्कर्ष है कि आगामी कुछ वर्षों में भारत के 50 फीसदी जंगल नक्सलियों के प्रभाव क्षेत्र में होंगे। छत्तीसगढ़, मध्य प्रदेश, आंध्रप्रदेश और झारखंड के जंगलों में वन विभाग के अफसरों-कामगारों का आना-जाना 40 फीसदी घट गया है। देश के 7000 गाँवों के 30 करोड़ लोग इस समस्या से प्रभावित हैं। सीएनएन-आईबीएन अध्ययन के अनुसार भी देश के कुल 602 जिलों में से 170 जिले इस समस्या से प्रभावित हैं। 51 जिलों में गंभीर स्थिति है। 62 जिले आंशिक रूप से प्रभावित हैं। 18 जिलों में नक्सली उपस्थिति दर्ज की गई है। नए 34 जिलों पर नक्सली नेताओं की निगाह है।

एक अंतरराष्ट्रीय वित्तीय संस्थान (सिटी ग्रुप इन कॉरपोरेटेड) ने हाल में अध्ययन कर बताया है कि इन नक्सल प्रभावित इलाकों में 2639 बिलियन डॉलर के निवेश बड़ी परियोजनाओं में होने हैं। पर सब ठप हैं। उड़ीसा में 2509 बिलियन डॉलर और छत्तीसगढ़ में 130 बिलियन डॉलर। इस रिपोर्ट के अनुसार भारत के लिए सबसे बड़ी भावी चुनौती नक्सलवाद ही है।

प्रधानमंत्री इस स्थिति से वाकिफ हैं। इसलिए 13 अप्रैल, 2006 को उन्होंने मुख्यमंत्रियों को संबोधित करते हुए कहा कि अकेला नक्सलवाद देश के लिए अब तक की सबसे बड़ी आंतरिक चुनौती है। झारखंड, छत्तीसगढ़, उड़ीसा, मध्यप्रदेश,

आंध्रप्रदेश, महाराष्ट्र और कर्नाटक के आदिवासी इलाके नक्सली प्रभाव में हैं। गौर से देखने पर पता चलेगा कि ये देश के सबसे समृद्ध खनिज संपदा क्षेत्र हैं। साथ ही विकास की दृष्टि से उपेक्षित। स्वास्थ्य, शिक्षा और बुनियादी संरचना जहाँ खराब और कमजोर है। इन इलाकों में खुला प्रशासनिक भ्रष्टाचार है, इन इलाकों में विकास के लिए अपार धनराशि आ रही है, पर उसका आंशिक अंश भी धरातल पर नहीं पहुँच रहा है। बड़ी औद्योगिक परियोजनाओं से लाखों की संख्या में विस्थापित लोग इन इलाकों में हैं। राजनीतिक दलों की रुचि 'ग्रास रूट पॉलिटिक्स' में रही नहीं, इसलिए गरीबों-वंचितों-पीड़ितों के बीच ही नक्सली रहते हैं। किसी राजनीतिक दल के नेता या कार्यकर्ता अब गाँवों तक नहीं जाते। वहाँ बेरोजगार युवक नक्सली काडर बन रहे हैं। सारांश यह है कि राजनीति ने नक्सल प्रभावित इलाकों में मैदान खाली कर दिया है, जिसे नक्सली ताकतें भर रही हैं। देश की अर्थ-समृद्धि में जिन प्राकृतिक संसाधनों (लकड़ी, जल, कोयला, लौह अयस्क वगैरह) की महत्त्वपूर्ण भूमिका है, वे इन्हीं आदिवासी इलाकों से आते हैं। पर इन समृद्ध इलाकों के आदिवासी लगातार गरीब होते जा रहे हैं।

नक्सलियों की ताकत छिपी है गाँवों में, गरीबों में, वंचितों में, शोषितों में। व्यवस्थागत अन्याय और भ्रष्टाचार उन्हें ऊर्जा देते हैं। उनके रहनुमा अपने काम-काज, दृष्टि और विचारधारा में स्पष्ट हैं। वे जानते हैं कि उनकी ताकत का स्रोत है—गहराती, फैलती सामाजिक-आर्थिक विषमता। पर नक्सली सबसे बड़ी भूल कर रहे हैं कि वे हिंसा से बदलाव चाहते हैं। अब तक दुनिया के इतिहास में ऐसा कहीं नहीं हुआ है। उनकी इस सैद्धांतिक प्रतिबद्धता का उत्तर प्रखर अहिंसक राजनीति, विचारपरक राजनीति, नैतिक राजनीति, ईमानदार व पारदर्शी प्रशासन, गरीबों-वंचितों के प्रति संवेदनशील दृष्टि ही दे सकती है। इस तरह की राजनीति का झारखंड या नक्सलवाद से प्रभावित इलाकों में क्या स्कोप (जगह) है?

कहीं भी इस तरह की भिन्न राजनीति के तीन स्रोत हो सकते हैं—(1) राजनीतिक दल, (2) सरकार, मंत्री, विधायक, नौकरशाही यानी रूलिंग इलीट (पूरी व्यवस्था) और (3) विधायिका। झारखंड में इन तीनों से आप कोई उम्मीद कर सकते हैं? राजनीतिक दल आधुनिक भाषा में 'मॉल' (अमेरिकी तर्ज पर भारतीय बाजारों में बड़े-बड़े मॉल बन रहे हैं, जहाँ तरह-तरह की दुकानें हैं) बन गए हैं। हर दल के राजनीतिक मॉल में हजारों दुकानें हैं। यानी एक दल में ही हजार खंड, हर व्यक्ति की अकेली दुकान। व्यक्तिवाद, अहं दलों में प्रमुख हो गए हैं। विचारधारा की कोई जगह नहीं रही। इन दलों को राजनीतिक दुश्मनों से कोई खतरा नहीं है। हर दल के अंदर ही

महाभारत मचा हुआ है।

जब संस्थागत दलों की यह स्थिति है, तो झारखंड में निर्दलियों का कमाल दुनिया देख रही है। न किसी दल में कोई विचारधारा है, न चरित्र। झारखंड की राजनीति समय से 100 वर्ष पहले की पटरी पर दौड़ रही है, जिसका संबंध अपने समय की चुनौतियों, सवालों और घटनाओं से नहीं है। यह राजनीति नक्सली चुनौतियों को कैसे 'फेस' (सामना) कर सकती है? झारखंड के राजनेताओं की राजनीति, तीन-तिकड़म और आत्मकेंद्रित व्यवहार आम जनता को राजनीति के प्रति निरपेक्ष और उदासीन बना रहा है। सरकार, मंत्रियों और विधायकों की स्थिति देखकर नफरत होती है। नक्सली समूहों में तेज-तर्रार, अपने उसूलों के प्रति समर्पित लोग हैं, जो ऐसे सवालों को लेकर जनता के बीच जाते हैं। परचे लिखते हैं, पोस्टर लगाते हैं, लेखों में दमदार तर्क देते हैं। वे बताते हैं कि जनता से वसूले गए कर से कैसे शासक वर्ग आराम की जिंदगी जी रहा है! कैसे गरीब आदमी भी हर चीज पर अप्रत्यक्ष कर देता है, जिससे राजकोष समृद्ध होता है। उस राजकोष का सरासर दुरुपयोग? ये तर्क लोगों को प्रभावित करते हैं।

यह सही है कि आज की व्यवस्था में भ्रष्टाचार अब मुद्दा नहीं रहा, नैतिक सवाल नहीं रहा। पर दुनिया के विशेषज्ञ एक स्वर में कह रहे हैं कि विकास के रास्ते में भ्रष्टाचार सबसे बड़ा मुद्दा है। झारखंड में भ्रष्टाचार की स्थिति स्तब्धकारी है। नक्सली इस नाजुक मुद्दे को उठाते हैं। वे तर्क देते हैं कि हम लेवी वसूलते हैं, तो बदलाव के संघर्ष की फंडिंग करते हैं। प्रत्येक कार्यकर्ता को हर माह पैसा देते हैं। पर नेता या अफसर पैसा कमाकर परिवार भरते हैं। नक्सलियों के ये तर्क लोगों के दिलोदिमाग में जगह बनाते हैं। अगर सरकार सचमुच नक्सलियों के खिलाफ कारगर लोकतांत्रिक अभियान चलाना चाहती है, तो चाल-चरित्र और सोच में उसे गुणात्मक परिवर्तन करना होगा।

जिस विधायिका में इस विषय पर गंभीर 'डिबेट' (पूरी बहस) होनी चाहिए थी, वहाँ क्या हो रहा है? झारखंड बनने के बाद से राज्य के इस सबसे गंभीर मुद्दे पर शायद ही गंभीर विमर्श हुआ हो। एक नई लोकतांत्रिक राजनीति के लिए आम सहमति बनी हो। जिस विधानसभा में एक ही दल का एक आदमी ट्रेजरी में बैठता है, दूसरा विपक्ष में—आजसू दल के एक सज्जन ट्रेजरी पक्ष में हैं, दूसरे विपक्ष में। इसके पहले एन.डी.ए. राज में दो विधायकों के खिलाफ दलबदल की शिकायत दर्ज की गई थी। मामले लंबित रहे। जब सरकार जाने को हुई, तो ताबड़-तोड़ सुनवाई की तैयारी होने लगी। क्या यह विधानसभा झारखंड की राजनीति को एक नई रोशनी दे सकती है?

दरअसल, नक्सली समस्या से निबटने के लिए आज एक नई, नैतिक, पारदर्शी,

जनता के प्रति प्रतिबद्ध, ईमानदार, लोकतांत्रिक सरकार चाहिए और यह काम राजनीतिक दल ही कर सकते हैं, पर मौजूदा तौर-तरीके से नहीं। राजनीतिक दलों का कायाकल्प हो, तो शायद यह एक नई शुरुआत संभव है। राजनीति में एकमात्र जयप्रकाश नारायण थे, जो नक्सल प्रभावित इलाकों में गए, वहीं रहे और काम किया। उन्होंने पुस्तक भी लिखी 'आमने-सामने'। क्या आज के राजनीतिज्ञ उनसे कुछ सीखेंगे?

(दिल्ली के एक अखबार के लिए लिखा गया लेख।)

(09-03-2007)

□

भविष्य सँवारने के संस्थान चाहिए

संदर्भ—लॉ यूनिवर्सिटी का सपना

लगभग साढ़े छह वर्षों की यात्रा और तकरीबन 900 पेजों की फाइल में बंद 'झारखंड लॉ यूनिवर्सिटी' के सपने का मूल पेच यही है— प्रस्तावित विश्वविद्यालय का विजिटर कौन बने? राज्यपाल या न्यायमूर्ति? देश की लगभग आठ जगहों पर ऐसे लॉ स्कूल बने हैं। इनमें से तकरीबन सात में न्यायमूर्ति ही विजिटर हैं। पर झारखंड तो संविधान, परंपरा, लोकतांत्रिक मूल्य, उदारता, दृष्टि-संपन्नता वगैरह से परे है। वैसे ही जैसे काशी के बारे में मान्यता है कि वह धरती से परे शिव के त्रिशूल पर है। जिस विजिटर पद पर विवाद है, उसका काम?

लगभग नितांत औपचारिक। वर्ष में होनेवाले दीक्षांत समारोह की अध्यक्षता! यह काम एक दिन का ही नहीं, कुछेक घंटों का है। महज समारोह की शोभा बढ़ाना।

बस यही एक 'प्रतिष्ठा' का बिंदु है। और इसी कारण झारखंड जैसे गरीब राज्य में यह विश्वविद्यालय नहीं खुला। उन हजारों युवाओं से यह पीड़ा आप पूछें, जिनकी आँखों ने लॉ ग्रेजुएट होने के सपने पाल रखे थे। राज्यपाल या न्यायमूर्ति का पद संवैधानिक व लोकतांत्रिक मर्यादा के प्रतीक हैं। पर दोनों माफ करेंगे—क्या इसी एटीट्यूड (मनोवृत्ति) से इन पदों के प्रति समाज में गरिमा और आदर पैदा होंगे? राज्यपाल भी कभी-कभार सरकार के ढीलेपन और सुस्त काम-काज पर सख्त टिप्पणी करते हैं। न्यायपालिका तो विलंब के लिए प्रायः कटघरे में खड़ा करती है। पर लॉ यूनिवर्सिटी के विलंब के लिए कौन जिम्मेदार है?

आज की दुनिया को 'नॉलेज एरा' कहा जाता है। ज्ञान को ही अब मुक्ति का मार्ग माना गया है। ज्ञान केंद्रों (सेंटर ऑफ एक्सिलेंस) को खोलने की होड़ है। ज्ञान केंद्रों से ही अब राज्य, समाज और देशों की प्रगति आँकी जाती है। जिस देश में एक-एक राज्य, आई.आई.टी., आई.आई.एम., लॉ स्कूल वगैरह (सेंटर ऑफ एक्सिलेंस) खोलने की स्पर्द्धा में हैं, 'कल करे सो आज कर' की संस्कृति अपना रहे हैं, वहाँ झारखंड में यह

हाल? क्या यही झारखंडी राज्य, समाज और भविष्य के साथ न्याय है?

आप जानकर स्तब्ध होंगे, आरंभ में प्रस्तावित 'झारखंड लॉ यूनिवर्सिटी' की अवधारणा से मशहूर 'बेंगलुरु लॉ स्कूल' के संस्थापक माधव मेनन जुड़े थे, फिर बंगाल सरकार ने आग्रह कर उन्हें 'कोलकाता लॉ कॉलेज' स्थापित करने के लिए तैयार किया। आज ये दोनों संस्थान अंतरराष्ट्रीय स्तर के हैं। यहाँ पढ़नेवाले छात्र तीसरे वर्ष में ही औसतन 10-12 लाख की नौकरी पाते हैं। पर झारखंड में राजनीति का कमाल देखिए? हम अंतरराष्ट्रीय स्तर पर प्रतिष्ठित माधव मेनन का उपयोग नहीं कर सके। पानी के बारे में कहावत है—'पानी अपनी सतह खोज लेता है।' जैसी हमारी सरकार, उसने वैसी ही कार्यपद्धति अपना ली है।

आज बेंगलुरु को दुनिया 'पूरब की सिलीकॉन वैली' मानती है। दुनिया के सर्वश्रेष्ठ सृजनशील मस्तिष्क (क्रिएटिव माइंड) वहाँ रहते हैं। 1920 में उसी बेंगलुरु राज्य को इंजीनियर (आधुनिक भारत के निर्माताओं में से एक) एम. विश्वेश्वरैया ने कहा था—

"भारतीयों को यह चुनना है कि वे शिक्षित होना चाहते हैं या अपढ़ रहना चाहते हैं? भारतीयों को तय करना है कि वे पढ़-लिखकर बाहरी संस्कार के संपर्क में आएँगे या निरपेक्ष और अलग-थलग रहेंगे? वे संगठित रहेंगे या खेमों में बँटे रहेंगे? वे साहसी बनेंगे या कायर रहेंगे? उद्यमी होंगे या लापरवाह? वे औद्योगिक देश बनेंगे या कृषि-प्रधान देश? संपन्न देशों की धौंस से सहमा देश या साहसिक-समृद्ध मुल्क? एक्शन (काम-काज) ही हमारा भाग्य तय करेगा, हमारी भावुकता नहीं।"

श्रद्धेय विश्वेश्वरैया के उद्धरण में जहाँ 'देश' है, वहाँ 'झारखंड' शब्द इस्तेमाल कर पढ़ें। हम कहाँ ले जा रहे हैं इस राज्य को?

हम कितना भी इतराएँ कि खनिज की दृष्टि से हम सबसे संपन्न राज्य हैं, पर टेक्नोलॉजी ने इस दुनिया को बदल दिया है। अब 'लोकेशन'(जगह) का महत्त्व नहीं रहा। हुनर का, ज्ञान का, सूचना-समृद्धि का, श्रेष्ठ संस्थाओं का दौर है।

(29-05-2007)

□

नेता ही भ्रष्टाचार के उद्‌गम स्रोत हैं!

झारखंड के मुख्यमंत्री मधु कोड़ा का भ्रष्टाचार पर बयान पढ़कर एक पुराने हिंदी गाने की पंक्ति याद आई—'तुम्हीं ने दर्द दिया, तुम्हीं दवा देना।' इस गाने की दूसरी पंक्ति अब अप्रासंगिक हो गई है; क्योंकि मधु कोड़ाजी ने कह दिया है कि झारखंड में भ्रष्टाचार कैंसर की तरह पसर गया है। चूँकि कैंसर लाइलाज है, इसलिए या तो अब कैंसरग्रस्त रोगी को मरना है या कैंसर के साथ ही जीना है। स्पष्ट है कि कैंसर रोगी बच गया, तो भी उसका सामान्य होना चमत्कार ही होगा।

शुरू में ही कोड़ाजी से सार्वजनिक माफी। इसलिए, क्योंकि यह टिप्पणी या आक्षेप निजी उन पर ही नहीं, उनकी पूरी राजनीतिक बिरादरी पर है। जिस राजनीतिक बिरादरी ने भ्रष्टाचार को कैंसर बना दिया, जिसने झारखंड और झारखंडी समाज को यह दर्द दिया (कैंसरग्रस्त बनाने का), अब यह अघोषित संदेश देकर कि कैंसर के साथ या तो जीना है (यानी भ्रष्टाचार नहीं मिटनेवाला) या मरना, मुख्यमंत्री राज्य की जनता को क्या बताना चाहते हैं? झामुमो के सांसद हेमलाल मुर्मू ने अपनी प्रतिक्रिया दी है कि ऐसी स्थिति है, तो मुख्यमंत्री को गद्‌दी छोड़ देनी चाहिए। कांग्रेस नेता सुबोधकांत ने फरमाया है कि मुख्यमंत्री तय करें कि वह कैंसर के डॉक्टर बनेंगे या मरीज? राजद के कई जाने-माने विधायक, दल के नेता और प्रभारी रमई राम अनगिनत बार भ्रष्टाचार के प्रसंग में सरकार का सार्वजनिक ट्रायल कर चुके हैं। झामुमो के कई नेता अपने मंत्रियों को भ्रष्टाचार के सवाल पर घेर चुके हैं। यानी यू.पी.ए., जो शासक कुनबा है, उसका हर घटक खुलेआम एलान कर रहा है कि भ्रष्टाचार चरम पर है। सरकार दोषी है।

पर इस शासक-वर्ग से कोई सवाल नहीं पूछ रहा?

विपक्ष या तो मर चुका है या अपना दागदार दामन देखकर चुप है। शासन करनेवाले, जिनके हाथ में कैंसर उपचार की दवा है, जो भ्रष्टाचार को नियंत्रित कर सकते हैं, वे बताएँ, किस भूमिका में हैं? इसे बढ़ा रहे हैं या घटा रहे हैं? जो व्यवस्था भ्रष्टाचार का उद्‌गमस्रोत है, उसके सूत्रधार ही दोनों भूमिका में खड़े हो गए हैं। झारखंड में भ्रष्टाचार

ही राजनीति और व्यवस्था बढ़ा रही है। और यही राजनीति समाज को लाइलाज बीमारी का उपदेश भी दे रही है, यानी दोनों ही भूमिका में! पाखंड भी, उपदेश भी! खलनायक भी, नायक भी! अब जनता किसके पास जाए? किससे फरियाद करे? क्योंकि भ्रष्टाचार बढ़ानेवाली व्यवस्था ही बता रही है कि यह लाइलाज है। एक कहावत है—'जबरा मारे भी, रोने भी न दे'; यही जनता की स्थिति है।

यह इन राजनीतिज्ञों से कोई नहीं पूछ रहा कि राज्य बने महज साढ़े छह वर्ष (नवंबर 2000) हुए। तब संभावनाओं से भरा यह शिशु राज्य था। कोरा स्लेट! इस साफ स्लेट पर राजनीतिक संस्कृति की जो नींव डाली गई, उसने इस शिशु राज्य को साढ़े छह वर्षों में ही कैंसर वार्ड में पहुँचा दिया। राज्य के पहले मुख्यमंत्री बने बाबूलाल मरांडी ने कहा कि भ्रष्टाचार के कारण उन्हें नींद नहीं आती। पर घूसखोर कमिश्नर को उन्होंने पकड़े जाने से बचा लिया और 'झारखंड नामक हाथ-पाँव मारते अबोध शिशु' को भ्रष्टाचार का पहला लकवा मार गया। अर्जुन मुंडा चतुर निकले। उन्होंने इंदिरा गांधी के अनुयायी की तरह उपदेश दिया कि यह अंतरराष्ट्रीय समस्या है और इसे पसरने दिया। मधु कोड़ाजी ने सूचित कर दिया है कि साढ़े छह वर्षों का 'शिशु झारखंड' अब कैंसरग्रस्त हो गया है।

पर यू.पी.ए. घटकों (खासतौर से कांग्रेस और राजद, जो नेपथ्य से इस सरकार के मुख्य सूत्रधार हैं) को आज नहीं, तो कल जवाब देना होगा। यू.पी.ए. नेता भूल भी गए होंगे, तो जनता को याद है।

एन.डी.ए. सरकार गिराने के समय यू.पी.ए. के बड़े केंद्रीय नेताओं से लेकर राज्य के सिपहसालारों तक ने घोषणाएँ कीं। सरकार बनाने का एकमात्र कारण है—झारखंड को एन.डी.ए. के भ्रष्टाचारराज से मुक्त कराना। यह भी कहा गया कि यू.पी.ए. सरकार बनते ही पहला काम होगा—एन.डी.ए. शासन में हुए घोटालों की जाँच कराना। सरकार बनने के लगभग दो माह बाद तक हर छोटा-बड़ा यू.पी.ए. नेता हुंकार कर रहा था कि 'एन.डी.ए. राज में हुए भ्रष्टाचार पर अब जाँच बैठी, तब जाँच बैठी।' मुख्यमंत्री समेत यू.पी.ए. का हर जिम्मेदार नेता यह बताए कि आज नौ माह बाद भी एन.डी.ए. शासन में हुए भ्रष्टाचार पर जाँच आयोग क्यों नहीं बैठा? क्या यह झूठा वायदा था या अपना दागदार दामन देखकर एन.डी.ए. के खिलाफ जाँच कराने का साहस नहीं है? यू.पी.ए. को यह भी बताना होगा कि झारखंड में यह भ्रष्टाचार कैंसर में कब और कैसे तब्दील हुआ? समय पर इसका इलाज किस-किसने नहीं होने दिया? यह राज्य गंभीर बीमारू से असाध्य रोगी एन.डी.ए. शासन में बना या यू.पी.ए. के राज-काज में?

मुख्यमंत्री मधु कोड़ा को जानना चाहिए कि उनकी सरकार की कार्यशैली ने कैसे

झारखंड को कैंसरग्रस्त बनाया है? इसके लिए सीधे जिम्मेदार उनके मंत्री और भ्रष्ट अफसर हैं। भारत के किसी राज्य में शायद ही भ्रष्टाचार का ऐसा खुला खेल हुआ हो!

क्या मुख्यमंत्री को मालूम है कि—

- 20 अप्रैल, 07 को झारखंड निगरानी विभाग ने इटखोरी सी.डी.पी.ओ. शीला कुमारी को रिश्वत लेते पकड़ा। उनके घर में 12.42 लाख मिले। पर सरकार के समाज कल्याण विभाग ने मुकदमे की अनुमति नहीं दी। वह रिहा हो गई हैं। स्पष्ट है कि भ्रष्टाचारी को बचाने के लिए ऊपर के सरकारी लोग जिम्मेदार हैं। इसके लिए कौन दोषी है? क्या काररवाई होगी?
- यह भी सूचना है कि चर्चित 'हाता–चाईबासा सड़क घोटाले' में निलंबित इंजीनियरों के खिलाफ विभागीय कार्यवाही चलाने के लिए संचालन पदाधिकारी ही नहीं मिल रहा है। 30 जून तक घोटाले में फँसे इंजीनियर रिहा होनेवाले हैं। उल्लेखनीय है कि मुंडा सरकार के पतन में इस 'सड़क–प्रकरण' की भी भूमिका थी। अब इन आरोपित इंजीनियरों के किस अदृश्य प्रभाव में इस जाँच के लिए उक्त विभाग के पास समय नहीं है? यह किसके प्रभाव और दबाव में हो रहा है? जनता यह खेल समझ रही है, क्या सरकार को पता नहीं है?
- मुख्यमंत्री को मालूम होगा कि कई मंत्रियों के संगीन भ्रष्टाचार की शिकायतें लोकायुक्त ने झारखंड सरकार के पास भेजी हैं। वे फाइलें कहाँ और किसके पास, किन प्रयोजनों से दबाकर रखी गई हैं?
- जामताड़ा आर.ई.ओ. के कार्यपालक अभियंता मनोरंजन प्रसाद सिन्हा 9 जनवरी, 2007 को राँची के बसेरा होटल के पास घूस लेते पकड़े गए। पर ग्रामीण विकास विभाग ने अब तक उनके विरुद्ध मुकदमा चलाने की अनुमति नहीं दी है। स्पष्ट है कि मुकदमा न होने देने या काररवाई न होने देने के पीछे भी भ्रष्टाचार का गणित है। पर अगर सरकार काररवाई में अड़ंगा डालनेवाले के खिलाफ सख्त कदम उठाती, तो रोगी कैंसरग्रस्त नहीं होता।
- यही हाल जमशेदपुर वन पदाधिकारी आर.के. झा का है। 17 अप्रैल को आराकल कंपनी के मैनेजर ज्वाला सिंह से 50 हजार रुपए रिश्वत लेते श्री झा पकड़े गए। पर वन विभाग ने उनके विरुद्ध मुकदमा चलाने की अनुमति नहीं दी। 60 दिन बाद वह रिहा हो गए। जो व्यवस्था भ्रष्टाचारियों को रिहा कराने में मददगार है, वह तो राज्य को कैंसरग्रस्त क्या, मृत्युशय्या पर भी पहुँचा देगी!

ऐसे मामले गिनवाए जाएँ, तो अनगिनत प्रकरण सामने आएँगे, जो साबित करते हैं कि भ्रष्टाचार बढ़ाने का काम यह सरकारी व्यवस्था कर रही है। सरकार या राज का

प्रभाव रहता है, तो लोग या उसके कारिंदे या कर्मचारी गलत करने से डरते हैं। यहाँ तो खुला खेल फर्रुखाबादी है। किसी को किसी से भय नहीं। कानून-संविधान की कोई अहमियत नहीं। लगता है कि यहाँ सब एक-दूसरे की कीमत जानते हैं।

भ्रष्टाचार के उत्स कहाँ-कहाँ हैं? जमीन दलाली, ट्रांसफर-पोस्टिंग, प्रक्रिया से काम न होने देना। ठेका-पट्टा, गलत काम करवाना, आर.ई.ओ. वगैरह। ऐसी चीजें तो सरकार की देख-रेख में होती हैं। अगर सरकार गंभीर हो, तो क्या यह सब बंद नहीं हो सकता? राज्य के विजिलेंस विभाग को अहमियत मिले, तो सरकारी भ्रष्टाचार कैसे नहीं रुक सकता?

पर सरकार की मंशा तो इससे स्पष्ट है कि वह हर विधायक को अब विकास मद में खर्च के लिए तीन करोड़ दे रही है। देश को याद है कि जब केंद्र में नरसिंह राव की सरकार थी, तब हर सांसद को विकास मद में पैसे देने की शुरुआत हुई। वह सरकार भी बाहरी समर्थन से चल रही थी। आरोप लगा कि सांसदों को खुश रखने के लिए सांसद विकास राशि दी जा रही है। इस पैसे के दुरुपयोग पर निरंतर प्रामाणिक खबरें आ चुकी हैं। पर झारखंड की सरकार यह राशि प्रति विधायक तीन करोड़ कर रही है। शायद ही देश में कहीं ऐसी व्यवस्था हो! क्या झारखंड सरकार हर विधायक को खुश रखने या चुप रहने के लिए ऐसा कर रही है?

भ्रष्टाचार अब नैतिक समस्या नहीं, विकास से जुड़ा प्रश्न बन गया है। विश्व बैंक व अन्य संगठन कह रहे हैं कि भ्रष्टाचार नहीं रुका, तो गरीबी खत्म नहीं होगी। यानी भ्रष्टाचार और गरीबी का सीधा रिश्ता है। झारखंड देश के सबसे गरीब राज्यों में से एक है। यानी इसकी गरीबी के पीछे भी यहाँ का भ्रष्टाचार है। भ्रष्टाचार नहीं रुका, तो विकास गाँवों तथा गरीबों तक नहीं पहुँचेगा, फिर नक्सलवाद को रोकना नामुमकिन होगा।

पर भ्रष्टाचारी और सत्ताधारी एक बात याद रखें, तो शायद इस कैंसर से राहत मिले। कहा जाता है कि विश्वविजेता सिकंदर जब मर रहा था, तब उसने अपने साथियों को बुलाया। कहा कि मेरा शव ले जाना, तो दोनों हाथ बाहर लटका देना। साथियों ने पूछा, ऐसा क्यों? सिकंदर का जवाब था, ताकि दुनिया देखे कि विश्वविजेता सिकंदर भी यहाँ से खाली हाथ ही गया। भ्रष्टाचार शिरोमणि भी खजाना अपने साथ लेकर कहीं नहीं जाएँगे, यही अगर राजनीतिज्ञ याद रखें, तो एक लक्ष्मण-रेखा स्वतः बन जाएगी। तब शायद कैंसरग्रस्त झारखंड को भी राहत मिले!

सिर्फ बयान या अनर्गल प्रलाप!

अक्तूबर 2006 के अंत से 7 मार्च 2007 के बीच यू.पी.ए. के वरिष्ठ नेताओं के कुछ चुनिंदा बयान! ये बयान बताते हैं कि यू.पी.ए. नेता वाकिफ हैं कि कहाँ-कहाँ, क्या-क्या हो रहा है! फिर वे चुप क्यों रहे? सिर्फ बयान देना, काररवाई न करना, क्या बताता है? इन बयानों में से एक पर भी अमल होता, तो भ्रष्टाचार निश्चित रूप से कैंसर नहीं बना होता—

23 अक्तूबर, 2006 : भ्रष्टकर्मी सीधे बरखास्त होंगे : शिक्षा मंत्री

9 नवंबर, 2006 : राजग सरकार में हुई गड़बड़ियों की जाँच होगी : मुख्यमंत्री

12 नवंबर, 2006 : सी.डी.पी.ओ. पर डी.सी. ने मुकदमे की अनुमति माँगी, मंत्री बता रहे हैं ईमानदार।

17 नवंबर, 2006 : एनोस को गुमान हो गया, भोगना पड़ेगा : नियेल

(नरेगा में भ्रष्टाचार, मनमानी करने की छूट नहीं देगी कांग्रेस)

19 नवंबर, 2006 : गड़बड़ी ठीक कराएँ, नहीं तो कान पकड़ सरकार से बाहर निकाल देंगे : नियेल (सिमडेगा जिले में नरेगा में भ्रष्टाचार)

26 नवंबर, 2006 : भ्रष्टाचार सबसे बड़ी चुनौती : मुख्यमंत्री

27 नवंबर, 2006 : ट्रांसफर-पोस्टिंग छोड़ काम पर ध्यान दें : जी-3

(स्टीफन, एनोस व हरिनारायण ने मिलकर बनाया था जी-3)

1 दिसंबर : गबन के आरोपित को सस्पेंड करने से मंत्री का इनकार

9 दिसंबर, 2006 : तो जेल जाएँगे एनोस : रमई राम (नरेगा में भ्रष्टाचार)

11 दिसंबर, 2006 : कोड़ा सरकार चलाने का कोई मतलब नहीं : अन्नपूर्णा (तबादला व भ्रष्टाचार से खिन्न)

21 दिसंबर, 2006 : नियेल के आरोपों की जाँच होगी : स्टीफन

26 दिसंबर, 2006 : सब चाहते हैं जयनंदू को टेंडर मिले : देहाती (कंबल-खरीद का मामला)

30 दिसंबर, 2006 : मुझे पाँच-पाँच लाख तक के ऑफर मिले हैं : देहाती (चिकित्सकों के तबादले का मामला)

2 जनवरी, 2007 : जाँच हो, दोषी पाया गया तो इस्तीफा : देहाती (कंबल-खरीद पर भ्रष्टाचार का आरोप लगने पर कहा)

3 जनवरी, 2007 : शराब माफिया के साथ कई अधिकारियों की मिलीभगत : कमलेश सिंह

9 जनवरी, 2007 : सरकार बदली, लेकिन कार्यशैली नहीं : प्रदीप कुमार बलमुचु

11 जनवरी, 2007 : जनहित में कोड़ा सरकार का गिरना जरूरी : बागुन

24 जनवरी, 2007 : एनोस एक्का ने पत्नी के नाम पर कंस्ट्रक्शन कंपनी बनाई

25 जनवरी, 2007 : एक साल में पूँजीपति बन गए एनोस : नियेल

28 जनवरी, 2007 : एस.पी. से 50 लाख लेकर तबादला रुकवाया : झामुमो (शिबू सोरेन के भाई ने झामुमो अधिवेशन में यह आरोप लगाया था)

1 फरवरी, 2007 : कृषि मंत्री ने घोटाले की फाइल दबाई। (2.5 करोड़ रुपए का घोटाला कृषि सचिव ने पकड़ा था)

1 फरवरी, 2007 : भ्रष्ट अफसरों के चेहरे पर जनता थूके : दुलाल (कहा, बंधु तिर्की ने सिर्फ दौड़ाया, जनता शिक्षकों की पिटाई करेगी)

3 फरवरी, 2007 : चतरा एस.पी. अवैध कारोबार में लगे हैं : गिरिनाथ सिंह

4 फरवरी, 2007 : बिचौलिए कंबल-खरीद में 50 लाख घूस दे रहे थे : देहाती

5 फरवरी, 2007 : सरकार नाम की कोई चीज नहीं है, राष्ट्रपति शासन लगे : चंद्रशेखर दुबे

6 फरवरी, 2007 : एनोस बोर्ड लगवा व खस्सी खइया मंत्री : नियेल

9 फरवरी, 2007 : भानु का मंत्री बनना राजनीतिक भ्रष्टाचार : देवव्रत विश्वास

23 फरवरी, 2007 : दो करोड़ का घोटालेबाज अफसर कृषि मंत्री की कृपा से दोषमुक्त

25 फरवरी, 2007 : भ्रष्टाचार पर लगाम नहीं, सदन में उठाएँगे : गिरिनाथ

7 मार्च, 2007 : 200 रुपए के लिए 400 रुपए घूस देना पड़ता है : भानु (विकलांगों के संदर्भ में कहा गया था)

(24-06-2007)

□

राज नक्सलियों का या सरकार का?

झारखंड में किसकी सरकार है? किसकी हुकूमत चल रही है? किसके फरमान और डिक्टेट से बसें बंद हो जाती हैं? ट्रेनें ठहर जाती हैं या कैंसिल हो जाती हैं या ट्रेनों के रूट बदल दिए जाते हैं? खदानें ठप हो जाती हैं? ट्रक ठहर जाते हैं? पुलिस भी मूक दर्शक की भूमिका में होती है? सरकार स्तब्ध देखती रहती है? दुकानों के शटर नहीं खुलते? बाजार मरघट की स्थिति में दिखाई देते हैं? सड़कें सुनसान हो जाती हैं? और हमारे सारे नेता, सरकार के कर्त्ता-धर्त्ता, जो हर विषय पर गर्जना करते रहते हैं, अनर्गल बोलते रहते हैं, वे मौन साध जाते हैं?

बताने की जरूरत नहीं कि नक्सली लोगों ने कोई फरमान जारी किया नहीं कि जिंदगी स्वत: ठहर जाती है। और ट्रक, बस, ट्रेन, जनजीवन सबकुछ अस्त-व्यस्त। हाँ, एक और समूह 'झारखंड लिबरेशन टाइगर्स' का है, जिसकी हुकूमत राँची से 10 कि.मी. बाद शुरू होकर खूँटी, गुमला, सिमडेगा वगैरह में है। इस इलाके में जो दो गिरोह हैं, वे और अधिक खूँखार हैं। इनके भय से कानून का शासन उस इलाके में पर भी नहीं मारता।

यह झारखंड की स्थिति है! इतिहासकारों ने लिखा है—औरंगजेब के बाद व्यावहारिक स्तर पर मुगल सल्तनत दिल्ली के लालकिले से पालम तक सिमट गई थी। हालाँकि बादशाह गफलत में रहते थे कि वे भारत के बादशाह हैं। झारखंड की सत्ता में बैठे बड़े लोग निजी बातचीत में यही कहते हैं कि झारखंड में सरकार का शासन, कानून का शासन, संविधान का शासन महज शहरों तक सीमित रह गया है। जब भी नक्सल-समूह या अपने इलाके में 'झारखंड लिबरेशन टाइगर्स' बंद या नाकेबंदी का आह्वान करते हैं, पुलिस-प्रशासन की कोशिश रहती है कि बंद स्वत: हो जाए, ताकि इन्हें कुछ करना न पड़े। बसवालों को पुलिस निजी सुझाव देती है—'बंद करने में ही भलाई है।' खदान चलानेवालों को यह कहा जाता है कि एक दिन काम बंद रखने में ही कल्याण है। यह पुलिस-प्रशासन की भूमिका है!

अब सवाल उठता है कि राज्य में शासन किसका है?

सही उत्तर तो यही है कि जहाँ नक्सली ताकतवर हैं, वहाँ उनकी इच्छा ही आदेश है। सरकार भी मानती है कि 22 में से लगभग 16-18 जिलों में नक्सली-समूह निर्णायक स्थिति में हैं। अन्य दो-तीन जिलों में 'झारखंड लिबरेशन टाइगर्स' का आतंक है।

महज एक दिन की स्थिति पर गौर करें, तो पाएँगे कि 26 जून को धनबाद रेल मंडल को 25 करोड़ से अधिक का नुकसान हुआ है। चाईबासा व बेरमो अंचल में लौह अयस्क व कोयले की ढुलाई नहीं हुई। गुमला, पलामू, सिमडेगा, चतरा, चाईबासा वगैरह पूरी तरह बंद रहे। डालटेनगंज-गढ़वा बाजार में लोग नहीं आए। राज्य परिवहन विभाग के अनुसार मार्च 2006 तक राज्य में 10238 मिनी बसें और बसें थीं। अनुमान है कि इनमें से 6000 से अधिक बसें नहीं चलीं। 50,000 से अधिक ट्रक ढुलाई नहीं कर सके। कोयला, आयरन और बॉक्साइट नहीं ढोए जा सके। मालगाड़ियाँ कुछेक रूटों पर चली ही नहीं। ट्रेनों की आवाजाही कई क्षेत्रों में ठप रही। रेलवे ट्रैक उड़ाए गए।

यह सब महज झलक है। पूरे दृश्य का ट्रेलर, अगर एक-एक घटना के असर को जोड़कर, एक साथ देखा जाए, तो गंभीरता का एहसास होगा। यह पता चलेगा कि राजसत्ता (स्टेट पावर, जिसका एक अंग सरकार है) का प्रताप, यश, भय, सम्मान कुछ बचा ही नहीं है। अगर राजसत्ता का कहीं अस्तित्व है भी, तो कुछेक हजार लोगों के लिए, जो ठेका, पैरवी और इस व्यवस्था से लाभ लेकर रातोंरात अमीर होना चाहते हैं; या राजसत्ता की उपस्थिति या झलक सरकार के मंत्रियों के यहाँ मिलती है। पुलिस, सुरक्षा, तामझाम वहीं तक सीमित है।

यह खतरनाक स्थिति है। पर राज चलानेवाले नहीं समझ पा रहे! वे बारूद के भंडार पर खड़े हैं। ऐसी ही स्थिति में लोग पूछेंगे कि मानव इतिहास में स्टेट, नेशन या 'राज' का गठन ही इसलिए हुआ कि जनता को सुरक्षा मिले। राज्य का बुनियादी काम या धर्म है—लोगों को सुरक्षा देना। अगर राज्य सुरक्षा देने में विफल है, तो उसकी जरूरत क्या है? नक्सलियों और लिबरेशन टाइगर्स के भरोसे अगर जनता को सरकार छोड़ देती है, तो जनता भी कहीं सरकार को न छोड़ दे?

ऐसी ही स्थिति में कोई नेता खड़ा होगा। कहेगा कि झारखंड की गरीब जनता (देश की सर्वाधिक गरीब) सरकार को दो तरह का कर देती है—प्रत्यक्ष और अप्रत्यक्ष कर। राज्य और केंद्र दोनों को मिलाकर झारखंड की गरीब जनता लगभग 8000 करोड़ हर वर्ष टैक्स के रूप में देती है। कॉमर्शियल टैक्स, एक्साइज, माइंस, भूमि रजिस्ट्रेशन, ट्रांसपोर्ट, फॉरेस्ट वगैरह और केंद्रीय कर जोड़कर। 8000 करोड़ टैक्स के बदले यह राज व्यवस्था या सरकार जनता को क्या दे रही है? क्या सुरक्षा मिल रही है? राज्य बजट 2007-08 में पुलिस पर कुल खर्च 724 करोड़ के आस-पास है। विधानसभा पर

लगभग 17 करोड़ खर्च का अनुमान है। मंत्रिपरिषद् पर चार करोड़ से अधिक का खर्च।

ऐसी ही स्थिति में जनता के मन में सवाल उठते हैं कि हम टैक्स क्यों देते हैं? टैक्स के बदले हमें क्या मिल रहा है? हमारे श्रम, खून-पसीने की कमाई से कौन मौज कर रहा है? क्यों राज्य नामक संस्था हमसे 8000 करोड़ सालाना टैक्स ले रही है, पर सुरक्षा न देकर अपना धर्म छोड़ चुकी है? ऐसी संस्था का बोझ हम क्यों उठाएँ?

बेहतर होता कि झारखंड की राजनीति इस संवेदनशील स्थिति पर गौर करती और राज्य को अराजक बनने से बचाने का ईमानदार प्रयास करती।

(27-06-2007)

□

सिर्फ सवाल खड़ा करना मकसद नहीं

यह संयोग ही था। पर था अजीब। विधायकों से जुड़े स्टिंग ऑपरेशन की जाँच जिस समय विधानसभा की विशेष कमेटी कर रही थी, विधायकों के आचरण की चर्चा और शिकायत हो रही थी, लगभग उसी समय विधानसभा स्पीकर आलमगीर आलम के नाम पर राज्य सरकार के हेलिकॉप्टर में प्रदेश कांग्रेस अध्यक्ष प्रदीप बलमुचु और कांग्रेस प्रभारी बेगम नूर बानो जमशेदपुर की यात्रा कर रहे थे। इस यात्रा के संबंध में स्पीकर महोदय का कहना है कि मैं बीमार था, इसलिए कहीं गया ही नहीं। पर प्रदेश कांग्रेस अध्यक्ष बलमुचु ने कहा कि श्री आलम भी इस हेलिकॉप्टर से आए। हालाँकि जमशेदपुर हवाई अड्डे पर दो ही लोग हेलिकॉप्टर से उतरे, प्रदीप बलमुचु और बेगम नूर बानो।

पहला प्रश्न तो यही उठता है कि सच कौन बोल रहा है? कांग्रेस अध्यक्ष या स्पीकर? इस प्रश्न का कानूनी पहलू, नैतिक पहलू,आचरण से जुड़े पक्ष छोड़ भी दें तो हमारी परंपरा मानती है—

'महाजनो येन गतः स पंथा'

यानी जिस रास्ते बड़े लोग गए हों, वही रास्ता सही है। शेष लोग उसी रास्ते पर चलें। यह नैतिक मान्यता और शिक्षा है। 'भ्रष्टाचार के कैंसर से ग्रस्त' झारखंडी तो इन्हीं बड़े रहनुमाओं के आचरण से सीखेंगे? क्या झारखंड के रहनुमा साफ और सच नहीं बोल सकते? समाज के सामने ये क्या आदर्श रख रहे हैं?

साफ और सच बोलने में अड़चन कहाँ से है? आचरण साफ होगा, तो सच बात ही निकलेगी। चूँकि राज्य सरकार के हेलिकॉप्टर पर राज्य के मंत्री या वरिष्ठ सरकारी लोग ही सफर कर सकते हैं, इसलिए हेलिकॉप्टर स्पीकर के नाम से बुक कराया गया। पर उस पर यात्रा की दो लोगों ने, जो शासक दल के मुख्य घटक दल कांग्रेस के महत्त्वपूर्ण पदाधिकारी हैं। किसी भी दल के पदाधिकारी को सरकारी हेलिकॉप्टर से

यात्रा का विधान नहीं है। अगर कांग्रेस प्रभारी को आप हेलिकॉप्टर देते हैं, तो बसपा या अन्य दलों के ओहदेदारों को कैसे रोक सकते हैं? अब कांग्रेस की भूमिका देखिए। राज्य के लगभग सभी महत्त्वपूर्ण कांग्रेसी एक स्वर में राज्य सरकार को भ्रष्टाचार के लिए कोस भी रहे हैं। रोज धमकी भी देते हैं। पर सरकार से बेजा लाभ भी ले रहे हैं? यानी दोनों हाथ लड्डू और दोनों तरफ उसी हाथ से ताली। इस सवाल के कानूनी और नैतिक पहलू और गंभीर हैं।

पर यहाँ इस प्रसंग को दूसरे संदर्भ में उठाया गया है। हेलिकॉप्टर पर खर्च मद में सरकार प्रतिमाह 10 लाख रुपए भुगतान करती है। तय घंटे से अधिक उड़ान होने पर अलग से चार्ज भुगतान करना पड़ता है। ऐसा नहीं है कि बेगम और प्रदीप बलमुचु ने पहली बार इसका दुरुपयोग किया हो। एन.डी.ए. राज से लेकर अब तक सरकारी हेलिकॉप्टर के दुरुपयोग के अनेक प्रकरण सामने आ चुके हैं। पर सरकारी खर्चों के दुरुपयोग की जो परंपरा शुरू हुई, उसे यू.पी.ए. सरकार ने शिखर तक पहुँचाने का अभियान चला रखा है। यू.पी.ए. सरकार बनने पर एक मंत्री ने 1.50 लाख की मेज बनवाई। एक ने 80 हजार रुपए की कुरसी खरीदी। एक ने 78 हजार की नेम प्लेट बनवाई, तो दूसरे ने होड़ में इस पर दो लाख से अधिक खर्च कर दिए। एक मंत्री दिल्ली के पाँच सितारा होटल में ठहरे (जिसके हकदार नहीं हैं) और दो दिनों में लगभग तीन लाख का होटल बिल आया। पीने, खाने, ठहरने सबका। किसी मंत्री ने चंद दिनों में लाखों फोन पर ही खर्च कर दिए। ऐसी असंख्य चीजें हैं।

ए.जी. रिपोर्ट के अनुसार 4,538 करोड़ के हिसाब नहीं मिल रहे। इसकी जाँच हो, तो फिजूलखर्ची, अपव्यय और दुरुपयोग (घोटाला, घपला अलग कर दीजिए) के अनंत उदाहरण मिलेंगे। दूसरी तरफ लाल कार्डधारी गरीबों की स्थिति?

इस राज्य में पागल कुत्तों के काटने से गरीबों को मौत की, जो निश्चित सौगात मिलती है, उसकी दवा उपलब्ध नहीं। कुछ दिन पहले तक राँची सिविल सर्जन ने अपने यहाँ सूचना लगा रखी थी कि कुत्ता काटने का इंजेक्शन उपलब्ध नहीं। पता चला, इसके लिए पैसे नहीं हैं। मंत्री से पूछिए, तो कहते हैं, सचिव से पूछिए। सचिव कहते हैं, फंड चला गया है। सिविल सर्जन कुछ और कहते हैं। बहरहाल, हमारा मकसद इस विषय पर शोध करना नहीं है कि कौन सच बोल रहा है? राज्य के एक नागरिक की हैसियत से हमें यही पता है कि अस्पताल जाने पर यही कहा जा रहा है कि पैसे नहीं हैं, फंड नहीं है, दवा नहीं है। यह तो स्वास्थ्य विभाग की जवाबदेही है कि वह तय करे कि कौन झूठ बोल रहा है? कहाँ फाइलें अटकी हैं? उलटे स्वास्थ्य विभाग के एकाध जिम्मेवार लोगों ने व्यंग्य किया कि 'प्रभात खबर' पूरे राज्य में यह कार्यक्रम चलाए।

'प्रभात खबर' यह नहीं कहना चाहता कि जिस गरीब जनता के कर से आपकी तनख्वाह या ऐशोआराम का भुगतान हो रहा है, उसके प्रति आपकी एकाउंटेबिलिटी क्या है? किस कार्य के लिए सरकारी कोष से अफसरों-कर्मचारियों को वेतन मिलते हैं? सरकारी नौकरों से शायद मंत्री भी यह हिसाब लेते ही होंगे। पर मूल सवाल यह है कि जिस राज्य की जनता प्रत्यक्ष और अप्रत्यक्ष कर मिलाकर लगभग 8000 करोड़ प्रतिवर्ष सरकारी खजाने में देती है, वहाँ अत्यंत गरीबों, आदिवासियों को मौत के कुएँ (पागल कुत्तों के काटने पर) से निकालने के लिए पैसा उपलब्ध नहीं है। पर जनता द्वारा दिए गए कर के पैसे यानी सरकारी खजाने से सत्ताधारी समूह के घटक नेताओं (कानूनन और नैतिक रूप से जिसके वे हकदार नहीं हैं) की उड़ान पर फिजूलखर्ची, मंत्रियों के अनाप-शनाप शगल पर बेशुमार खर्च के लिए धन उपलब्ध है? सरकारी खजाना खुला है? उल्लेखनीय है कि झारखंड में पागल कुत्तों-सियार वगैरह के काटने से काफी गरीब लोग मरते हैं। हर साल।

यह सवाल उठाने के लिए 'प्रभात खबर' ने कुछेक दिनों के लिए यह काम प्रतीकात्मक तौर पर हाथ में लिया। 27 जून तक समाज के सबसे गरीब 118 लागों को इंजेक्शन लग चुके हैं। समाज के विभिन्न समूहों, उदार लोगों व निरामया अस्पताल के सहयोग से। 'प्रभात खबर' के युवा सहकर्मियों के परिश्रम से। 40 आदिवासी, 25 औरतें, 13 मुसलिम समाज के लोग, फिर सदान और अन्य गरीब इसका लाभ ले चुके हैं। दूर देहात और गाँव से आए गरीबों की पीड़ा शायद ही सत्ता में बैठे लोग समझें।

पर इस प्रयास ने लोगों के मन में सवाल जरूर खड़ा किया है। सवाल कि झारखंड राज्य नेताओं के ऐशोआराम के लिए बना या गरीबों के कल्याण के लिए? जो आदिवासियों, दलितों, मुसलिमों के नाम पर राजनीतिक व्यापार और सत्ता भोग में डूबे हैं, वे इन गरीब आदिवासियों- दलितों- मुसलिमों- सदानों की खबर भी रखते हैं या सिर्फ माला जपकर अपनी दुनिया में रमे हैं? हमारा मकसद सिर्फ सवाल खड़ा करना ही नहीं था, बल्कि यह बताना भी था कि यह असंभव काम नहीं है। यह जन सहयोग से साबित भी हुआ। पर जो जनता की रहनुमाई के दावेदार हैं, पेड दावेदार (पैसा, सुविधाएँ, ऊपर से घूस, कमीशन अलग) हैं, उनके पास इन सवालों के क्या जवाब हैं?

(29-06-2007)

□

भ्रष्टों पर मौन, बेदागों पर हमला

झारखंड की राजनीति

झारखंड की यह स्थिति क्यों हो गई?

अकसर लोग यह सवाल पूछते हैं, मानो हम अखबारनवीस सर्वज्ञानी हों, पर आज झारखंड कांग्रेस सदर प्रदीप बलमुचु का बयान पढ़कर इस सवाल का उत्तर सूझा। कोई बड़ा स्वप्नदर्शी राजनेता कह गया है—90 फीसदी समाज के अच्छे लोग जहाँ चुप हो जाते हैं, वहाँ ऐसा ही अराजक, नियम-कानून विहीन और उदास माहौल होता है।

प्रदीप बलमुचु का ज्ञानवर्द्धक बयान था—'राज्य के मुख्य सचिव ए.के. चुग और मुख्यमंत्री के प्रधान सचिव सुखदेव सिंह झारखंड विकास की राह के रोड़े हैं।' इस बयान से लगा कि समाज के अच्छे लोगों (चाहे वे जिस भी क्षेत्र में हों) के प्रति जहाँ सरकार, राजनीति, समाज मौन-दर्शक हो जाते हैं, वहाँ यही जलालत होती है। श्री चुग और श्री सिंह से कभी व्यक्तिगत संपर्क नहीं रहा। पर इन दो अफसरों की रेपुटेशन, ईमानदारी, संविधान सम्मत आचरण और मर्यादित व्यक्तित्व राज्य और राज्य के बाहर के लोग जानते हैं। ऐसे लोगों पर भ्रष्ट राजनीति प्रहार करे और सरकार, राजनीति, समाज के सुलझे लोग चुप रहें, तो झारखंड अराजक ही बनेगा, यही उत्तर है कि झारखंड ऐसा क्यों हो गया? झारखंड में अनेक ऐसे वरिष्ठ आई.ए.एस. (सचिव, प्रधान सचिव) हैं, जिन पर कोई राज्य फख्र कर सकता है। जो राज्य प्रगति की सीढ़ी पर छलाँग लगा रहे हैं, वहाँ अगर ये अफसर होते, तो सरकार, राजनीति और समाज के प्रियपात्र और आदर्श होते! जैसे पानी अपनी सतह तलाश लेता है, वैसे ही भ्रष्ट राजनीति अपने ढंग का माहौल चाहती है। उसमें अच्छे लोग अनचाहे बन जाते हैं। यही झारखंड में हो रहा है।

पर बलमुचुजी को कांग्रेस का इतिहास भी नहीं पता। आजादी के बाद कांग्रेस ने यह स्वस्थ संस्कृति विकसित की कि नौकरशाह सार्वजनिक बहस-आलोचना के केंद्र न

बनाए जाएँ; क्योंकि असली जिम्मेदार तो सरकार है। इसलिए राजनेता नीतियों, मुद्दों वगैरह पर सार्वजनिक बहस करें। यह परंपरा आज भी दिल्ली, संसद् या अनेक विकसित-समझदार राज्यों में बनी हुई है। ईमानदार अफसर कहीं सार्वजनिक बहस के विषय नहीं बनाए जाते। वह भी सत्ताधारी गुट के मुख्य सूत्रधार द्वारा। और किसी अफसर से शिकायत है, तो सीधे मुख्यमंत्री या जिम्मेदार मंत्री से तथ्यगत आधार पर शिकायत की जा सकती है। कारण है कि अफसर ही सरकार की नीतियों के क्रियान्वयन के सूत्रधार हैं।

इसलिए संविधान बनानेवालों ने नौकरशाही को तटस्थ, सार्वजनिक विवाद से दूर रखने की कल्पना की। धर्मवीर, के.वी. लाल वगैरह की परंपरा ने नौकरशाही को आभा-गरिमा दी है। इंदिराजी से लेकर अनेक सरकारों में शीर्ष पर रहे नौकरशाह नीतीश सेनगुप्ता ने अपने संस्मरण 'माई टाइम्स : ए सिविल सर्वेंट रिमेंबर्स' में लिखा है—'उन दिनों राजनीतिक दिशा-निर्देश के तहत आई.ए.एस. अफसर लोकतांत्रिक व्यवस्था में काम करते थे। यह वर्ग भारत की एकता का सूत्रधार भी रहा। जाति, धर्म, क्षेत्र की संकीर्ण भावना से ऊपर उठकर काम करनेवाला।' पर झारखंड की अवयस्क राजनीति जो न करे।

श्री बलमुचु को बताना चाहिए कि यू.पी.ए. का क्या राजनीतिक दिशा-निर्देश है? क्या इन राजनीतिज्ञों के पास राज्य के विकास का कोई विजन या सपना है? ऐसे लोगों को यह भी बताना चाहिए कि ये राजनेता राज्य के कुख्यात भ्रष्ट सिंडिकेटों पर कभी सार्वजनिक हमला क्यों नहीं करते? क्यों ये नेता विधानसभा या बाहर राज्य के छँटे भ्रष्ट अफसरों के खिलाफ कारवाई का मुद्दा नहीं उठाते? क्यों इंजीनियर सिंडिकेट, मोबाइल दारोगा सिंडिकेट, घूसखोर ट्रांसफर इंडस्ट्री संचालकों पर बलमुचुजी या कांग्रेस या कोई पार्टी मौन रहती है? जिस विधानसभा से ईमानदार राजनीति संचालित होनी चाहिए, वह सभा ही विधानसभा में अवैधानिक नियुक्तियों का मंच बन गई है! क्या बलमुचुजी चाहते हैं कि जिस तरह विधानसभा की नियुक्तियों में जी-हुजूरी करनेवाले अफसरों ने हर गलत काम किया, वही राज्य की नौकरशाही करे? राज्य के नेताओं की हर गैर-कानूनी इच्छा को साकार करनेवालों की भीड़ वैसे भी नौकरशाही में बढ़ गई है, पर जो थोड़े-बहुत लोग संविधान, नियम-कानून की मर्यादा में बँधे हैं, उन्हें भी चुप कराकर या तटस्थ बनाकर क्या हम झारखंड की राजनीति को धृतराष्ट्र का राजदरबार बना देना चाहते हैं?

ताजा उदाहरण बोकारो का है। बोकारो के उपायुक्त सुनील कुमार राँची, गुमला और सिमडेगा में रहे हैं। तीनों जगह वह बेदाग अफसर के रूप में रहे। बोकारो में उन पर राजनेता क्यों नाराज हुए? सूचना है कि नरेगा योजना को राजनेता अपने ढंग से

चलाना चाहते हैं। पर संसद् ने उसके क्रियान्वयन के लिए जो कानून बनाए हैं, वे इसकी इजाजत नहीं देते। बोकारो उपायुक्त संविधान को मानेंगे या राजनेताओं के फरमान को? क्या बलमुचु चाहते हैं कि नेताओं के फरमान माने जाएँ, कानून नहीं? बोकारो उपायुक्त पर उन योजनाओं में भी रिश्वत लेने के आरोप लगे, जो शुरू ही नहीं हुई हैं। क्या यही राजनीतिक या सामाजिक जिम्मेदारी है? इन गलत परंपराओं के खिलाफ झारखंड की राजनीति में मौन क्यों है? झारखंड में अनेक ऐसे अफसर हैं (कुछ नए उपायुक्तों-आई.ए.एस. समेत) जो बेधड़क लूट रहे हैं, पर उनके नाम कभी क्यों नहीं उछलते?

बलमुचुजी यह सरकार चला रहे हैं। उन्हें एक-एक चीज पता है कि कहाँ क्या हो रहा है! किन कारणों से झारखंड लगातार पिछड़ रहा है! कोडरमा चुनावों के समय रामगढ़ से लेकर हजारीबाग तक स्पंज आयरन कारखानों में ब्लैक कोयला सप्लाई की इजाजत किसके इशारे पर दी गई? चाईबासा के ईमानदार एस.पी. नवीन सिंह किन भ्रष्टाचारियों पर कारवाई के कारण बदले गए? पद की योग्यता नहीं होने पर भी सीनियर पदों पर भ्रष्ट अफसर कैसे बैठाए जा रहे हैं? स्कोडा जैसी विवादास्पद सौदेबाजी में किनकी क्या भूमिका है? ऐसे अनेक सवाल, जो इस राज्य के विकास, सुशासन से जुड़े हैं, अगर बलमुचुजी या कांग्रेस द्वारा सरकार से पूछे जाते, तो झारखंड की यह दशा नहीं होती। जनता जानती है कि इस सरकार के सूत्रधारों में से प्रदीप बलमुचु भी हैं। अपरोक्ष रूप से यह कांग्रेसराज है। इसलिए इस अविकास के दोषी वह और उनकी पार्टी भी है। कांग्रेस को यह भी बताना पड़ेगा कि यू.पी.ए. सरकार बनते ही उसका पहला वादा था—एन.डी.ए. सरकार के घोटालों की जाँच कराना। पर यह जाँच आयोग क्यों नहीं बैठा?

(07-07-2007)

□

फेल्ड स्टेट

देश ने आजादी के 60 साल मनाए। पर इसी संविधान, लोकतांत्रिक व्यवस्था और परंपरा में 'फेल्ड स्टेट' के नमूने भी सामने आए। मार्क्स के मुहावरे में कहें, तो स्टेट 'विदरअवे' (खत्म होने) के उदाहरण। लगभग सात वर्ष पहले बना 'झारखंड' राज्य आज भारतीय राजनीति, संविधान, कानून और संघ के लिए एक चुनौती है।

राजनीतिक तौर पर कहें, तो इस राज्य को निर्दलीय चला रहे हैं। राष्ट्रीय दल इनके पिछलग्गू हैं। पहले यहाँ एन.डी.ए. की सरकार थी, तब भी भाजपा, जनता दल (यू) वगैरह निर्दलियों के इशारे चले। बाद में वही निर्दलीय यू.पी.ए. के पाले में चले गए, तो अब उनकी सरकार है। मुख्यमंत्री मधु कोड़ा निर्दलीय हैं। झारखंड बनने के बाद से वह एन.डी.ए. सरकार में लगातार मंत्री रहे। फिर पाला बदलकर यू.पी.ए. के मुख्यमंत्री बन गए। यहाँ दलबदल कानून या किसी आचार-संहिता का कोई अर्थ नहीं रह गया है। यहाँ सबकुछ 'एडहाक' तरीके से चल रहा है। देश में झारखंड अकेला राज्य है, जहाँ पंचायत चुनाव नहीं हुए हैं। यह राज्य फरवरी 2007 से 'एक्टिंग चीफ सेक्रेटरी' के बल चल रहा है, क्योंकि यू.पी.ए. के दिल्ली में बैठे शीर्ष नेता अलग-अलग मनपसंद अफसर को चीफ सेक्रेटरी बनाना चाहते हैं।

राष्ट्रपति पद पर यू.पी.ए. प्रत्याशी की जीत के बाद आयोजित भोज में प्रधानमंत्री ने झारखंड के मुख्यमंत्री समेत मौजूद सभी मंत्रियों को लगभग फटकारा। सार्वजनिक तौर से कानून-व्यवस्था की खराब स्थिति के लिए। रेगुलर चीफ सेक्रेटरी नहीं होने के कारण। यह भी कहा कि उद्योगपति लक्ष्मी मित्तल ने मुझे कहा कि वह झारखंड में बड़े पैमाने पर निवेश करना चाहते हैं, पर किससे मिलें-बात करें, यही पता नहीं चलता। प्रधानमंत्री की इस फटकार का भी कोई असर नहीं है।

झारखंड के मुख्यमंत्री मधु कोड़ा ने 28 जून को कहा, पूरा राज्य उग्रवाद से प्रभावित है। सरकार मानती है कि 22 जिलों में से 16 से 18 जिलों में नक्सली जड़ें गहरी हैं। 26 और 27 जून की आर्थिक बंदी के बाद तो दबी जुबान सरकार, पुलिस

और प्रशासन कह रहे हैं कि अब झारखंड में नक्सलियों की समानांतर सरकार नहीं, एकमात्र सरकार है। भाकपा (माओवादी) की दो दिनों की आर्थिक बंदी के दौरान सिर्फ झारखंड को लगभग 250 करोड़ का नुकसान हुआ। ट्रेनों को रास्ते बदलने पड़े। ढाई हजार ट्रक नहीं चले। खदानों से कोयला, लौह अयस्क वगैरह नहीं निकले। इस तरह बार-बार नक्सली साबित करते रहे हैं कि राज्य में ताकतवर नक्सली हैं, स्टेट पावर नहीं। हुकूमत उनकी चलती है, सरकार की नहीं।

यह स्थिति क्यों और कैसे हुई?

झारखंड के मुख्यमंत्री मधु कोड़ा ने यह भी कहा है कि झारखंड में भ्रष्टाचार कैंसर की तरह पसर गया है। दरअसल यह स्थिति इस कारण हुई कि यहाँ विधान सभा, सरकारें, नौकरशाही और राजनीतिक दल, सबने अपना-अपना मूल काम छोड़ दिया है। राज्य बने लगभग सात वर्ष हुए, पर कभी भी राज्य की बुनियादी समस्याओं पर विधानसभा में जीवंत और सार्थक चर्चा नहीं हुई। परंपरा के अनुसार छोटे राज्यों में वर्ष में 60 दिन विधानसभा को बैठना चाहिए। यहाँ कभी भी 37 दिनों से अधिक विधानसभा नहीं बैठी। यू.पी.ए. सरकार तो एक दिन में बजट पास कराने का रिकॉर्ड बना चुकी है। एन.डी.ए. राज्य में स्पीकर ने अपनी इच्छानुसार विधानसभा में नियुक्तियाँ कीं। अपने विधानसभा क्षेत्र के अधिसंख्य लोगों को भरा। अब यू.पी.ए. स्पीकर ने नियुक्तियों का नया उदाहरण रख दिया है। बिहार विधानसभा में विधायकों की संख्या 243 है, तो लगभग 625 के आसपास विधानसभा के कुल कर्मचारी हैं। झारखंड विधानसभा में 81 विधायक हैं, तो कर्मचारी लगभग 600 के आसपास। इन नियुक्तियों के खिलाफ एन.डी.ए. राज में यू.पी.ए. खामोश रहा। अब यू.पी.ए. राज में एन.डी.ए. खामोश है। विधानसभा में मुख्यमंत्री ने प्रति विधायक विधायक राशि तीन करोड़ करने की घोषणा की है। शायद देश में और कहीं ऐसा नहीं है। इस राशि का उपयोग समाज को पता है। यू.पी.ए.-एन.डी.ए., दोनों आम सहमति से झारखंड बनने के बाद छह वर्षों में वेतन भत्ता नियमावली में छह बार संशोधन कर-करा चुके हैं, और अपनी तनख्वाहें बढ़ाई हैं। ए.जी. कार्यालय के अनुसार साढ़े छह वर्षों में लगभग साढ़े छियालीस हजार करोड़ बजट प्रावधान से अधिक खर्च हुए हैं। पर न सरकार इस पर कुछ बोलती है, न विधानसभा बहस करती है। इस 'सरप्लस एक्सपेंडीचर' (बजट शब्द 'अधिकाई व्यय') में न जाने कितने 'पशुपालन घोटाला' छुपे हैं। उल्लेखनीय है कि झारखंड में ही पशुपालन घोटाला हुआ था, जहाँ स्कूटर-मोटरसाइकिल पर गाय, बैल, भैंस ढोए गए। फरजी बिल बनाए गए और 1000 करोड़ से अधिक का घोटाला

हो गया। यह प्रक्रिया झारखंड बनने के बाद और तेज हुई है।

दरअसल, लोकतंत्र में सरकार को नियंत्रित करने, उसकी नीतियों-विफलताओं पर सार्थक बहस से जनमत बनाने, कुशासन, अराजकता, भ्रष्टाचार पर नकेल कसने का काम विधानसभा करती है। शुरू से आज तक विधानसभा सबसे जीवंत लोकतांत्रिक व प्रभावी संस्था बनने के बदले कमजोर होती गई है। क्योंकि झारखंड की राजनीति मुद्दों, सवालों, विचारों से भटककर निजी लाभ के मुद्दों पर आ टिकी है। यह कहना सही होगा कि झारखंड में मुख्यमंत्री एक नहीं, 13 हैं। सभी 12 मंत्री खुद को मुख्यमंत्री ही मानते हैं।

सरकार शब्दवीर है, पर कर्मशून्य। राज्य बनने के बाद से अब तक 64 बड़ी कंपनियों से लगभग 1.50 लाख करोड़ के एम.ओ.यू. पर हस्ताक्षर हुए। मित्तल, टाटा, जिंदल, एस्सार से लेकर अनेक बड़े उद्योग समूहों के साथ। पर एक बड़ा उद्योग नहीं खुल सका, बल्कि एकाध छोटे उद्योग आए, तो अब वे बोरिया-बिस्तर समेट रहे हैं। रूलिंग पार्टी के कार्यकर्ता ही फैक्ट्रियों पर हमला बोल रहे हैं। बिजली उत्पादन में 24 बड़े घरानों से लगभग 7,000 करोड़ के एम.ओ.यू. हुए। पर एक नया प्लांट नहीं खुल सका। राज्य में अँधेरा बढ़ता ही जा रहा है। यूनियनों और भ्रष्ट इंजीनियरों के दबाव में 12 बार बिजली बोर्ड का बँटवारा टला है, केंद्र सरकार के दबाव के बावजूद। बिजली बोर्ड का नुकसान हर साल लगभग 900 करोड़ है। हाँ, गुजरे साढ़े छह वर्षों में माइंस 'एलाटमेंट' (कोयला खदान, लौह अयस्क खदान, बॉक्साइड खदान वगैरह) में जो बड़े खेल हुए हैं, वे सिर्फ दिल्ली व राँची के सत्ताधीशों को पता हैं। राजनेता, उद्यमी व भ्रष्ट अफसर इसके खिलाड़ी हैं। राज्य बनने का सबसे अधिक सुख इसी वर्ग ने पाया है। बिचौलियों का नया धनाढ्य वर्ग उभरा है। सबसे ताकतवर और असरदार।

राष्ट्रीय सर्वेक्षण संगठन (एन.एस.एस.) के अद्यतन आँकड़े (61 वाँ राउंड) सामने हैं। झारखंड में देश के सबसे अधिक गरीब (ग्रामीण) रहते हैं। 40.2 फीसदी। बिहार से भी अधिक। खनिज संपदा देश में सबसे अधिक झारखंड में, पर देश के सबसे अधिक गरीब भी यही हैं। यही झारखंड की विफलता है। इसके लिए जिम्मेवार वे लोग हैं, जिन्होंने राजनीति, शिक्षा, प्रशासन, पुलिस सभी क्षेत्रों में 'इंस्टीट्यूशंस' (श्रेष्ठ संस्थाएँ) नहीं बनने दिए। पहले विकास के लिए पूँजी कमी का रोना रोते थे, अब हर साल हजारों करोड़ सरेंडर हो जाते हैं, खर्च नहीं कर पाते। अपराध नियंत्रण से बाहर है।

हर काम एडहॉक तौर पर हो रहा है। विधानसभा, सरकार, प्रतिपक्ष, सचिवालय, नौकरशाही, राजनीतिक, सामाजिक संस्थाएँ, सिविल सोसाइटी वगैरह नितांत कमजोर

हैं। सही तो यह कहना होगा कि राज्य गठन के बाद से ही निर्दलियों के 'डिक्टेट' पर झारखंड चल रहा है। पहले भाजपा और जद (यू) निर्दलियों के इशारों पर नाचते थे, अब कांग्रेस और राजद इनके चरण पखार रहे हैं; और निर्दलीय निरंकुश भाव से सत्ता चला रहे हैं। केंद्र इस अराजक झारखंड को मूकदर्शक बनकर देख रहा है।

(सिविल सोसाइटी पत्रिका के लिए लिखा गया।)

(09-08-2007)

□

कितना मर चुके हैं हम?

संदर्भ—राँची में बलात्कार

ट्रेन लेट थी। तार चोरों ने 15 अगस्त को अपनी आजादी (या झारखंड की अराजक स्थिति) का इस्तेमाल किया था। बिजली तार कटने (मुरी-जमशेदपुर लाइन) से मुरी के पहले ट्रेन खड़ी थी। पर अखबार की प्रतीक्षा थी। 60 वर्ष की आजादी के अवसर पर देश-झारखंड में क्या हो रहा है? यह जानने की ललक थी।

पर अखबार देखते ही सन्न रह गया। राजधानी राँची में काला शीशा लगी गाड़ी में छात्रा से बलात्कार। हाईकोर्ट के नाम छात्रा का पत्र पढ़कर सिहरा।

हम कहाँ पहुँच गए हैं? कितना मर चुके हैं? पहले लगा कि शासकों को चुल्लू भर पानी में डूब मरना चाहिए। पर शासक ही क्यों मरें? जस प्रजा, तस राजा? अगर हमारी व्यवस्था यही है, तो हम जनता उसको कंधा देकर श्मशान क्यों नहीं पहुँचा देते? हम इतने कायर पुरुष कैसे हो गए हैं? हम समाज, जनता, व्यक्ति, परिवार के स्तर पर कितना मर चुके हैं? मशहूर कवि पाश ने कहा था—खतरनाक होता है सपनों का मर जाना। पर यहाँ तो हम जीवित लाश हो गए हैं। समाज के तौर पर। सरकार के तौर पर। विवेकानंद ने कहा था—मौत खतरनाक नहीं है। वह तो तय है, राजा-रंक सबके लिए। खतरनाक है, जीते-जी मर जाना। क्या हम जीते-जी मर गए हैं। क्या शासकों के घरों की बहू-बेटियों-औरतों के साथ हादसा होगा, तब व्यवस्था हिलेगी या सक्रिय होगी? मन, भावना, संवेदना के स्तर पर मर चुके, सिर्फ और सिर्फ धन-भोग के लिए आत्मा बंधक रख देनेवाले शासक और रहनुमा क्या उस पीड़ित छात्रा के पत्र का दर्द महसूस करते हैं? अपयश, निंदा, कुख्याति से परे इन रहनुमाओं में मानवीय दिल भी रह गया है क्या?

याद करा दें झारखंडी शासकों को—कैसे और क्यों जीते-जी वे मर गए हैं या जीवित लाश लगते हैं? घटना 1980 के बाद की है। इंदिराजी दोबारा प्रधानमंत्री बन चुकी थीं। देश के एक प्रमुख महानगर के एक अखबार में खबर छपी। रात में एक

कामकाजी महिला का अपहरण चलती टैक्सी द्वारा किया गया। ठीक राँची की इस घटना की तरह उक्त महिला से जोर-जबरदस्ती के बाद उसे एक उपनगर में उतार दिया गया। वह महिला घर गई। घर में सभी परेशान थे। पहुँचते ही पति और दो बच्चों से मिलकर कहा, तुरंत नहाकर आती हूँ। तब बात करूँगी। बाथरूम में केरोसिन डालकर वह जल मरी। दूसरे दिन एक अँगरेजी व एक स्थानीय मराठी अखबार में खबर छप गई।

तब सूचना-क्रांति नहीं हुई थी। इंटरनेट, मोडम व फैक्स नहीं थे। पर किसी ने प्रधानमंत्री इंदिराजी को खबर कर दी। इंदिराजी के यहाँ से तत्कालीन मुख्यमंत्री को निर्देश गया। सूर्यास्त से पहले अपराधी पुलिस के कब्जे में हो!

संदेश साफ, दो टूक व स्पष्ट था। मुख्यमंत्री गद्दी पर रहना है, तो कानून का राज हो। उस करोड़ों की आबादी की मायानगरी में पुलिस ने अपराधियों को ढूँढ़ लिया। सूर्यास्त से पहले। किसी कोर्ट को हस्तक्षेप नहीं करना पड़ा। मीडिया को अभियान नहीं चलाना पड़ा। किसी महिला संगठन को आंदोलन नहीं करना पड़ा। किसी लोकसभा-विधानसभा में मुद्दा नहीं उठा। यह स्तर था भारत में शासन करनेवालों का। वहाँ से आज हम कहाँ पहुँचे हैं?

कैसे झारखंड सरकार और पूरी व्यवस्था इस बलात्कार के लिए जिम्मेवार है? अगर बलात्कार से पीड़ित उस छात्रा ने आत्महत्या कर ली होगी, तो हत्या का सीधे दायित्व इस पूरी व्यवस्था और सत्ता प्रणाली पर है!

राज का प्रताप खत्म हो गया है। कानून-व्यवस्था का राज होता, तो अपराधियों में खौफ होता। इनका साहस देखिए। दिनदहाड़े वीमेंस कॉलेज की सड़क से लड़की उठा लेते हैं। न मुर्दा भीड़ का खौफ, न पुलिस-प्रशासन की परवाह। राजधानी में सरेआम यह हरकत। इस हालत के लिए जिम्मेवार कौन हैं? याद करिए, राँची पुलिस ने एक अच्छा अभियान चलाया था। गाड़ियों से काले शीशे हटाए जाएँ। जिस मशहूर क्रिकेटर महेंद्र सिंह धोनी पर झारखंड या भारत आज नाज कर रहा है, उस धोनी की गाड़ी से भी राँची पुलिस ने काला शीशा हटाया, सरेआम। फाइन भी लिया। यह इस रूप में सराहनीय था कि कानून दो नहीं हो सकते, धोनी या आम आदमी के लिए। पर 'प्रभात खबर' लगातार काले शीशे की गाड़ियों की तसवीरें व विवरण छापता रहा कि मंत्री, विधायक, उनके लोग और अन्य सत्ता संरक्षित असरदार दलालों-ठेकेदारों की गाड़ियों में काले शीशे लगे हैं, उन्हें क्यों नहीं हटाया जाता? महेंद्र सिंह धोनी समाज के लिए नाज हैं। उनकी गाड़ी से काला शीशा हटाया जाता है, पर समाज के जिन तबकों से खतरा है, जो अवांछित हैं, काले धंधे में लगे हैं, जिनका जीवन संसार काला है, उन्हें काले शीशे के

पीछे चलने की छूट क्यों दी गई? क्या कानून के दो रूप हैं? शासकों के लिए अलग व शासितों के लिए अलग? पर यह नहीं हुआ। अगर ऐसा हुआ रहता, तो निश्चित मानिए वीमेंस कॉलेज की उस लड़की के साथ जो हुआ, उसकी संभावना कम होती। इस तरह इस बलात्कार के लिए सीधे-सीधे वह व्यवस्था जिम्मेवार है, जो इस लोकतंत्र में दो तरह के कानून चला रही है। शासक वर्ग के लिए अलग। शासितों के लिए अलग।

व्यवस्था का महज यही एक अपराध नहीं है। काले शीशोंवाली महँगी गाड़ियाँ झारखंड में बेशुमार बढ़ी हैं। झारखंड बनने के बाद झारखंड की सड़कों पर तरह-तरह की विदेशी महँगी गाड़ियाँ बेतहाशा दौड़ रही हैं। इन गाड़ियों की स्पीड और इनमें सवार लोग आतंकित करते हैं। अगर कोई एन.जी.ओ. यह सर्वे करे कि इन महँगी गाड़ियों की सवारी करनेवाले कौन हैं? वे अचानक खाकपति से करोड़पति-अरबपति कैसे बन गए? तो इस बन रहे झारखंड की डरावनी तसवीरें स्पष्ट हो जाएँगी। दरअसल, भ्रष्टाचार के गर्भ से ये महँगी गाड़ियाँ खरीदी गई हैं। काले शीशे की अधिसंख्य गाड़ियों के अधिकतर सवार जानते हैं कि उनकी लक्ष्मी, समृद्ध जीवन और भोग-विलासिता का उद्भव श्रम की पूँजी, ईमानदार प्रवृत्ति और साध्य-साधन की पवित्रता नहीं है। इस उद्दंड और आपराधिक वर्ग का जन्म ही काली पूँजी और भ्रष्टाचार की पूँजी से हुआ है। ये जानते हैं कि सत्ता के किस नट-बोल्ट को कब ब्लैकमेलिंग का, घूस का, लूट का, अपराध का मोबिल, ग्रीस और लुब्रिकेंट चाहिए। दिल्ली में हाल में एक मेहरोत्रा पकड़े गए। 5000 से अधिक प्लॉटों के मालिक। 100 से अधिक महँगी गाड़ियाँ। अनेक महँगे आलीशान फ्लैट। पता चला, वह नेताओं की कैंटीन चलाते थे। देश में इस तरह के 'मेहरोत्राज' एक संस्कृति बन गए हैं, जो बिना श्रम किए, सिर्फ दलाली, घूस, कट मनी, वाजिब काम करने के बदले पैसे लेकर रातोंरात खाकपति से करोड़पति-अरबपति बने हैं। झारखंड बनने के बाद ऐसे लोगों की तादाद यहाँ काफी बढ़ी है। पर झारखंड में इन 'मेहरोत्राओं' का उद्भव जानना चाहिए। कानून को तोड़कर, अपराध के बल ये 'मेहरोत्रा' झारखंड में आज इतने पावरफुल हैं कि आप सब जानकर जड़ हो जाएँगे। इस बलात्कार के पीछे झारखंड की यह 'मेहरोत्रा संस्कृति' है, जिसे हमारी व्यवस्था पाल-पोस रही है। यह वही व्यवस्था है, जिसे माननीय मुख्यमंत्री कहते हैं कि झारखंड में भ्रष्टाचार कैंसर बन गया है। इस कैंसरग्रस्त व्यवस्था से निकले ताकतवर लोग भी मानसिक रूप से विक्षिप्त और कैंसरग्रस्त ही हैं। और ऐसा ही काम कर रहे हैं। इस तरह इस व्यवस्था के रहनुमा सीधे-सीधे इस लड़की की आत्महत्या (?) और बलात्कार के लिए जिम्मेवार हैं।

पर इस भुक्तभोगी छात्रा का साहस देखिए। उसने पत्र में हाईकोर्ट से अपील की

है कि भविष्य में कोई छात्रा इस नारकीय अनुभव से न गुजरे, इसके लिए कुछ करें। वह अपना नाम अपनी छोटी बहन के भविष्य को बेहतर बनाने के लिए नहीं बताना चाहती। यानी उस पीड़िता लड़की का साहस, उदारता और विजन देखिए। वह अपने लिए नहीं, भविष्य में किसी छात्रा के साथ ऐसा न हो, इसके लिए चिंतित है। अपनी बहन के लिए चिंतित है। स्पष्ट है कि यह कम उम्र की छात्रा दूसरों के लिए त्याग कर रही है। दूसरों के लिए साहस दिखा रही है। इन हालात में भी इस लड़की का यह त्याग, उदारता और साहस अभिनंदन योग्य है। निजी मत है, नई पीढ़ी का यह नया साहस है, जो भटकते झारखंड-समाज को रास्ते पर लाएगा। ये नए साहस के, हमारे नए नायक हैं।

पर इस कम उम्र की बच्ची के इस साहस-उदारता के प्रति हमारा-आपका फर्ज क्या है? क्या हम समाज के तौर पर जो जीवित लाश बन रहे हैं, इस घटना से कोई जबरदस्त झटका महसूस करेंगे, ताकि हममें जीवन का स्पंदन हो; और हम अपने लिए सुगबुगाएँ? हरकत करें या उठें?

(17-08-2007)

□

'जिस ओर जवानी चलती है, उस ओर जमाना चलता है'

यह याद दिलाने की जरूरत नहीं कि चिनगारी ही दावानल बनती है। 1974 के जिस छात्र-आंदोलन ने कांग्रेस को पहली बार अपदस्थ किया, उसकी चिनगारी छात्रों ने ही सुलगाई। गुजरात के 'मोरवी इंजीनियरिंग कॉलेज' के छात्रावास के छात्रों ने। मुद्दा था—महँगाई। छात्रावासों में अचानक मेस (भोजनालय) का शुल्क बढ़ा दिया गया। इंजीनियरिंग के प्रतिभाशाली छात्र बैठे। संवाद हुआ कि अचानक शुल्क क्यों बढ़ा? हमारे परिवार के लोग कैसे यह बढ़ा खर्च देंगे? छात्र जब तह में गए, तो पता चला कि महँगाई के पीछे भ्रष्टाचार और कुशासन है। चिमनभाई पटेल तब गुजरात के मुख्यमंत्री थे। नारा लगा 'चिमन चोर, गद्दी छोड़।' नवनिर्माण-आंदोलन की नींव गुजरात में पड़ी। जे.पी. ने लेख लिखकर कहा, 'गुजरात से रोशनी मिली है।' यह भी जे.पी. आंदोलन के बुनियाद में है।

इसलिए हर मामूली प्रयास में बड़ी संभावनाएँ छिपी होती हैं। इसलिए झारखंड के छात्रों को खड़ा होना चाहिए। हर रोज छात्र किसी-न-किसी 'इश्यू' पर सड़क पर उतरते हैं। क्या वे 'राँची वीमेंस कॉलेज' की छात्रा के साथ हुए बलात्कार के खिलाफ चुप रहेंगे? झारखंड में छात्र-राजनीति की बुनियाद कॉलेजों-विश्वविद्यालयों में पड़ रही है। छात्रसंघ के चुनाव होनेवाले हैं, इससे बड़ा मुद्दा भावी छात्र नेताओं के लिए दूसरा और क्या है? शुरुआत राँची वीमेंस कॉलेज की छात्राएँ करें। वे शालीनता से एक मेमोरंडम तैयार करें। इसमें भुक्तभोगी छात्रा द्वारा हाइकोर्ट को लिखे पत्र के अंश हों। फिर अंत में सिर्फ दो माँगें—1. बलात्कारी और गाड़ी एक निश्चित अवधि में पकड़े जाएँ। 2. हर गाड़ी से काला शीशा पूरे राज्य में हटे।

इसके बाद राज्य के हर वीमेंस कॉलेज या अन्य कॉलेजों में छात्र-छात्राएँ सभाएँ करें। और यही मेमोरंडम अपने-अपने जिले में पुलिस अधीक्षक को दें। शालीनता से।

संयम से। बिना परेशान, बेचैन या उग्र हुए। कॉलेज में जो सभाएँ हों, उनमें बताएँ कि राज्य में क्या स्थिति है? बताएँ कि राजधानी की सड़क से लड़की उठा ली जाती है। माँ, बहन और बेटी को हम राजधानी में सुरक्षित नहीं रख सकते।

एक सप्ताह तक हर कॉलेज में सभाएँ हों। पुलिस को सिर्फ इन दो माँगों का एक मेमोरंडम दिया जाए। पूरे राज्य में एक जैसा मेमोरंडम और माँग। गांधीवादी तरीके से एक नया माहौल बनेगा। छात्र-आंदोलन में ही हमने नारा सुना 'जिस ओर जवानी चलती है, उस ओर जमाना चलता है।' झारखंड की जवानी झारखंड की गरिमा के लिए खड़ी भर हो जाए, तो देखिए क्या होता है! इतिहास युवा बदलते हैं। पुराणों में भी यही है। नचिकेता और ध्रुव क्या थे? बालक। संकल्प और कर्म ने उन्हें अमर बना दिया। अध्यात्म देखिए। बुद्ध ने जब 'महाभिनिष्क्रमण' किया, तो वे बूढ़े, अधेड़ या वयस्क नहीं, युवा थे। शंकर जब धर्म स्थापना करने के लिए निकले, तो वे क्या थे? युवा। विवेकानंद कौन थे? युवा, जिन्होंने गुमनाम देश को अमर बना दिया। युवा कृष्ण ने अत्याचारी कंस का वध किया। भारत की आजादी दिलाने में युवकों की भूमिका अमर है। भगत सिंह, चंद्रशेखर आजाद तब घर-घर के नायक थे। धींगड़ा, खुदीराम बोस जैसे लोग घर-घर पूजे गए। बिहार सेक्रेटेरिएट के बाहर जिन शहीदों की प्रतिमा है, वे कौन थे? युवा विद्यार्थी। एक-एक कर गोली खाते गए, पर झंडा न गिरने दिया। फहरा डाला। 1942 में बलिया को 15 दिन आजाद करनेवाले कौन थे? युवा विद्यार्थी। पुराने प्रसंगों को छोड़ भी दें, तो 1967 के जिस छात्र-आंदोलन ने भारतीय राजनीति में प्रभावी हस्तक्षेप किया, वह कॉलेजों और विश्वविद्यालयों में शुरू हुआ। बल्कि दुनिया को भी पेरिस स्थित मशहूर सोरोबान विश्वविद्यालय में शुरू युवा आंदोलन ने झिंझोड़ा था। 1975 के दशक में पढ़ते हुए हम छात्र भी यही नारा लगाते थे—'सच कहना अगर बगावत है, तो समझो हम भी बागी हैं।' फिर आंदोलन से ही यह नारा उभरा—'फाइट टू रीड एंड रीड टू चेंज' (पढ़ने के लिए लड़ो और बदलाव के लिए पढ़ो)।

इन्हीं युवाओं ने सूचना-क्रांति में अपने काम-प्रतिभा से भारत को नई महाशक्ति बनाने के रास्ते पर डाला है। युवाओं के बारे में कहावत भी है—'लीक छाड़ि तीन चलें, शायर, सूरमा और सपूत।' खुद झारखंड में, अलग झारखंड आंदोलन को 'आजसू' समेत जिन युवा नेताओं ने गति दी, वह उल्लेखनीय है। इस तरह हर कॉलेज-विश्वविद्यालय में सभाएँ हों। सभाओं में एक और कदम पर गौर करें। हर कॉलेज में छात्रों का एक ग्रिवांस सेल (शिकायत प्रकोष्ठ) बनाएँ, ताकि हर छात्र अपनी परेशानी वहाँ दर्ज कराए। इस तरह छात्र-छात्राओं की गंभीर परेशानियाँ सार्वजनिक होंगी। छात्र नेता हर सभा में अपनी बात खत्म करने से पहले पास्तर मार्टिन निमोलर की यह कविता जरूर सुनाएँ।

यह कविता नाजी शासन में लिखी गई। नाजियों के खिलाफ जो लोग खड़े हुए, उन्हें हिटलर की पुलिस-फौज पकड़ ले जाती थी। दूसरे लोग चुप रहते थे कि हम सुरक्षित हैं। पड़ोसी पकड़ा गया तो क्या? अंततः कोई बचा नहीं। यही अर्थ है कविता का।

'पहले वे (नाजी) कम्युनिस्टों के लिए (पकड़ने) आए।
पर मैं चुप रहा, क्योंकि मैं कम्युनिस्ट नहीं था।
वे फिर यहूदियों के लिए (पकड़ने) आए।
तब भी मैं खामोश रहा, क्योंकि मैं यहूदी नहीं था।
वे फिर ट्रेड यूनियनों के लिए (पकड़ने) आए
फिर भी मैं खामोश रहा, क्योंकि मैं ट्रेड यूनियनिस्ट नहीं था।
वे फिर कैथोलिक के लिए आए।
फिर भी मैं खामोश रहा, क्योंकि मैं प्रोटेस्टेंट था।
तब वे मुझे पकड़ने आए
और तब तक, कोई बचा नहीं था, जो मेरे लिए आवाज उठा सके?'

मर्म यह है कि ऐसी चीजों के खिलाफ हम खड़े नहीं होंगे, तो हम भी इसके शिकार होंगे।

अगर छात्रों ने यह मामूली पहल कर दी, तो झारखंड से निराशा हटेगी। अंततः काले शीशों, काली करतूत, काले चेहरों व काले परदों के खिलाफ खड़ा होना, नए तैमूरलंगों, पिंडारियों और चंगेजों के खिलाफ खड़ा होना होगा।

इस आंदोलन को गति देने में महिला संगठनों की निर्णायक भूमिका हो सकती है। इस राज्य में अनेक बहादुर महिलाएँ हैं। मालंच घोष, चाइना मैत्रा, प्रभा तिवारी, रोज केरकेट्टा, कुमुदजी, कनकजी, वासवी, दयामनी बरला वगैरह। अगर ये महिला संगठन और ये महिलाएँ, इस सवाल पर एक मंच पर आएँ, तो चमत्कार हो सकता है। झारखंड की जड़ता-ठहराव में गति आ सकती है। ये महिला संगठन मिलकर राज्य सरकार को दो माँगों का प्रतिवेदन दें। (1) बलात्कारी तुरंत पकड़े जाएँ, गाड़ी भी। (2) किसी गाड़ी में (बगैर भेदभाव के) काला शीशा न हो। अगर मोहल्ले-मोहल्ले महिला संगठन की सक्रिय महिलाएँ सभाएँ कर लोगों की जड़ता तोड़ने का प्रयास करें, तो झारखंड देश के लिए एक उदाहरण बनेगा।

हर राजनीतिक दल में बड़ी संख्या में अच्छे लोग हैं। उनकी अलग पीड़ा है। अच्छे कार्यकर्ताओं-नेताओं को धकियाकर गलत लोग कमांड में हैं। हर दल में इन राजनीतिक दलों के बहुसंख्यक, अच्छे, ईमानदार और समर्पित जमीनी कार्यकर्ताओं को

छात्र पहल कर अपने साथ जोड़ें। अंततः राजनीति ही बदलाव लाती है।

और बुद्धिजीवी भी कारगार हो सकते हैं। यह दु:खद है, पर सही है। जिस मध्य वर्ग ने या बुद्धिजीवी तबके ने हर मोड़ पर इतिहास बदला है, क्रांतियों की अगुवाई की है, वह वर्ग आज भारत-झारखंड में या तो भोग में डूबा है या तटस्थ है। कुछेक बेचैन हैं, पर बिखरे और अलग-थलग। कुछ ऐसे हैं, जिन्हें विनोबाजी ने 'इंद्रियजीवी' कहकर विभूषित किया। पर यह वर्ग इतिहास को दिशा व गति देने में सूत्रधार रहा है। लेखक, कवि, साहित्यकार, प्रतिबद्ध राजनीतिक कार्यकर्ता और प्रेस। अगर इनमें मामूली सुगबुगाहट हो, तो झारखंड का अँधेरा छँटेगा।

और सबके ऊपर हम सब नया समाज चाहते हैं, तो करने के लिए मौसम नहीं, मन चाहिए।

(18-08-2007)

□

बदलाव के स्रोत क्या हैं?

15 नवंबर, 2007 को झारखंड बने सात वर्ष होंगे। पर पहली बार झारखंड विधानसभा एक मुद्दे पर नहीं चली। यह सवाल भी भ्रष्टाचार के आरोपों से घिरा प्रसंग था। साढ़े तीन दिनों के मानसून सत्र को अचानक अनिश्चितकाल तक स्थगित करना पड़ा। झारखंड विधानसभा अध्यक्ष के इस स्थगन से एक नया सवाल खड़ा हो गया है। लोकतंत्र की आत्मा या प्राण विधानसभा है। अगर वहाँ राज्य से जुड़े सवालों पर चर्चा नहीं होगी, तो विधानसभा का क्या होगा? पर इस सवाल की चर्चा फिर कभी।

पौने सात साल का झारखंड एक 'फेल्ड स्टेट' है, अराजक और दिशाविहीन। जो तथ्यों को जानते हैं, उनके लिए यह विवाद का विषय नहीं है। झारखंड की सबसे बड़ी चुनौती भ्रष्टाचार है। और यह भ्रष्टाचार समाज या देश के लिए अब कोई नैतिक सवाल नहीं है। पर दुनिया के विशेषज्ञ, अर्थशास्त्री, विश्व बैंक व अन्य प्रतिष्ठित संस्थाएँ और विकास मर्मज्ञ एक स्वर में मानते हैं कि विकास के रास्ते में सबसे बड़ा रोड़ा 'भ्रष्टाचार' है। ऊपर से गाँवों के लिए चला विकास का पैसा भ्रष्टाचार का यह चुंबक खींच लेता है, नीचे तक रिसने नहीं देता। इसलिए झारखंड को तय करना है कि वह किस रास्ते जाना चाहता है? फिलहाल जिस रास्ते वह चल रहा है, वह मुकाम अफ्रीका के 'फेल्ड स्टेट्स' (विफल व अराजक देश) की ओर ले जाता है। अफ्रीकन देशों की 'केस स्टडी' (हालात) पढ़िए, आपको झारखंड का भविष्य दिखाई देगा।

इसलिए झारखंड बनने के पहले दिन से 'प्रभात खबर' 'वाचडॉग' (पहरेदार) की भूमिका में है। झारखंड आंदोलन, अलग झारखंड राज्य व अलग झारखंडी संस्कृति से इस अखबार का नाभि-नाल का रिश्ता रहा है। इसलिए पहले दिन से 'गवर्नेंस', 'विकास', 'तेजी से बढ़ते भारत के राज्य व दुनिया' जैसे गंभीर सवालों पर 'प्रभात खबर' लगातार अभियान के तौर पर काम करता रहा है। प्रतिवर्ष झारखंड स्थापना दिवस (15 नवंबर) पर निकलनेवाले विशेष अंकों में 'भ्रष्टाचार' पर आठ-आठ या

16-16 पेजों के परिशिष्ट निकाले हैं। पूरे देश में 'भ्रष्टाचार' पर इतना व्यापक सर्वे, अध्ययन और तहकीकात, शायद ही कोई समाचार-पत्र करता हो। अखबार के पन्नों पर गौर करें, तो 40 से 60 फीसदी खबरें तो भ्रष्टाचार, सरकार की कार्यशैली, शासन की विफलता से ही जुड़ी होती हैं। पिछले 50 दिनों में भ्रष्टाचार पर एक विशेष सीरीज प्रकाशित हुई। किस-किस विभाग में, कहाँ-कहाँ, क्या-क्या हो रहा है? सड़क चुरानेवालों, पुल-पुलियों को उदरस्थ कर जानेवालों, नमक चट कर जानेवालों से लेकर ट्रांसफर इंडस्ट्री चलानेवालों पर जो तथ्य-विवरण, पिछले पौने सात वर्षों में 'प्रभात खबर' में छपे हैं, उन पर अध्ययन कर हजारों पी-एच.डी. व डी.लिट. की डिग्रियाँ पा सकते हैं। पर क्या हुआ? 2000 के बाद मर्ज लगातार गंभीर हो रहा है, पर निदान के लिए कोई तैयार नहीं है।

बार-बार यह सवाल मन में खड़ा होता है कि क्या हम सचमुच एक बेहतर राज्य चाहते हैं? सुशासित, प्रगतिशील, समतापूर्ण और अहिंसक? या हम पाखंड करते हैं? 'विनोद सिन्हा प्रकरण' छपने के बाद भ्रष्टाचार से जुड़े अनेक गंभीर मामलों को लेकर आनेवालों की संख्या बढ़ी है। कुछेक दस्तावेज के साथ आते हैं, कुछेक सूचनाओं के साथ। पर पौने सात साल में गंभीर भ्रष्टाचार से जुड़े अनगिनत प्रसंग छपे हैं, लेकिन बदलाव कहाँ है? क्या यह सिर्फ अखबारों का दायित्व है कि वे सिर्फ खबरें छाप दें? पर अखबारों से जुड़े मुद्दों को उठाकर, मुकाम तक ले जाने का दायित्व किसका है?

दरअसल स्पष्ट हो जाना चाहिए कि लोकतंत्र में एक जागरूक अखबार की भूमिका सजग पहरेदारी है। अखबार के पन्नों पर प्रशासनिक विफलता और व्यवस्था विफलता के गंभीर प्रकरण छपते हैं। उनके समाधान का मूल दायित्व विधानसभा और राजनीतिक दलों का है, नागरिक संगठनों का है। सजग समाज का है। पर क्या झारखंड में प्रतिबद्ध राजनीतिक दल, जागरूक नागरिक संगठन या सजग समाज की झलक कहीं दिखाई देती है? नहीं। झारखंड के व्यवसायियों (खासतौर से चेंबर ऑफ कॉमर्स) को छोड़कर यह सजगता, अधिकारबोध कहीं और दिखाई नहीं देता।

झारखंड में भ्रष्टाचार की खबरों को छापने से ज्यादा जरूरी है सिस्टम में बदलाव की पहल। इस सिस्टम से ही भ्रष्टाचार लगातार जन्मता रहा है, एक के बाद एक। व्यक्ति तो रोज आएँगे या जाएँगे, पर यह सिस्टम वह मूल स्रोत है जहाँ से रोज नए पात्र या भ्रष्टाचारी प्रकटते हैं। सिस्टम में बदलाव का आशय जहाँ-जहाँ मंत्रियों-अफसरों को विशेषाधिकार (प्रिरोगेटिव) हैं, वे खत्म हों। कोई भी बड़ा निर्णय पारदर्शी हो। न मंत्री के मन की चले, न अफसर की, बल्कि स्पष्ट रेखांकित कानून से सत्ता

संचालन हो। भ्रष्टाचारियों के खिलाफ सख्त सजा तय हो। यह सब संभव है।

यह स्पष्ट होना जरूरी है कि बिना राजनीतिक हस्तक्षेप के कोई बड़ा काम या बदलाव संभव नहीं होता। राजनीति और सिर्फ राजनीति ही चीजें बदल सकती है, स्थिति सुधार सकती है। पर राजनीति भी अक्षम, नाकारा और अकर्मण्य हो जाए तो? इसका रास्ता गांधी, विनोबा और जे.पी. ने दिखाया। लोकतंत्र में लोक-ताकत वह महावत है, जो राजनीति के हाथी को अंकुश में रख सकता है। 1974-77 और 1989 के उदाहरण पुराने हों, तो बिहार में नीतीश कुमार और उत्तर प्रदेश में मायावती का उदय देख लीजिए। झारखंड में इस लोक-ताकत को जगाने का काम करना ही होगा। अब यही एकमात्र विकल्प है।

अब इस 'लोक-ताकत' को कौन जगाएगा? नागरिक संगठन, एन.जी.ओ. और सचेत राजनीतिक दल। एक अत्यंत महत्त्वपूर्ण ताकत छात्रों की है। झारखंड में होनेवाले छात्रसंघ चुनावों से युवा राजनीति को एक नई धार मिलेगी। अन्याय, भ्रष्टाचार, आतंक, शोषण के खिलाफ युवा रक्त में उबाल होता है। इस उबाल की आँच में झारखंड की राजनीति निश्चित ही तपेगी।

ऐसा भी नहीं हुआ, तो? याद करिए मुक्तिबोध की एक पंक्ति को—

'एक पाँव रखता हूँ, तो हजार राहें फूट पड़ती हैं'

झारखंड के जंगलों, उपत्यकाओं, पहाड़ों और मैदानी इलाकों से कोई आवाज गूँजेगी ही। कैसे? तो पढ़ लीजिए, रांगेय राघव के रेखाचित्र 'गेहूँ' का यह अंश—

एक बार एक ही आदमी को सूली लगाई गई थी, उस एक का परिणाम गुलामों का नजात साबित हुआ। एक ही आदमी को गोली मार दी गई थी, उस एक का नतीजा हुआ नफरत की जलती हुई मशालें बुझ गईं। सिर्फ 72 आदमियों ने नमक आंदोलन शुरू किया था, और उसके अंत में करोड़ों बिजलियाँ कौंधने लगी थीं। एक ही बच्चे को सामंत की गाड़ी ने कुचला था, और उसके फलस्वरूप फ्रांस की गलियों में आजादी की, बराबरी की पुकार लहू से भीगकर चिल्लाई थी। एक मंगल पांडेय के शरीर को गोलियों ने छेदा था, और उसके नतीजे में लाखों गरज फूटकर निकली थीं, दिल्ली चलो, दिल्ली चलो। और एक ही हब्शी को जिंदा जलाया गया था, जब अब्राहम लिंकन ने कहा था, गुलामी को नेस्तनाबूद कर दो। बगावत एक ही लफ्ज है। उसकी बुनियाद में ईमान है, उसका फैलाव इनकलाब है। उसका नतीजा तख्तों और जुल्मों को पलटनेवाली आजादी है। हजार बार दूध पीकर भी क्या इनसान एक दिन भी साँप का जहर पीना या उससे अपने को कटाना चाहता है? तो साबित हुआ कि यह एक बार भी स्थायी महत्त्व का है। इसका विरोध नहीं करना ही भूल है।

क्योंकि एक ही अमीचंद ने लालच से जो दस्तखत किए थे, वे करोड़ों की गुलामी का कारण बने। एक ही क्लाइव ने जो छल किया था, मुट्ठी भर मसाले के सौदागरों को तीन पीढ़ियों का ऐश दे गया। तो न एक, चाहे व्यक्ति, चाहे क्षण, चाहे काम, और नहीं दो, वह तो बात की असलियत है। वह शाश्वत है। केंटों ने तो ढाई हजार साल पहले रोम में यह आंदोलन किया था कि रोम की सुंदरियों ने भारत की मलमल देखकर सारे रोम को लुटवा दिया। रोम की सारी दौलत हिंद चली गई।

स्पष्ट है कि यकीन, उम्मीद और भरोसा रखें, तो झारखंड में भी हालात बदलेंगे। सिर्फ पहल करें। कर्म करें। परिणाम की चिंता छोड़कर।

(26-08-2007)

□

गंगा नहाने के लिए बेचैन कांग्रेस

झारखंड सरकार के खिलाफ अब कांग्रेस भी प्रदर्शन कर रही है। इस सरकार की मुख्य सूत्रधार कांग्रेस है। केंद्र की सरकार में भी निर्णायक पार्टनर। यानी सत्ता की सूत्रधार भी और विरोध भी। दोनों भूमिकाएँ साथ-साथ। चित्त भी मेरी, पट भी मेरी। राज्य कांग्रेस की भूमिका में अचानक यह बदलाव क्यों?

दो कारणों से। पहला, अपराधों के खून के छींटे, गड्ढे के रूप में तब्दील सड़कों से उड़ते कीचड़ से बदरंग होते पार्टी के चेहरे, पसरते अँधेरे (बिजली आपूर्ति में अराजकता) से बदशक्ल दीखती अपनी सूरत, अनियंत्रित भ्रष्टाचार से उफनते आक्रोश, लॉ एंड ऑर्डर पर उठते गंभीर सवालों जैसे अनेक मुद्दों से राज्य कांग्रेस अब मुक्ति के लिए कसमसा रही है। सत्ता में बैठे हुए प्रतिनायक का चोगा अचानक वह उतार नहीं सकती, इसलिए वह राज्य सरकार (जिसकी सत्ता कांग्रेस के सौजन्य से है) का विरोध कर नायक बनना चाहती है। भारतीय मुहावरे में कहें तो सरकार के पापों से मुक्ति पाने के लिए वह 'गंगा नहाने' को बेचैन है। फिर पाक-साफ होने और पवित्र होने को आतुर! पर वह भूलती है कि गंगा नहाकर वह फिर पुराने कुंड में ही लौट रही है, जहाँ बदशक्ल होना उसकी नियति है।

कांग्रेस की बेचैनी का दूसरा कारण प्रमुख है। दिल्ली कांग्रेस ने झारखंड कांग्रेस का बॉस अजय माकन को बनाया है। अपने आचार-विचार और बयानों से अजय माकन भिन्न कांग्रेसी लगते हैं। युवा, समझदार और जन समस्याओं के प्रति संवेदनशील। सत्ता मैनेजरों को मैनेजेबुल नहीं लग रहे। वह नई पीढ़ी के उन कांग्रेसी नेताओं में से लगते हैं, जो काम से सरोकार रखते हैं (अँगरेजी में कहें, तो ही मिंस बिजनेस)। कांग्रेस के परंपरागत मूल्यों के प्रति भी वह सजग लगते हैं। इसलिए कांग्रेस की साख को वह और घटने देने की इजाजत देने को तैयार नहीं दीखते।

पर अजय माकन की सीमा भी साफ है। झारखंड सरकार का भविष्य लालू प्रसाद के हाथों में है। लालू प्रसाद केंद्र में कांग्रेस के सबसे विश्वस्त पार्टनर हैं। उनकी इच्छा

के खिलाफ कांग्रेस आलाकमान नहीं जाएगा।

शिबू सोरेन का अंतर्विरोध अलग है। वह अब बड़े उपदेशक की भूमिका में हैं। अगर वह सचमुच अपने बयानों के प्रति गंभीर होते, तो झारखंड का नया इतिहास गढ़ते। उन्हें और उनकी पार्टी को ऐतिहासिक अवसर मिला था, लेकिन शिबू सोरेन और उनकी पार्टी ने, न सिर्फ ऐतिहासिक अवसर खोया, बल्कि राज्य के अराजक हाल के लिए सबसे अधिक जिम्मेदार वह और उनकी पार्टी है। बयान कुछ और, काम कुछ और! सरकार के सबसे बड़े घटक दल वह हैं, इसलिए झारखंड के अराजक हाल के लिए सबसे अधिक जिम्मेदारी उनकी और उनके दल की है।

सरकार के एक और बड़े घटक दल राजद की स्थिति! सत्ता-लाभ तो यह दल लेता है, लेने को पल-पल आतुर भी लगता है, पर राज्य के चौतरफा बढ़ते संकट का बोझ नहीं उठाना चाहता। यानी पुण्य चाहिए, पर पाप में भागीदार न बनें!

पर चाहे कांग्रेस हो या झामुमो या राजद, इनकी जड़ें तो अंततः जनता के बीच हैं। इन दलों के राजनीतिक संगठन हैं। इन संगठनों से इन दलों के बड़े नेताओं को भयावह जमीनी हालात की सूचनाएँ मिल रही हैं। इन दलों को इससे डर लग रहा है; क्योंकि देर-सबेर इन दलों को जनता के बीच लौटना ही है, पर डर यह है कि किस मुँह से लौटें और कैसे मास (जनता) को फेस करें? इसलिए राज्य की राजनीति में अचानक उबाल बढ़ गया है।

(07-11-2007)

□

झारखंड गढ़ने की शर्तें!

संदर्भ : झारखंड स्थापना दिवस

आज सात वर्ष हुए झारखंड बने। गुजरे सात वर्षों में सरकार, विधायिका और राजनीति की सबसे बड़ी सौगात झारखंडवासियों को क्या है? पूरी व्यवस्था (सिस्टम) को अविश्वसनीय बना देना। एक पंक्ति में कहें, तो झारखंड के शासक-वर्ग ने गुजरे सात वर्षों में दिखा दिया है कि वे 'स्टेट'(राज्य) भी बेच सकते हैं! झारखंड में राजनीति करनेवाले दलों ने एक नया राजनीतिक ग्रामर ही गढ़ दिया है। हालाँकि देश की राजनीति में इस ग्रामर के सूत्र यत्र-तत्र दिखाई देते थे, पर झारखंड ने यह नया राजनीतिक ग्रामर स्थापित कर दिया। भ्रष्टाचार के प्रैक्टिशनर, आचार-व्यवहार में जो प्रामाणिक तौर पर सबसे भ्रष्ट हैं, वे ही भ्रष्टाचार की बुराई भी कर रहे हैं। यानी चोर और साधु की भूमिका एक हो गई है। नायक-खलनायक अलग नहीं रहे। यह झारखंड द्वारा स्थापित नया राजनीतिक ग्रामर है। एक लोक कहावत है, 'सेन्ह (चोरी स्थल) पर बिरहा' (बिरहा, ऊँची आवाज में गाया जाता है)। यानी चोरी स्थल से ही चोर ललकार रहे हैं। भयमुक्त चोर! यह सात वर्षों के झारखंड की देन है।

पर क्या संभावना है कि झारखंड एक बेहतर, व्यवस्थित और सुशासित राज्य बन सकता है? यह संभव है। पर इसकी पहली शर्त है कि हम मान लें कि झारखंड की मौजूदा राजनीतिक पार्टियों में से कोई भी दल 'झारखंड पुनर्निर्माण' नहीं कर सकता। लोक पहल, छात्रशक्ति का उदय, झारखंड के सार्वजनिक जीवन की संपूर्ण सफाई के लिए नागरिक समाज का बनना, विकसित होना और कुराज के खिलाफ लोक आक्रोश—झारखंड गढ़ने के यही रास्ते बचे हैं। सिर्फ एक उदाहरण इस निष्कर्ष तक आपको पहुँचाने के लिए पर्याप्त है। झारखंड बनने के बाद ही 'लॉ स्कूल' की स्थापना की प्रक्रिया शुरू हो गई। देश के कई राज्यों में केंद्र की योजना के तहत ऐसे लॉ स्कूल बन चुके हैं। ये लॉ स्कूल विश्व स्तर के हैं। पर झारखंड में सात वर्ष बाद भी यह नहीं बन सका, क्यों? झगड़ा यह है कि उसका चांसलर कौन बने? एक पद के झगड़े में झारखंड

की युवा प्रतिभाएँ जगह और अवसर नहीं पा रहीं। अन्य राज्यों में बाद में यह योजना शुरू हुई। एकाध वर्ष में पूरी हो गई। बिहार में भी। इस तरह शासकों के 'एटीट्यूड' के अनंत प्रकरण हैं। क्या झारखंड के कॉलेजों में, छात्रसंघों के चुनावों के माध्यम से जिस छात्रशक्ति का उदय हुआ है, वह एक मंच पर आकर राजसत्ता से ऐसे कुकर्मों का हिसाब माँगेगी?

यह स्थापित और प्रमाणित तथ्य है कि ईमानदार ब्यूरोक्रेसी बड़ा काम कर सकती है। झारखंड में पर्याप्त ईमानदार और अच्छे ब्यूरोक्रेट हैं। उनके पक्ष में माहौल बनाना नागरिक समाज के लिए बड़ी चुनौती है। नया झारखंड गढ़ने के लिए 'इंस्टीट्यूशंस' की बुनियाद जरूरी है। किसी भी समाज की चाल, चरित्र और चेहरा 'इंस्टीट्यूशंस' ही बदल सकते हैं। इंस्टीट्यूशंस—शिक्षा में, प्रशासन में, राजनीति में—यानी उन सभी क्षेत्रों में जहाँ 'ह्यूमन रिसोर्स' (मानव संसाधन) को गढ़ा और बनाया जाता है, जाति, धर्म, समुदाय और क्षेत्र से परे उदार राजनीति को प्रश्रय देना जरूरी है। आज हर दल में, शासन में, मीडिया में अच्छे लोग हैं, पर वे पीछे हैं। ऐसे लोगों की एकजुटता और सक्रियता 'कानून का राज' स्थापित करने में मददगार होगी।

यही हिरावल दस्ता समाज और राजनीति को अनुशासित और नैतिक बनाने की बुनियाद रख सकता है।

पिछले सप्ताह प्रधानमंत्री ने सार्वजनिक मंच से पीड़ा व्यक्त की। उनका आशय था, 'कोलिशन पॉलिटिक्स' (साझी सरकारें) से गंभीर संकट है। साझा सरकारों की भूमिका, उनके काम, निर्दलियों की निरंकुशता के अनुभव, झारखंड और झारखंडवासियों से बेहतर किसको है? यह हालात जनता ही बदल सकती है। किसी भी दल को निर्णायक बहुमत देकर। निर्दलियों पर लोक अंकुश झारखंड की जनता का स्वर होना चाहिए।

जो राजनीति बदलना चाहते हैं या जिन्होंने अलग झारखंड के लिए लंबा संघर्ष किया है, भोगा है, पर आज उदास और अलग-थलग हैं, वे बड़ा काम कर सकते हैं। ग्लोबलाइजेशन या तेजी से बदलती दुनिया को महज एक स्वर में नकारते रहने से हल नहीं निकलनेवाला। यह करनेवाले अप्रासंगिक होते जाएँगे। आज जरूरत मौजूदा माहौल के संदर्भ में एक सुस्पष्ट विचारधारा (आइडियोलॉजी) तय करना है। इस विचारधारा के अनुकूल राजनीति गढ़ना। इस राजनीति या वैकल्पिक विचार के अनुसार इस 'पश्चिमी ग्रोथ मॉडल' (कंज्यूमर ओरिएंटेड) के विकल्प में गांधीवादी, स्वदेशी 'ग्रोथ मॉडल' गढ़ना। यह नहीं हुआ, तो महज आलोचना, संघर्ष और नकारात्मक बातों से हम इस पश्चिमी ग्रोथ मॉडल, जीवन संस्कृति और मूल्यों को नहीं रोक सकते। दुनिया में यह 'टेक्नोलाजी लेड कंज्यूमर ग्रोथ मॉडल' का दौर है। इस बाढ़ को रोकना बड़ा कठिन है। दुनिया

जिस तेजी से आज बदल रही है, पहले कभी नहीं बदली। यह तथ्य समझना जरूरी है।

मसलन, झारखंड की खनिज संपदा का मसला। खनिज झारखंड की एकमात्र संपदा है। एक वर्ग मानता है कि इसका दोहन ही न हो। पर केंद्र और राज्य सरकार दोहन के लिए लाइसेंस दे रहे हैं। इन दोनों स्थितियों से अलग हर साल, दो-ढाई हजार करोड़ का कोयला झारखंड से बाहर ब्लैक मार्केट में जा रहा है। खुलेआम झारखंड से चीन को लौह अयस्क 'स्मगलिंग' से भेजा जा रहा है। यह सब सरकार और शासन की देखरेख में हो रहा है। खनिजों के ब्लैक मार्केट से लोग अरबों कमा रहे हैं, पर झारखंड को कोई लाभ? क्यों नहीं हम स्पष्ट कानून बनाकर झारखंड की खनिज संपदा का उपयोग राज्य के हित में करें? यहाँ खनिज आधारित उद्योग लगें। लोकल लोगों को रोजगार मिले। अगर हम बिना समझे विरोध करते रहें, तो खनिज संपदा भी हमारे हाथ से निकल जाएगी और इसका लाभ भी झारखंड को नहीं मिलेगा। जैसे कोडरमा में अबरख का हुआ। अबरख भंडार खत्म हो गया। अबरख के कारोबारी और उनसे जुड़े राजनेता अमीर हो गए, पर राज्य को क्या मिला? इसलिए एक 'प्रैक्टिकल खनन नीति' और उद्योग नीति का बनना जरूरी है।

ऐसे अनेक प्रयास झारखंड की मौजूदा निराशा को तोड़ सकते हैं। निजी और सामाजिक स्तर पर छोटे-छोटे अनेक अन्य प्रयास-पहल भी हों, तो सकारात्मक पृष्ठभूमि बन सकती है।

इसी जनचेतना को पैदा करने और झारखंड नवनिर्माण के लिए 'प्रभात खबर' स्थापना दिवस परिशिष्ट निकालता रहा है। झारखंड स्थापना वर्ष 2000 से इस वर्ष तक लगातार पाठक इस स्थापना अंक की प्रतीक्षा करते हैं।

इस अंक के प्रति पाठकों के इस उत्साह और प्रतीक्षा में ही, झारखंड के बेहतर बनने की किरण दिखाई देती है। और 'प्रभात खबर' का ड्रीम झारखंड नवनिर्माण है। झारखंड के संघर्ष का साझीदार और वाहक यह समाचार-पत्र रहा है। अलग राज्य बनने के बाद बिजनेस लाभ के लिए 'प्रभात खबर' नहीं जन्मा। इसीलिए 'झारखंड स्थापना दिवस' परिशिष्ट देश के जानेमाने सृजनात्मक लोगों के विमर्श का मंच बने, यह कोशिश होती है। देश के मशहूर 'इंडिकस एनालिटिक्स' जैसी संस्था से 'झारखंड डेवलपमेंट रिपोर्ट' तैयार कराना, महत्त्वपूर्ण सर्वे-शोध कराना, देश के नीति निर्धारकों से लिखवाना, विजनरी उद्यमियों, प्रशासकों, अर्थशास्त्रियों वगैरह से परामर्श इसी 'झारखंड नवनिर्माण' के प्रयास की कड़ी हैं।

और इस काम में 'प्रभात खबर' की टीम कई महीनों पहले लगती है। इस बार भी युवा, कल्पनाशील साथी विनय के नेतृत्व में 'प्रभात खबर' दिल्ली की टीम, झारखंड

के हमारे सभी वरिष्ठ सहकर्मी व अन्य साथी, सुदूर इलाकों के प्रभात खबर के पत्रकार इस परिशिष्ट की तैयारी में लगे रहे।

और आज 96 (20 पेजों का मुख्य खंड और 76 पेजों का परिशिष्ट) पेजों का अखबार आपके हाथ में है। पुनः स्पष्ट कर दें कि ऐसे परिशिष्टों, शोधों और विचारों का मकसद है झारखंड को सर्वश्रेष्ठ राज्य बनाना, पर इसे साकार करना तो आप पाठकों के हाथ में है। और यह संकल्प पुनः याद करने का दिन तो आज ही है।

(15-11-2007)

□□□